"鲲鹏"青少年
科幻文学奖

首届"鲲鹏"青少年科幻文学奖中短篇小说

合集

"鲲鹏"青少年科幻文学奖组委会 主编

中国大百科全书出版社　知识出版社

图书在版编目（CIP）数据

首届"鲲鹏"青少年科幻文学奖中短篇小说合集 ／
"鲲鹏"青少年科幻文学奖组委会主编 ． —— 北京：中国
大百科全书出版社，2023.1

ISBN 978--7-5202-1265-6

Ⅰ．①首… Ⅱ．①鲲… Ⅲ．①幻想小说—小说集—中
国—当代 Ⅳ．① I247.7

中国版本图书馆 CIP 数据核字 (2022) 第 240102 号

首届"鲲鹏"青少年科幻文学奖中短篇小说合集

"鲲鹏"青少年科幻文学奖组委会 主编

图书统筹	李默耘 钱子亮	
责任编辑	钱子亮 易晓燕	
责任印制	李宝丰	
出版发行	中国大百科全书出版社 知识出版社	
地　　址	北京市西城区阜成门北大街 17 号	
邮　　编	100037	
网　　址	http://www.ecph.com.cn	
电　　话	010-68341984	
印　　刷	固安兰星球彩色印刷有限公司	
开　　本	710 毫米 × 000 毫米 1/16	
字　　数	357 千字	
印　　张	28.25	
版　　次	2023 年 1 月第 1 版	
印　　次	2023 年 1 月第 1 次印刷	
书　　号	ISBN 978-7-5202-1265-6	
定　　价	68.00 元	

CONTENTS
十 目录

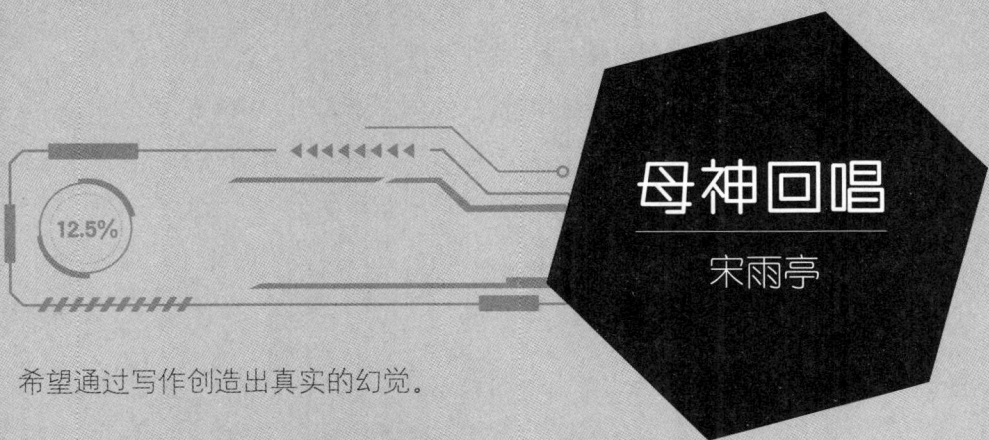

母神回唱

宋雨亭

12.5%

希望通过写作创造出真实的幻觉。

鲲鹏

中短篇小说组一等奖《母神回唱》颁奖词

　　《母神回唱》的科学想象独特而富有智慧：居住在新火卫上的人类驾乘远域星舰，赴太阳系外的弹性星球开拓新的生存空间，却遭遇宇宙巨变，目睹家园毁灭。小说传达了关于人类生命进化、文明守护与爱的故事，人类胚胎团等科学假想逻辑周延、自洽。

—

在巨硕的木星迫近舷窗之时，出发点早已遥不可及，火星及其炽烈的火红色，已隐没于平滑的天体河流之中，凭借肉眼已经无法辨别。在与那些更为神秘的星球擦肩而过时，我几乎无法得到一个完整的印象。航行的速度一直在加快，穿越小行星带时也没有减速，仿佛刻意没有为怀旧留下充足的时间。一周之前还能远远看到漂亮的土星星环，驶近了也不过是无数冰粒、岩石残骸以及飘游的尘土。或许不久之后，我们就将驶出这片可以称之为故土的宇宙空间。

大厅中央的公共屏正在滚动播放沿途拍摄的影像，不过是一些模糊的图片预览，画面缺乏纵深感，球状星球与深色背景的组合，更像是某种后现代的拼贴画。播放的末尾是出发不久前拍摄的火星图片，图像采集组兴致盎然地拍了很多张，构图无甚新意，好在提供了难得的远距离观测视角：浑圆的球体表面竖立着多丛高大的长柱体，远看就像被多个穿刺针贯穿的细胞。当然，如果忽略掉球面上那些夸张的能量处理器群，火星看上去仍然是一颗健康而野性的星球。

但事实上，我不知道是否还能将火星称呼为行星，又或者该称它为太阳系中的一个球形人类生物体。如果当初伦理委员会为它改名的提议能够顺利通过的话，现在我将有更加准确的概念来界定它。火星的内部如今几乎被掏空，三分之二的体积都被寄宿在其中的人类胚胎团占据。火星中半径 1700 千米的高密度物质核心被分割后移到外部，外包的熔岩层也已全部被胚胎培养基液所充斥，只留下密度较低的火星地壳包裹在胚胎团外部。随着人类胚胎团的生长，火星外壳变形破裂的程度日复一日加重，加之突破停滞期后的人类胚胎团很快将再次迎来生长黄金期，体积会以几何倍数膨胀，恐怕几年之后，火星外壳就会走向崩溃，人类胚胎团将直接暴露在太空之中，无可避免地走向死亡。此次远域舰的出航任务，就是在胚胎团分崩离析之前，采集火星地壳加固材料，寻求挽救的可能性。

在此次出航前，我们已经尝试过各种加固方案，但其思路始终失于保守。毕竟在人类的体积观念中，似乎从未将有机生命体的尺寸妄自扩大到宇宙尺度，以至于屡次低估了人类胚胎团无法言喻的生命力，加固材料的伸缩速度远远跟不上胚胎团的体积膨胀速度。

如果不是人类胚胎团太具有欺骗性，我们也不会连连败退。初期的人类胚胎团不过是像一颗新孕育的卵，安静地蜷缩在火星内部，体积不过是现在的百分之一。在第一次生长黄金期，我们只是进一步扩大火星内部的胚胎团容纳空间，就已经足够应付它的膨胀速度。但第二次生长黄金期陡然来临时，火星地壳上覆盖的那些网状高密度硬质材料，在胚胎团几何倍数的膨胀速度下，不过是缠绕在火红色巨象身上的纤细丝线，只勉强坚持了不到五天，就全部崩裂。此后改用韧性加固材料，虽然并没有破裂，但仍然被胚胎团惊人的膨胀所吞噬，被埋进了原来的火星外壳中，留下无数道纵横的沟壑。这些凹陷的沟壑更加贴近地壳下人类胚胎团的核心，在胚胎团不稳定的能量反应下尽数消解，只留下灰黑色的黏质废料。

"如果找不到更加适宜的材料，人类将束手无策。"加固材料研究组的发言人将这个消息绝望地公之于众时，地壳下的人类胚胎团如同一颗巨大的火星心脏，以每分钟 10 次的频率在每个人脚底有力地搏动着，搏动声如巨鼓般咚咚作响，持续地在偌大的会场中回响着，模糊了一切讨论与窃语的声音边界。

在第二次生长黄金期结束后，人类决定将火星的居住功能与胚胎团培养功能分离开来，为数不多的人类移居至新火卫。这颗火星新捕获的小行星自转速度比火星与地球都要快，人类在上面经历过比以往任何时候都要多的黎明。黄昏则更加肃冷，充满了缓慢的沉默。除了对人类胚胎团的培养与保护，我们并没有其他重要的计划，只是随着新火卫一圈圈地环绕火星，凝视着这个在地平线上升起的暗红色星球，星球表面细长的能量处理器群清晰可见。即使搬离了火星，似乎仍然能够听见火星外壳下那每分钟 10 次的搏动声。我甚至相信，如果采用精确的观察仪器，再加上一点儿无伤大雅的想象力，就能够看见火星像熟睡的婴儿般一呼一吸，随着搏动声收缩舒张。

此后加固材料的研究仍然毫无进展，相关研究人员已屡遭诟病，甚至被嘲讽为一群只会"剪裁和缝制紧身衣服的不称职的裁缝"。值得欣慰的是，弹性星球的发现总算挽回了研究人员的声誉。若不是交了好运，他们将眼睁睁地看着人类胚胎团末日的到来。我们发现弹性星球时，它就像一个被遗忘在宇宙角落里的小皮球。我们其实早就发现过它，如果当时的观测人员能更加自信一点儿，这项出航行动可能在三年前就已完成。在五年前，观测人员就在一个邻近星系中发现了一颗直径仅为 1300 千米的微小星球。仅仅过了一个星期，观测人员在同样的位置又发现一颗直径大致为 120 万千米的巨型星体。他们理所应当地将两者标记为不同的星球，从未设想过这会是不同体积下的同一颗星球。直到前年进行了再次观测，才确定这是人类发现的第一颗伸缩尺度相差千倍的星球。起初我们以为它是一颗高温高压的气态星球，并不存在任何固体成分，但从更为精确的观测记录来看，在它的表面没有发现任何气态旋涡、风暴或湍流，甚至可能不存在大气层，如果存在，那也是极其稀薄的。弹性星球拥有的强大膨胀能力完全来自它的固体成分，而这正是我们迫切需要的。

弹性星球成分采集计划推进得很快，甚至有些仓促。执行此次任务的星舰被命名为远域舰，舰长由彭担任。我曾以为他是一个经验丰富到有些固执的老舰长，在任职会上第一次见到彭时，我实在不敢相信他比我也大不了多少——他最多不会超过 35 岁。可即便是年龄相仿，我却觉得自己与他之间天然地具有某种无法逾越的隔阂。整场会议我一直在仔细地观察彭，一遍遍扫视他有力的身形，向上隆起的黑发，如白垩岩般耸立的额头与双肩。他上身的夹克太过硬挺，衣服褶皱处都留有深深的折痕，衣领像刀刃一样竖起来，护盾似的围在颈后，在下巴处敞开。他很少开口，连会议中的无聊与疲惫带来的小动作也极少，眼神带有游刃有余的专注，始终处在一个稳定的静止状态。会议结束时，他起身环视四周，点点头然后转身离开。我无端地联想到用于绘制工图的直角尺，他的视线就像那些简洁至极但又无限延伸的线条，交错出本不存在的图画。

研究人员信誓旦旦地做足了保证，声称弹性星球附近的宇宙空间异常空旷，计划的航线顺畅无阻，几乎不存在什么阻碍。之后他们骄傲地展示了一张自动采集车顺利到达弹性星球并且安全工作的照片。照片上的采集车沐浴在一片淡蓝色的光芒中，向紫色的地面伸出小小的机械手。

二

当远域舰驶过柯伊伯天体带，即将驶离太阳系时，研究人员语气上挑的尾音似乎依旧在耳边，而身体中基因链条传来的搏动声，似乎因为距离的遥远而减弱至微不可闻了。还在新火卫时，人类胚胎团的搏动声时常与个人的心跳声重合，更多的时候像是个人心跳的回声，现在也只剩下一片寂静。基因链条作为人类与人类胚胎团之间最实在的联系，植入了我们每一个人的左上臂中，但在未知的宇宙中，基因链条只是一种鸡肋般的安慰。专家声称将借助基因链条，从更微观的层面上研究人类与胚胎团共同的生命存在。可除了传导人类胚胎团每分钟 10 次的微弱搏动声，基因链条几乎起不到任何其他作用。不过对于许多人来说，基因链条所带来的联结感可能更加真实，因为胚胎团中就有他们的父母和兄弟姐妹，这对他们来说是一种超越生理意义的联系。

此时，远域舰上的人们正在进入一个没有太阳的世界——这听上去像是劣质的末日预言——我们无法想象太阳系外的宇宙空间是如此流畅：闪烁的条带状群星随着远域舰的航行像是在流动，硕大的星球悬停在上方缓慢地自转，显得沉默又崇高。这片从未有人到过的宇宙空间遍布带状条纹，具有音乐性的几何美感，我们仿佛驶入了上帝绘制的巨幅数学演算图中。

不出意外的话，一天之后我们就能顺利到达弹性星球。在进入这个邻近星系的前半程中，沿途的星体闪烁不定，星辰与星辰之间的星际物质密度比太阳系浓稠得多，黑暗中满是如萤火般的光点，或许这片宇宙不会因黑暗而感到寂寞。但当航行进入后半程，我们突然发现远域舰正在驶入一片完全黑暗无星的宇宙空间。我并不是指群星逐渐稀疏，而是指黑暗与群星之间仿佛有一道透明的分界线。我们亲眼见

证，在舷窗的尾部还能看见稠密的星光以及条带状的星云，但远域舰驶向的前方却是一片空无一物的黑暗，甚至没有任何飘浮的星际物质。舰长彭确认了一下航线，精准无误，远域舰便仍按原本的航线规划，进入这片纯净的黑暗中。

在将近五个月的航程的末尾，我们终于在黑暗中看到了那颗星球，周围的宇宙空间确实如观测人员所说的那样空旷，目力所及只有弹性星球和远处一片熹微中的扇形淡蓝色光线，作为光源的恒星似乎离我们太过遥远而无法观测到。

弹性星球正处于中体积期，暂时并没有剧烈的热运动使它像气球似的膨胀至不可思议的体积，也没有巨大的内外压差使它胆怯地收缩。我们对于遇上了弹性星球的正常状态而如释重负，采集的安全问题似乎不再需要担心，甚至要为终于接触到这颗珍贵的星球而感到雀跃了，它的潜力可能远远超出我们的预想。我们从未见过哪颗星球能够拥有如此崭新完整的表面，肉眼可及的范围内，漂亮的紫灰色地壳没有任何火山、丘陵、沟壑的痕迹，鲜有起伏不平。急速膨胀和收缩甚至没有在它的表面产生一丝皱纹，地表完美无损的光滑质感使它看起来像是一件优雅的艺术品，这或许就是在这只有微弱光线的空间中，我们仍能清楚地欣赏它的原因。

在此后为期一个半月的采集过程中，我所在的图像组常跟地质考察组一起行动。作为搜集第一手资料的小队，我们比全舰其他人都要更快地了解到弹性星球的惊人之处：它内部分布得极其均匀的热场，以及通过迅速的热传导和对流扩散而自我消解的小型热运动，都让人惊叹不已。我们不禁幻想，不久之后人类就能迁离太阳系，将胚胎团直接植入这颗弹性星球，那么胚胎团的生存风险将会大大降低，几乎可以指望它在人类灭绝之后长久地存在，等待千万年后其他的星际旅行者的发现，这将是超越生命本身的壮举。而我们剩余的人类只需要在弹性星球的小卫星上定居，伴随着胚胎团的搏动声，面向进化之门安心地走向死亡。虽然现在弹性星球附近并没有卫星可供居住，但实时采集的时间样本显示，这是一片新生的宇宙区域，其中可能诞生多少星体，将远远超出我们的想象，而且弹性星球捕获一颗小行星也在我们乐观的预计之中。或者人类可以积极主动地更进一步，直接创造一颗可以承载长期生命活动的类地人造卫星。我们无法不陶醉在强烈的信心与希望当中，有时还会将新发现所带来的骄傲内化，变成盲目的沾沾自喜。

　　正是在这场盛大的集体兴奋中，我注意到了地质考察组的杨。这个浅棕色头发的年轻人没有一次附和那些夸张的乐观言辞，也从不公开反对，虽然他更愿意探讨一些弹性星球如何形成而非怎样应用的实际问题。任何一次庆祝聚会杨都没有错过，许多人与他攀谈说笑，共享一段美好的时光，因而他也就谈不上清高孤傲。他从容地将自己隐藏在集体情绪的洪流之中，并以此抵抗集体对个人真正的侵扰。杨怎样为人处世对我来说并没有什么意义，让我开始留意他的是他奇怪的工作模式。小组同行时，他分内的工作往往早已做好，剩余的时间用于分担其他组员的一小部分工作——仅限于举手之劳，他绝不会慷慨地揽过重活，即使大家在娱乐或闲谈，他也会拒绝大部分请求，不管合理与否。我本以为他只是一个办事高效的合作者，但在根据他提供的地质检测报告来划定下一次的重点摄像范围时，我发现他在工作流程中往往会半路出现许多错误，后面又无一例外地迅速地加以改正，仿佛他已经知道正确的解答途径，却又非要尝试出现差错一般。我们图像组只需要使用地质考察组报告的最终数据，但出于好奇，我将杨的所有工作报告都通篇浏览了几次，又跟其他几位地质组成员的报告做了大致对比，我发现杨的问题研究过程完全没有固定模式可循：对于一些地质考察常会碰见的问题，其他成员的记录处理模式大多相似，训练有素且清晰易懂，而杨不是极其抽象地一笔带过，潦草地记录几个数据，就是从最基础的原理开始追溯，采用非常烦琐迂回的演算路径，避开显而易见的结论，旁加大量的佐证。他的计算过程常常旁逸斜出，将看似毫无关系的数据加以联系进行推理，这就势必导致那些看似故意的错误。因为杨的工作报告的最终数据都很正常，没有给图像组带来什么麻烦，这些奇怪的演算也就无人过问，只是之后翻看杨的新报告时，我总是多出了一些晦暗的窥私欲，不禁将他在弹性星球考察过程中的疏离态度与这些奇怪的演算联系起来，但对于他到底在想些什么，我仍然没有丝毫头绪。

三

采集工作进行得很顺利，越是深入下去就越会发现这趟长途航行的价值，直到任务完成提前返航时，大家仍然兴致盎然。起飞四小时之后，我们已与弹性星球遥遥相望，它优雅的紫灰色星体已经变成指甲盖大小的圆点，视野之外的恒星发出的蓝色光线像巨大的透明扇面一般铺展开来，渺小的星舰就在扇面上游弋，逐渐飞向幽蓝与黑暗混合的边界。返程对于我们来说只是一场漫长的等待，让人昏昏欲睡。我花了几分钟喝了点儿水吃了片干燥的面包，打算到观景台上消磨一阵子。而就当我在舷窗前的水池旁清洗餐盘时，我猛地呆住，绝望地发现弹性星球消失了。我并非为离开它而依依不舍，而是它确实突然在一刹那间就不复存在了。仅仅只过去了几分钟而已，即使远域舰一直在加速，也绝无可能让一颗星球在几分钟之内就彻底消失在视线之外。我冲上观景台，挤在同时从各舱里涌出来的大量人员中间，大家都不约而同地发现，原来弹性星球本该出现的位置现在空空荡荡，只剩下来源不明的蓝色光线逐渐变得晦暗。片刻之后，我从公共广播中得知，弹性星球确认消失，而远域舰在过去半小时里位置没有发生任何变化，一直停留在距离出发点 62 万千米处。但与此相悖的是，航行监测报告显示我们一直在加速，航线并未偏离。

"我们早该意识到了。"

当杨不知何时出现在背后，在我左肩膀上方开口时，我才发现自己一直踩着他的右脚。

"返航出问题了。这片宇宙空间里除弹性星球以外没有其他星体，缺少参照系，星舰航行是否正常只能靠航行监测器的数据来判断，但到现在却没有报告任何异常，一定发生了什么超出监测器能力范围的特殊情况。还记得那片突兀的群星与黑暗分界线吗？在航线几乎相同的情况下，本来在一个小时以前，我们就应该已经越过分界线，从黑暗的一侧重新进入充满星体的明亮空间了。"

接下来，杨几乎与头顶的广播同时开口，舒缓的人工女声覆盖在他平淡的声线上，温和地向我宣告道："如果猜得不错，我们可能驶入了骇变宇宙。"

一瞬间，我差点儿要不经任何思考地反驳他了，但长时间未开口的紧涩喉咙只能发出前几个音。杨耐心地等待着。在我的观念中，骇变宇宙一直以来只是个怪谈般的概念，即使存在也不可能那么容易碰到，它应该是一个隐藏在遥远空间中的怪物，如今还未有任何接触记录，我仅仅知道它是一片时空维度瞬息万变的特殊宇宙空间而已。

"如果是骇变宇宙，为什么出发前我们从未观测到？而且除了此刻，整个航程都算是顺利无比，我们有理由相信一切马上就会恢复正常。"我盯着杨，意识到自己的辩解正在随着观景台外迅速加深的黑暗而变得孱弱无比。而接下来杨所说的话，在我看来几近呓语，根本无法分辨其中事实和猜测的边界，或者这只是一段他即兴捏造出来的

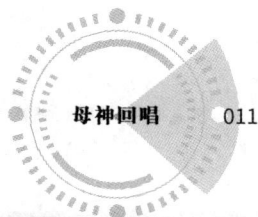

荒诞预言。

"你难道不觉得这一趟航行太过顺利吗？人类胚胎团的外壳加固难题亟待解决，我们便无比幸运地发现了这颗为这个难题量身定制的弹性星球。抵达目的地的航行如此顺利，甚至在弹性星球的周边空间内，没有其他任何一颗星体或星际物质来打扰我们，连引力计算都可以省略不做。一切都如此顺畅，仿佛精心设计过。

"没有多余干扰物的偌大空间，唯一摆放在中央显眼位置的充满诱惑力的星球——显而易见，这是一个完美的宇宙陷阱，而弹性星球就是那个香气扑鼻的诱饵。我们人类作为弱小的猎物，反而欣喜若狂地向它直扑过去。"

此时杨所说的一切都在强力地敲打着我的神经，我几乎无法理出一个平稳的思路。他没有任何停顿，充斥着疯狂与臆想的语句带着巨大的惯性，刹不住车似的倾泻而出。

"如果你还记得在地球的时光，能够回想起蛇的鳞片，那么就能轻易理解我们是如何毫无防备地落进这个陷阱的。骇变宇宙是同样的诱捕结构，驶入和驶离它就如同沿着不同方向抚摸蛇的鳞片一般。驶入时顺着骇变宇宙的'鳞片'，一切都会顺畅无阻，但是当返航时，反向的动作只会掀起它的'鳞片'，暴露出它变形的实质。在人类没有离开地球之前，学界就提出过'宇宙褶皱'的说法，那个时候骇变宇宙还只是一个滑稽的边缘学说，即使后来引起了更大的关注，也没人把这两者联系起来，更没有人会猜想到'宇宙褶皱'就是骇变宇宙所谓的'鳞片'。这样精妙的结构，致使在外部观测时，它只是一个普通的安全的宇宙空间，只有进入之后，才能看到它对内展开的一切秘密，但是一旦进入就无法再逃离，这就是陷阱固有的悖论。"

"可是骇变宇宙的捕猎又有什么意义？我难以想象宇宙还要像动物一般需要生存的养分……"除了昏头涨脑的追问，我几乎找不出任何别的话语来回应杨所透露的信息，可收到的只是他略带嘲讽的轻笑声。

"处在未知的宇宙中，人类的所有行动只是宇宙巨大数学运算中的一个括号、一个平方，追问其意义几乎是最可笑的行为了。你知道我还有什么大胆的想法吗？我猜测弹性星球或许并不是骇变宇宙本身孕育出来的，而根本就是上一个误入陷阱的可怜猎物，在新一轮的诱捕中被当成了诱饵。看看我们现在的处境吧，不出意外，我们也将成为下一个可口的诱饵。骇变宇宙可以永远将这种捕猎游戏进行下去，我们无从得知这位猎人有何收益，遑论什么意义，捕猎的目的就是捕猎本身，可能这一切都只是一场单纯、无序的捉弄。"

在黑暗中，杨似乎显得有些筋疲力尽，观景台外幽蓝光线投下的栏杆影子已经从杨的脚下爬到了我的右手。我后知后觉地意识到，这片空间中只有这片诡异的蓝光却不见发光的恒星，并非是因为距离太远而不可见，而是因为恒星根本不在这片空间，这片扇形蓝光是因为骇变宇宙的变形折射投影到我们所在的这片空间中来的。那么弹性星球瞬间消失不见，或许也是骇变宇宙的一个小小的变形戏法。无法确定的是，弹性星球究竟是被转移到了另一个时空，还是直接被这位宇宙猎人吞吃掉了。我们无法从中推断出自己的下场，手中紧握的只有此刻。

弹性星球消失后的一个月里，星舰几乎没有什么动作，只是迷茫地待在原地，偶尔做一些无意义的调整。彭没有办法下达任何有效的命令，因为我们一直被骇变宇宙在不同的时空维度之间抛来抛去。杨的灌输具有强大的迷惑力，我现在甚至开始恶趣味地猜想，骇变宇宙是不是正在把远域舰——它的新猎物和诱饵，尝试着放到最合适的维度中去，以便设置下一个精妙的陷阱。当然，全舰都沉浸在高浓度的焦虑与绝望之中，我不可能幸灾乐祸，但如果抛开一切情绪，只谈论骇变宇宙本身，这或许是我们所能见到的最怪异、最壮观、最不可思议的宇宙奇观。

　　我已不想提及在最开始，我们少见多怪到了怎样的地步。一些体积、颜色、形状超乎想象的星体或星云就足以让我们惊呼出声。随着无数次被抛入不同的变形空间，这些都成了家常便饭。我们曾目睹一颗比太阳硕大得多的恒星围绕着一颗几乎看不见的微型星体旋转，看见无数颗一模一样的天蓝色星球彼此复制又融合，看见行星如生产般分娩出它的卫星，看见横贯长空的星际大裂谷，并不是像黑洞一样把所有靠近它的星球都撕裂，而是所有星球都像小石子般滚落谷底，发生高能碰撞，四射出绚丽的强光，宛如一个爆炸反应箱。但更多的时候空间变幻得太快，我们无法捕捉任何景象。有时甚至直接落入了一无所有的纯白或纯黑中，可能我们已经远远超越了时空，进入了人类无法理解的维度。

四

　　一个月过后，骇变宇宙终于安静了下来，我们得以停留在目前这个空间中，似乎这位宇宙猎人已经再一次调试好了陷阱，开始了新一轮的窥伺。虽然情况不容乐观，但是我们起码没有不幸地落入对其没有多少认知的超维度空间中，眼前的这个空间看起有一种让人稍微安心的熟悉感：在掺有淡棕色和浅灰色的深邃黑暗上，无垠的群星只散落在我们的头顶和脚底这两面，显出一种疏冷的遥远。平行地望去，除了无尽延伸的空旷，没有其他任何存在，除了三艘和我们一模一样的星舰在慢慢地同步航行。

　　彭作为一位果断自信的舰长，没有耽搁多长时间，在大致地收集了一些基本数据之后就召开了会议。他没有遮遮掩掩，将所有已知情况和猜想和盘托出，毕竟我们已经处于一个直面死亡的境地，安抚情绪的话语只会显得多余甚至充满亵渎。

从数据来看，我们能够把握的能动性十分有限，向外界发出的信号也因空间变形导致无法被接收。头顶和脚底闪烁的群星，就是一片充满欺骗性的背景板而已，可能只是另外一个变形空间的投影。往群星的方向航行不久，就会如之前离开弹性星球一般停滞，白白耗费了燃料，位置却没有任何变化，只有平行方向上的黑暗可以通行无阻。而远处一模一样的星舰，我们猜测又是平行宇宙玩的一种把戏。

"骇变宇宙拥有出口的论调，我只在一个不入流的科学八卦杂志里看到过，都不愿再回忆它的语气有多么像开玩笑——'找就是了'。它说得不负责，但如果我们还有一丁点儿乐观，就得让星舰推进器动起来。"彭语气平静，但是我们心知肚明。没有什么比在虚空中静待死亡更接近人本身的生存思考，这种纯粹的哲学困境会抢在死亡之前将我们折磨至疯狂。那时的我们只是自我安慰似的进行着地毯式搜索，谁也没有料到真的会找到出口，而且几乎没花费什么力气。

仅仅在沿着某个平行方向航行一个星期后，我们发现了一个只有足球大小的纯黑色球体。此前我们从未观察到与之类似的虫洞或者其他穿越通道，因此无法快速判定，就连认识它的真面目也很难做到：我们看到的球体外观，可能只是高维度空间在人类能够认知的三维空间的投影罢了。那个黑色的球体安静地悬浮在星舰面前，周围的空间都在被吸扯而去，向其急速坍缩，它就像是一场风暴的中心。球体没有任何的变形，始终稳定地旋转着，星光在其光滑至极的表面如水般流转。真是个骄傲而高贵的小家伙，我无法不这样认为。

穿越通道的速度难以感知，星舰似乎刚刚进入，所有的过程就已完成。展现在我们眼前的并非是那片具有条带状纹理的宇宙，而是一个毫无变化的空间：上下夹击的群星，始终在平行的远处与我们同步航行的星舰。一切都在宣告逃离的失败。

我们简单地将其归为次数问题，认为这片变形空间是一个烦琐的套盒结构，或是像买彩票般需要命中某个概率。我们再次找到了那颗纯黑色球体，再一次穿越之后，面临的仍然是同样的空间。我们第三次、第四次、第五次，直至多次尝试，始终都会回到这一片空间中，遥远的双面群星没有发生丝毫变化。

放弃了那颗最初发现的黑色球体之后，我们又发现了两颗一模一样的黑色球体，三者连线可以构成一个等边三角形，像远古的神秘仪式一样悬浮在这个巨大的变形宇宙中，星舰就在这中间四处游荡。有此发现之后，我们又将其设想为无数个需要做出选择的三岔路口，有时星舰从黑色球体一号穿过，有时从二号或三号穿过。或者在三者中进行简单的排列组合，不外乎一二三、一三二、三一二……诸如此类。但是通过这种徒劳的排序，我们没有一次能够逃离这里，见到不一样的宇宙空间。星舰无数次地回到原点——那些逐渐被厌烦甚至憎恨的双面群星，平行宇宙中无法触及的星舰，一旦驶近，就将与我们的星舰重叠而后消失。这个空间中的一切，包括三个完全相同的纯黑球体，甚至逃离这个动作本身，都似乎暗含着一种轮回循环的隐喻，无形的莫比乌斯环从未如此明晰。绝望的情绪在全舰蔓延到了无法纾解的地步，所以到了最后，我们只是在三者中胡乱选择，随机穿梭，毫无意识地在这个永远无法逃脱的宇宙中游荡。

五

此后五个月中，我很少听见队员们的动静，三个月前星舰因燃料储量较低停止行动后，所有的动作和声响都被刻意的沉默逐渐吞噬。

我将时间全部消耗在一场接一场的无意识睡眠之中，长时间地做很多不着边际的梦，梦见如羽翼般堆叠的多重云层和山顶上孤树的剪影。偶尔醒来时头疼欲裂，凭我的精神状态几乎已经无法做出基本的思考，所以我尽可能地避免外出，不再强求自己分辨梦幻与现实的界限，有时候会在无灯的舰侧走廊里看见一些模糊的身影，但那似乎不是实体，只是一团团剧烈抖动的黑暗线条，出入于卫生间与寝舱之间。我不知道我看到的究竟是什么。生理需求似乎也变得极不真实：我常在小便池中看见扭动的黑鱼，或者进食大量面包之后腹部胀痛着醒来，却发现自己正坐在餐桌前，盘中的面包切片丝毫未动。在某个混乱的梦境中，一颗微小的散射出极强光线的星体悬浮在我的身体上方急速膨胀，背景中显出一团剧烈扭动的黑色线条，在星体后方逆着光逼近，在黑色线团近到清晰成一个人形时，发光星体猛然爆裂，飞溅的燃烧碎片落到我的身上便迅速熄灭。从噩梦中惊醒后，我发现杨正站在床边。

从卫生间洗了把脸回来后，杨还未离开。他挥了挥手向观景台走去，我整理一下七歪八扭的衣服，摇摇晃晃地跟上去。

"我们似乎真的成为一种原始动物了……"他喃喃自语的声音不易听清，我下意识地凑近了一点儿，他又拉开了点儿距离，我才意识到我们两人身上都已经微微发臭。他看上去并没有我这么不堪，脸上还是原来那种大雾开始散去，前路尚不可见但逐渐明晰的神情，不过明显呈现出竭力支撑的烦躁与疲倦。杨用力地清了清嗓子，除了开口的重音外，声音还是逐渐滑低下去："许多人精神状态已经不太乐观。当然，包括我。当人的意识毫无用武之地的时候，连生理本能到最后也会不受控制。所以不管怎样，我还是希望，如果可以，我们起码不能放弃交流，这是在目前状况下让我们区别于纯粹动物性的唯一有效办法……"

我们并没有约定时间，但之后数星期，我常会在观景台上碰到他。

我们倚靠在栏杆上，对着双面群星进行一些连贯性不强的交谈，常常上句不接下句，也不注意回应对方的话语，一个话题不时被截断，搁置几天之后才继续谈论。更多时候我们只是沉默着消磨时间，或者沉溺在毫无来由的针对彼此的厌恶情绪中。在断断续续的交流中，我发现自己无法对杨做出确切的概括，他的身上有一种界限分明的和谐感，但这并不是一种客观公正的评价。对于他试图通过交流来达成精神复健的行为，我本以为这是一种乐观的表现，但实际上他长时间沉浸在负面情绪中，对积极的提议感到抵触，不过这些似乎不会干扰他的理性判断。杨的精神本身具有强大的生命力，其张力要远远超过人的情绪、品格、道德，或许这就是他对于我来说始终如此陌生的原因——我无法找到一把既有的可用于人格评价的尺子去丈量他。我常常能够从他那儿听到闻所未闻的事情，只是无法分辨其中到底有多少真实成分，杨从不提示他所讲述的哪些是事实哪些是猜测，这在他看来并没有什么分别，连谈论的语气都不会发生变化，我便也无从得知。在此后的无数时刻，我将反复想起他对我说的话，通过对他零碎叙述的拼凑，得出一些大致的印象，更多的仍是无头无尾的语言碎片。

六

"前段时间远域舰还有些动静的时候，许多队员在咒骂人类胚胎团，他们说的没什么错：没有胚胎团，我们剩余的人类也不可能沦落到现在生死两难的境地。但是他们忘记之前称呼胚胎团为'进化神迹'的论调了吗？对胚胎团的宣扬近乎神话，作为个体形态的人类却跟神性一点儿也搭不上边，以至于这种片面崇拜只会在人类所面临的立体困境中走向崩塌。

"说到人类胚胎团，或许你知道它并不是为了人类进化而创造出来的吧，正相反，它起初正是为了避免人类灭绝而创造出来的。虽然地球的末日灾难驱逐了它的原住民，但人类移民火星的计划早就筹备完毕，从驶离地球到落地火星，一切都顺利得出乎意料，唯一要处理的是一个生物学上的小麻烦：他们发现人类胚胎团无法按计划时间分离。那些生物学家并未重视，以为是人类胚胎团的冬眠状态有所延迟。在地球崩溃之时，最大限度保证全体人类的生存权利，将几乎所有人类压缩为胚胎状态成功带至火星——这次的'挪亚方舟'将搭载所有人——这个离奇计划的成功已经让这些专家大喜过望，剩下的不过是等胚胎团冬眠缓冲期过后，滴上一两滴胚胎分离剂，再将单个胚胎重培为人类形态——这些常规的操作交给实习助手都不会有任何差错。他们将此事搁置一个多月，留出了足够让压缩剂和冷冻剂完全分解的时间。在此期间的观测和记录，不恰当地采用了轮班制，致使对人类胚胎团的观测失去了连续性，所谓的记录变成了对日常工作横截面的机械描述。

　　"实际上在观测中途，人类胚胎团的演变就已经远远超出了现有生物手段所能控制的程度，但根本没有人察觉。在生物学家看来，人类胚胎团的原理简单明了，不过是'体积压缩'的生物学版本：把人体进行逆生长培养，还原为胚胎，再将所有胚胎在无损情况下聚合压缩，就像往盒子中装弹珠的简单动作。在预想情况下，人类胚胎团除了受到外力作用干扰，内部不会有相对运动的发生。但在人类胚胎团分离失败一个月后的观测中，基准胚胎的位置发生了变动，内部的胚胎逐渐向外扩散，外部胚胎向内聚合。之后的运动是无序的，基准胚胎时刻在移动，其他的胚胎的位移也无规律可寻。一个星期后，运动停止了，胚胎团似乎重新找到了一种和谐状态。此时，胚胎的排列已经与之前压缩时的排列大不相同，观测人员只能重新标定基准胚胎，但这一外力影响也不能改变胚胎团的全新内部布局：在探针插入搅动之后，胚胎团微微蠕动，就快速恢复了原来的状态，外力操作好像只是简单地将胚胎团晃了一晃而后静置。生物学家初步将其归为迁移至火星后需要重新适应重力的结果，显然这只是无力的开脱。后续五天没有观测到新的变化，直到半个月之后，胚胎团的培养基液浓度迅速升高，基液中出现了大量脱落的细胞膜成分。胚胎团中单个胚胎的细胞膜厚度只剩下原来的十分之一，胚胎间相互紧贴，彼此依存，空隙被进一步压缩，培养基液大都被挤到了胚胎团的外层。观测人员无法再保持从容，在重新替换培养基液时强行剥离了一部分胚胎，想搞清楚到底发生了什么，好做一些于事无补的挽救。但细胞膜变得极薄的单个胚胎似乎无法脱离原有的压力环境，剥离后三分钟就全部破裂死亡。

"此后，我无法再从公共渠道得知人类胚胎团的变化情况。人类胚胎团的观测实验室转入火星地下空间，一切公开的报道都被禁止。最新的消息停滞在生物学家宣布在找到有效手段之前，无限期地保持人类胚胎团的聚合状态。"

彭决定召开紧急会议的消息让我们所有人都感到意外。三个月前远域舰燃料严重不足，只剩下绕行三颗纯黑球体两圈的余量，彭不得不下令中止航行。自此之后，我们很少再见到彭，全舰的指挥中心似乎已经分崩离析，我们无法想象彭现在处于何种状态，他如此自信强硬的性格遇到远非人类能力所能决断的困境，他的自我认知都可能会重构，更无法期望他对于自己的职务还会有怎样的回应。我们在这次突如其来的会议上见到他时，他的外在状态与我们的想象相差无几：未经修剪的头发夹在耳后，憔悴疲惫的面部时有恍惚。但他在会议上开门见山提出的猜测，表明他不仅没有一直在自我消耗，还做了更为坚韧的探索，他提出的一切可能并不是空想。

在彭看来，除了用人类已知的逻辑去寻找突破点外，我们没有任何其他选择。越是这种像变魔术一般的变形宇宙，就越可能由最显而易见的原理支撑。我们之所以在徒劳的尝试中毫无进展，是因为始终紧盯着面前已知的可能性，那三个纯黑球体出口成了我们唯一的较劲对象，除此之外我们大意地目空一切。但实际上，三个纯黑球体不是最终的结果，而只是结果的暗示。彭在白板上画了三个黑点表示三个球体，又将三者用线连接，形成一个等边三角形 A。之后他停顿了一下，意味深长地扫视整个会议厅，才重新转身面向白板，以三个黑点为三条边的中点，又画了一个等边三角形 B，将三角形 A 嵌套在 B 中。我们一头雾水，许多队员已经开始对彭隐晦的讲解感到不满，彭却有力地做了一个"停止喧哗"的手势，不慌不忙地展开了这场会议中最为重要的讲述。

"对于远处与我们同步航行的星舰处于平行宇宙的结论，我没有任何异议，毕竟关于平行宇宙的研究已经很成熟，再进行否定是自己丢弃自己的科学武器，并且也有违事实。但我一直在想的是，为什么在这里会出现平行宇宙？大家也在骇变宇宙稳定前见识过其他不同的变形空间，如果我们的观测能力没出大的偏差，就会发现每个变形空间中只有一个重要因素。到我们这儿怎么会出现了不止一个的重要因素？

"就让我先偷懒地相信，问题的答案都是简洁优雅的吧！我并不认为平行宇宙和纯黑球体出口是截然不同的东西，它们应该都是一个统一要素的不同体现。平行宇宙中的星舰的运动数据我们早就有了，可一直都没有做出有效的分析。直到我画出了这个并不存在的三角形 B，才发现这一切内含一个完美的几何结构。平行宇宙中的星舰都是以三角形 B 的边为对称轴与我们对称航行的，当我们无限靠近其中一个时，就会与它重叠为一，这难道不就是一个简单的镜像吗？当你无限贴近镜子，就将只看到一个重合的身影。如果将三角形 B 的三边看作三面镜子，那么所有问题都迎刃而解，只不过这面镜子会把倒映出的镜像实体化，并且同样复制出原物体所具有的所有特征以及维度。也就是说，这面镜子甚至可以复制出空间、时间等，但在这些维度上会做些手脚，并不完全相同。或许这就是我们会在这里看到平行宇宙的原因。我们从先入为主的结论出发，直到现在才后知后觉地发现它的形成原因。

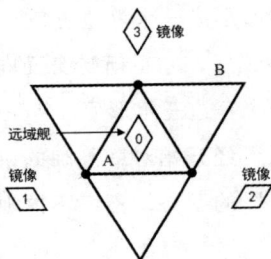

"秉持着变形宇宙内只有一个重要因素的观念，如果从镜像的角度去分析纯黑球体出口，它恰好位于等边三角形 B 三边的中点。第一种可能是纯黑球体的实体与它的镜像重叠，但如果这是正确的推断，我们在第一次穿过球体的时候就已经成功逃脱了。第二种可能，也是我认为最接近真相的可能是：那三个刚好位于镜面上的球体，是进行镜像作用时，因为原体本身强烈坍缩的穿越特性而留在镜面上的疤痕，所以这三个球体有传输功能，但也只是三个假性出口。真正的出口，也就是纯黑球体的原体，如果我猜得不错的话，就在等边三角形的正中央！

"我曾经说我们并不是反复回到相同的空间，这并不只是安慰，而是事实。在每一次进入纯黑球体，通过假性出口之后，监测都会发现远处平行宇宙中的星舰的运动轨迹发生了变化，就好像三角形 B 颠倒了过来，新的镜面三角形和原来的三角形是互相嵌合的。每进入一次都会如此。如果你们在地球的时候玩过纸牌，搭过纸牌屋，那么就能明白，我们所在的宇宙不过是一座横放的无限重复的纸牌屋，纸牌就是镜面，搭成的小格子就是等边三角形，只要其中有一格等边三角形正当中摆放着纯黑球体的原体，就能进行镜像的实体化，然后再进行镜像的镜像……这样每一格等边三角形都能拥有一个真正的纯黑球体和镜面上的三个假性出口，而我们每次穿越就是通过假性出口进入另一个等边三角形中。很遗憾我们竟然在无意义的纸牌屋穿行中浪费了那么多的时间和燃料……"

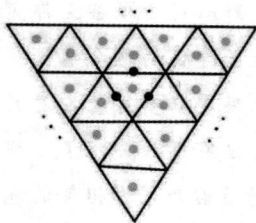

　　此刻我们的耐心已经到达了极限，忍不住就要破口大骂了。我们难以跟上彭的思路，也根本不想去理解他到底在说什么。有人站起来，怒不可遏地问出了那个我们唯一关心的问题："那为什么我们从来没在正中央看到过真正的出口？！"

七

　　"我无法再找到可靠的消息源，从各种秘密渠道传出的八卦消息内容离奇。有消息说人类胚胎团的体积成倍地增加，地下实验室的空间早已无法容纳它的急速膨胀，不得不无休止地扩大空间，补充供给，甚至有研究人员为此失去了生命，不过后者在我看来就是夸张的怪谈而已。也不是毫无收获，虽然细节可能不真实，但各种消息反映出的同一个信息是确定的，那就是胚胎团的变异已经远远超过了我们的想象，它的生理秩序已远非我们所能理解，或许它比人类知道的所有生物都更具有潜力，而这种潜力，可以说就来自我们人类本身。"

"这样说的话，我好像能够理解人类胚胎团为什么会有今天这样的地位了。"

"是的，这种解释很巧妙，它逐渐把公众的注意力导向一个人类几乎已经放弃的野心，在我们被地球灾难驱逐，像个流浪汉似的在星际间居无定所之后，把这个野心说出口甚至都变成一种羞耻了。你介意我挑明吗？对，差不多就是你说的这个意思，也就是寻求在宇宙中永恒地存在下去。这听起来确实狂妄得让人发笑吧，可是放到我们的处境中，这个野心也就显得没有那么突兀了：离开赖以生存的地球，暴露在未知的宇宙中，时刻面临着无力招架的危险，生存的愿望变得异常强烈，我们无法不渴望一些更可靠的存在，它不是微小的、短暂的个体形态，而必须是巨大的、强有力的、完美的、和谐的、持续生长的一种聚合形态，它必须前所未有地接近神迹，能够承载人类的希望，在我们灭绝之后也能长久地存在下去，直到永远。"

"所以人类胚胎团从一个错误开始，反而变成了一种契机？"

"没错。其实早在地球的时候，人类不就已经开始为这个野心努力了吗？如果说医疗还仅仅是为了让人得以维持正常生活，适当延长寿命的话，那么发展到后来的芯片植入、人体重造等手段，野心就已经初现端倪了。人类尝试过无数的进化手段，都不过只是对已有的进化道路的拓宽而已，无一例外。没有那个巨大的错误，人类根本无法如此及时地触摸到进化之钥。这似乎非常嘲讽，在误打误撞中，人类才寻找到了契机，前所未有地迫近了永恒。

"此后对人类胚胎团的宣传导向就有了很大的改变，部分信息也逐渐公开，背后的一些争斗我不想提起，那并不是我最关心的内容，而且随着人类胚胎团惊人的生长进化，这些都变得不再重要。当时将人类胚胎团移入火星地下实验室只是掩人耳目的一时之举，但之后火星外部环境因大气重造和地表改造而长期不能恢复稳定状态，相较而言，地质活动少且隔绝性、保护性较强的火星内部成了勉强合适的胚胎储存地，也就一直没有对胚胎团进行转移。如果说单纯应对胚胎团的体积膨胀，还能做好扩大火星地下空间的准备，对于其他的变化，专家除了及时观测记录外束手无策。胚胎团在刚进入第二次生长期时就已经自主发展出了缺陷基因的消除功能和优质基因的复制功能。之后胚胎团进行了内部繁殖，能量转换的形式在人类看来是残酷的，我们旧有的伦理道德观念似乎已经被彻底颠覆了。在一个小胚胎行将就木，即将进入无意义的能量消耗阶段时，它就会在将能量传输给其他胚胎之后彻底分解，再由其他胚胎诞生新的细胞填补空缺。或许为了促进能量与营养的最大利用，所有胚胎进行同频律动早就开始了，直到后来逐渐稳定并加强，才形成我们听到的那种类似于心跳的搏动声。或许不久之后，我们就能期待胚胎团抛弃地面上的能量处理器群，直接利用太阳能。凭借它惊人的能量吸收率和循环利用功能，长久地维系生命是完全可能的。这次针对弹性星球的采集任务，不就是为了在它成熟之前，为它寻找适合的保护材料吗？"

"如果始终无法分离胚胎团，我们也别无选择吧。"我倚靠在栏杆上自言自语道。

杨没有再说话。

在开口之前，彭沉默了很久，可以看出他厌恶被这样质问，但也清楚在这一点上不能含糊其词。他冷静地指出真正的出口能够被镜像显示但却无法看见，是因为骇变宇宙用人类无法操控或无法理解的维度隐藏起来了。最可靠的猜测是，真正的出口被隐藏在时间维度之中。这片宇宙空间中没有任何星际物质可供我们进行时间样本采集，自然无法得知远域舰所经过的每个等边三角形中处于怎样的时间状态。但是当远域舰停航，所有的视角向内聚焦，特别是当彭做出那一番全新的推论时，我们突发奇想地对远域舰本身进行了时间样本的检测，竟然发现舰体本身呈现出不同时间状态的交错。在第一次检测时，舰体的外壳材料呈现出使用过度的老化状态，只有运行超过 50 年才会出现出如此严重的老化，可远域舰启用才不过两年的时间。第二次检测时，同样的外壳部位却显示为分散的元素状态，也就是远域舰的舰体材料还未成形，还处于最原始的元素聚合状态。在采集多个队员血液并进行同样的时间样本测试之后，检测结果不出所料 —— 即使我们已经如此迫近这个骇变宇宙的真相，但仍然处于它无法逃脱的操控之中。我们并不是陷阱的设计者，所以即使我们同样处于时间维度中，这也只会成为对付我们的手段，只能听任这位猎人把我们在无数个时间点之间随机地抛来抛去，一次次与不同时间维度上的真正出口失之交臂。除非有外在的时空干涉，我们能做的只有等待，等待被抛到与真正出口相同的时间维度中，或者说，等待猎人自己将它的猎物抛到陷阱出口。

最后彭对我们的宽慰只能说聊胜于无，他说起码我们没有被置于时空维度之外，还拥有被解救的可能性。我几乎要辱骂他不近人情了。但随后他进行了坦白，承认他所做的一切并不是为了找到出口，而只是让我们持续接收外界的刺激，坚持着活下去，哪怕喘息到最后一秒。他的面容难以描述，我从未见过有谁面对死亡会呈现出如此冷硬而又温暖的神色。席间一片沉默。有人缓缓地提出疑问，声音中的绝望不言而喻："时间维度我们还能够认知，但如果真正的出口隐藏在人类无法认知的其他维度之中呢？"

"那我们坦然接受无法回避的死亡。"彭的神色没有任何变化。

八

"我们走得太远了，自从驶离太阳系之后，基因链条上传导的搏动声已经听不见了，如果还能有一些声音陪伴，现在星舰上的士气也不至于如此涣散。彭能够当上舰长，并且在骇变宇宙的折磨下能保持基本的精神秩序，甚至还一直在积极地寻找出口，除了精神内核与我们根本不同的原因之外，我想不到其他的答案。

"我是在儿童养育所里跟彭认识的，那里托管的都是些父母或者亲属签署了胚胎化协议的孩子。放宽心，我要说的当然不是那种儿童实验的恐怖故事，实际上养育所的资金投入很充足，教育与生活条件也很好，那算是我不错的一段童年回忆。当时我与彭交朋友，纯粹因为我觉得他是一个非常理想化的人，拥有极高的荣誉感、强烈的奉献精神和不可动摇的坚毅个性，直到现在他仍然保有这些珍贵的特质，没有随着年龄增长而有任何削弱，反而更加强烈。我在所有时刻都怀有对他的尊敬，即使我跟他在人类胚胎团的问题上有所分歧。

"彭对于人类胚胎团怀有的是一种完全理念化的感情，这种感情来自与生俱来的使命感与牺牲冲动，带有近乎宗教意味的敬爱。我常常碰见他在新火卫的观测台上凝视旋转的火星——当然是指火星内部的人类胚胎团。我猜想在这个时候，浮现在他脑海中的，绝对不是一个个单独的胚胎，而只是胚胎团的整体，他应该也很少会想到他处在胚胎团中的母亲。这保证了在必要时，他总能做出舍小为大的利益最大化的选择，这是天然的领导观念。彭是担任舰长的不二人选，没有人会在这一点上有异议。只是在我看来，这种纯粹的信念感未免太过于虚幻和冷漠了，他始终想的是'抽象的人'……不，这并非冷血，冷血是对一个随时准备献身的人的侮辱。他的行动模式与我们完全不同，他的动力来自虚空的理念，驱使他采取行动的是一些纯粹精神性的东西。

"或许这是更为理想的状态。我常陪他一起待在新火卫观测台上，但想的是更为自私的事情。你知道，我的母亲和妹妹都签署了胚胎化协议，我的身体中植入的也是与她们相连的基因链条。我本来以为胚胎团的分离与重培会很顺利，相信我们一家将会在新的宇宙家园相会，但直至今日她们依然在胚胎团中，我甚至不知道她们是否还有作为人的意识。起初与母亲和妹妹相连的基因链条给我不少安慰，但随着胚胎团内部的融合统一，基因链条上传来的感觉也都趋于相同了。有研究提到单个胚胎之间的差异越来越小，可能胚胎团本身携带的自我记忆都会慢慢模糊，最后消失殆尽，就算以后某个时刻能够重培成功，那也永远无法成为原来的那个人。我有时会屏息倾听基因链条上传来的每分钟 10 次的胚胎团搏动声，却始终无法从中分辨出母亲和妹妹的心跳声，虽然我也明白这不过是自欺欺人的尝试。可我无法释怀的是，如果母亲和妹妹连自己的心跳频率都无法保留，又怎么能肯定她们是自愿维持胚胎状态，参与胚胎团的进化过程的呢？或许我希望的并不是进化的宏图，只是她们能够自然且自由地存在……"

我为难地沉默了一会儿，坦白道："抱歉，我并没有近亲在胚胎团里，所以经常对这种话题无法共情，不过能够理解。"

"这没什么，因为人口状况差别很大，胚胎计划在每个国家和地区实施起来都不太一样，有些方案制定得过于复杂，没人能够全部弄清楚。"杨转过头直视我，"唯一实际的是，现在还保留着人类身体的是我们。"末尾的两个字他咬得很重。

"按目前情况来看，实际，却谈不上幸运。"我不禁挖苦他道。

"在胚胎化的他们和没有胚胎化的我们之间，我从不认为'幸运'

或'不幸'能够形容其中的任何一个。造成这两者之间区别的只是'选择'。古希腊悲剧中的神谕必将实现，但作为人仍然要去选择行动。

"本来我们甚至没有选择的机会，虽然这种效力微弱的选择到最后还是没能起到任何作用。从人类胚胎化的提议通过到科研开始，再到技术手段成熟，分国家和地区开始正式实行该计划，这整个的时间跨度很大，准备已算非常充分。但即便这样，在全球开始尝试大规模实施胚胎化不久后，因为民意冲击太大，委员会不得不重新修改方案，大大削减了进行胚胎化的人数，重新划出一部分'保留人体'的名额，主要提供给儿童，名额由个人意向和胚胎适宜度测评结果决定，两者各占一定权重。我和你，以及星舰上的大部分人，应该都是受益于这个调整。为了减少人们对胚胎化的抵触心理，委员会还宣传说到达火星之后，在胚胎重培时可以提供器官替换、基因定制等福利，但在我看来这比空头支票好不了多少。但不管怎么样，人们开始面临选择了，从计划一提出就已经萌芽的名额灰色交易也愈演愈烈。

"我和妹妹、母亲三人原本都做好了胚胎化的准备，计划调整之后，分配下来的唯一一个'保留人体'的名额落到了我和妹妹之间。母亲以其一贯的冷静态度和我们一起迅速做出了决定，幸好我们的选择在最终名额决定中权重很大，只要我和妹妹的胚胎化适宜度测评结果相差不大，就能顺利地让妹妹避免胚胎化。我打听过，女孩的适宜度会稍高一些，但这点儿偏差无法压倒我们自己的选择权重。我曾经相信不会有什么问题，母亲也是。

"计划推行得比我们想象的要快，直到母亲要进行胚胎化的那天，也没有看到名额最终确定的结果。胚胎化适宜度测评非常细致，诸如细胞分裂能力、再生速率、胞质浓度、细胞间稳定度、肢体代偿力等等，还包括更多我都无法从名称上理解的项目，似乎都是围绕生命能力的方向展开。我们的测评结果快出来时，母亲的胚胎化已经到了最后阶段。一切都在走向昭然若揭的结局。"

九

　　"你有没有这样一种感觉？命运降临的时刻约等于一个等待的状态，你似乎知道它会来，于是恐惧和焦虑等任何情绪都不再有意义，你只需要低下头放弃思考，沉默地举起双手，命运就这样不可避免地落到你手中。妹妹的胚胎化适宜度极高，高到没有任何犹疑就压倒性地否决了我们的选择，我们必须服从名额分配的规定。妹妹没有表现出失落，她说她其实并不在乎能否保持人类的形态。我沉默了很久，任何不切实际的安慰都像是开脱，最后还是尽量轻松地告诉她，等到了火星胚胎重培之后，她可能就会拥有做好手工课上纸片玫瑰花的基因了。她扯着我的手像只活泼的小动物一样往后仰倒，发出叽里咕噜的奇怪笑声，又摇摇头说，下学期该学做泥巴小象了！

　　"测评结果出来的那天我们得到了母亲胚胎化成功的消息，等过了胚胎观察期我就能够去申请探视。妹妹再一次错过了探视母亲的机会。等到我能够申请探视时，她已经被带离，进入了胚胎化的准备前期。申请通过后，我只身前往胚胎培养所。第一次探视是在无雪而肃冷的冬天，我站在巨大的透明隔离窗外，窗内空间的中央是一个细长的柱状容器，竖直贯穿整个房间，容器周围接满了复杂的软管状器械。工作人员告诉我母亲的胚胎已经分离放置完毕，但是从我的距离来看，只能望见柱状容器内灌满的白色液体，根本观察不到胚胎。实际上，我此前对胚胎的大小没有任何概念，也从未想到他们真的能把人体重新培养到如此微小的程度。之后工作人员端来了一面很像镜子的盘状放大器，盘面中央是圆形的显示屏幕，只要不断左右翻转盘面就能够切换放大倍数，拉近视距。在连续翻转六次之后，我终于在盘状放大器屏幕上清楚地看见了母亲——他们告诉我这个微微透明的极小卵状物就是我的母亲，如果无人向我指明，我会将她看作这片白色液体中的杂质而忽略掉。

"胚胎看上去很健康，透明的卵膜包裹着粉色的内核，核内隐隐可以看见一小段黑色的片状物。我判断柱状容器中的白色液体并不是静止的，而是在以稳定的速度流动更新，但是胚胎悬浮在液体中央却纹丝不动，只有从卵膜小幅度波动的轮廓才能看出液体的运动。除了安静地观察我没有什么可做的，心里对最终是妹妹要接受胚胎化这件事耿耿于怀，母亲可能永远没有机会知道这个消息了。但是探视快结束时，工作人员向我透露说技术部正在研发与胚胎相匹配的语言信息转换器，研发工作接近尾声，或许下一次我就能跟母亲的胚胎说上一两句话。他们向我指了指胚胎核内那段黑色的片状物，说专家实现的不仅仅是身体的重培，还将记忆和思维程序以极高密度刻写到了这个基因片段中，胚胎只要读取这段记忆墨片，就能实现基本的人类脑力运作。将语言信息转换程序和胚胎的生理监测触梢连接起来，就能记录胚胎对记忆墨片的读取动作，进而分析转换成语句，实现与人类的交流。"

"你说的是那个臭名昭著的语言信息转换器？我从没使用过，但是关于它的负面报道倒是看了不少，或者说没人对它有一句好话，它完全就是个不合格的失败程序，这些我想你不会不知道。"

"是，我对此深有体会，但对于当时与胚胎没有任何沟通桥梁的我来说，也算是聊胜于无。一年之后我第二次去探视母亲时，这个程序已经投入应用。我通过它做的第一件事就是告诉母亲最终进行胚胎化的是妹妹，并且她的胚胎化进程已经快要完成了。

"我将语句组织好然后输入语言信息转换器中，屏幕略微停顿了一下就跳转为'发送中'。胚胎无法直接接收到外界的信息，我猜他们是将语言信息转化为某种生理性刺激传导给胚胎。我紧张地等待着母亲的答复。通过盘状放大器，似乎能看到胚胎的内核在微微变形蠕动，母亲应该是在读取记忆墨片进行回应了，希望这不是我的心理作用。转换器的屏幕再次亮起来，画面上开始跳出一长串不断显示又删除的乱码，不时闪现出铺满整个屏幕的杂乱线条和怪异色彩。工作人员安慰我说这是母亲第一次尝试这种全新的语言输出方式，她需要适应。

"果然，屏幕上的乱码开始稳定为几个字符，片刻后，所有字符全部删除，只剩下光标在闪烁，似乎在酝酿着什么。盘状放大器显示胚胎内核安静下来，转换器屏幕上跳出不连贯的三个词：'你''外''身体'。我盯着这些表义不明的信息，猜想它们表达的应该是'你在外面的身体''你的身体在外面'或者'你身体的外面'，诸如此类，似乎指向'我、妹妹和母亲身处两端，我在外面，她们在里面'之义。可是这些事实性的陈述句对于推进交流对话没有任何作用，只是将我的话复述了一遍而已。我疑惑地转头望了望工作人员。他们探过头看了看屏幕上的语言信息，避而不谈问题，而是向我解释说，当人表达和交流时，脑中产生的并不是像我们平常书写或说话时那样线性排列的语言信息，而是一团极其庞大的思维和概念的混杂物，各条语义之间互相作用拉扯，很难将其抽丝剥茧地梳理出来，你可以理解为只是一个神经冲动，它在一瞬间产生的概念性信息很难完全捕捉，这就是为什么在一个文明之初，创造语言是其中最困难却最重要的事。专家能够研发出这个全新的语言再编码电子程序，与胚胎的生理系统相嵌合，已经是他们目前能够做到的最迫近人类语言冲动源头的一步了。工作人员让我耐心点儿，他说等母亲熟练起来，这个语言信息转换程序应该会有更好的表现。

"他们确实说了一部分实话，在接下来的交流中，母亲提供了更多可以理解的字词，随着交流次数的增多，母亲运用转换器表达的意思也相对变得完整，但这个程序仍然比那些专家所设想的要糟糕得多：大部分交流中我的问话收不到任何回复，只有孤单跳动的光标，又或者是让转换器都运转到发烫的无穷无尽的乱码，每隔一小会儿我们就被迫关闭程序然后重新接入。抛开这些不谈，就算那为数不多的几次有效的回应，也传达不出多少有意义的信息。母亲没能通过转换器呈现出一个完整的句子，都是零散破碎的字词，而且就算这些字词是按先后顺序打出来的，但很明显，它们之间的逻辑顺序并非如此，所以很多时候我只是在做一些烦琐的排列组合工作，尝试在词语的颠倒重组中找寻母亲所要表达的真正含义。徒劳，只有徒劳。我发现母亲所给出的几乎都是有具象意义的词语，而没有任何表示情感判断的词语。如果我向她询问以前的某件事情，她会比较顺畅地给出像地点、人物、关键物品这样的几个词，将这些词串起来后可以大概描绘出事件的原貌，当然，得加上自己的想象。但是就像刚才所说的，她只是给出机械的事实性陈述，她的描述中不带有任何价值或情感指向。工作人员当时的说辞是，将人体胚胎化时没有保留情感，情感作为后天产生的东西建立在思维、记忆、经验和外界刺激的基础上，只要胚胎重培为人体时，将记忆墨片全部读取，并且逐条将信息输入大脑，那么就会重新产生相应的情感。这些话给我的印象是我筋疲力尽地忙活了一通，仿佛是在画一个连线图，将图上的小黑点按照顺序连起来，但是最后形成的图案却没有任何意义。"

"原来跟单个胚胎的交流都如此困难……我还记得在第一次胚胎团膨胀期的时候，委员会还让专家把这个语言信息转换程序修复更新了一下，尝试用于跟整个胚胎团的对话，到最后也是不了了之。"

"是，他们的研究没有进展，就破罐子破摔地想从胚胎团那里直接问出点儿消息。你知道最后的结果吗？"杨感到有些好笑地卖关子。

"少耍机灵了，到底怎样？"

"转换器在接入胚胎团的一瞬间就报废了。他们不甘心，尝试优化程序，迭代了好几次，但都无一幸免，而且毁掉的不仅是机体硬件，连里面嵌入的语言信息转换程序代码都被破坏了个干净。"

十

"第三次去探视母亲的时候，妹妹也已经完成了胚胎化，我也申请了第一次探视她。我在隔离窗外安静地徘徊了好一会儿，不再寄希望于通过转换器进行交流，它无法重现以前母亲言谈中始终保持的清晰的逻辑和专注的情感，屏幕上显示出的字词背后似乎不是母亲在说话，而是一台年久失修、故障百出的智能机器在徒劳地运转。我吸取了第二次探视的教训，省去了徒劳的尝试，只是默默陪伴着母亲。临走时，我用语言转换器向母亲告别，并告诉她妹妹已经成功胚胎化，结束这里的探视后我就可以去另一个房间探视她了。意外的是，转换器屏幕却很快闪烁了起来，跳出'妹妹''我''找''近''一起'等字样。母亲似乎正在努力地告诉我一些东西，屏幕上不断地重复着一个词或者用近义词替换，像是在尝试寻找更贴合的表达。我惊讶极了，从词语持续输出的节奏来看，母亲的表达意愿从未如此强烈，她的语义正在转换器的局限下剧烈地扭动和挣扎，像是要破茧而出。我强迫自己尽快将其分析出来。词语的指向其实很明显——母亲正在力图表达她和妹妹的胚胎之间的位置关联，她可能已经见到过胚胎形态的妹妹，但是我不确定是妹妹找到了母亲还是母亲找到了妹妹。能够推断出的是，她们的胚胎很有可能处在一个邻近的位置，而且几乎是紧贴在一起。临走时我请教了工作人员，隐瞒了母亲回复的情况，只询问他在集体培养胚胎时，是否会按照血缘或者基因等标准，将亲属胚胎有意地排列在一起，工作人员否认了这一点，说现在只是初步按照胚胎化的时间先后顺序排列。我又问他胚胎目前能否产生自主运动，他再次否认。我意识到事情开始变得复杂起来。

"接下来看望妹妹时，我没能从她这儿了解到母亲所说的情况。跟妹妹的交流很困难，儿童思维的成熟度和有序性都比成年人差很多，转换器无可避免地出现更频繁的乱码，文字交流对胚胎化的妹妹来说变成了一件几乎不可能的事情。正当我束手无策时，工作人员告诉我转换器有专门针对儿童的备用语言模式，他在转换器的侧面操作了一通，屏幕旋即变成绘画白板和文字显示框的二分界面。'你可以理解为看图说话模式，或者说得专业点儿，是对象形文字思维的化用。'他向我这样解释。

"我尝试将自己想说的内容画出来，但就算我自认为已经画得非常简单易懂，还是收不到妹妹的任何回应。将图像信息编码再通过生理监测系统的突触传导给胚胎，花费的时间比文字模式更长，我不能再白白耽误时间，干脆停下来，不再执着于传达自己的信息，仔细想想什么图画对妹妹最具有刺激性。于是我想到了妹妹从很小的时候就在画的一种奇怪的儿童画。妹妹其实并不善于绘画，甚至比一般的小孩画得更粗糙些，她自始至终只画一些简单的图形，偶尔画些花草和小人也只是为了交差。她乐此不疲地画大片的气球、泡泡、葡萄、串珠，但她并不是把这些作为画面的装饰，而是用这些彩色的圆形将整张画纸不留缝隙地铺满。我已没有太多时间，省去了一切技巧和修饰，直接在绘画白板上画满了聚集在一起的圆圈。当这幅图画编码完成传导至胚胎时，转换器屏幕闪烁了一会儿，最后终于显示出两个清晰的字——鱼卵。我几乎要对着转换器发狂了，根本不清楚这个词有什么特殊意义，但在极度的焦躁中我又隐隐约约地觉察到，这个词一定在我的记忆深处出现过，就在她第一次画那些奇怪的充满圆圈的涂鸦时⋯⋯"

"什么？"我追问道。杨的情绪有些不受控制，这很少见。

"哥哥，你知道鱼妈妈的孩子叫什么吗，就像葡萄籽黏成一团的那种？"

"鱼卵，你想知道的是这个吗？"

"我还以为叫作鱼蛋什么的呢！那鱼卵知道它们以后会长成什么样吗，是变得更大更圆，像鸡蛋和气球一样，还是会变成一条小鱼？"

"我想小鱼卵们还不知道它们未来的样子，不过如果看到小鱼，它应该会觉得很熟悉很亲切吧！"记忆中掌心触摸到的小孩脸蛋很柔软。

<h1 style="text-align:center">十一</h1>

"妹妹被胚胎牵引针推到柱状容器下端的传输软管口时，就像一个小气泡在牛奶中滑行，离我越来越远。我从房间里出来的时候，彭已经早早地等在外面了。因为我的母亲和他的母亲胚胎化都属于较早的几批，时间相近，所以我们每次都申请同样的探视时间一起去。彭每次探视的时间都不长，出来之后也很少跟我交流感受和想法，偶尔会提及一些关于胚胎团的最新研究消息，但是关于他母亲的情况却几乎闭口不谈。我尝试询问过，但是几次碰壁之后也就被迫打消了好奇心。

"后来听闻语言信息转换器被停用，这成了一根导火索，显示出专家的无能和科技的局限。这似乎激怒了本就敏感的民众，他们纷纷质疑人类胚胎团计划并不像宣传的那样完美，甚至涉嫌造成不可逆的伤害。研究部门无法做出令人满意的回应，只能掩饰似的停止了转换器的应用，转而只关注较为有把握的生理学方向，基因链条就是在此时像为了安抚人心一般被发明出来的。基因链条跟记忆墨片的组成很像，都是以人类胚胎化时剪切下的基因片段为载体，再刻录进极高密度的记忆与经验事实。只不过基因链条加入了我们自己的基因构成，植入后更容易与身体融合并生。专家声称它的融合率将逐渐提高，直到最后成为我们身体的一部分。专家们算是进行了一次成功的尝试，比起语言信息转化程序，基因链条起码给我们剩下的人类提供了一个实在的念想。在基因链条植入完毕后，人类胚胎团计划的进程陡然加快，幕后的一些影响因素当然不得而知了。我以最快的速度再次申请探视，申请却石沉大海，后来只收到驳回的邮件。邮件上说胚胎团已经结束了观察缓冲阶段，专家们开始分区标定基准胚胎，之后就将进入最终的凝聚阶段，无法再单独分离出一个胚胎进行探视。局势变化得太快，我没有想到之前的那次探视就是最后一次了。

"小时候我其实并不怎么在乎这些。你知道的，年轻人总是盲目崇拜科学技术，那时候我并不清楚自己失去了什么。在胚胎培养所里与母亲和妹妹的会面就像画面交错的蒙太奇电影，那个曾经是我母亲或妹妹的透明胚胎，像草履虫一样悬浮在柱状容器中的乳白色液体里，通过语言信息转换器才能传达出一些支离破碎、意义不明的话语，面对这一切我很难做出有条理的分析。相比于那几次有些诡异的会面，我始终无法忘记的是母亲在胚胎化前一天的黄昏与我告别，她说她仍然会作为母亲待在我身边，现在想来这也只是一句无法实现的许诺罢了。"

"那彭从来没有谈论过他的母亲吗，哪怕只是一句话？"

"说过。他说只要胚胎团一直存活下去，他的母亲就不会在宇宙中消逝。"

在远域舰悬停在等边三角形中央，麻木地等待了一个月后，突如其来的疼痛像是猛然刺穿全舰人员的惊雷。开始是撕裂般的剧痛，似乎要将所有血管扭断绷裂，将肌肉尽数扯成碎片，两个小时过后，痛感缓缓减弱，变成一种有频率的拉扯感，持续绵延着。起初没有人知道这阵突然从左臂弥漫向全身的强烈痛感是什么，所有队员还以为是只发生在自己身上的肌肉抽筋。当彭指示生理研究组做了全舰人员的观察和分析后，得出的结论让他自己也几乎无法自制，变得喜形于色，我们更是陷入了发疯般的狂喜——这是来自人类胚胎团的基因链条脉冲！

我们不知道胚胎团通过什么方式引发了如此强烈的脉冲，甚至能够奇迹般地传达到骇变宇宙中。远域舰的时间样本测试结果显示，在强烈的痛感出现后，全舰的时间状态陡然转变成了未来的某个时间点，并且始终稳定在那个时刻。我们不明白这意味着什么，也并不知道这穿越时空的脉冲有什么作用。直到我们在星舰悬浮的前方，看到从黑暗中升起一弯白色发光体。它慢慢扩张成椭圆形，仿佛圆月在夜空中逐渐展现出它皎洁而圆融的全貌，最终诞生出一颗宛如新生的卵一般的纯白色球体。彭猜中了一部分，真正的出口确实是位于等边三角形的中央处，隐藏在人类无法探知的维度中，直到现在才揭开它神秘的面纱。但彭没有猜到的是，真正的出口并非同样是纯黑色球体，而是近乎纯净的白色球体，以至于它的表面没有产生任何的倒影与阴影，看上去就像是没有立体感的二维圆形。

但这些差异已经无关紧要，如果我们不能抓住这次机会逃离骇变宇宙，那就真的沦为愚蠢至极的可怜猎物了。穿越纯白球体出口时，大部分体验都与之前穿越纯黑球体无异。彭在下令进入纯白球体之前略微提到，如果是因为人类胚胎团的基因链条脉冲所带来的时空干涉，才让我们得以见到隐藏在时空维度之中的纯白球体出口，那么在穿过它时，很可能会在时空混乱中看见人类胚胎团的记忆。事实证明彭说得没错，只是没有想到人类胚胎团的时间记忆展现得如此详细，如此真实，几乎是在我们面前完整地书写了一遍编年史：

自地球时期众多胚胎被压缩为胚胎团，纯粹的物理聚合没有维持多久，胚胎之间开始产生物质的交流，成为胚胎生物聚合的先兆；然后产生具有更高渗透率的极薄细胞膜，胚胎的生存开始依赖彼此，也就在此时分离胚胎团成为无解的难题；胚胎团内部仅凭基因融合复制就能完成胚胎繁殖，直接打破了传统生育的冗长规则，进入胚胎团自主掌控内部繁殖节奏的阶段；完成内部胚胎的分工，胚胎团作为一个整体进行生命活动，自此在进化之路上狂飙突进，体积膨胀，产生稳定的律动……我们前所未有地深入胚胎团内部，几乎像是包裹在它的血肉中一般目睹这奇迹般的进化历程，甚至能看见游弋在培养基液中的细小杂质。所有对于胚胎团的认识缺陷都被补足，换言之，我们在生命层面上从未如此接近人类胚胎团，它如同生命之树般的进化力量从来没有与人类脆弱的个体生命联系得如此紧密，甚至像是融入了我们体内，如此硕大的胚胎团好像只是人体中的一个微小细胞，浓缩着所有人类存在至今的历史。

当胚胎团的时间记忆已经流畅地跨过我们从火星出发的时间点，快速推进至我们被困在骇变宇宙中的时间点时，聚集在会议厅的沉默人群中，突然响起了一个略带颤抖的声音，恐惧在声线背后似乎就要破壳而出："如果胚胎团像这样一直正常地进化下去的话，那它是怎么引起如此强烈的基因链条脉冲的？！"

十二

"还记得我之前跟你提到过，因为母亲和妹妹的原因，我对胚胎团的感情有些复杂。我想澄清的是，实际上我对它抱有很大希望，特别是当它进化到目前这个阶段时。我会说得明白些，但我不过是提供一些碎片化的消息与个人想法，更多的应该交给你自己去判断。

"以往我们关注人类胚胎团，几乎只注意它的生理进化，对它的意识情感方面的研究一直发展缓慢，因为有语言信息转换器的前车之鉴。或者说没有人设想它会具有情感，他们认为记忆墨片的读取只是一种机械的、可以人工控制的行为。但是我综合了现有的相关研究——当然加了点儿自己的推测——发现人类胚胎团明显已开始有情感的呈现，并且十分复杂。胚胎团中的胚胎不可计数，而且别忘了，这无数的胚胎原本就是一个个鲜活的人，来自地球各地具有巨大差异的人！当这些不同的胚胎被聚合在一起，在生理上进一步统一，不同人类精神的交汇导致胚胎团的意识情感极其复杂。再者，精神情感又不像人类的生理构成那样，具有大量相同的生理基础，融合统一起来不会费多大工夫。人类精神大相径庭，且晦涩难解，以至于胚胎团在具有相同律动很长时间后，也无法呈现出一个稳定和谐的整体情感状态，这可能就是为什么我们很难观测到胚胎团具有情感意识的原因。不过胚胎团内部的同一化一直在加强，情感精神层面也逐渐稳定下来，目前胚胎团精神的幼体状态与成熟状态共存，大部分时期则呈现为成熟状态，因为有研究称，在胚胎团内部检测到大量的未知激素，而这种激素的成分构成与孕酮、雌激素和催乳素等雌性激素的构成极其相似。所以人类胚胎团现在的情感意识，有可能非常接近一种母性状态。委员会之前提议将火星改名为巨母星，其实是最准确的，只不过赞成人数不足罢了。"

"你的意思是说，胚胎团现在的自我感觉就像是我们的母亲？可是反而是我们在像养育孩子一样保护它啊！"我禁不住反问道。

"或许你听说过一个有趣的逻辑，我们常称以前的人为古人，自己为新人，但是从人类的发展历史来看，最年轻的一代反而是进化时间最长的一代。照此逻辑，人类从原始鱼类行至阔叶丛林与荒漠并生的广袤土地，直至此时在未知宇宙中漫游，数以亿年计的进化无异于一场笨拙的跋涉。但人类胚胎团在如此短暂的时间内，就已经远超我们的进化历程，继承了以往所有的人类物种演化经验，高高地站在进化阶梯上俯瞰我们，产生母性也就无可厚非。

"在我看来，母态还是幼态都是次要的，进化产生了情感这件事本身才最为关键，因为它昭示了一种让进化成果功亏一篑的可能性。当进化的人类胚胎团产生了情感，那就不再只是一台只追寻更高生理形态的野蛮进化机器，它开始具有清晰的意识指向，并且试图用意识控制生理行为，这就导致它很有可能会为了达到某种情感目的或追求，放弃生理上的进化契机。进化速度将大幅度降低，甚至停滞不前。如果继续进化下去，它的情感精神功能将会更为完善，对生理的控制力将更强。如果我们推测得极端些，或许在未来的某个时刻，人类胚胎团会为了一个重要的情感决定，义无反顾地直接放弃它的生理存在本身。"

"说实话，杨，我觉得你说的这一套听起来很可笑。我知道当初人类在胚胎化的时候有不少都是儿童，包括你妹妹，但是就幼态来说怎么也不可能跟母态相提并论……"

"等等！等等……我之前是不是跟你说过，那次探视时，妹妹通过转换器显示给我的只有一个词？"

"鱼卵，如果我记得没错的话。"

"是的，就是鱼卵！天哪……她一直在画，而我反复告诉她画错了！直到现在我才明白……"

"你说清楚点儿。"我直直地盯住他，意识到某种隐喻之蛇正从冰面下探出头来。

"她常在科学观察课上画鱼的生长过程，一开始是画聚集在一起的鱼卵——小黑点外面套着一个圆圈，这当然都没错。但是到鱼长大之后，我指的是完全成熟的形态，就算对着老师展示的鱼类生长摄影视频，她画得也跟别人不一样——

"她画了一条小鱼，但鱼的外面仍然套着一个大大的圆圈……"

没有人给出回应，声音似乎被眼前的一切灼烧殆尽，沉默都被蒸发成虚空，人类胚胎团以其表面迅速蔓延的橙红色光芒给出了明确的答案。

"是爆炸！我们早该意识到，只有爆炸才能具有如此强大的能量，才足以产生强烈的基因链条脉冲，横跨遥远的时空，传达到我们身上。"

"但是没有任何的外力冲撞啊，胚胎团也还处在稳定期，根本没有可能发生毁灭性的内部热运动！"

"很明显，这是它自己做出的选择。"彭说道，他的声音在胚胎团发出的强烈光芒中隐没。

胚胎团外包裹的火星外壳几乎全部皲裂，从纵横的巨大裂纹中喷发出黄白色的气体，强劲的喷射力度足以推远较近范围内的星际物质。气体溢出减弱后，从侧面顶端最先闪烁出火红色的烈焰光芒。胚胎团的爆炸很不寻常，它似乎在极力避免波及附近的新火卫：胚胎团并不是从中心放射式爆炸，而是从远离新火卫的一侧开始一层一层地剥离式地向外爆炸抛射，就像从侧面某一点被侵蚀溶解，将冲击力减到最小。我们无法得知胚胎团具体的自爆方式，但显然，如果要引起爆炸，不可避免地要将胚胎团内部的温度升至极高，我们根本无法设想这是一种什么样的痛苦。不管胚胎团进化至怎样的地步，它终究是一个类人生物体，肉体的痛苦不会减少一分，反而因为胚胎团内部单个胚胎的细化，痛感将变得更加敏锐。

让我们无法置信的是，在胚胎团爆炸的巨大痛苦中，竟然呈现出极有克制力的秩序。从球体侧面的某一点开始，从外到内，胚胎一层接一层地剥离、燃烧、爆裂，仿佛具有精确的爆炸进程，一步步都像在按照计划走向死亡。我们甚至能够清晰地看到其中一个个单独的胚胎如何痛苦地扭曲、挣扎，但始终没有任何一个胚胎脱离爆炸进程，它们无一例外地投入这场有序、详密、精准的自爆中。

我们无法准确描述人类胚胎团的爆炸进行了多长时间，似乎比所有人类所见过的所有死亡都要漫长。黑暗中闪烁的火红色烈焰的光芒未曾减弱，人类胚胎团燃烧自身的行动始终在继续。我们与胚胎团之间的基因链条承载着亿万年的进化，当人类与他们的命运相分离，这将是再次连接生命绳索的唯一途径。人类胚胎团必须在炽烈的痛苦中燃烧得极慢，才能保证这通过脆弱的基因链条传递的脉冲不会只是一刹那微弱的闪光，才能保证它痛苦的长度与坚定的指引，能够穿越无法想象的遥远距离，清晰地传递到另一维度的宇宙空间。在黑暗中迸溅的血液，向外抛射出的人类胚胎的黑色残骸，汹涌升腾的火热气体形成的巨大旋涡与高温流体撕裂更多的细胞，使人类胚胎团完美的球体持续塌陷残损下去，直到燃烧殆尽。

最后一个胚胎爆裂之时，血红色的光芒在一瞬间扩大增强，急剧转变成一片直刺眼球的巨大光幕，顷刻之间覆盖了我们所有人的视野。当我们在瞬间的强光照射下晕眩着恢复视力时，全舰死寂一片——在我们面前，已再没有双面群星，只有那片具有几何美感的条带状星体宇宙，在远域舰的前方迅速展开。

十三

逃离骇变宇宙三周之后，杨突然来舱房里找我。我的精神状态还算稳定，只是时有恍惚，陷入某种呆滞状态，总记不起经历过的事情，但脑中又常常涌入无数回忆和信息。

"嘿，到现在还觉得有些嘲讽吧。我们像个救世主似的跑到宇宙中

寻找拯救人类胚胎团的材料，结果反而被胚胎团救了。有时候，人类可能真的无法在宇宙中把握什么意义。或许你不想提到这个话题——其实全舰没有人愿意主动提起，但沉默并不代表不存在，也更不可能逆转事实，我想你对此应该能够接受。

"胚胎团自爆后，我开始重新思考一些自己觉得已成定论的东西，反复回想之前的三次探视，逐渐发现了一些以前没有注意到的端倪。我琢磨那些支离破碎的对话、与胚胎的初次见面和胚胎团最后的爆炸……或许在胚胎团消失之时我们才开始真正认识它。

"从那个屡遭诟病的语言信息转换程序开始，我们就应该意识到，在胚胎团中有一些什么东西，是人类的智慧所无法触及的，语言的隔阂可能只是我们与胚胎之间深阔鸿沟的冰山一角。胚胎团的自爆让我对自己之前关于它情感的推测有了新的思考。我一直以为胚胎的情感是在进化过程中产生的，并控制其自身。但在人体胚胎化的过程中，记忆和思维都能被提取并刻写，情感极有可能也受到影响，具有了一种被量化的趋势。"

"你是说胚胎团可以像读取记忆一样控制情感？"

"并不是控制，毕竟它还会使胚胎团产生无法抑制的感性冲动。或许可以说成对情感的理解力已经很高。我们还可以将这个猜测推向极端：当胚胎团到达情感的阈值边缘，它很有可能已经踏进了比情感还要高的那一层面。之前我所说的胚胎团因为情感控制自身进化，不如纠正为那更高一层的存在改变了胚胎团的进化方向，导致了它的自爆。"

"那究竟是什么……"其实我的目的已不在于追问，只是下意识地感叹，但杨却严肃而又迅速地截住了我的话。

"你把这看得太容易了。人类的思维实在太有限，就连情感这种概念在我们现有的语言中都表达得如此抽象、如此勉强，你觉得我们的语言还有足够的能力去呈现出那个更高的概念吗？我们必然无法找到一个现存的词语来形容它。人类的语言定义了我们的能力与我们的局限。我们的四周都是未被点亮的黑暗，面前是一个上升的阶梯，只有往上踏一步，那一级的灯才会亮起来，连胚胎团也只是昙花一现，我们更加无法预测尽头是什么，该经历的漫长旅程一步也没有缩短。"

杨转身向舷窗外望去，目光在条纹状的群星中徜徉，陷入了长久的沉默。直到我走到他身边时，他才重新开口："小时候母亲给我讲过许多神话故事，我一直很喜欢，直到真的漫游在宇宙中，才直观地发现那些'天圆地方'的说法，其实很幼稚。但也正因为它们如此原始，才具有强大的隐喻性。圆，原始的形状、完整的形状、完美的形状，也是最容易被我们感知到的形状。太阳、满月、卵、首尾相连的环形蛇……巨人因此生长，世界从中诞生，生与死在此间孕育万物。神话中的大母神概念也从中产生，女娲用黄土创造了最初的人类，抚育草木，化生万物，又独力地修补了残破的天体，恢复宇宙的正常秩序。她创造、修补、哺育、爱护，最后在西方陨落，这就是大母神的神格。

"人类胚胎团爆炸之时，我才猛然发现这一点。胚胎团从人类原始的胚胎状态中诞生，在火星乃至整个宇宙的子宫中孕育成熟，在群星晦暗的骇变宇宙中爆发出光芒——它从宇宙的秩序中产生，也在其中消亡。在那片无星的宇宙空间中，它就是黑暗中的圆月，是阿尔法也是欧米伽，是重现的人类大母神的形态。或许在骇变宇宙中，它通过基因链条脉冲突破的，不仅是时间维度，还有某些我们人类根本无法认知的维度，某些在圆中无数次诞生又消亡的维度……"

此后的归途平稳而顺畅。彭向我们说明，人类胚胎团爆炸时，我们在骇变宇宙中正处于过去的某个时间点，爆炸产生的基因链条脉冲将我们所处的时间推进到未来，跟骇变宇宙外的时间同步，才显现出那颗纯白球体出口。所以当我们目睹爆炸时，人类胚胎团的爆炸过程其实早已完成。而现在远域舰正经过木星，在原来火星存在的地方，只能观测到爆炸之后的残骸，除此之外，只有熟悉的黑暗。

死亡后的大母神在宇宙中袒露着自己残破的内脏。这场爆炸中的大部分物质都是胚胎，只有火星外壳是具有冲击性的硬物质，所以引起的冲击也比我们想象中的小得多。但即便如此，那些血红色的光芒似乎在永恒地灼烧，大量的爆炸碎片仍然在新火卫上空向外飞散，小部分飘散到不可知的黑暗中，大部分正在缓慢进入环绕新火卫的轨道旋转，可以预见不久之后就将形成一个淡红色的星环。

面对劫后余生的家园，我的脑中仿佛断片了一般，想不起曾经的经历，也记不牢当下发生的事情，所有的感知与思绪全都弥漫成一片无法分辨的空白。我尝试着休息一段时间来恢复精神。

休息了三天，我仍然无法讲述。我重新整理了许多遍，始终无法找到记忆的断续之处，似乎矗立在前方的只有一片断崖。

如今五天已过，我确定我所有的经历到此为止，不再具有任何后续记忆。或许真正的原因在于我的身份——

我分不清叙述者到底是我，一个在星际任务中被解救的人类，还是已经爆炸的胚胎团中的一个胚胎。经历过时空干涉的记忆无法信赖，如果星舰上的人类能够读取胚胎团的记忆，那么我所叙述的一切也可以是任何一个人类记忆的倒影。但在此刻，寻找自己的记忆里还遗留下什么已经无关紧要，下一秒我就可能成为一粒无生命的星际尘埃，或许我所有的经历都只是海市蜃楼的幻景，而心脏搏动的声音也只不过是宇宙残酷的回响。

25%

夏娃失格

莫怀侬

每天在思考吃什么的路人甲。

中短篇小说组二等奖《夏娃失格》颁奖词

　　《夏娃失格》以未来的视角重述人类的生命缘起，由伊甸园式精英传承到女娲、伏羲式的造人思路转换，对人类整体命运与生命个体之间的价值思索，均借助人类末∃的设定，以摄像机客观记录的方式做出了零度情感式的艺术传达，内蕴冷静、深刻、饱满。

记录，第 4082 天

"该从哪个地方说起呢……嗯……"我对着架设好的摄像机犹豫着，"我……是夏娃计划的幸存者。该说是肩负了很重大的使命吧……哈哈。"

摄像机拍摄着坐在椅子上的我，它诚实地记录着我的倦怠与忧郁。

想到这段录像之后可能会被人类或者是其他具有智慧的生命体看到，我就想要发出些尽可能轻松快乐的笑声，表现得更加坚强乐观些。但最终从喉咙里逼出来的声音只能被评价为干涩到不行的苦笑。

我叹了口气，有些唠叨地对着摄像机继续聊天，就像是把它当作了我沉默的老朋友一般："这是我来到这颗行星的第 11 年，准确来说，今天将会是我在这颗行星上度过的第 4082 天。亚当或许还存在着，但我已经不再期待我能找到他了。我……已经不知道该如何是好了，或许除了我以外，真的没有任何一个人活下来吧。"

"我需要做出一个决定，一个重大到关乎人类未来的决定。不过，跟你说也没用吧……晚安。"我走过去，关掉了摄像机。

如果说生存和繁衍是最优先级的选择，那么，出于维持这副躯壳健康的本能，现在，我应该像一只尚未被注入病菌的小白鼠一样简单地入睡了。

但是，我睡不着。这副躯壳明明没有那些由小小的病菌引起的疾病，也没有缺失一个生物体维持活动所必要的身体部件，但我却失眠了。

唯有躺在床上对着天花板发呆的这段时间，我才会觉得人的意志是如此麻烦且不必要。

夏娃为什么一定要是人类呢？我思考着。让机器或者让人工智能去承担夏娃的职责不是会更轻松吗？

如果是人工智能的夏娃，那它在粉身碎骨前一定能够毫不犹豫地执行人类的指令，为了让人类再次活跃在这颗星球上而鞠躬尽瘁，死而后已。

"而不是像我一样。"我平静得有些可怕地想着。

我，明明是夏娃计划目前已知的唯一的幸存者，现在却彻底罢工了。

并不是说我对夏娃计划有什么强烈的抵触或反对，我只是累了，觉得没有意义，所以不想继续执行了。

就像早上六点就不得不起床的高中生，他心里肯定想着："啊，我要是能多睡一会儿就好了。"

我曾经也一样。幸运的是，现在我想睡多久都行，不会再有任何人来管我了。

因为，从七年前开始，我就是孤身一人了。

不妙啊，不被任何人约束本来该是件好事的。但现在这么一想，我又觉得自己不幸起来了。

换个角度想想吧！当年，我搭乘的那艘飞船上，一共有 300 位夏娃，300 位亚当，共计 600 人，而我是现在唯一活下来的那个最幸运的人。

我活过了飞船在降落行星表面时的意外事故，适应了许多夏娃都没能适应的当地环境。然后，我还从发疯的夏娃手中幸存了下来。接着又一个人撑过了七年，不管怎么想，我的坚韧与优秀都是无可挑剔的。

啊……该死……想哭了。

虽说现在哭泣也不可能会有人来笑话我了，但是，可能是我作为人残存的社会性在作祟吧，我还是不愿一个人躲在房间里哭泣，哪怕不会再有人来评判我，对我说三道四，我还是觉得那太懦弱了。

所以我戴好氧气面罩，它能为我提供我作为人生存所必需的氧气，骑上类似于摩托的探索艇，它有一个反重力的底部，能帮它矮矮地悬浮在地面上，不受地形影响。

我冲出基地，向着不可知的前方飞驰，时间在我心中变得短暂轻快起来，飘飘悠悠的，好像再快一些，我就能开着探索艇超越光速回到过去。

"多少有些可笑。"我想着。

我的眼泪滑过面罩，但我的心情不再如处于房间中那般苦涩。

这颗行星是很大的，即使我已经探索了 11 年，我探索到的地区对这颗行星广阔的面积来说也不过是九牛一毛。

所以，我总会对未知的前方抱有渺茫的希望，哪怕是现在。我也在期望着一颗流星的到来，让我能许个愿。

但果然我是遇不到流星的啊。像我这种狭隘偏激又愤世嫉俗的罪人，流星与奇迹都是不可能让我得见的。

微薄的光线开始将探索艇的表盘浅浅地照亮的时候，提示剩余氧气量的指针走了快一半了，差不多该准备返程了。

我正打算折返，尘沙笼罩的前方却隐隐约约地浮现出了庞大的类似于飞船残骸的轮廓。

"是海市蜃楼吗？还是说我太渴望奇迹以至于出现幻觉了？"我想着。

多半又会是一场空。不确定的因素太多了，哪怕飞船是真的，里面多半还会有危险。我的理智这样警告着我。起码先回去补充好氧气再继续探索。

但我的心却像是被灯笼鱼头上的吊灯吸引着的小鱼一般，在如深海般孤寂的这颗星球上愿为那一丁点儿光亮，愚蠢地冒着生命危险去靠近。

我近乎有些悲壮地扭转了探索艇上的把手，加快速度，冲向朦胧的黄沙。

飞船的残骸立于我的眼前，像一具苟延残喘的尸体。

我的眼睛扫过那裸露断裂的电缆，也看了那生锈发黑的金属表面。我不由得感到了失望，我知道，这艘飞艇已经坠毁了有段时日了。

我想不可能还有人活着了。我本应折返。

但我又想，如果没有人记得这些人的死去，那他们未免也太可怜了。

虽说我并不情愿，但好歹我是被选中的夏娃。作为被人类托付了希望的存在，哪怕我已经失格，我想我也有义务见证我可悲的同胞——人类的灭亡。

所以我将我的武器拿上，那是一把激光枪，别说是对付人，击毙一头大象都没有问题。

我在做好对毒气的防护，想好面对其他突发情况的对策后走进了飞船。

这一艘飞船的布局跟我所搭乘的那一艘飞船一样，它坠毁的原因，也跟我所搭乘的那一艘飞船一样。它们都是因为一个微小的设计失误，导致在降落到行星表面时大范围失火了。

我们那艘飞船的人比这艘飞船运气好些，起码最后还有 30 多位夏娃活着。

至于这一艘飞船……

我导出了这艘飞船内的数据，对着显示在平板上的名单一个个核对着。最终确认，这飞船上除了还有一位亚当下落不明外，其他人都死了，死在了他们所住的船舱内。

我又叹了口气，哪怕那位亚当还完好无损地活着，也没什么意义了。从常识上来讲，起码夏娃和亚当各存活20人以上，才有点儿能继续伊甸园计划的盼头吧。

若是为了所谓的生存延续，强迫自己把长年培养出来的伦理道德退化到畜生一般的地步，我实在是无法接受啊。

哪怕到了文明走向灭亡、人类飘零殆尽的时候，我还是期望我能保有曾经生活在文明发达的社会中的那份作为人的基本尊严。所以我把我的激光枪激活了，因为我不能确定那位亚当是否还想要那份尊严。

如果他不想要那份尊严的话，我就来帮他保有吧。带着这样的觉悟，我继续在这一艘飞船内探索着。

在医疗舱内，我找到了那位下落不明的亚当。我没有拔枪，因为那位亚当连反抗的能力都没有。

他躺在污浊的冷冻舱内。如果是专业的人来操作的话，哪怕超过了十年，冷冻舱也不会污浊成这般模样。

看样子，他在火势蔓延时，没有服从飞船指挥者的安排，一个人跑到医疗舱把自己给冻起来了。

"什么人啊……"我无奈地叹道。

虽然还有着生命体征，但他的情况并不妙。冷冻舱内污染情况严重，他双手双脚包括面部都被泡得紫胀。

我只能把他带着冷冻舱一同拖回我的基地，再借助基地内现有的医疗设备尽力施救。

记录，第 4085 天

抢救结束，他的生命……姑且来说算是保住了。

两天两夜没合眼的我直接倒在地上睡着了。

醒来后，我给自己饿得直叫的肚子喂了些合成食物，这些合成食物是由我养殖的海藻和小虾米做成的，虽然没什么味道，但还算有营养吧。

然后，我打开了摄像机，让镜头对准自己，开始记录。

"记录，今天是我在这颗星球上度过的第 4085 天。很难得，今天有了些改变。"我短暂地把摄像机的镜头转向了那位亚当。

不过，他已经不能称之为亚当了。

我继续说道："我在一艘坠毁的飞船上找到了他。跟我乘坐的飞船一样，他所搭乘的那一艘飞船也是出于保存人类火种的目的被派遣到这颗行星上的。然后，同样遭遇了失火事故并坠毁。"

"他算是比较聪明吧？或者该说是比较蠢？起码一个正常人是不会做出跟他一样的举动的。"我斟酌着词句，平时没有太多说话的必要，缺少了嘴上的锻炼，现在总觉得自己的语言功能退化了不少。

"失火时，他逃出了自己所住的船舱，把自己强行冻在医疗室的冷冻舱内。托他自己的福，他保住了性命，但是，因为他操作不当，冷冻舱内污染严重。我能保住的只有他的大脑和部分脊椎，其他部分全都替换成了义体。"

我端着摄像机拍摄他的脸部和手："根据我们平时使用自己各项肢体的频率，我认为储备最少的仿真皮肤应该用在他的头部和双手，让他的头和手能保留最起码的触感，我也确实这么做了。"

我扒开了他的眼皮，拍摄那颗黑色的眼瞳："这是义眼，但从性能上讲，这其实比常人的眼睛好用得多。它会通过内置的超微电极把电子信号传递到他的神经中枢，让他能清楚地视物。"

我将摄像头对准自己。

"他的耳朵、鼻子和舌头也都是义体，但性能都比原装的好。嗯，简单总结一下，我保住了他的视觉、听觉、嗅觉、味觉以及手部和头部的触感，并且在他的头部到胸腔处搭建了小范围的循环系统。至于其他的部分……很遗憾，只能使用无触觉的全金属义体。"

我在絮絮叨叨。

"他的脸我也尽量按照资料中的样子给他复制上去了，我希望这有助于维持他的心理健康。但如果他疯掉我认为也不奇怪。毕竟这对他来讲，就相当于睡了一觉起来后发现自己腰部以下彻底失去了知觉……虽然借助义体，他还能行走，但他作为亚当的机能彻底丧失了，倒不如说之后还会被幻肢痛折磨。"

我沉默了一会儿，才又开口说道："我……其实在想，这样活下去对他来说是否很残忍呢？或许就此睡去对他来说才是幸福？"

摄像机无法回答我的疑问。

但是，它会替我诚实地记录一切，这就足够了。

我把摄像机摆放到角落处，用杂物遮挡起来。如此伪装后，常人便难以察觉了。

我给医疗舱输入了一个指令，给予了一个从休眠中苏醒的信号。

再过十分钟，这位失格的亚当便会醒来。

然后，我会把事实告诉他……我期待着他接下来的选择。

戴在腕上的手表显示我的心跳超过了每分钟110次，我坐在他的身旁，手中握着枪，很难得地感到一阵紧张。

如果可以，我需要一根烟。我开玩笑的，我从来没抽过烟。

在我胡思乱想的恍惚中，他醒来了。

"早安。"我简单地问候道。

相当于一种带有歉意的铺垫，或者是我作为人残存的社会性在作祟？

我不太明白。一个人独自孤寂太久了，就会像个忧郁的哲学家一般擅长胡思乱想。

他有些错愕，但还是试探性地回复了我："早安。"

我想我应该是笑了。起码他目前还是具有理性的。我为我得知这点而感到了少许的心安。

"我是夏娃。我把你从冷冻舱带到了我的基地进行治疗……你损毁得很严重，所以我只保住了你的大脑和部分脊椎，其余部分我都替换成了义体。你应该能感觉得到……"我的话还没说完，就被惊叹着打断了。

"哇，好厉害。"他说，"我现在能看清好远。"

覆盖在他面部的仿真皮肤将他的喜悦顺畅无阻地传递给我的视觉器官。用通俗易懂的话来讲，就是我看到他笑了。

"你好厉害啊，全身义体替换不是得很厉害的医生才能做到的吗？"

对了，人是会主动提问的生物来着。因为一直以来都在跟摄像机对话，我都快忘了这点了。我不太希望我的叙述被打断，所以我说道："能请你先听我把话讲完吗？"

"啊，好的。"他瞄了一眼我手上的枪，讪讪地说道，"不好意思啊。"

我觉得有些麻烦。他像是那种太活跃的人。我不知道他能不能受得了这颗行星上那注定无比漫长的孤寂。

我接着没说完的话继续往下说："除了双手和头部外，你身体其余部分都丧失知觉了。你之后得学会如何用无感觉的义体行走活动，这理所当然会有一些困难。然后，你接下来活着的每一天，都会被幻肢痛困扰，而我无法解决这个问题。"

我还有什么要说的吗？我想着："你自然也失去了作为亚当的机能，不过不必介怀，就算你还保有那种机能，伊甸园计划也已经彻底失败了。"

因为我不会允许它继续侮辱我作为人仅存的尊严，但这句话不需要说出口。毕竟维持温和的表面风度还是必要的。

"那个，作为亚当的机能是在讲？"他颤悠悠地伸出手，不太想相信地向我再次确认。

"你丧失生殖机能了。"我跟他讲。

"不！"这句话对他的伤害似乎比我刚刚所说的任何话都大，让他忍不住条件反射性地大喊起来。

就我个人来讲，我不太能理解。

可能这原因需要追溯到两性的生理性差异上？不过细想后又觉得那未免过于独断了。常人无法体验到的稀少经历塑造了我的特殊性。

"不过，就结果而言，我……夏娃失格啊。"我想道。

他从一时间的情绪激动中渐渐平复了下来。

我看他冷静了下来，便说："你有问题的话可以问，我会在我所知的范围内尽量给予解答。"

"问题啊……对了，我还没道谢来着。"他看向我，有些不好意思地摸了摸头，"谢谢你救了我。还有真是不好意思啊，我现在什么都回报不了。"

他小声嘀咕着："可以说是跟废人一样……我的天啊，真是糟透了。"

我感到苦恼了。他并不像机器人一样，会忠实而死板地按照我输入的指令执行。"不客气……"我叹气并再次确认道，"那么，你有问题要问吗？"

"哦哦……"可能是看出了我的无奈，他有些紧张了起来。我能够理解，毕竟我们还不熟，何况我手上还拿着枪。他问："请问你的这个基地一共有多少人啊？"

"目前还活着的……只有我一个了。"我回答。

"你们也在降落时遭遇了失火吗？"他追问道。

"对，但比你们幸运，那之后还有不少夏娃活了下来。"我回忆道，"然后慢慢地……就只剩我一个人了。"

"很抱歉。"他说。

我突然对人类烦琐的礼仪感到了厌烦。他明明跟她们连一面都没有见过，他自然也不可能在心中产生任何的感情波动，却要在这儿毫无意义地说"抱歉"。这"抱歉"就像勾爪般搅动着我那疲惫不堪的大脑，让我感受到无法言说的痛苦。

可能我的眼神在那一瞬间过于阴戾了，这似乎吓到了他，所以我又意识到了人类烦琐礼仪的好处。"抱歉。"我说。

这简直是带有魔力的话语，只要这么说了，哪怕心中没有半点儿歉意，那些小小的不快也都能如纸张般轻轻地揭过。

"你可以从医疗舱中出来，习惯一下你的新身体，在这期间，我给你拿点儿食物。"我说。

"我还需要进食吗？"他好奇地问道。

"是的，为了你的大脑健康，那是必须保留的一部分功能。"说完，我便去制作合成食物。

其实我觉得味道也没什么意义了。

但考虑到他可能不习惯，所以，我加了一点儿盐。

犹豫过后，我又去种植房摘了两片青菜叶，用水煮了一下。

我把简陋的合成食物放在离他不远的桌子上，他很老实地过来吃饭。

"不挑食……是好事。"我想道。

他看着我，可能是我长时间的注视让他感到了尴尬，所以我平静地道歉并移开了眼神："抱歉，我太久没见过活人了。"

不过他能算活人吗？我又困惑于他的身份。他只有脑子和部分脊椎还是原装的，其余的都变成了金属。

"你在这儿一个人生活多久了啊？"他问道。

"七年多了。"我说。

"哇，那确实是很久了。"他惊讶又有些佩服地说道，"要是换我一个人待那么久，我肯定会受不了。"

"现在也就是两个人罢了。"我提醒他道。现在的处境其实跟只有一个人并无多大区别。

"不一样的啦。"他笑着说，"两个人远比一个人好得多。"

"他有些过于乐观开朗了。"我想我皱了皱眉。如果他是那种沉稳寡言的类型，我的话或许会多些。

这种看着就无忧无虑、过于洒脱的类型，我应付不来。

我沉默地打开了我的平板，阅读电子化的书籍。

托这些作为数据被带来的知识的福，我才得以在这颗行星上活下来，并缓慢地把这个基地改造到如今的宜居程度。

他对这颗行星和这个基地知之甚少。可我没有兴趣去当个亲切的指导者，为他详细解说。

所以我去给他拿了一块新平板，把这个基地的布局图，义体替换术后恢复的一些要点和我这些年来在这颗行星上求生的一些心得体会都发给了他。

"自己学，不懂的来问我。"我言简意赅地说道。既然能作为亚当被选拔上，那他的智力水平起码是不会低于正常值的。

他的脑部我也检查过了，没有太大的损伤。

因此我得出结论，我不需要太担心他。

我去把摄像机关掉，因为再拍摄也无法记录到有价值的画面。

"哇，你刚刚还在用摄像机拍摄啊。"他说。

"是的。毕竟那说不准会是人类留下的最后记录。"我说。

"那好糟糕啊。"他小声嘀咕道。

我回到自己的房间，沉默地阅读着书籍。

我并不会总是看类似于《生理学》这种很实用的专业书。大脑是需要适度放松的，现在我越来越喜欢看那些花草图鉴，它们很好地记录了我曾生活过并热爱着的行星，地球的一角。

哪怕它们只能以图片的形式出现在我的眼前，这些花草也拥有着治愈我心灵的力量。

每每看到它们，我就想，我一个人在这颗行星上再多活上百年也挺不错。

作为伊甸园计划的一部分，夏娃和亚当的身体都会接受一定程度的改造。我们的脊椎下方都被装上了核。

核很神秘，它的制作方法跟来历本都不是我所能知晓的。

当我被送上这一艘飞船时，我唯一知道的便是在核的作用下，亚当与夏娃会比常人更能适应恶劣的行星环境，寿命也会比常人长上不少。

我不知不觉又陷入了回忆中，等我再次意识到时间的流动时，已经是亚当来敲门的时候了。

"确实，也到该吃晚饭的时间了。"我边开门边想道。

我不介意先照顾病人一段时间。但从长远考虑，尽快让他学会如何自己去制作合成食物是很有必要的。

毕竟我有时会外出，并且我外出的时间是按周计算的。

"饿了对吧，稍等一会儿，我去做。"

"啊，不是不是。"他摇摇手，对我说道，"我做了饭。不介意的话我们一起吃吧。"

我过于惊讶，一时间不知道该说什么。

我花了点儿时间消化自己的情绪。我的沉默不语让亚当慌张了起来，他飞快地说道："不愿意的话也没事，我帮你端来就行。"

"不，谢谢。"我可以说是相当僵硬地向他道谢，"我会去吃的。"

在这或许仅有两人存活的行星上，我又怎能无情到拒绝另一位人类传递过来的好意呢？

亚当见我答应了，就很是开心地笑了起来。

但一个心情阴郁的人是不会想跟情绪高昂的人待在一起的。这并不难以理解。

若有一个人刚刚结束了父母的葬礼，他是会走进酒吧，跟着高声谈笑的陌生人一起去寻欢作乐，还是会独自待着，不愿意跟任何人交谈？

我意识到我心中的悲伤过于沉重而敏感，哪怕只是一个无罪的笑容都能让我痛苦难耐。

我后悔那般轻易地就答应了他。或许，亚当的无忧无虑会把我刺激得食不下咽。

"快点儿吃完吧。"我想道。

亚当走在前方领路，嘴里还哼着歌。

我不能理解他怎么还能有心情哼歌，不管从何种角度来考虑，他的处境都糟糕透顶。

糟糕到他现在若是崩溃大哭，歇斯底里，暴跳如雷，试图跟我同归于尽都是正常的反应。

但他的情绪太诡异了，那像是脑子少了根弦般的欢乐姿态让我感到可怖，一点儿也不想接近他。

何况他确实表现出了亚当应有的能力。在六个小时不到的时间内，他不仅适应了义体，把我的基地给逛熟了，还做了顿看起来味道就不错的饭菜。他就像是被投放到实验场地上的机器人一般，无须适应，立刻就能开始工作。

"他真的是活人吗？"为了不让自己再在这个问题上深究，我强行把自己的注意力都放在了面前的饭菜上。

"你把密码破解了吗？"我注视着盘中的饭菜问道。种植房是我相当在乎的地方，哪怕这座基地除我之外再无他人，我离开时也会关门上锁。

"啊，是的。抱歉。"他试探性地向我道歉。

"没关系。"我说，"是我考虑不周。吃完饭后，你跟我再到种植房一趟，我会告诉你哪几片田上的作物能适度取用，而哪几片田是试验田，在我总结好栽培经验前不要碰。"

"好的。你说不能碰的我绝对不会碰。"他笑着答应了，他的心情似乎变得更好了。

而我却彻底感到不自在了，他那轻快高昂的情绪让我觉得我在跟一个无法认知自身与周遭情况的疯子共处一室。

他似乎对他的现状没有一个清楚的认识，我们现在所身处的是一个相当绝望的环境，而他的情况更是远比我糟糕得多。

但我不会刻意向他强调这点，强调他的不幸对我并无益处。

我只是叹息罢了。

"唉，不好吃吗？"他像是很受打击一般地睁大双眼，嘟囔道，"不应该啊，我对自己的厨艺还挺自信的。"

"好吃……"饭菜的味道无可挑剔，只是我咽下这花了数年才培育成功的马铃薯和胡萝卜的时候，还是忍不住会感到心痛，"但我并不需要。"

见他既惊讶又困惑，我便多解释了几句："种植房的作物产量并不稳定，若是在产量多时享受过多，产量少时便会分外难熬。起码两周内，会吃不惯那没滋味的合成食物，连肚子都难以填饱。所以，我平时不会让自己吃得太好。"

他似乎有些愧疚："抱歉，我不知道。"

"没关系。现在知道就好了。"我继续吃着饭菜，如果我不吃的话，那尴尬的氛围或许会让他也不好意思继续吃下去吧。浪费不好，何况，我是喜欢美味的食物的。

"之后，你还会碰到很多不太适应或者不太了解的事，而我会尽量帮你。"

"好。"他又笑了起来。

我其实觉得他笑得过于频繁了，我的心情就像是扫墓时看到有人对逝者毫无敬意一般不快。

可愿意跟愁苦沉闷的思考为伴是我的选择，不是他的。我不会干涉他那自欺欺人的快乐，也希望他不要过多地来打扰我。

他看着我说了自己的名字，但那没有意义，所以我并没有记录。

"能问问你的名字吗？夏娃只是个代号吧。"他说道。

"没有意义。"我诚实地说出了自己的感受并根据自己的经历提出了一点儿建议，"这颗行星已经能算是跟社会绝缘的荒漠了。用名字反复提醒自己曾经身为人类的过去只会带来痛苦。早点儿忘掉会更轻松。"

他似乎不太擅长应对这种话题。

"叫我夏娃就好。"我希望他用夏娃来称呼我。

随着时间的流逝，我想他会逐渐明白，一个人若是想要在这颗行星上获得幸福，那他首先要做到的便是忘记自己的过去。

我们之间的对话陷入了沉默。

我是习惯沉默的，一个人的沉默很好，但两个人的沉默却会让人尴尬。这真让我感到遗憾。

"跟我来吧。"我带着他去了种植房，跟他解释了哪些作物还在试验中，他听得还挺认真，这让我放心了一些。思考了一会儿，我把关于种植房的笔记发到了他的平板上。

这样，哪怕我作为一个人的机能停止，他也能根据我的笔记继续维持种植房内的生产。

"你真的很厉害呀。"他蹲下身子，抚摸着萝卜那绿色扁平状的叶子说道，"七年来你一个人都能把这些作物照料得这么好。"

应付夸奖很麻烦，如果可以，我希望他能像个人工智能一般安静地记录与学习。"作为夏娃的机能罢了。"我刻意地让话题难以继续进行下去。

我救他……只是需要确认这颗行星上除了自己之外，还有一个智慧生命体存活着。

只要这样，就能让我从深海般的孤寂中得到些许安慰。除此以外，我认为我们之间不需要有更多的情谊。在这颗行星上，我跟他的生命都是得不到任何保障的，交流太多的话，一方死了另一方会更加难以度过接下来的岁月。

"哈哈。"他有些尴尬地笑着。我以为他会就此陷入沉默，但他又抛出了新话题："说起来，那个圆顶的房子里放的是什么啊？密码好难解。当然，我只是好奇，你不想说的话就不用说了。"

我有些尴尬，刚才跟他讲话时我说的字字句句都在强调意义与生存。结果自己所做的最没有意义的事情却被发现了。

"……花房。"我如实说了，因为没有隐瞒的必要。

花房，不管从任何角度来讲，都跟维持最低限度温饱的生存无关，已经上升到了生活情趣的范畴。

我把本应用于种植可食用作物的宝贵土壤用于栽花，若是其他的夏娃与亚当还活着，一定会指责我吧。

我这么想着。

"哇,好厉害。等开花的时候我能进去看吗？"他再次激动了起来。

我实在是不太擅长应付这种热情的吹捧，忍不住远离了他："我会通知你的……基地里空房间很多，你随便挑一间，接下来你……就自便吧。"

记录，第 4092 天

我与其说对他抱有能派上用处的期待，倒不如说我已经准备好应付他造成的麻烦了。

但是，该说不愧是亚当吗？

不，客观来说，他在亚当之中也算是佼佼者了。他在短时间内熟悉了这个基地后，就开始积极地制造探索这个行星所必需的机械设备并加以改良。

看得出来，他对复兴人类这事很有动力。

我有些怀念，毕竟我也曾有过那段动力十足的时光。

那段时间，虽然我的生活过得很艰苦，但放眼未来总觉得是亮堂的，是值得期盼的。而不是像现在一般，觉得我的四周乃至人生都昏暗无比。

不过他过段时间就会明白，亚当一个人是什么也做不到的。

我不知道他意识到这点后，会做出怎样的选择。

但我知道我的选择，我会把摄像机对准我和他，拍摄人类的结局。

记录，第 4099 天

我跟往常一样活着，虽然想这么讲，但亚当的过分殷勤已经严重到我不得不找他说清楚的地步了。

我敲响了他的门。

他打开门。"夏娃！"还没看到我，他就用一种很热切熟络的声音叫着我，这让我鸡皮疙瘩都快起来了。

"伊甸园计划已经失败了。"我决定长话短说，"就算之后还能侥幸找到别的亚当与夏娃，我也不打算继续执行了。"

我能从他的瞳孔变化看出他在疑惑我为什么要说这些。

所以我尽可能详细准确地向他传达着自己的想法："我的意思是，我已经是一位失格的夏娃，你也不需要再当一位亚当，对我那般过度关心着。而且，嗯，虽然当初从地球上出发时，我们年纪是相仿的，但现在我已经大你 11 岁了，就是说，你明白的，我们之间不可能。我们可以就像是恰巧住在同一幢宿舍楼里的学生那般正常地相处。我希望你明白，即使不建立起那种不必要的情感联系，我也会维护并更换你的义体。"

他的眼睛不再看向我，而是看向一侧的墙面。他打断了我的话："照你这么说，我……也是一位失格的亚当了吧。夏娃，你那时又为什么要救我呢？直接放弃我对你来说不是更好的选择吗？"

我也打断了他那似乎要碎碎念个不停的话，理所当然地说道："因为你是人，所以要救你。"

就当是种安慰吧，我觉得我有必要指出我们之间的区别："何况，你我并不一样。你是因不可抗拒的客观原因被迫失格的，而我则是自愿的。"

他陷入了沉默。我觉得我把话说清楚了，便打算走了。可他却伸手抓住了我。"那我也一样。"他说，"因为你是人，所以我才想……跟你多说点儿话。我知道你不太喜欢跟人交流，但是，我没办法跟你一模一样啊，夏娃。别说七年都没个能说话的人了，就是半年，我都感觉自己会疯掉。"

他说不下去了，只是抓着我的手在颤抖着。

我思考了一下，虽然我们是属于同期计划的夏娃与亚当，当时的年龄自然相仿。但现在，我已经比他多拥有 11 年的阅历了。

我或许应该像个大人一样比他更成熟些。

就像父母会把他们喜欢吃的菜推到我面前一般，我对成熟的定义是能克制住自己的好恶去适度地迁就他人。

所以我说："我明白了。如果你不介意保持安静的话，我们或许能在一起看一会儿书，然后随意地聊聊。"

"好。"他很快又恢复了阳光灿烂的模样，变脸的速度之快，让我都差点儿以为我又被欺骗了。

记录，第 4120 天

亚当不再像先前那般过度殷勤，我的生活恢复了先前那令人舒适的平静。

我有了一点儿新发现：跟他的外表和言行举止带给人的印象不同，他看书时令人意外地能静下来。

还有，我用甜菜制成的糖被他讨去了一半。

他制作了一些粗糙的饼干，在"读书会"之后会拿出来与我分享。

我觉得朱迪、李陈雯、夏可可以及爱尔德都会喜欢他这种类型的人。她们曾是跟我搭乘同一艘飞船，然后建立了这个基地的夏娃，但现在她们都安稳地睡着了，遵循自然规律，成为泥土的一部分。

不过偶尔还会到我的脑海中串一串门。

我对摄像机是心怀感激之情的，如果不是摄像机替我记录下她们的身姿面容以及嗓音，像我这般健忘又薄情的人一定早已把她们都忘记了吧。

"夏娃，你在想什么呢？"就在我回忆朱迪她们的时候，吃着饼干的亚当问道。

"一些过去的事……"我看着他答道。我不太喜欢讲关于自己的事，人在讲关于自己的事情时往往会有失客观。但是朱迪，我希望你们的事情能被我以外的人记住。所以我问他："想听些故事吗？"

"好啊。"他一口答应了。

"那……就从飞船坠毁后讲起吧。"我陷入了回忆中。

"一开始还有七八十人活下来，但半数都没挺过对这颗行星的最初适应阶段，在一周内死亡了。然后，剩下的 34 位夏娃开始建造这座基地的雏形。而在那 34 位中，朱迪、李陈雯、夏可可、爱尔德这四位算是跟我最熟的人。

"夏娃主要是按身体素质、智力以及意志力这三项来进行选拔的。在此基础上，特长和获得的奖项越多越好。朱迪她们都很厉害，朱迪是数学方面的天才，基地最初的建造离不开她那堪比计算机的计算能力。李陈雯年纪轻轻就取得国际性舞蹈赛事的相关奖项。夏可可善于绘图制图和修理机器设备，她脑子很灵活，往往能想出些绝妙的点子来解决我们遇到的问题。爱尔德身手矫健，她就像一头羚羊。在初期，很多数据和设备都是靠她才从飞船的残骸中抢救出来的。"

我继续说着。

"我们那个时候啊……"

他打断了我。"你呢？"他问。

我看了一眼他，没有搭理。我选择像一台暂停键坏掉的影碟机一般无视观看者，执拗地去播放刻印在我脑海中的内容。

或许从性能角度来讲，我更像一张没有得到恰当保存的黑胶唱片，播放一次就会磨损一次。

"……过得不能算是苦，总会碰到一些要命的问题，缺水、缺电、没有食物、氧气储备不够，这些事都碰到过。在向外探索的时候，也可能会被这颗行星的极端气候杀死。像爱尔德，她就是被沙尘暴给吞噬掉的。"

我开始掰着手指头计数："李陈雯没能挺过饥饿。哪怕我把吃的都塞进了她的嘴里，她也不愿吃下那些肮脏的食物，挣扎着吐了出来。夏可可冲到基地下面去抢修发电机，然后极寒的夜晚夺走了她的体温。朱迪……虽然作为天才她的言行有些难以捉摸，有的时候又幼稚任性得要死，但她是个坚强乐观的好孩子……是我没能保护好她。"

我回忆着，仿佛手里又拿住了枪："那时候我告诉她，一定要安静地躲在通风管道内，遇到事只能往管道内部爬，绝不能出来。若是我还活着，到时候我会用暗号通知她出来。"

我想，我可以说是茫然地环顾着这个房间。

"我出去跟发疯的家伙们对战，激光枪的光束掠过我的脖颈，我的左腿被打穿了，肋骨当时好像也断了几根，但我还是赢了。我那时想，我的运气还是不坏的。于是拖着残腿，想去叫朱迪出来，顺便帮我处理下伤口。但朱迪并没有出来。"

我平静地说道："因为我是个考虑不周的蠢货，我没有料到那些疯子会往通风管道内排放毒气。"

"这不是你的错。"他这么说道。

但我还是无视了他，我在七年中已经习惯了与这些糟糕的回忆相处，应付这种浮于表面的安慰才会让我感到痛苦："朱迪死了，她到临死前都听我的话，没有从通风管道内爬出来。"

"真是悲伤。"我像个旁观者一般评价着，"我应该给你讲些快乐些的故事，她们都是很美丽很可爱的人。"

但当我想再次开口时，我的嘴却自行沉默了，苍白的口吻已经无力去描述我们那时的快乐。

沉默在我的嘴里盘桓了好一会儿，但最后我还是把它赶走了。我开口说："我给你看点儿录像吧。"

我拿出了我的摄像机，我的老朋友，按下播放键。

录像，第 433 天，室内

"嗨，未来的各位大家好啊，我是夏娃李陈雯！"漂亮的女孩子在明艳地笑着。

"这边是夏可可。"戴着帽子，脸上长着小雀斑的女孩子指了指自己。

"朱迪，一位天才。喜欢数学和漫画。"拿着漫画书的女孩子一边介绍着自己，一边挥了挥手。

"爱尔德。"高挑的女孩子简单地说道。

然后，是数帧糊掉的影像。

继续记录，第 4120 天

亚当的眼神很难形容。我从未见过有人能在一双眼睛中同时蕴藏那么多种情感。我没有那么丰富的情感，所以很难形容。

但他的情感化作语言时却很简短。他问我："为什么？"

我想我知道他在问什么："我不想跟她们出现在一起，哪怕只是影像。"

"我明白了。"他说，"抱歉，我……得先失陪了。"

"别介意。"我想我笑了起来，因为他很惊讶。

朱迪，你们总是能让我忍不住感到高兴，哪怕是现在。

记录，第 4180 天

亚当似乎意识到在这颗孤寂的行星上再怎么挣扎也没有意义。

如果说这颗行星是一片汪洋，那我们两个就是两块小小的石头。

哪怕拼尽全力往下掷去，也不会让这片汪洋产生一丝涟漪。

他变得更加悠闲了，也更加游刃有余起来，像是很享受这边的生活。

他有点儿……若按照朱迪你的口吻去形容……或许该说是那种猫系男孩？没兴致时就趴在一角睡觉，有兴致时会自己找事做打发时间。

感觉我有点儿变成了曾经跟你讲过的童话故事里的那位养猫的老奶奶，若是能再有一把藤椅和一个壁炉，就是我理想的晚年生活了吧。

……请别用那种谴责的目光看着我，爱尔德，可可，我没有忘记……我会做出选择的。所有的事情需要有一个终结，哪怕是已经失败的计划。

你们是伟大的，而我会给你们的牺牲一个最终的定义。

雯雯，若是富有同理心的你还活着，你是否能在这种情况下开解我，劝阻我呢？

……

为什么，最后留下来的会是我呢？

记录，第 4220 天

基地下面的发电机又出故障了，所以我下去修理。

虽然修理它有些危险，但我不太舍得把它扔掉，总觉得它多修修还能用，但跟亚当讨论后他说服了我。

等基地移动到亚当的那艘飞船时，就把它给报废掉。

记录，第 4245 天

亚当负伤。

我们在去飞船上搬运零件时，有断裂的金属柱自上方朝我砸下。

当时我判断我躲不开了，便决心接受这上天给予的一丝宽容，站在那儿不动了。

但亚当推开了我。

虽然很对不住亚当，但那时，我心中浮现的最强烈的情感是惋惜。

我真是个卑劣的人啊。但所有的一切，无论是独自一人活下来，还是救治亚当，都是我做的选择，我得承受。

不能因痛苦而选择逃避。

但很遗憾，我还是不够果断，不够坚韧。得让你们再多等我一会儿了。

我正写着笔记的时候亚当醒了。

"你需要适应下新的义体。"我说，"压住你的金属柱太重，我只能选择把你腰部以上的部分截断带走。但你的大脑和脊椎被义体保护得很好，并没有受伤，所以我想……你应该很快就能适应。"

"你没事吧？"亚当笑着询问我。

"托你的福，只是轻伤。"我说，"你手部和后脑部的仿真皮肤受损严重，我给你换了新的。"

"嗯。"他只是笑着看着我。

"谢谢。"我说。

"不客气。"他用那哼歌般的腔调跟我讲话。

朱迪，我再度确认，我跟他性格不合。就像是水和火一般，只要靠近就会感到难受。

不，他跟雯雯不一样。雯雯也会用那种哼歌般的腔调讲话，但是雯雯哼得比他好听。

我跟他之间的区别就像是地上沉稳的泥土和天上轻浮的云一样。

就我个人来说，我是相当不能习惯与忍受他为人处世的姿态。

我很怀疑，朱迪。他真的有把自己当作一个人来看吗？他真的有把我当作一个人来看吗？而不是一个任务的目标，一个虚拟的进程？

他的每一个举动看似都没有问题，但放在这绝望至极的境地下，却又异常可怖。

我不能继续无根据地揣测下去了，不能对刚救了我一命的人表现得太失礼。所以我借口去装发电机，先行离开了。

不过发电机早就装好了，我其实无所事事。

我把手插到兜中。你知道，我并不喜欢欠人情，特别是我不想深交的家伙的人情。

"……失礼了。"

我应该这般措辞。每个人都有好恶，而有些人，恰巧气场不合，他们之间最好的相处方式就是毫无瓜葛，互不拖欠。这是很令人遗憾但是正常的事情。

我想到了我的花房，本来是打算等我走后才把花房交给他打理的，但为了还人情，我决定先给他看看。

记录，第 4252 天

我带他来到了我的花房前，他那过于高兴的模样让我非常想要敬而远之。

不，你跟他不一样，朱迪。

虽然一开始我也觉得你过于热情，话太多了。但是，不，你们不

一样。

你让我分心了，朱迪。我在他的面前输入了花房的密码。

以亚当的能力，他一定记住了。

算了，反正迟早得交给他打理的。我也没心情再想一个难以破解的新密码了。我又不是密码学专家。说到底，我都不懂我为何会被选为夏娃。

当我得知我被选中时，我总觉得这世界跟我绝对有一个疯掉了。

跑题了。

我该介绍的是我的花房。

现在，我的花房里开满了绣球花。我喜欢紫色的绣球花，但只有粉色和白色的绣球花成功地活了下来。真是令人遗憾。

亚当很开心地拿着照相机在不停拍照。那相机大概是他从基地的某个角落里翻出来的吧，我不太在意。

我坐在我所种的树脚下。七年过去了，它已经长得很挺拔了。

看着它令人喜悦的长势，我不由得在想，若是我继续活上个百十年，或许真的能把地球曾经的一角复制到这颗行星上。

并不一定要让人类遍布这颗行星才算是成功，对吧？我可以给这颗荒芜的行星带来别的生命。有了植物，再过上个几亿年，动物或许就会出现；然后再过上个几亿年，跟人差不多的智慧生命或许就会诞生。

那段时间对我们人来说漫长得难以想象，但对这颗行星来说却是完全可以接受的。

嗯，朱迪，你可能会说，我这样又要被可可骂了，她会说我的想法不着边际，不确定的因素太多。

那么现在有什么是着边际，能确定的东西吗？

哈哈，别沉默啊，我并没有为难你的意思，朱迪。你很努力了。跟我多说说话吧，这样我才能有勇气继续维持我那脆弱不堪的理智。

他过来了，拿着相机，跟我分享着他拍到的照片。

拍得挺好。"有学过摄影吗？"我微笑着问道。

"算是我众多兴趣中的一个。"他说道，"咳，都是过去的事了。"

"是啊。都没有意义了。"比当年更成熟的我微笑着附和他。在我美丽的花房里，还是要填充些美好的情感。

"在剥离了所有附加价值和社会关系的这颗行星上，唯一有意义的便是你本身。"这是我在这颗行星上独自沉淀七年的小小感悟，也是这颗荒芜行星赠予我的最宝贵的财富。

亚当有一段时间没有说话，这对话多的他来说还挺少见的。

但我一时感慨万千，难得地想跟人聊聊。

所以我带着他跑到了基地最上层。他全身义体，在这儿还不需要考虑防寒，我保证好自己的安全就行。

我把悬窗打开，带着他从悬窗中钻了出来，躺在有些生锈的金属板上看星星。与其说我们是在聊天，不如说是我单方面在讲。

"你猜猜，地球在哪边？"我指着漫天星斗问他。这颗行星因为没有遭到污染，所以夜空分外美丽，比我家乡的夜空还好看。

"嗯……赤经……赤纬……"他吞吞吐吐地说道。

"不用那么严谨吧。"我无奈地笑着打断他，在睡梦中被飞船载着来这儿的我们其实压根不可能知道地球的具体方位在哪儿。

"我觉得在那儿。"我随意地指着东南方向说道，"因为那边的星星闪得很漂亮，而且如果你长时间地凝视着它们，就像是长曝光摄影一样，它们会像是在转圈圈一般闪着。"

我说的话不好懂，只是在单方面输出我的感受，我的思想天马行空，想到哪儿就说到哪儿。他尽量回应，不让话题冷掉。但他越是这样好心，我就越是感觉不自在。

然后我问了一些关于他的问题。

"你出发的时间是 2165 年吗？"我问道。

"我是 2162 年出发的。"他回答。

我察觉到从他这里可以问出一些隐秘的事情。我又问道："那关于'十年后彗星会撞上地球'这件事，你又知道些什么？"

他不说话，只是看着我。我也不说话，等着他的回答。

"不，只有三年了。"他说道，"三年后，彗星便会撞上地球。"

他又补充道："而且是从 2162 年算起的三年后。"

我还能说什么？感谢人类的最高意志在最后一刻给了我一个离开的机会吗？

沉默。只剩下沉默，蔓延在星空下，笼罩着我和他。

最后，我主动掐断了这次聊天："我去准备点儿吃的。你就继续待在这儿。"为了不让他跟下来，我随便编了个理由："你待在这儿吧，接下来可能会有流星雨。要是我错过了，麻烦你帮我拍下来。"

不过我不觉得他真的能见到，毕竟是我随口胡诌的。

我随意地给合成食物的机器输入两个指令，接着去处理自己那些浮躁如尘埃的情绪。

不过，朱迪，在那之后我有些后悔。因为他竟然真的见到了流星雨并拍给我看。

就……有些羡慕。

真好啊。他是被奇迹眷顾的人啊。

纪录，第 4258 天

我们又去了那艘坠毁的飞船一趟。我很想将核从那些烧焦的尸体上拆下来进行回收。这些核除了能帮助夏娃和亚当适应这颗行星的恶劣环境，也能当作宝贵的能源加以利用。

但核是镶嵌在我们的脊椎下方的，要取出它必然会在一定程度上损坏尸体，考虑到亚当可能接受不了，我只好一边闲逛一边思考要怎样自己一人回收核。

亚当翻到了一把还能用的小提琴。据他所说，这小提琴本来就是他带到飞船上的。而且听亚当的语气，他带上飞船的似乎远不止一把小提琴。

而据我们所知，飞船上的空间，总是不够用。

这次搜索进一步提示了我，关于人类灭亡的真相，他知道的一定远比我们多。我得想办法把那些情报都挖出来，就当我到时候给你们带去的礼物。不过具体该怎么做，我还在犹豫着。

记录，第 4259 天

我睡觉的房间隔不住那刺耳的小提琴声，很吵，睡不好。所以我换了个房间。

记录，第 4263 天

亚当带着小提琴，兴冲冲地过来找我。我觉得我差不多都要习惯了他那总是情绪波动很大的性格了。

我要写的是什么来着？感觉我的记忆力最近有些衰退。

哦，对了。我想起来了，他拉的小提琴，还挺好听。

记录，第 4270 天

他小提琴拉得不错，该说是白噪声吗？所以我最近会在他练琴时坐在角落里看书，希望这没有打扰到他。

记录，第 4273 天

他问我要不要试着拉一下小提琴。我试了，然后放弃了。声音太难听，简直可以说是魔鬼在锯木头。

为了我的耳朵着想，我拒绝了他的再次邀请。

记录，第 4285 天

他送了我一根木头笛子，告诉我哪怕是初学者也不会吹得太难听。

我端详着那根笛子，反问了一句木头是哪来的。看他移开了眼神，我便知道那是拿我种的树做的。

看在只是一根枝条的分上，我就原谅他吧。

记录，第 4292 天

我似乎有些天分，现在已经会吹奏几首简单的曲子了。不，我并没有很频繁地去练，也就每天半小时吧。你知道我对乐器的兴趣并没有强烈到想学精的地步，只是消遣罢了。

还有一件事想对你说来着，朱迪。

我觉得亚当喜欢我。但我不太确定，这种事零零会更熟悉。不过她现在也无法给我建议了。不，这没有让我太困扰，朱迪。我已经跟以前不同了，我已经改变了。

嗯，反正……我的意思是，重要的是我想怎么做。

总之，先分析一下。我跟亚当性格不合，但不合的程度在我的忍受范围之内，何况提升他对我的好感度能更方便我从他的口中问出情报来。

但是，我真的有必要那么做吗？

我在这 11 年中，好不容易才获得了最本质的真实，在漫长的反思和自我审视中，找到了最纯粹的自我。

我为何要再度陷入虚伪的谎言中？

在这仅有两人的孤岛上，我为何要在交流时优先选择欺骗？

不过，我应该是最没有资格说这话的人吧，我已经记不清我对你们说过多少句谎言了。

我不后悔……

谎言依用途来定可能是剧毒的钢针，也可能是甘甜的花蜜。你们是希望被我欺骗、被我操纵着的，不是吗？而我希望你们能活下来。

所以我成了说谎的专家。可惜……我的谎言并不总是那么完美。我要再度说谎吗，摒弃我好不容易获得的真实？

我得再多考虑一下。

记录，第 4303 天

我像是僧侣面壁一般长久地思考过了，我还是觉得我的真实更重要，朱迪。

我懒得再伪装自己、欺骗自己，我不会再为过去的虚无所困。那些定义，无法在这自由空旷的孤岛上束缚住我。

当撕下先前那张从过往经历中生长出来的与我血肉交融的面具，我感觉到了一种最真实的强大，朱迪。那是从我心灵中生长出来的力量，它好似一棵参天巨树。

我会跟他先谈谈。他要是不说，那就随他吧。我不愿再给我们人类的末路添上更多的丑恶了。

真轻盈啊。

如果不是当初的我，而是现在的我遇到当初的你们该多好啊！你们一定会过得更加幸福。

记录，第 4304 天

我找亚当谈了。果然，他满脸犹疑，不太想说。

所以我就跟他拜拜了。

记录，第 4307 天

亚当过来找我了，他提出了交换。他想用那些关于人类末日真相的情报换来我的情报。就是我的名字和过往的经历。

如果是之前的我，一定会答应吧。但我现在没兴趣了。知道那种真相不还是给自己找气受吗？

比起那不可改变的过去，未来才更让我困扰。所以我摆摆手，跟他说："不用了。我不感兴趣了。"

亚当睁大的眼睛告诉我，他难以置信并且相当受打击。我能理解，他一定把那当成很重要的秘密，多半还是做了相当多的心理铺垫才来找我的。

不过没事了，不需要铺垫了。那个秘密我不想听，就让他自己带到坟墓里去吧。

我以为这事情就这么了结了。

他不死心地继续加码，把自己的家世和过去的人生经历也加上了。但我对他的过去真的没什么兴趣。所以我拒绝了。

他问我是不是在耍他玩。为了避免误会，我尽量认真而耐心地回答了他。我说我真的没那么闲，当初问他只是好奇，而现在是真的没兴趣了。

他有些生气地盯了我一会儿，然后自己离开了。我觉得他挺莫名其妙的。不过还远不及你的程度，朱迪。

记录，第 4331 天

我昨晚梦到了你们，朱迪。也梦到了我的父母。我的梦里，你们在那边过得还不错……

汇报一下我近期的情况吧。

我改良的土豆已经能在这颗行星的土壤中长大了，不再需要依赖从地球上带来的土壤了。

我煮了一颗尝了尝，味道还行吧。这样一来，你一直怀念的薯片也就能做出来了。

至于亚当，在接下来的几个星期里，他就像个死缠烂打的推销员一般，时不时就在我耳边碎碎念，问我是不是真的不想知道了。

我一直重复说我不感兴趣，我不想知道。

但他就跟耳朵被棉花堵住了一般，还在那儿一直问。我之前怎么没发现他倾诉欲这么强呢。

无语了。

所以我报复性地给他做了个布偶娃娃，让他之后有话就对娃娃说，不要对我说。我发誓，他绝对被我气到了。

然后我终于获得了清静。感谢上天。他不来找我，正好方便我去那艘飞船回收核。

记录，第4333天

我从没见过世界上有那么幼稚的人。

基地内的广播是用于紧急情况的，而不是给他大声聒噪他那点儿过去的秘密的。

当时我因为失眠正沉浸于阅读，他那该死的广播害得我平板都吓掉了，屏幕上有了裂纹。我气得直接拔枪跑去了广播站，踹开门，质问他是不是需要我帮他紧急修理下脑子。

面对我的枪口，他露出了那副做好觉悟的蠢脸。就跟爱尔德当时把我推离沙尘暴时一样，那副打算背负起什么无意义的东西自己下地狱的蠢脸。

我气乐了，把枪插回枪套中。我用力捏住他的脸，问他该怎么做才能赔我那块裂掉的平板。毕竟他有知觉的部分也就脸和手了，打他身上其他的地方疼的只有我的手。

不过那举止可能还是过于暧昧了吧。很难形容他当时看我的眼神。

"我喜欢你。"他这么说道。

我当时觉得他可能真的脑子坏到连氛围都看不懂了，正常人都不会选这种时机表白吧。

于是我问道："你是蠢货吗？"

然后，鬼使神差地，我跟他接吻了。

我为什么会这么做？我也想知道。

我试图理清当时的想法。

抛开那些家世跟隐秘，我并不讨厌亚当这个人，但我对他的感情也没深到能互说喜欢的地步。我想，我与他之间的吻，比起爱意，更像是两个待报废品在茫茫宇宙中的互相取暖。

我们都是失格者。

背负着罪孽。

记录，第 4347 天

我还以为亚当不会提起那个令人尴尬的吻，彼此之间能友好地忘掉它。但他还是提了并且再次跟我告白，我陷入了尴尬中。

如果当时我没有亲上去，可能现在我讲的话还会有一些说服力吧。我跟他讲了讲我的想法。他挺平静地说了句没关系。

一瞬间我便明白，是我对待他的态度太认真了。他的喜欢实质上肤浅且轻浮，就跟一层塑料纸一般。他并不值得我去慎重对待，所以我答应了他。

你感到疑惑吗，朱迪？是呢，对过于单纯的你来说，这确实是相当难以理解的吧。我的意思是，那只是他为了不被这颗星球的严寒逼疯所做的取暖行为，然后找了一个喜欢的名义。

而我的想法，嗯……我就不说了吧，朱迪。听了后，你会觉得我很坏的。

记录，第 4351 天

我之前对他不太关心，所以才忽略了往日那些细小的违和感。

朱迪，我得告诉你们。

不要被亚当骗了，他其实是个虚假且空洞的家伙。他表面笑容之下的性格比当初的我更为恶劣。我得庆幸你们那时候没有同时遇到他跟我。

不然那对你们来说会是地狱。那种情况下你们一定不会理解我为何要执意杀了亚当。

那自然是为了你们，我的朋友。

当然，爱尔德除外，她跟那家伙是一伙的，到时候她会像条猎犬一般帮着那家伙，我得先解决她。

你问为什么？

朱迪，你之前夸过我，说我就像是未卜先知的魔法师。

那天明明我才刚进房间，甚至我连问都没问，就帮你从爱尔德抢救出来的那一大堆书中找出了你最想看的那本漫画。

我虽然不爱说这些，但得益于我的第二位母亲，我会下意识地注意别人的面部表情和肢体动作，并结合周遭环境以及我跟那人相处以来的所有细节预判他的想法，然后根据这些储存的数据分析他的性格以及推测他在各种情况下会采取的行动。

我很擅长做这种事，以至于能让你们活在我的脑中。越是我了解的人，他在我脑中的形象就会越鲜活。但这也有很大的缺陷……

言归正传，我只是思考了一下亚当目前为止的所作所为。

一个被特殊优待能带着小提琴上飞船，在飞船上能擅自行动并有权强行把自己关进冷冻舱的人。一个全身义体被幻肢痛长期折磨却能维持乐观态度的人。一个在只有我跟他两个人存活于这颗行星上的情况下，依旧毫不气馁地打算执行伊甸园计划，想尽办法跟我拉近关系，并且能并无多少犹豫地拿所谓人类灭亡的真相来换取我的情报的人。

而当初我为了撬开爱尔德的口都做了些什么呢？责骂，逼问，那些让我懊悔至今的事不用再赘述了。我发疯似的把我从飞船数据库里找到的那一丁点儿可怜的证据拍在爱尔德面前，拿她的性命来威胁她，就连她那张宝贵的照片都险些被我撕成两半，她才艰难地向我吐露了一星半点儿的真相。

更何况，从我们第一次见面开始，亚当就一直在欺瞒我。

如果说人类灭亡的真相在此刻已经不再重要，那又是怎样的动机让亚当欺骗我呢？我愚钝的头脑思来想去，也就只能想到伊甸园计划的背后还有更多的隐秘与阴谋了。

阴谋只会让它的主人受益，而对于一无所知的我们来说却是条再凶狠不过的毒蛇。一想到好不容易获得了安身之所的我们，却要再次为那些人的遗毒所害，我心中的愤怒就要抑制不住喷薄而出了。

但你们不在了，我这愤怒便也失去了意义。对于那个还执着于过去的阴谋并将此当作唯一生存动机的空洞人偶，我只觉得既可悲又可气。

呵，我现在活得跟往常一样，不用担心我。倒不如说我的生活状态还略有改善。他总是一副乐观开朗、脾气温和的模样，但我知道他只是在表演。

空洞的人是最好的演员。

不过正因为亚当他虚假且空洞，所以那时候他说的是真话，他一个人活不下去。他过于依赖外界了，寻求外界的眼光，在意外界的评价。你问我既然这样他为何会想杀我？

呵。

他这个空空如也的人，完全为他人的目光而生同时又对他人毫不关心的人，很乐意去玩弄和掌控他人。我都惊叹于他表演型人格障碍患病程度之深，并深深地感慨伊甸园计划简直是从根上出了问题。

我已经抱怨他们选择我抱怨了太多遍，就不再多说了。

亚当这种人能被选上，我简直想笑。我想当初伊甸园计划的宣传组一定是忘记把"请以实物为准"这一句关键的话写在广告上了。

我这个愚蠢的人，在不停说谎的同时又被欺骗了多少次啊。

"……一个新的未来，一个更加美好而和平的世界……人类将不会再重蹈覆辙……真正的伊甸园，我们的乌托邦将会在另一颗行星上实现……"

狗屎……就亚当那种人，存在一个都等于是埋下了战争的种子。

难道我真如小丑一般，一直坚信并践行的都是他人的随口编出的谎言吗？

不……

记录，第4357天

我厌烦了亚当日复一日的虚假表演。

我是个丑角，但我没兴趣注看别人也成为丑角。所以我提出了分手。

他的面具崩裂的速度比我想象的要快得多。我还以为他能再多装一会儿的。但估计他也明白再装下去也不可能改变我的意志了。

我的枪被他夺去，指着我的枪口充满了憎恶。他的眼睛快被恨意撕裂了。如果这颗行星上不是只有我们两人，他一定会优先选择打碎我的头颅，而不是逼我收回我刚说的话。

不，应该说，但凡这颗行星上有别的夏娃，亚当他绝对不会选择我，正如我绝对不会选择他一样。我们之间的互斥性太明显了，对视第一眼就能明白对方是自己绝对不愿接近的类型。因为互不接近，所以反而会相安无事地维持表面的和善？

我就跟平常一样注视着他，然后说不。要是真能这么轻易地死，于我而言反倒是种解脱。唯一遗憾的是，我没能用摄像机拍下人类的末路。

亚当崩溃了。他是没法扣下扳机的。并不是因为我对他而言有多重要，只是空洞的他必须依附于他人的目光才能活着罢了。

他疯了一般地质问我，问我凭什么看不起他。

但我并没有，我想我对他还挺尊重的，除非跟我的要做事起冲突，不然我从不会干涉他所做的任何事。我不是他爹妈，他做什么，我并不关心。

对于他说的事，那些话题，我有兴趣我就跟他聊，没兴趣我就礼貌地婉拒，表示我要看书。我不过是没有更多地迁就他，但可能对于亚当来讲，这便是看不起他吧。

当然，我的想法也很可能错了，因为这只是我单方面的揣测。我能力有限，无法从一颗封闭且空洞的心灵中问出真实的答案。

总之，那时的我不想为我没做过的事情辩解，就保持沉默。

他又问我，他到底是哪里做得还不够好，他要怎么做我才愿意不分手。我觉得他做得挺好的。只是我现在真的没那种为他的表演捧场的兴致。

我太累了，只想借着看表演的时间多休息一会儿。当然，直接永久地休息下去也不错。我还能来见你们。

所以，我还是懒得理亚当。

他最后问我了一大段话，大致意思就是，为什么我对你们那么上心在意，总是在夸你们，却对他爱搭不理，甚至都不愿叫他的名字。他问我是不是因为地球上发生的那点儿破事在故意折磨他，他就知道我救他是不安好心之类的。

原谅我不能把他的原话写下来。他那时真的是失控了，无论他平时伪装的性格还是他本身的性格都跟那时他的表现相差巨大，若仅仅因为这一段话而对亚当下了肤浅的判断，我作为一个记录者而言是失格的。而且……假如之后还有人能看到这本电子日记的话，我不希望他会因此严重错估亚当的冷酷和危险，他的精神强韧到可怕的地步。

但凡亚当所处的境遇能更好一点儿，我们之间一定能成为相安无事的陌生人。

但令人遗憾的是，现在活着的就只有我和被我唤为亚当的一颗大脑与一段脊椎了。

扯远了。

我听完亚当的长篇大论后开口了。我跟他讲："可你也并没有给过我什么真实的东西来交换啊。"

他很错愕，然后他说了很多他为这个基地做的事情。但是他不敢看我。

"哦。是吗？"我说，然后我叫了他的真名。不是他主动告诉我的名字，而是他存储在飞船数据库中的真名。

难以言喻的恐惧充斥着他的双眸，他诅咒我，然后他跑了。

亚当是个说谎成性的家伙。

我只说有必要有意义的谎话，而他连没必要的部分也会加以编造，哪怕那毫无意义。

嗯，数据库里对亚当的记录其实也挺少的。

所以每当他跟我讲话，我都觉得脑子累。我真的没兴趣像挑豆子一般把真话从他的谎话中分离出来。

但他对这种试探乐此不疲。这真的很无聊，也没意义。

这颗行星上货币没有意义，只能以物易物。我的同伴们给了我真货，我这边自然会拿出真货来。

亚当想拿假货来糊弄我，那我只能拒绝交换了。

毕竟我可没友善博爱到会像个白痴一般拿真货换假货啊。朱迪你们倒是会的。

记录，第 4366 天

我获得了清静，最近过得很自在。

前不久从尸体上扒下的核让我对核的研究有了突破，我成功造出了一点儿肉，不过我觉得还不能够食用，要等造出要更安全、更稳定的肉才行。

亚当在躲着我，但他不想死，自己一个人进食，所以没什么可担心的。

记录，第 4375 五天

我感觉自己被当作什么未知生物观察了。总是能发现亚当的视线在注视着我，但他不靠近我。

就……时不时出来看看，确认我还活着吗？

记录，第 4382 天

他在我看书时，自己进了房间，然后坐在角落里。

他一直在打量着我。

我没有管他。

记录，第 4384 天

他坐到了我的对面，把包装好的一个小礼物盒推给了我。

"之前……对不起。"他吞吞吐吐地说。

嗯……我没想到我在这棵行星上还能见到礼物盒，一时都不知道该说些什么。只能说人和人真的是不同的，像我哪怕道歉，也绝对不会用上礼物盒这种东西。

有点儿好奇里面会是什么，所以我打开了礼物盒。是饼干，但做得比之前更精致，味道也更好些。嗯，毕竟是我改良后的作物，这种程度的美味是应该的。

见我吃了饼干，他松了口气。他试图旧事重提。

我说分手。

他说好。

他像是整个人都失去力气般趴在桌上，时不时看我一眼，可能在希望我回心转意。而我希望有个没失格的新夏娃能出来代替我。

他的存在打扰到我看书了，很烦。

记录，第 4392 天

我跟亚当的关系恢复到和先前一样。我做我的事，亚当做他的事，互不打扰。然后偶尔聊聊。一种非常自在的生活状态。

亚当有了些变化，可能是意识到他装也没用了吧。他不再笑得跟个荧幕假人似的让人毛骨悚然，见我看向他就会把脸拉下。我觉得这是好事，起码我不会再感到那么不自在。

之前跟亚当相处，总感觉我被当成了美少女游戏里等着被主角攻略的女角色。

亚当他操纵着自己的身体跟我相处，就像电脑屏幕前的人操纵着自己的游戏角色。因为都是假的，所以他简直像是可以无缝切换人格一般地表演着。

我不太清楚是怎样的环境培养出了亚当的这种性格……但我觉得他真的不应该被选为亚当。嗯？你问我为什么知道？哦，那是因为监控拍到了亚当在自己房间里变脸的全过程。冷漠残酷又空空如也，那才是真实的亚当。

说真的，我觉得亚当的心理疾病即使派最好的心理医生来都治不好了。毕竟亚当他似乎挺满意自己的状态，一定觉得自己不需要治疗。

嗯……我也得承认，如果是在过去的社会中，亚当这种人一定远比现在的我吃得开。

而以我现在的性子，已经不愿再成为被大众认可的成功者。我会作为一个孤僻奇葩而自得其乐的人，跟我认可的人一同生活到死亡到来的那一天。

当初的我从未想过要从社会中离开，我认为我是离不开社会的，一旦离开社会我便会痛苦地死去。

但现在，我体悟到了。哪怕剥夺走了我的社会性，哪怕极度艰苦，

要与痛苦和巨大的风险为伴，我还是能作为一个自然人活在这个世界上。

这颗荒芜的行星会夺走社会给予我们的安稳，也会磨去社会加之于我们身上的镣铐。

……或许，我没有被骗，这颗行星确实是真正的伊甸园？

而我，或许已经找到了我一人的乌托邦？

既然如此，肉的培育也没有继续的必要了吧。

记录，第4402天

观察我似乎是亚当的新兴趣。他还会边观察我边在他的平板上做些笔记，甚至没有避开我的打算。

……真把我当游戏角色啊。我无语了。

所以我走到亚当身旁，对他说："你好，我还活着。"

亚当看都不看我一眼，他对着平板奋笔疾书："没有，你是一团折磨我的数据。"他放下笔，陷入沉思，然后说："我明白了，一定是外星人。外星人捕获了我的大脑，然后为了研究人类，才制造了你来观察我的脑波活动。他们给了你人类女性的外表来降低我的警惕性，但他们对人类的研究不深，所以你比起人类来更像是机器人。这样一切都能解释得通了。"

听听这家伙在胡言乱语些什么。

"你这家伙不会从一开始就没有把我当活人看吧？"我有些难以置信地反问道。

"活人不是从来都只有我一个吗？"他反问道，"你根本不像人啊。"

"只有你认为的人才是人吗？"我继续问道。

"你们的研究已经上升到哲学的高度了吗？"他震惊而恐惧地睁大

了眼睛。"这样吧，"他试图交涉道，"你们想知道什么我全都告诉你们，一定积极配合。相对地，你们也少折磨我一点儿吧，求求你们了。"

我哑口无言，亚当的心智不会在我没察觉的情况下坏掉了吧？

不至于吧，这才一年不到。

我觉得头疼又来折磨我了。

说起来，之前雯雯也是……我是个迟钝的人，考虑问题时常常会从自我出发，觉得自己能接受的事，别人也能接受。

从小父母就不在我的身边，代替父母照顾我的阿姨——我的第二位母亲是个哑巴。

也许一年乃至数年不跟任何人说话交流，对别人来讲会很难熬，但我还挺习惯的。

在亚当说出更加不正常的话语前，我认真地考虑过揍他一顿能否把他打醒。但也可能会让他的被迫害妄想更加严重。

所以我叹了口气，顺着他的话往下说："对，我确实是外星人派来的。"

他一脸"果然如此"的表情。

"不过你放心，制造我的外星人还挺和善的。所以不会太干涉你，也不会没事就想要折磨你。我们跟人类不一样，对你们看重的金光闪闪的石头、磨得很锋利的矿石乃至繁衍扩张都不感兴趣。"

我又说谎了。

我这性子真是……无可救药啊。

"那你们对什么感兴趣啊？"他颤抖着声音问道。

"花。制造我的外星人挺喜欢地球上的植物的。"我说，"美食也不错。"

朱迪，我想起了你。

所以我决定给他找点儿事情干。让他忙起来或许他就没有那份闲心去胡思乱想了。

"有个外星人挺喜欢薯片的，你想办法做点儿出来吧。"我摇着头离开了，"做得好的话说不准能少受点儿苦。"

记录，第 4410 天

薯片的味道还不错，你会喜欢吃的，朱迪。

他现在对我的称呼都是外星人，我觉得他知道我并不是，因为他对我的态度并不尊敬，但他更不想承认我是人。

我不太懂别人那些复杂的心思。

雯雯崩溃时，我也做不到安慰她。当谎言无法继续编造下去时，我便只能作为一个罪人保持沉默。如果对一个虚假的目标投射他的恐惧怨恨有助于亚当维持精神稳定，那就让这个谎言持续下去吧。

毕竟，只有一个人的行星……不管怎么说，它都是孤寂的。

不用太担心，朱迪。他无法向我动手的，他很奇怪，他想活下去的意志明明很强韧，却又无法接受只有自己一个人活下来。那些连逻辑都支离破碎的言语伤害不了我，他不是雯雯。我跟他的牵绊没那么深，所以我不会感到难过。

你们可能会理解他吧，但我不能。既然无论如何都想活下来，那为什么不选择只有自己一人活下来呢？要不是与你们相遇了，朱迪，靠着那些数据，我一个人能平静地在这个基地中活过上百年。因为在我上飞船前，我人生的四分之三都是那样度过的。

朱迪，我是怨恨她们的，你应该知道。

记录，第4423天

这个人为什么要故意把小提琴拉得那么难听呢？最重要的是赶都赶不走。听了他拉的小提琴，我花房里的花都要难过得枯死了。我觉得他就是故意找打。

不，朱迪，我已经更成熟了，不会再像先前那样因为一些微不足道的小恶作剧而动怒了。

但如果他敢对我花房中的花下手，我便把他当花肥埋进去。

记录，第4431天

我突然发现我没有记录亚当那天广播的内容，所以趁我还有着模糊的记忆时补上。

2150年，我们这些夏娃那时最大的也就一岁。人类在那一年后，突然就拥有了多项有突破性的划时代的技术。

我们使用着那些技术，却并不在意它们的来源。我们被骗了，我们以为人类真的证实了那些高深到你绝对不想看第二眼的理论。但其实并没有，那些技术其实都来自一块在火星深处挖掘到的巨大陨石。

夏娃和亚当的核也都是用那块陨石做出来的。那块陨石作为一个秘密被隐藏起来，人们为了那块陨石，特意在火星上修建了一座基地城市，各国都派了最顶尖的科学家过去。

那块陨石的价值就是有这么大，大到哪怕榨干地球上的资源也得继续研究下去的地步。夏娃和亚当的长生，反重力探索艇的生产，人工智能的进化乃至星际跃迁的实现，都依靠着那块陨石。

可以说，从发现那块陨石的那刻起，地球就被舍弃了，火星则被

选定为新的家园。第一批预定的移居人数为 30 万。要不是之后砸向太阳系的彗星群彻底打乱了人类移居火星的计划，伊甸园计划根本不会启动。

当我写下这段文字时，我的心情是无比麻木的。难以言说的绝望感笼罩了我，让我觉得我就是马戏团里的一个小丑，用我的信念与挣扎逗得那些观众捧腹大笑。

我一直以为，地球环境的恶化是因为人类需要维持当前的生活水平。就像提倡绿色出行，但不能直接禁止汽车的制造；提倡环保减排，但不能直接把工厂全部封停一样。

但我没想到，真相是地球直接被舍弃了啊。美丽的蓝色行星，宇宙中的璀璨珍宝，被寄生在其上的一些细菌给舍弃了。

我想笑，但笑不出来。

我不太懂得那些人的想法，明明是同一个物种，但我们并不能互相理解。我视若珍宝的事物在他人眼中可以是可笑的，他人为之付出性命的事物在我眼中可以是无意义的。

呵……核不用继续收集了。我不打算给这颗行星带来人类。

记录，第 4442 天

当亚当看到我带来的肉，他的眼神充满了震惊。"你果然是外星人吧。"他说。

为了不让他重蹈雯雯的覆辙，我带他去基地下方看了我是怎么培育肉的。利用核，我让那些从地球带来的动物的冻干细胞如同海藻细胞一般在我的培育箱中不停增殖。

我尽量做了处理，但我依旧不能保证食用这些肉不会带来风险。

这点我跟亚当说了，不过亚当不在意。我也不在意，我不要再像个丑角般被自己经受的无意义的艰苦所感动了，我决定享受我跟人类的末路。

所以，第一步，让我们吃得好一些。

"世界末日了吗？"他捂着嘴，夸张地流露出类似于感动的情绪，看来他的表演型人格障碍还将长久地纠缠着他，"你竟然能做出正常而美味的饭菜。"

"不过是人类的末日罢了。"我更正道，同时看向窗外，"美丽的世界将长久存在，而我们将如尘埃般被轻轻吹散。"

"你这话讲得像个歌颂灭亡的三流诗人，很怪啊。"他说。亚当讨厌悲观负面的话题。

我觉得他太抬举我了："我不是三流诗人，诗人好歹还是个人。我是小丑般的傀儡，欺骗我的同伴，在你们的指尖上起舞。"

"你明明说过过去没有意义了。"亚当慌张了起来，"你不能因为现在就活下来我一个人，就把所有责任都推到我身上。那对我不公平。我没有改变这一切的力量，我离开地球时才 16 岁啊！"

"……你是对的。"我说，"你放心，我啊，最后想尽量干净地走。所以我不会再做残酷的事了。"

"你做过什么？"他问，"我们都快认识一年了，你也别那么戒备我，跟我说说呗。反正又不会有更多人知道了。而且虽然这么说你可能会感到冒犯，但其实我这人没什么同理心。或许那些让你负罪很深的事，在我眼中只是寻常。"

就冲亚当这段话，我觉得他就值得被绞死三次。

"早看出来了。"我说，"你被选为亚当一定是他们疯了，如果是地狱计划在选拔撒旦，我倒是会投你一票。"

"你对我的偏见太深了。"他哼着歌一般轻松地说道，"虽然确实用了些手段，但我这人真的是很优秀的。像这种基地，哼哼。"

"如果你还想让我们之间留下点儿体面，就免开尊口。"我冰冷地说道。

我认为他的生活方式很可悲，但我不会说出口。就像他厌恶我对人类存亡漫不经心，却不愿与我再次撕破脸皮一般。

我们之间维持着虚假的和平，所以亚当投降似的举起双手。

他看着我。"总之，讲些东西当故事听嘛。"他请求一般地说道。

我想我也该说出些事情了。所以，我对他讲了雯雯的故事。

"雯雯是个美丽的人，很有气质，唱歌跳舞都很厉害。而且她很有爱心，喜欢小动物。很多夏娃会向她倾诉烦恼，然后富有同理心的她会温柔又恰到好处地安慰别人。跟你完全不一样。"

"我其实也很擅长温柔地安慰人，你要不要试试？"他张开双手。

"不了，不安好心的安慰就免了，谢谢。"一瞬间我感觉一股恶寒沿着我的脊背窜上来，于是我礼貌地拒绝了他。

"我受伤了，外星人。"他说，"人的情感可是很脆弱的。"

"总之，雯雯她会不求回报地去倾听别人的烦恼，并真心实意地为她们感到忧愁，跟那时的我完全不同。我这人当初很冷漠，从飞船上下来的开头几年可以说是怨天尤人，愤世嫉俗。"我继续讲述。

"看出来了。"他说，"你现在也差不多。"

"那时候我们在为食物发愁。别说种植园里的蔬菜了，合成食物所需的海藻都缺乏。雯雯很烦恼，但她没有能力去解决。她就一个人躲着在那里哭。"

"看着她哭让人心烦，所以我去解决了问题。"我说，"可可和爱尔德帮我挖出了被埋葬的夏娃的尸体，我挖下了她们的核，用来培育肉。"

我指了指盘中的肉。

"然后呢，你给那个叫雯雯的吃了吗？"他说。

"当然，所有人都吃了。"我说，"我们可是难得地吃饱了。"

"你这不做得挺好的吗？这些肉是用冻干的动物细胞做的对吗？"他说，"换我可想不到核还能这样用啊，就算能想到，也不懂该怎么培育。"

"雯雯以为我给她吃的是那些夏娃的肉。"我平静地说，"她发疯并绝食了。即使我跟她反复解释过了，但她还是以为我在说谎。也算报应吧，我说谎很多次了。"

"哦。"他说，"那这得怪她。你没责任。"

"你应该更同情她一些。不过算了，你这样也挺好。你要是装出一副很遗憾的样子我反而会觉得恶心。"我应该是微微笑了一下，但肯定是很难看的那种笑。

"我再说一遍，我有感情。哪怕我的全身都被你换成了义体，我也有感情。"他强调道。

"哦。"我说，"没办法，只剩我这种烂性格的人活下来了。你就忍着吧。"

"可恶……"他说，"我好怀念在地球的时光。"

"我也怀念。"我说。

"你有什么好怀念的，哪怕没有彗星群，你待在地球也只会死。"他疑惑而确信地说道。

我对他本来就少得可怜的同情心顿时降到了冰点以下，我的意思是，从现在起，我将以他的受难为乐。

"你不用懂。"我说，"吃完饭你就可以走了。"

"嗯，多谢款待。"他离开了。

记录，第 4456 天

事实证明，有事最好瞒着亚当。

他最近经常不请自来地跑到我那培育肉的实验室里，尝试自己制造肉。

"拜托给我点儿你的细胞。"他说，"说不准我能做出一个新夏娃来呢。当然，性格肯定会比你好得多。"

我很无奈，要是人有这么容易培育，我之前在忙什么啊。但我还是给了他一点儿我的上皮细胞。

记录，第 4467 天

亚当还是放弃了。

"太难了。"他撇着嘴说道，"这种靠运气干等的事，你是怎么坚持下来的啊。"

"你应该更有耐心些。"我说。

"我一向很有耐心。"他说，"但这不一样，这一点儿盼头都没有。"

"那你应该学会耐住寂寞。"我分享了我的经验，"重要的是不要抱有希望。就当是一种磨炼，一遍遍重复，一遍遍修改，一遍遍尝试。"

"然后就能成功吗？"他问。

"不。"我摇头了，"我们能付出的只有努力，至于是否能成功那是未知的事。要做好哪怕努力到死也无法成功的准备。"

"那太苦了。"他说，"我还是喜欢能看得到尽头的事。"

他又叹了口气："要是你当初没把我的双眼双手外加声带丢掉就好了。那样我就能打开黑箱了，到时候别说蔬菜的快速培育加成熟了，你想在这颗行星上耕地都行。"

亚当所搭乘的飞船上有一个黑色的密闭房间，他称那房间为黑箱。

"都泡烂了。"我说，"加上污染，埋到我的田里我都担心我的菜吃坏肚子。"

我拍拍他的头："你现在能保住你的大脑跟脊椎，可都要感谢我。"

"那是，那是。"他说。

我们之间的对话自然了不少。因为亚当逐渐学会了该怎么在这颗行星上活下来。

我的意思是，他在学会如何变得真实。行星的胸怀远比人类的社会宽广。我想他开始明白了这点。

无论我们过去有着怎样的人生，这颗行星都会对我们一视同仁，用它的荒芜与孤寂来打磨我们。

最终能留下的，便是坚韧的真实。

我挺过了这颗行星对我的试炼，适应了它并且已经能够去感谢它了。我对这颗行星抱有感激之情，因为它给予我的磨难中并不包含恶意。

它虽然不如地球般慈爱温和，但它也没有无情到拒绝所有生命，只是它会挑选更坚韧的生命。

我所种下的土豆已经在它的土壤中发芽了。

我想，我说不准能在死前为这颗行星带来一片绿荫。

记录，第 4482 天

"种点儿玉米呗……我会帮忙的。"他躺在椅子上跟我商量道。

"怎么突然想吃玉米？"我有些疑惑。

"看电影没有爆米花是不行的吧。"他说。

"哦，好。"我说。

"你陪我看呗。"他又说。

"我对战争、文艺、悬疑、爱情类的电影没有兴趣。"我说。

"那不看那些。"他说。

除此之外还有能看的吗？我陷入了沉思。"好吧。"我说。反正无聊的话我就看电子书。

很意外，他竟然从那些海量的乱码数据中找到了一部关于植物的纪录片。我呆住了，痴迷地注视着那些曾经我所能拥有的植被。

等回过神来时，他已经朝我递来了手帕。因为这里的植物还没有多到能造纸的地步，所以无论是鼻涕还是眼泪都得用有些老式的手帕擦拭。

"那什么，我还以为你无血无泪来着。"现在回想起来，这不像是亚当会说的话。

我握着手帕不说话，就那么看着他。

"抱歉，那个……"他那时竟然会不知道该说什么，这让我觉得很奇怪，因为他的本性就是条毒蛇，狠毒阴险又擅长趁虚而入，"你会更想一个人待着吧？我先走了。"

然后，亚当就走了。

记录，第4483天

我为纪录片的事跟亚当说了声谢谢。

亚当就像是被踩到尾巴的猫般出现了过激的反应："哈，你道什么谢啊，我当时可是打算下手的。你不会没看穿吧？"

我跟他对视了一会儿。

"啊……该死……"他跑了，只留下了摸不着头脑的我。

我……果然不擅长跟人相处啊。

记录，第 4490 天

我之前有点儿担心亚当。他虽然一直是个莫名其妙的人，但最近的表现更加让我难以捉摸了。

即使我跟他说了我没事，也不介意，而且还挺感谢他的，他还是会自言自语，发呆，表现出莫名的紧张、焦虑与不安。我考虑也许是幻肢痛纠缠上了他，打算紧急状况下给他用药。

不过他今天好像恢复正常了。这是好事。他现在的身体真的很难化解药性。要是对药物产生了依赖，之后只会更痛苦。

记录，第 4493 天

出于例行维护的目的，我拆解了亚当，又把他重新拼装起来。

我注视着他的大脑，那一块双手就能捧起的粉白的肉，竟然就能维持高强度的计算和一个复杂的人格。

生物这种东西真是奇妙啊。

……

亚当坚韧顽强得可怕。这一点在我的日常记录中，或许不太能表现得出来。

嗯……我这么讲吧。亚当他全身百分之八十以上的部分是彻底没有知觉的，感觉不到温度，也没有触感。

他的大脑感受到这点后，会不定时地给他报错，这会让他产生剧烈的疼痛感。

我尝试想象了一下亚当的痛苦，平时，他可能会觉得自己是只有双手和头颅还活着的一个怪物。而大脑报错时，他会觉得自己没被仿真皮肤覆盖到的部分像是被针扎刀刺般疼痛。

只要不覆盖上仿真皮肤，这疼痛便会长久而新鲜地伴随着他。但是，仿真皮肤的储量很少。虽然全用掉是能给他全身都覆盖上的，但从长远考虑，我告诉他最好将剩下的仿真皮肤用于手和头部皮肤的替换上。

我给他装了人工心脏、人工肺部、人工胃袋、人工肠道，用混着营养液的人工血浆维持着他的大脑和脊椎的健康。

它们的功能虽无缺陷，但论舒适度是远远无法与原装货相比的。而且，它们很容易出点儿小问题。虽然不至于让他真的死去，但他的大脑应该会传递给他一种相当难受的濒死感。

我的能力有限，为了他的生命安全考虑，我跟他讲，如果能忍，就尽量不要用止痛药。还有，他的人造肛瘘袋开在侧腹，他平时得自己替换。说实话，我要是沦落到亚当的地步，我⋯⋯绝对不会有亚当那么强的生存意志。

记录，第4495天

我问亚当，他为什么那么想活下去。

他回答说，就是想活下去，不行吗？

他不想说，我便不再问了。毕竟他不喜欢这种追问意义的话题。

亚当看了我一会儿。他说："如果有酒的话，我可以给你讲讲。"

"你喝酒会死。"我指出他的身体情况无法承受酒精的冲击。

他干笑了两声。

他沉默了很长一段时间。见我没有再问的意思，他有些迷茫地说道："或许，是因为我……不能在实现伊甸园计划前死去？"

"哦。"我说，"那又为什么不能呢？"

"你别问了。"他拽着自己的头发，露出苦闷的神色。

"好。"我说。

他停住了动作，"啧"了一声："跟你聊天真没意思。"

"像你这种冰冷又不懂得安慰人的家伙，"他说，"被怨恨是理所当然的。"

"嗯。"我回应道。"那需要我给你介绍雯雯吗？"我补充道，"在死后。"

"你应该更唯物主义一些。"他说，"人是没有灵魂的，人死了就是死了，跟你喜欢的植物一样。就是枯死再化作泥巴。"

"哦。我希望有，所以有。"我看向他，"是你的话，应该有能力骗她一辈子。"

"还有那位叫爱尔德的，你似乎在怀念她的同时也讨厌她，为什么？"他问。

"她为了让大多数的夏娃活下去，付出了自己的生命。从这点上讲我敬佩并怀念她。"我说，"但她总是一副高高在上的样子，所以我讨厌她。"

"你们之间的关系还真是复杂啊。"他啧啧称奇道。

我说："爱尔德一直到死都是那副样子。那时候情况不好，所以我们互相讨厌但都还克制着，不会让我们个人之间的不愉快影响到集体。但如果情况像现在这般安稳，那我跟爱尔德多半只能活一个，最好的情况就是老死不相往来。"

"我现在是真的好奇你们之间发生什么了。"亚当说。

"很多事。"我说,"多到足以将我改变。"

亚当笑了笑,没再继续说话。

记录,第 4512 天

亚当虽然会拉优美的小提琴曲,但他真正喜欢听的音乐其实很吵。他虽然评价那是充满激情的音乐,但我真的欣赏不来摇滚和嘻哈。

我认为,人与人之间应该学会互相尊重彼此的兴趣。所以我去广播室让亚当把那吵得要死的音乐给关掉,然后远远地找一间空房间自己去听。

他说那不行,没有氛围。他最近可能是活得太自在了吧。

我的眼神变得冰冷起来的时候,他主动提出他只在我醒着的时候广播 20 分钟。

我叹了口气,决定随他去吧。亚当他对自己想做的事还是很坚持的。

他是会阳奉阴违的家伙。

我也不打算跟他白费口舌。

记录,第 4515 天

我改良的沙荆,在这颗行星的土壤里长大了。

我摸了摸它的枝条,心情很好。或许再过几年我就能把我的作物从种植房移植到户外了。

我是个有才能的人，我知道。

记录，第 4520 天

我明白了，我应该把亚当跟烦人画上等号。

"讲讲嘛，讲讲嘛。"他最近总在缠着我，想让我讲讲我的过去。

我礼貌地建议他去看小说，书里面的主角远比我有趣得多，或者去看哪些他喜欢的电影。

"电影里可没有你这样的角色啊。"他嬉皮笑脸地说道，"像你这种人，在电影中连个配角都分不到哦。"

我得承认他说的是对的。

"你电影看得多吗？"我问道。

"也就最近一年来看得比较多，毕竟你不跟我说话，我只能自己打发时间。"他说。

我问他："如果有一个孤僻的人，她自视甚高，她认为金钱能买来时间，她热衷于用谎言欺骗他人，她偏激，她冷漠，她表面一套背地又是一套，她交友但从不交心，你认为这样的一个人会在电影中扮演怎样的角色，她又会有怎样的结局？"

"她长得漂亮吗？"他问道。

"无论漂不漂亮，都说说吧。"我说。

亚当说："她在电影中会是反派角色。漂亮的话，会爱上男主角，他们纠缠不清一段时间，最后她会洗白或者为了爱情凄美地死去。丑的话，不管过程如何，最后都会死得很惨。"

"亚当。"我说，"我长得漂亮吗？"

"很丑。"他说。

"谢谢。"我笑了。

那正是我想要的结局。

记录，第 4531 天

亚当注视着我，他开始喜欢看着我发呆。我不明白他为何变成了这样，他自己似乎也不明白。

"你是真实的吗，夏娃？"亚当问道。

"我是。"我说。

"你怎么能保证自己不是一个幻觉或者是一组数据？"他问，"你或许只是一台仿生机器人，为了欺骗我，好让我继续活下去。"

对全身义体的亚当来说，我是证明不了自己的真实的，因为他感知不到，所以他还是会怀疑。

"你不想继续活下去吗，亚当？"我问道。

"我想啊。"亚当说。他叹息了一声，再次重复道："我想。"

"为了复兴人类吗？"我问。

"对……不然还能为了什么？"他自暴自弃地说着，"我一开始还以为你也是如此，才能一直坚持活到现在。"

"不，我只是想活着罢了。"我说，"毕竟活着的时候我还能种种花，再怀念一下我死去的友人。"

"你确定？"亚当问，"你的创伤后应激障碍很严重，不是吗？"

"还好吧。"我说，"在我的忍受范围内。"

我看着亚当，补充了一句："亚当，你该明白，我们两个失格的人是无法执行伊甸园计划的。"

"夏娃，"他的眼瞳变得漆黑，晕染上了一种极度昏暗的情感，"我是为了伊甸园计划而被制造出来的，那是我人生的全部意义。"

对此，我评价道："真空虚啊。"

"你就没有一点儿自己想要的东西吗？"我问道。

亚当那近乎实质化的恶意缠绕着我的四周。

"你的耳朵是不是从来都听不进人话？"哪怕在暴怒的边缘，亚当的语调依旧温和，"我说过很多次了，我唯一想做的事，就是人类再次出现在这颗行星上，让人类壮大繁盛。"

我平静地注视着亚当。

我说："明天，我会改变基地的前进方向，朝着你曾搭乘过的那艘飞船的遗骸前进。"

亚当明白我不会做无意义的事。

他扑上来拥抱我，他说："我爱你，夏娃。"

"不客气。"我说。

老实说，亚当，你给我的真实感远不如那些在屏幕上跑动的动漫人物。

要不是亲手拆解过你，我也会怀疑你是否是一个人类。

记录，第 4562 天

基地行驶到了亚当搭乘过的飞船残骸附近，现在那里被黄沙覆盖着。

我戴上氧气面罩，跟亚当一同进入那具曾是飞船的金属棺材中。

亚当兴高采烈。因为他能打开黑箱了。

他没有拿回他的双眼双手和声带，但他找到了能让黑箱认可的替代品。

记录，第4596天

他打开了黑箱。

我认为那不该叫黑箱，应该叫潘多拉的魔盒。里面塞的是软弱、战争、妄执跟虚饰。

亚当在狂笑，跟个疯掉的傻子一样。真是吵闹。在一颗荒芜的行星上再怎么折腾，它也不会繁盛起来。他应该学会接受这个事实。

不过我并不打算去劝说亚当。

这颗行星很大，容得下一粒细菌的折腾。

记录，第4612天

亚当把黑箱搬空了。他从这颗行星上挖到了铜、铁、金还有些别的什么。他还找到了跟甲烷差不多的新能源。

不过我不在乎。

整日整夜开动的机器发出巨大的轰鸣声，已经严重打扰到我的休息。所以我去跟亚当讲，请他不要打扰到我的睡眠时间。

他说完全没问题。我希望他真的能做到他所承诺的。

记录，第4638天

我们的生活水平直线提高。亚当拜托我培育包括骨细胞在内的生物细胞。

嗯，毕竟不是从无到有的艰难任务。利用核，让它们如癌细胞般

在营养液中急速增殖还是比较轻易就能做到的。

然后，亚当把我培育的细胞放到他的机器内，加上他从这颗行星上挖掘到的那些杂七杂八的事物，让个这基地有了许多新东西。

像是化纤面料的新衣服，能欺骗舌头鼻子的食品添加剂，以及能打扫卫生做家务的智能机器人。

我看向智能机器人，智能机器人圆滚滚的电子眼睛也看向我。我鼓掌，说道："哇，真厉害。"

"你的语气不能再激动一点儿吗？"亚当撇着嘴看我，"我一点儿没感到你在夸我。"

"以你对我的刻板印象，我语气激动起来，你又会问我是不是在阴阳怪气。"我说。

"才不会。"亚当吹了个口哨。

我察觉到那些虚假的东西又覆盖在了亚当身上。嗯，不奇怪。他毕竟就是这种人。他的真实太轻，虚假太重。

我在心中叹了口气。心情并不好，当你发现你用花束换来的并不是糖果，而是几张皱巴巴的包装纸时，你的心情也不会好。

我打算及时止损了。我又跟亚当提了他的机器响声过大的问题。他让我忍忍，然后转移了话题。

他送了我一条裙子并邀请我之后跟他一起跳舞。

"我可没学过跳舞啊。"我说道。

他说那没关系。所以我答应了。

我们调节了基地顶部的透明度。我们在星空下跳舞，基地就像是商场里精致的八音盒，而我们是八音盒里的小小人偶，在透明的玻璃罩中手握着手随着发条转动。

我们转了一个又一个的圈。

他温柔的笑容告诉我，他已经编造了一个谎言般的童话故事。

王子与灰姑娘？

我察觉到他的虚假正蠢蠢欲动，想要侵蚀我。当我的真实被啃噬殆尽后，我会作为一朵美丽的塑料花被装饰在他的奖章上吗？

优秀的，完美的，无可挑剔的亚当。

温柔的，美丽的，顺从聪慧的夏娃。

他们会在伊甸园的玻璃罩下重蹈覆辙地结合吗？

啊啊，那是不行的。

那令人厌恶，令人作呕。

亚当，你是由塑料与金属组成的虚假到不行的假人啊。你的躯壳连带着心灵都是工业化的产物。

我对你的伊甸园没有丝毫兴趣。

我要前往我的伊甸园。

记录，第 4642 天

"亚当，帮我把它做得像猫一点儿。"我把能做家务的智能机器人塞给亚当。

"跟猫一模一样有点儿难度哦。"他说。

"不需要那么像。"我说，"小型化，轻量化，圆滚滚的外形，然后再加一对猫耳就行。内部的人工智能我会自己搭载。"

"好。"他笑着说道。

记录，第 4657 天

我给亚当改造好的智能机器人搭载了人工智能。我把它的性格调整得跟猫差不多。在能做家务的同时我还赋予了它作为宠物的意义。

我离开了基地。带好能让我在这颗行星上活下去的全部所需。不多，一艘探索艇刚好能装得下。

我摘下了氧气面罩。13 年过去了，核对我身体的改造比我预想中的还要深入。它给予了我支撑，让我能真正地去拥抱这颗行星。

我对亚当放心了。虽然我觉得他的追求空洞虚假，但他找到了他想做的事。黑箱中的技术解放了我，那些机器人能代替我去维修他的身体。他现在能自己一个人活下去了。

我也就不需要再继续忍受那些噪声跟刺鼻的化学气味了。我哼着歌，朝着荒芜的前方驶去。

没关系，我会带来更美好的生命。

记录，第 4684 天

这颗行星很大，别说区区两粒，哪怕是大团大团的想法截然相反的细菌，它都能包容得下。就看细菌之间，能不能彼此放过了。

当我抚摸着它那粗糙的土壤，安心感便从我的心中产生。这颗行星对微小的我没有期待，没有索求。它是如此沉默，又是如此鲜明真实地活着。

或许我短暂而浅薄的生命还不够聆听它脉搏的一次跳动。但我想尽可能地将我听到和感受到的一切都记录下来。不再为了后世，而是为了我自己，去记录这些美好。

我的前半生或许是可笑而愚蠢的，但我能为我的后半生选择一条真实的道路。我就对得起我自己。

抱歉了，可可，爱尔德。这便是我的选择。我尝试过了，但我果然还是无法欺骗并强迫自己，为我认为不值得的东西献上我宝贵无比的生命。

如果你们还活着，你们一定会愤怒无比地指责我吧。将我视作人类的叛徒来咒骂我吧，毕竟你们是合格的夏娃。而我是个失格的夏娃，被错误地送到了飞船上。

这是统御人类的最高意志做出的错误选择，那他们自然得承受这份后果。朱迪，我可爱的朱迪，也许就只有你，还能够理解我吧。

记录，第 4712 天

我在考虑成为一位地理学家。虽然那还有些遥远，但我觉得十年后我能实现。我的人生现在充满了意义，朱迪。

如毒蛇般纠缠不休的那些记忆，最近也不再来打扰我了。我开始能睡满八个小时了。每天睡醒，看着我那嫩绿色的孩子们在红褐色的土壤中长大，便是我最大的幸福。

核真是个好东西。它能很好地代替太阳给我的植物提供光照。

那个能做家务的猫形机器人，我给它取了名字，叫作 Nini。是个可爱的名字吧，我也这么觉得。当初，我闭着眼睛给 Nini 盲敲了几个参数上去。

造成的后果就是 Nini 有了莫名其妙的，或者可以说是很麻烦的性格。

有时候，我不搭理它，它会大吵大叫或者故意去碾压我种的花。我再不搭理它，它还会发脾气，闹离家出走，甚至装死。

我一开始还以为亚当对它做了什么手脚，因为这跟亚当太像了，但拆开检查后并没有发现异样。

我可以修改参数，但想了想，还是算了。

记录，第 4735 天

我用藤条给 Nini 做了一顶小帽子。

Nini 很开心地戴着它逛来逛去，它在对我的那些植物炫耀。

我不太能理解这种行为，但还是摸了摸它的头。

记录，第 4852 天

生活平静安稳地过着，以至于我都忘了要写日记。我个人方面没有太多能记录的。

但总是得写点儿什么……我在这颗行星上能种活的植物更多了，玉米也可以了。

我突然想起来，基地那里的种植园里我没有种玉米来。没办法，当时亚当已经忘了这事，全身心地奔向他的黑箱了，我那时再提就会很尴尬，然后过几天我也忘了。

不过也没事吧。毕竟那里还有挺多食品添加剂的。爆米花的味道，他自己应该也能调配出来。

记录，第 4911 天

捡到了一台脏兮兮的智能机器人。虽然很想这么说，但那是亚当。老实说，我看到他的第一个想法就是："难道发生智械暴动了吗？真可怕。"

嗯，一杯茶我还是请得起的。所以我决定等他醒来后听听他的故事。

记录，第 4912 天

居然没发生智械暴动，老实说，我有点儿失望。我其实幻想过机械生命代替人类在这颗行星上生活的场景。

至于亚当……嗯……我没想到他竟然是自己从基地里跑出来的。我其实一开始想到过他是知道我还活着才来找我的。但我又想，若是他真知道，我觉得他应该是会派机器部队先过来扫荡一遍吧。

他见到我时表现得有些过于激动，因为跟他的平时性格相差太多，我就不再赘述了。

记录，第 4915 天

Nini 在试图把亚当赶出去，它一直在撞亚当的脚，发出警告声。虽然亚当表面上还是一副笑模样，但我知道，他在心里已经把 Nini 拆解了百遍以上。

我不得不开口了："要是 Nini 性格变了，你也不用留在这儿了。"

亚当的表情很精彩地变了几下，然后他扯出笑容说好。

记录，第4960天

日子过得很平静，平静得让我都感受到了幸福。时间慢吞吞又暖洋洋地过去，我很喜欢。

"你又……别直接在地上睡觉啊。"亚当很无奈。但睡在地上也没什么吧，我习惯了。我在亚当走近后，把他拽下来当抱枕。不过感觉并不好，金属硌得慌，还是泥土更柔软。

记录，第4965天

我们和好了，我提出的。因为我觉得现在的他不算讨厌了，与他之间的交流可以当作人类灭亡前的消遣。

他愣了一会儿，开口先是拒绝，然后又答应了。我不太懂他在想什么，但答应了就好。

我靠近了他。

记录，第4971天

我到底是谁？

他再次问我了。

亚当他怀疑任何人。他真实的性格中有一部分是挺神经兮兮的。他会无根据地认为别人想要害他，但他又不会讲出来，他只会藏在心里，再根据具体情况做决策。

我认为，他是那种擅长把自己跟别人逼疯的人。

说难听点儿，或者直白点儿，我觉得他就是个既有妄想症又有自大症的患者，而他最恐怖的地方就是他真的有能实现他绝大多数精神病一般的想法的能力。

真的，但凡亚当所处的环境能对他更友好点儿，他就能跟一块铁一样毫不动摇地执行他的荒诞想法。

他跟我说过，他其实怀疑过我是一个间谍，靠近他只是为了从他的嘴里套问出情报来。他丰富的想象力让我无语。

他常常会沉浸在一种残酷的假想中，把自己假想成新秩序的建立者，一种会被后世推崇歌颂的帝王般的人物。他会清理掉所有阻碍人类再度繁荣的因素，无论是外部的还是内部的。

他说他会把所有人都拧成一股铁一般的力量，让每个人都像是齿轮一般恰如其分地咬合在他所安排的位置上，发挥他们的功能。

他跟我说，当他踏上那艘飞船的时候，他就做好了淘汰掉半数以上亚当和少部分夏娃的准备。听他讲话，我往往会忍不住摇头。我的指尖总是在颤抖着，因为我总在极力忍耐着不去拿枪打爆他的头颅。

我知道他所说的是真心话，《绿野仙踪》里的铁皮人都比他更懂得人心的可贵。人跟金属，在他的眼中没有区别，在他的眼中都是搭建他丰功伟业的材料，他看重的是功能性。

所以我先前从不觉得亚当的心中能拥有真实的情感。哪怕拥有着人的头脑与躯壳，他依旧是台人类社会制造出来的智能机器人。

他会不带任何犹疑地，坚定而忠实地执行伊甸园计划，并将其视为人生唯一且最高的意义，哪怕他完全依从的是他人的思想。

是的，我认为，他所展现的一切，全都是他人的意志。在某种程度上，我还挺为他能选择如此空虚的活法并为之沾沾自喜而感到惊叹的。

记录,第4983天

夏娃和亚当都是人类最高意志的提线木偶。

制造他们的材料比较优质,所以他们被选中了,他们乘上了数艘挪亚方舟般的飞船,在沉睡中被领路人带着划过星星的河流,在安全的玻璃罩中配种,再繁殖出更多的夏娃和亚当。

以前的我不甘心,但依旧接受了这个命运。跟死亡相比,只是拿来配种还是可以接受的。只要催眠自己,就当自己是穿越回了古代,告诉自己,夏娃的待遇比地球上曾经活过的百分之九十九的人都要好,是值得羡慕,就能笑着接受了。

而且,我还是能种花的,不是吗?我那时也不喜欢把所有事都往坏处想,甚至连考虑都不打算考虑一下,像个鸵鸟一样,对坏念头避之唯恐不及。

但我没想到,我还是被愚弄了。原先的我没能看穿,原来在我不停地编织谎言之前,我就深陷于一个又一个巨大的谎言之中了。

从某种程度上来讲,我得感谢亚当,要不是他说出了人类逃离地球的真相,我一定会继续挣扎在这个世纪最大的谎言中并终生为之痛苦。

如果人类的最高意志没有一开始就打算舍弃地球和我们,我一定到现在都会为可可的遗愿而痛苦,斩断不了我心灵上最大的镣铐——愧疚感。

我将整日整夜地为我的过去痛苦,我将无法果断地舍弃掉人类的未来,我更无法去拥抱我个人的自由,更不用谈创造我的伊甸了。当我完全为我自己而活时,我的睡眠质量得到了质的提升,连带着我的气色都好了不少。

我充实而满足,平静而快乐。我终于过上了我真正想要的生活。

我发自内心地感谢地球,火星上的陨石,袭击太阳系的彗星群,以及这颗行星。哪怕它们不需要，我仍然愿意虔诚地赞美它们，它们给了我生命，让我继续存活于世，又从不加以贪婪的索求和束缚。

亚当无法理解我对行星与自然的热爱。他曾多次试图提醒我，若是没有人类社会，我现在只会是个未开化的野人，会跟野兽一般咀嚼着腐臭的生肉，裸着身体被虎豹追赶，被寄生虫感染，不可能拥有光能充电的平板，不可能会识字，更不可能拥有 Nini。

而我则试图提醒他，没有行星跟自然，人类的祖先也压根没有出现的可能性。我们谁也说服不了谁，互相交流完意见之后，依旧各行其是。

我们从家世性格到喜好都相距太远，相差太多，就像是两条平行线，是的，我们就该是两条互不干涉的平行线，但人类最高意志的所作所为强行让我们之间出现了一个交集。

这是件坏事啊。

记录，第 5000 天

在亚当的软磨硬泡下，我跟他说了我的来历。那么，不同样记录在这份日记中，就有悖于我写日记的初衷了。

我姓陈。因为某些原因，我被父母寄养在一位有着亲戚关系的哑巴阿姨家里。阿姨不会手语，不会写字，能用肢体动作跟面部表情来表达她的情感跟想法。她对我很好，对我来说，她就是我的第二位母亲。

我在学校里沉默寡言，没有什么朋友，每天做好自己的事情就好。没有人发现我又什么特殊的才能，我自己也不认为我有。在那个小小的天地里，我满足于日复一日的平淡生活，并不幻想会有什么改变或者惊喜。我跟哑巴阿姨相守着，等待一个又一个明天的到来。

但是改变，或者也可以定义为惊喜，它按照自己的日程规划来到了。

九岁那年，我不知道从哪里得到一份竞赛题，就随手做了做，又随手不知道保存在了哪里。然后改变，就从这里开始了。

先是有老师找到我，确认那份竞赛题是我做的，我没有否认。也没有什么好否认的。在那时的我印象里，类似的答题卷子我不知道做了多少份，没有朋友可以交谈玩耍，我就把刷系统里随机出现的答题卷子当作一种游戏。那份竞赛题也没有什么不同，不过是在出题的深度和广度上有所强化。

然后事情就开始变得有趣而热闹起来。

校长来了。本地的教育官员来了。然后是其他一些人物。

于是我被告知需要通过一些测试，参加一些培训班和强化班，然后通过选拔赛，参加集训，最后有可能代表国家参加国际比赛，取得名次的话，可以拿到一笔丰厚的奖金。

我对这一切都无可无不可。联系不到父母，我就比划着征求哑巴阿姨的意见。我们交流了很久，最终她认为这是一个好机会，我应该抓住，出去看看。但是她不放心我，所以会陪我一起去。

接下来的事情就是按部就班，直到我在国际比赛中拿到一个好的名次，然后我似乎一下子成了"名人"了。一个年仅九岁的"名人"。各方都朝我伸来橄榄枝，我选了一所条件好又很有名气的大学签约。

什么专业其实不重要，我那时没有太多的兴趣跟偏好，就像一块海绵一样学习知识，有必要时，就把消化过的知识挤一点儿出来，证明一下我的才华。

而在我签下大学的同时又有广告商找上了我，于是我意识到我这个人或许还有着不低的商业价值。

作为一个小有名气的人，我开始在意起自己的"形象"，开始进行自我包装。不过那时的我可不觉得这是什么需要感到愧疚的事，哪怕看到的是假象，人们也乐意与远比自己优秀的人交往，并在对方身上投射自己的一些想法。

我对待学业跟工作的态度都是很认真的。只是对我的真实性格进行了包装。

我的真实性格当然不可能跟包装出来的一样谦虚讨喜，嘴甜又擅长社交。在摄像机面前，我会说："我希望能跟每个人交朋友。"但我实际上根本没有这样的想法，有哑巴阿姨配着我就足够了，其他人，不需要。

我尝试过跟其他人交流，但我很快就发现，这是在做无用功。人们在意的是自己的想法，我怎么样、在想什么，他们并不真的在意。

所以我明白了，人与人之间果然是不能互相理解的。但对此我也能欣然接受，因为我不是为了任何人而存在的，我只为了我自己而存在。我只要照看好我自己，还有哑巴阿姨，就可以了。其他人自有其他人的安排，不需要我多嘴。我预计到22岁时，我就可以赚到足够的钱，安排好我跟哑巴阿姨的生活，然后我就可以全身心专注于自己的兴趣了。

是的……我本采安排好了一切。但我的计划全被打乱了。

记录，第 5001 天

继续记录我的前半生。

遍布全球的网络帮助我更深刻地了解了我所身处的这个世界，同时网络让我有幸跟一些具有高贵品格的人建立了联系。跟他们之间的对话让我明白，我并不是孤单的一个人。虽然很少，但这世界上还是存在能够理解我的人的。

这世界上有人是带毒的脓包，但也有人犹如金刚石般坚定澄澈。

14岁时，我就已经找到了我的梦想，我也学会用赚到的钱去投资。

哪怕我放着不管，我编写的软件也会替我收集全世界网络上的数据并按照我给出的逻辑运算方式对那些数据加以分析，然后告诉我该往哪里投资。

软件的编辑倒不是什么太难的事。难的是，你是否敢冒着血本无归的风险去相信那些数据。

我相信，然后我资产倍增。

有一次，我一时兴起，便让软件替我分析，我是否能实现自己的梦想。

我的梦想有两个，一个是成为一位植物学家，去亚马孙雨林发现并研究那些神奇罕见的新植物。

另一个是能买下一幢带图书馆和种植园的大别墅，在我还能到处跑的时候，就给哑巴阿姨住。如果我的父母出现了，他们也可以住进去。等我跑不动了，就跟我认可的人一起住在那里面，那些人可以是我的爱人、朋友、学生，或者是偶然遇到的谈得来的陌生人。反正我的别墅会很大，能住下很多人。

然后在度过人生最后一段有意义的时光后，我会平静而无憾地接受死亡的到来。我的身体将会被烧掉，变成小盒里轻轻的灰，但我的著作将会被传承，其中的知识将带着我对地球之美的赞叹比我本身更长久地存在于这个世界。

我是如此自豪地沉浸于我的梦想中，所以当我看到软件告诉我，我的梦想百分之一百不可能实现时，我抛下了一切学业和工作，在电脑前排查原因。

时间过去了三个月。

我知道了很多事，比如地球环境的恶化要比大众已知的严重很多，亚马孙雨林面积锐减，大量只栖息在雨林中的物种灭绝。全世界多国

多地自然灾害频发。

我黑进了不少网站，得知了那时尚未被公布于众的伊甸园计划，以及那颗将在十年后砸向地球的巨大彗星。

我深深地叹了口气，心中充满了苦涩和无奈，但这种程度的绝望还不足以打垮我。

死亡，是一个生命注定要经历的事。何况，彗星撞击地球时，渺小的我将会死于短短一瞬，而不会被长久的痛苦所折磨。

但是，不知道是哪个家伙，擅自把伊甸园计划跟彗星撞地球这两件事散布到了公共平台上。

如果所有人都能在死亡面前保持理智跟尊严，那这便不会是什么大事。但实际上，这导致了全球犯罪率的飙升，很多国家陷入动荡。

为了降低犯罪率，稳定时局，人类最高意志采取了多种措施，伊甸园计划从原先的秘密选拔变成了只要是自身跟亲属无犯罪记录的人都可以报名。

人类最高意志说每年都会选拔一批亚当跟夏娃，让他们带着人类的希望逃离地球，飞往新的行星，建立新的家园。

但这关我什么事呢？我并不想去。

我知道亚当跟夏娃的选拔条件有多么苛刻，我自认为自己并不符合夏娃的选拔条件。我对自己活下来或者人类持续繁衍并没有过强的执念。

我很乐意将宝贵的生还机会让给更适合的优秀人才。但命运却没有放过我。我被强制要求参加选拔，我不能明着违抗，我就摸鱼划水加摆烂。

为了落选，我不仅答非所问，举止不端，甚至还把所有审查我的人包括这个狗屁伊甸园计划都给骂了一顿。看着那些人铁青的脸和冰冷的眼神，我甚至有一种莫名的快感。

所以我真的完全不知道我是怎么被选上的。

该死……

我的反抗并没有效果，最终跟个犯人似的被强行押上了飞船，成为一名夏娃，来到了这颗荒芜的行星。

那个时候，我彻底陷入了绝望。

之后，经历了飞船失火，亲眼看见从火灾中逃出来的夏娃因适应不了这颗行星的环境死去了半数以上，我变得偏激冷漠，开始咒骂，诅咒我身边的一切。我做了很多蠢事。要不是有朱迪她们，我是活不到现在的。

听完我的讲述，亚当陷入了漫长的沉默。他原本是要用他的经历来换我的故事的。可过了许久，他开口的第一句话却是："抱歉，我的过去能不能不讲了？"

"可以。"我说。

然后从昨天开始，我们不再说话了。

记录，第 5012 天

在我讲了我的过去后，亚当不再用我是否是真实的人类这种无聊的问题来烦我了。

他难得地陷入长达数天的沉默，他似乎开始在用他自己的脑子思考了，真是难得。

我还以为他终生都会按别人给他安排的一套模板活下去。看着钢铁开始萌发出自己的意识是件趣事。

我想我最近会多分出一点儿注意力在他身上，但我不会去打扰他的沉默。他得自己拷问出只属于他的思想来，并把思想写在名为人生

的纸上。

我从不认为人生是一张有标准答案的试卷。说到底，人生只是一张纸罢了，能被别人写上文字，也能被自己写上文字，就是这样一张轻薄的纸。

哪怕他最终决定不往自己的纸上添加文字，按照他人写上的文字去过完他的一生，那也是他思考后的决定。

记录，第5095天

就像是忘记了语言一般，亚当的沉默持续了三个月之久。

他沉默地进食，沉默地观察，沉默地去触碰我种的那些植物。他沉默地走出洞窟，带着 Nini 去看这颗行星壮阔的地貌。

我在闲暇时会观察并记录他的举动，但我不会刻意地去跟着他。

他消失了一个星期，除了他自己，谁也不清楚他去了哪里。然后今天，他带着泥沙回来了。就像是恍然大悟一般，他用初生婴儿般的目光看向我。他叫出我的名字，用确信的语气说："你是活着的。"

然后，他呢喃着确认道："而我，也是活着的。"

"那你怎么能没有罪恶感呢？"他问我，"你可是全人类的希望啊，身上背负了全人类的期待。你的朋友，哪怕你憎恨爱尔德，但是可可你总该顾虑到的吧？她们都为了人类的未来献出了年轻的生命，为什么你……轻易地就能舍弃呢？"

"你简直不是人。"他骂道。

这话我听着总觉得有些耳熟。

"你不是人啊……"他感慨道，"你背叛了全人类。"

在他给我扣上更多新罪名前，我打断了他的喋喋不休。

"你想得太复杂了。"我说,"全人类从来就没有对我抱有期待。地球上曾有130多亿人,而我敢保证,认识我的人数绝对不可能占到这其中的万分之一。"

"你可是夏娃!"他强调道。

"我讲过我是被强行带来的吧?"我说道。

"那更说明了你的重要性。"他说,"你是被全人类的最高意志所选中的,当然对你有所期待。"

"那就让他们为自己的选择后悔吧。"我耸了耸肩,"我决定不理会这份强加的期待,你打算怎么做?"

"你不是相信有灵魂存在吗?"亚当试图劝说我,"你想想看,当你死后,那些死人的灵魂都会指责你,唾骂你,折磨你,说你背叛了他们的期待。"

"原来人死后还能自由地进行星际穿越啊,那可真是令人期待。"我想到那个可能性,就被逗乐了,"到时候我就可以浪漫地去星海间旅行了,不是吗?"

"不是,就算是这颗行星,也是有人……"他还想讲下去。

我再次打断了他。我说:"得了吧,别借死人的嘴来发表自己的主张了。告诉我,你的决定是什么?"

"我……我当然希望你能成为夏娃。"他扯出了一个难看的笑容,对我说道,"毕竟我是亚当,这样想理所当然,不是吗?"

"我不这样想。我决定要为我自己活下去。"我说,"你打算怎么做?"

亚当注视着我,我第一次从他的眼中看到了名为悲哀的情感。

他问:"你愿意跟我一起死吗?"

"不愿意。"我很果断地摇摇头,"我想长命百岁,自然地活到老死。"

"我们的人生已经没有意义了。伊甸园计划彻底失败了。人类注定灭亡了。"他说,"在这颗行星上,真的没有你我以外的人类活着了。

这不是随口胡说，这是得到证明的事实。我们是最后的两个人类了。不，现在，真正能称得上人类的只有你啊。求你了，不要抛弃人类啊……"

说到最后，他在我的面前跪了下来，对我哀求着。

他的眼神悲哀到让我以为他会哭出来，但他的义眼不可能流泪。

"哦。"我说，"我拒绝，我决定抛弃人类，幸福而平静地活下去。你呢？打算怎么做呢？"

他极为长久地注视着我。"啊……"他发出了类似于感叹的声音，就像是什么东西破碎了一般。

他悲哀而决绝地伸手抱住了我。

哪怕无法流出眼泪，他也哭了出来。

他一直在忏悔，在祷告，他说我们这样子是无法被原谅的。

我说你想的太复杂了，死去的他们连我们的名字都不知道，更无法怨恨。

他只是摇头，反复向那些并不认识的早已死去的人们道歉。

记录，第 5103 天

我一直认为亚当是为了人类的延续而被制造出来的男人。那些人挑选出一个刚成形的胚胎，用教育抹杀掉他对自己家人乃至所有个体的爱跟情感，把他变得空洞，再灌入那些人类延续与复兴的执念，把他变得冰冷坚硬。

他是活着的机器人，他依附于那些人设定的程序而生，他唯一被允许对其投入感情的事物，便是所谓的人类整体。

哪怕实际上他完全不能认识到他人的存在与意义，更不懂得何为尊重与理解，他也会为了人类的延续与复兴而鞠躬尽瘁、殚精竭虑，直到最后死去。

我觉得他的一切行为毫无意义且十分可悲，但我不会指手画脚。毕竟那是他选择的人生。我只希望他不要强迫我也按他的活法去活。

但是他显然没能理解我的体贴，哪怕我将我的拒绝对他暗示甚至明示了百遍以上，为了早已消亡的所谓的人类整体，他依旧打算把我制成干花，送过去陪葬。

他的所作所为极度无礼，这深深地惹怒了我，所以我就起了摧毁他的心思。

我送给他花束，人这种生物真是奇妙，在钢铁所制的都市森林中活久了，便会过分地夸耀金属的力量，同时过分地小瞧自然的力量。

亚当收下了花束，因为他认为那是毫无危险的。或许，他还把那当作我对他的示好。

亚当啊，自然是从不示好的。

之后发生的事，便很简单了。

他嘛，毕竟是作为人出生的，哪怕人类社会竭尽所能地把他替换成金属，他的空壳中还是会残留下那么一点儿贫瘠的土壤。

而这便足够了，只要有那一点儿土壤，生命的韧性便能穿透金石。

我送的花束侵蚀了他，在他空洞的金属身躯内生长起来，等他反应过来的时候，他连心里都长出了花。

嗯，不过我也不能说有多大的把握，要改变一个人实在太过困难。

我从来不抱成功的念头，只是看他不爽，顺便当作打发时光的消遣，就跟植物一样去慢慢地尝试。

感谢这这颗行星上的环境的催化，再加上我的运气比较好，才花了三年不到便得到了显著的成果，让他那金属制的外壳在我的面前分崩离析。

不错不错，值得鼓掌。为我们美好平和的新生活干杯吧。

不再需要有那么多猜忌、伤害跟强迫似的自我牺牲，不再需有要那么多的丑恶，让我们带上人类真正的尊严度过我们剩余的时间，再自豪地为人类这个物种短暂的生命与文明画上句号吧。

记录，第 5123 天

亚当跟我讲了他的过去。虽然早就知道他来头很大，但我还是有点震惊。

当初那块导致人类舍弃地球的陨石就是他们家的行星开发公司挖出来的，而之后的火星新家园计划和伊甸园计划，他们家的公司都深度参与了。

要是早知道他的来头这么大，我是不会从飞船医疗舱里把他捞出来的。

可能我的表情变得太过精彩，他戳了戳我的脸，问道："为什么摆出这副表情，都是过去的事了，不是吗？"

我看着他的眼睛，说道："我突然领悟到，我这个人的思想境界还是太浅薄了，太低级趣味了。一直以来我都在以个人狭隘的眼界擅自去定义与揣度你。"

他看着我，所以我把平板遮在自己的脸上，挡住他看向我的视线。我说："总之，之前那样对你，真是对不起了。"

"没事。"他说，拿走我用来遮脸的平板，"你之前想的也没什么大错，我不是什么好人。"

"我是真的想过要杀掉你啊，为了人类。"他说。

"没事。"我说，"毕竟你没能真的做到。"

我说："如果能让你感到好受的话，我可以告诉你，每次被你的那堆破机器的噪声吵醒时，我都在心中诅咒你暴毙而亡。"

他叹了口气："这不一样。"

"没事，我不在意。"我笑着说道。

亚当沉思了一会儿，然后对我说："你很蠢呢。"

"啊？"我用简单的音节表达了自己的疑惑。

他自顾自地说道："虽然你总以为自己聪明成熟而又理性，但其实你天真幼稚到让人难以想象的地步，甚至可以说是令人发指。你以自我为中心，自以为是，自得意满，心高气傲，任性妄为，性格古怪，脾气火暴，固执偏激，难以理喻，常常会把一些常人耻于出口的话毫无顾忌地讲出来。"

"喂！"我提醒他注意自己的言辞。

"但是我并不觉得这些是你的缺点。相反，这些都是独属于你的很可爱的地方。"他握住了我的手。

"你喜欢这种类型的？"我有些诧异地问道。

"再加上一个迟钝吧。"他吻了上来，然后把话说清楚了，"因为是你，才会觉得可爱。"

他抱着我继续跟我讲他的过去。

家人把陨石、彗星、人类毁灭、伊甸园计划之类的事都毫无保留地告诉了他，同时赋予他一个责任，让他去帮助整个人类。

如果有比他更优秀的人存在，那他便要去辅佐。如果没有，那他就要带领着那些亚当夏娃，让人类在那颗遥远的行星上再次繁荣起来。

他还被带去了海外的战乱地区。

"那里没有你在乎的道德和尊严，"他对我说道，"只剩下混乱和野蛮。那时候，我便明白了秩序的重要性。如果没有它，人能比野兽坏上无数倍。"

"有些人，他们从骨子里就是极为恶劣的，他们毫无追求并且没有最基本的同理心。出现在电影中，就是那种观众看着就倒胃口的低级龙套反派。但在现实中，这种低级龙套反派的数量才是最多的。因为成为他没有门槛，不需要智力跟人格魅力，只要懂得施暴就行。”

他回忆道：“他们从性质上来说像是野兽，我不想跟你讲述太多，因为他们所做的事情连带他们本身会觉得恶心。他们的脑子就像是本身就有着缺陷，如果可以，我真想把他们的前额叶尽数切除。”

他对我笑了笑，说：“我刚刚是不是该说把他们都关进监狱比较好？”

“随便吧。”我说，“反正能听到的只有我了。”

他继续跟我说道：“虽然你生气时总爱说我的想法跟撒旦一样，但我一直觉得那是一种夸奖。如果我是撒旦，就意味着即使在地狱，我也有建立秩序的能力，而不是看着那些魑魅魍魉在人间横行，却无能为力。”

我感到了更深的愧疚感，移开了眼睛。

正如亚当从来没有想过要理解我一般，我也从没有想过要理解他。

那时的我们并不打算让别人理解自己，更不想为自己辩解。

……我们都是固执己见的人啊。

“不过那些都是不可能的事情。”亚当说，“我们就这样便好了。这颗行星会是我们两人的伊甸园与乌托邦。虽然这么说很对不起那些对我寄予厚望的人，但在这里，我能感受到幸福。”

“那就足够了。”我笑着说道，“为自己的人生感到幸福吧。”

你，不需要再受那些不存在的人的摆布了。

记录，第 5145 天

我咳出了血。

咳出来时,那红色的血液中有一部分已经凝固了,就像是磨碎的红宝石混入了泛红的葡萄酒中一般。

亚当慌张的表情让我明白,当初地球上对陨石的研究尚未达到这一地步。于是我跟他讲,没事的,我不会死,这只是说明核对我的改造更进一步了。

作为与陨石同化的生命,我会比人类更长久地活下去。哪怕我的身躯将会不再那么柔软,哪怕我的行动会渐渐迟缓,我还是能活下去的。

不需要露出那么悲伤的眼神。亚当跟夏娃,本来就是小白鼠啊。

被绝望的人类孤注一掷地制造出来并投送到了这颗荒芜的行星上,无论遭遇怎样的痛苦都不奇怪。

核对我的改造算是很缓慢的了。

当我来到这颗行星的第二年,我还记得那是第五百三十七天,最先适应了行星环境,不需要再戴供氧面罩就能自由地在行星上奔跑的夏娃爱尔德在我的面前咳血了。

"不要告诉任何人。"爱尔德跟我说。

我回答:"好。"

我沉默地研究并记录着爱尔德的变化,直到她死的那一天。爱尔德死后一年,又有一位适应了行星环境的夏娃出现了爱尔德的症状。

我拿出了我的研究数据,但多数没出现症状的夏娃还是固执地认为那是一种恶性的传染病,她们决定将那位夏娃关押起来,并让我来负责看管。

我接受了,因为那位夏娃是朱迪。那个时候,也只有我能照顾朱迪了。爱尔德、可可都为夏娃、为人类的未来献出了生命,雯雯也走了。

朱迪也因为接连不断的噩耗以及那些夏娃的冰冷态度,而陷入了深度的消沉之中。

我沉默,但我的愤怒再次冰冷地燃烧起来。所以,我将那句诅咒般的话说出口了。是我导致了朱迪跟其他夏娃的死亡。

我是……绝望的导火索。

记录，第 5162 天

Nini 是只笨蛋机械猫，它把自己撞出了故障。要给它替换零件就得回到基地去。

亚当提出由他一个人带着 Nini 回去修理。我很感谢他的体贴，但是，我也差不多该去面对了。

所以我们一起回到基地中。基地早就移动到我们所住的洞穴附近了，亚当每隔一两个月便会过去维修他的义体。

而我，只是一直在装着看不见它罢了。我是真的不想来见你啊，朱迪。

你会原谅我的软弱吗？

"呼噜噜。"修好的 Nini 打起了呼噜，像一台小拖拉机在发动它的引擎。这逗笑了有些忧愁的我。但有些事得自己一个人去面对，所以我放下了 Nini，把它关到了房间里。

我一个人向基地下方走去，来到一扇冰冷的铁制大门前。

我深呼吸，想给自己一些勇气，让自己能够推开它。我伸出手，但我的手在软弱地发抖，我还是没能推开那扇铁门。我叹了口气，疲惫感与自我厌恶如同潮水一般向我席卷而来。

哪怕嘴上说得那么惊天地泣鬼神，但我还是平凡的一个人。我也会不敢面对自己曾犯下的罪恶。当我想要折返的时候，铁门却被推开了。

"虽然你可能会觉得我有些多管闲事，"推开门的亚当笑着说，"但尽情地依靠我也是可以的哦。"

"……我会试试。"最近，这家伙越来越擅长让人感到难为情了。

Nini 从他的身后绕过来，蹭我的裤腿，喵喵叫着，催促着我让我抱它。

"是你去找他的吧……真是……就不能更耐得住寂寞一些吗？"我把它抱了起来，叹息着说道，但我的语气中并没有责怪的意思。

多亏了他们，我有了继续迈进的勇气。我带着亚当跟 Nini 进入了停尸间。这里存放的是被核吞噬殆尽的那些夏娃遗体。跟石头同化的她们不会腐坏，就像是雕像般带着致死的伤口静静地沉睡着。

其中，又以朱迪的雕像最为完好，因为她是被毒死的。她的身上不会有我造成的枪伤，也不会有其他夏娃造成的伤口。

亚当跟我一起埋葬了她们。她们睡在低矮的灌木丛下面。我在她们的墓前放上了无名的白色野花，作为这一场悲剧的最终落幕。

我会将我的过去讲述出来，作为我的赎罪。

但我再一次感受到我的语言跟文字苍白无力，我的心中有千言万语，能讲述出来的却只有寥寥数语。我的叹息声比我的言语还多，往往说一句话之前要先反复地叹息好几遍，就像一个经历了太多苦难的老人在慨叹命运无常。

……继续讲吧。

她们指责朱迪失去了继续作为夏娃而存在的资格，想要把虚弱的她从基地里赶出去。我说了一句很简单的话："其实，还有能让人类延续下去的方法。"

在当时的情况下，那句话，说出口便是最恶毒的诅咒。而我并没有善罢甘休，被冰冷的愤怒烧灼的我，冷酷地继续说道："如果你们真的如此想要让人类延续下去，我可以告诉你们。"

没有人敢继续问我了，所以我也没有把那方法说出口。但夏娃中敏锐的家伙不少，只需要一点儿提示，她们便能自己领悟出来。

她们开始主动地去亲近、去照顾朱迪。她们还是将核的侵蚀视为一种传染病，她们现在只是变得想要染上这种病罢了。

而没悟到的夏娃似乎将这视为一种背叛。我其实也不太明白她们之间发生了什么，但当第一位夏娃死在另一位夏娃的枪口之下时，事态便如同倒塌的多米诺骨牌般控制不住了。

最后的结果，便是只有我一人活了下来。似乎没有尽头的苦难，早就让她们的神经变得敏感脆弱，我不该再去刺激她们的。但后悔亦是无用，我回不到过去，只能跟随着时间的长河继续向前。

记录，第 5183 天

我得去维护亚当了，那些机器能够帮他替换义体，却无法制作维持他大脑跟脊椎活性的营养液。但他对此表现得极为抗拒。

"我的大脑和脊椎很健康，真的不需要过多的维护。"他强调道。

"出事就晚了。"我摇摇头，继续走近。

我知道，亚当早就猜到那营养液的成分是什么了。

是夏娃。

更准确地说，是我那些受到核的影响却没有彻底被同化的活细胞。

那时饥饿的夏娃吃掉的确实是利用核快速培育出来的动物肉，这是没错的。

但雯雯并不是莫名其妙疯掉的。她看到了我、可可和爱尔德从夏娃的尸体上挖出核，她还看到了我从可可，从爱尔德，从自己身上提取活体组织样本，制成营养液。

这是没办法的事，哪怕有核的催化，那些动物细胞也难以在缺乏营养的环境下快速分裂与生长。必须要有人付出一点儿小小的牺牲。

那已经是当时最合算的选择了，但雯雯却无法接受，她宁死都不愿再吃这些肉，最后活活地把自己饿死了。

现在亚当也变成了这个样子。如果是之前，别说是用我的细胞做一点儿营养液去维持他的生命，哪怕杀了我，他也会毫不犹豫。但他现在变了，变得都让我有些担心他了。

"我没事的。"我说。

他有些难过地垂下眼帘，因为我主动提及，所以他也不能再装傻似的避而不谈了："不可能没事的吧？"

"总比你硬撑着把自己熬死了强。"我叹气道，"你知道当初雯雯一死，给我们带来了多大的心理创伤吗？嗯，我是个铁石心肠的人，所以还能多享受一些自己的生活，但可可跟爱尔德从那时起就心存死志了。"

我看了一眼构建起这座基地的冰冷金属，说道："就像你之前一样，她们变成了只为人类大义而活的机器人。"

"没什么比看着朋友一点点地杀掉自己又无能为力更可怕了。"我摇摇头说，"所以，你不要让我再次去承受这一切。"

他想要安慰我，但他也意识到语言的苍白无力，所以他抱住了我。他说："没事了，都过去了，都过去了。"

"嗯。"我回抱住了他，独属于人类的温暖透过他那冰冷的金属身躯向我传来，温暖到稍微让我有点儿想哭的程度。

亚当接受了我的维护。

记录，第5404天

我坐在树枝上吹响了那根笛子，并不是想吹奏出完整的曲调，只是想弄出些声音。

静静的森林很好，但是，我制造的这片林场少了那股静谧中的安心感，静得仿佛死去了一般。这里没有翻动泥土的蚯蚓，没有授粉采蜜的蜜蜂，没有婉转而歌的鸟儿，更没有那条引诱夏娃的蛇。

　　这是一片依靠着我跟亚当才得以存在的人工林，它无比脆弱。我们中若是有一人死去，它也将不复存在。哪怕面积已经足够辽阔，这样脆弱的林场也无法成为森林。

　　我想，这里需要一些生命。所以我来到基地上方，往那个像是一个摆设般塞进房间的白箱中输入了密码。

　　白箱比亚当的黑箱要小得多，它们之间的差别就像是拿一个小巧的礼物盒跟一个巨大的保险柜相比较。白箱本来是一个任何人都能打开的箱子，但当我意识到它的危险性时，我便防备起了别的夏娃，在其他人都不知道的情况下给它加上了密码。

　　我用了最简单的密码，我全名的拼音。但她们想得太复杂了，所以到最后都没能把密码解开。

　　不谈那么多了，总之，我进入了白箱。白箱里有着地球上一小部分生物的基因，都是些从前的人们常见的生物。

　　我取出了几种。

记录，第 5555 天

　　我向亚当展示了那只美丽的蝴蝶，它破茧而出，带着些试探，又带些好奇地从那狭窄的培养箱中飞走，飞向了广阔的外界。

　　他并没有为之感到高兴，相反，他十分生气。他反复地质问我，问我怎么可以这样做。

　　我说，因为差不多是时候了。

他说，不行，不可以。他是绝对不会允许的。

在我再次开口前，他就从实验室中冲了出去，用金属材料把那个白箱里三层外三层地给封上了，再把它搬走塞进只有他才能打开的黑箱里面。

他说，我们要一起活下去。

他说他会制造出代替蚯蚓去掘地的机器，代替蜜蜂去采蜜的机器，代替鸟儿去歌唱的机器。

他说他还会制造出代替人类的机器人，我们能建立起一个完美的社会，一个乌托邦。

我说，不，那替代不了生命，那只会是我们创造的一个过分精致的模型，虽然更加复杂，但它本质上跟小孩子所搭建的积木并没有区别。

亚当没有再说话，他是清楚这一点的，不然他先前也不会无法忍受只剩下他一人的基地，疯了一般地跑出来找我。

"你真是个令人生厌的女人。"说完，他就自顾自地走了，离开了基地。

记录，第 5623 天

我在林场中找到了他。他自己建了一幢小木屋，在那里生活。他看到我的第一眼，就试图赶走我："你来干什么？！出去，我不欢迎你！"

但我还是留了下来。他对我没有办法，我是知道的。

"不管你是为了什么目的来找我，我先跟你说明白，我绝对不会去打开黑箱。"他一边做饭一边对我说。

"哦，没事，我只是想你了，所以才过来看看你。"我坐下来说道。至于黑箱，我就自己去慢慢琢磨吧。

他用手捂住了脸："你，啊，我真受不了你。好歹拿 Nini 来当个借口啊。"

"Nini 又不会想你。"我说，"你走之后它还挺开心的。"

"你给它设定的是什么忘恩负义的垃圾性格。"亚当很不满地说道，"平日里负责维修它的可都是我啊。"

"当时盲敲的，我也不清楚。"我说。

"唉……"他叹了口气，把蔬菜粥端了过来，"你的身体……最近还好吗？"

"放心，核对我的侵蚀速度还是挺缓慢的，何况我现在也在有意识地控制它了。"我说。

"干脆别控制了吧。"他说，"我会照顾你的。"

我笑笑不说话，他郁闷地看着我。他问："你怎么会突然改变了想法？你不是应该很讨厌人类吗？之前把我也折腾得够呛。"

"没有啊。"我说，"我从没讨厌过人类，我只是讨厌那种强迫似的道德绑架罢了。"

他又叹了口气："那你现在不讨厌了吗？"

"当然还是讨厌的。"我说，"莫名其妙就被选中当了夏娃，被带上了飞船，飞船又失事，幸存下来的人好不容易适应了行星环境，结果又被核跟彼此之间的道德绑架逼疯乃至互相残杀，剩下我一个人待在这颗荒芜的行星上，之后救了你还要再被你道德绑架一遍。想想都觉得我也太惨了。"

"抱歉……"他说。

"没事。"我说，"不能说全是你的错。"

"你要继续执行伊甸园计划吗？"他说。

"我从来都没想过要执行它。"我意识到我跟他的想法之间出了点儿偏差。

所以我跟他聊了聊。他以为我还要执行伊甸园计划，会把我的这副残躯改造成一台生殖机器，然后利用白箱里的基因，不停地怀孕，再不停地产下人类的孩子，直到在一次生产中死去。

他说的话让我恶心到头皮发麻。于是，我狠狠地打了他，骂道："你的脑子都在想些什么恶心的玩意啊，恶心死我了！赶紧把这种既恶心风险又高效率又低下的想法从大脑里抹掉！"

他很委屈地问道："不然还能怎么做啊？"

"把我的全身都溶解成营养液。"我说，"利用核的技术，去培育新的生命。"

"还不如我说的……"他又叹了口气。

"不，不，我的方法可行性要强得多。"我说到一半，意识到亚当其实想要的是我活下来。所以我也叹了口气。"抱歉，"我说，"但那是不可兼得的事情。"

"怎么会不可兼得呢？"亚当语气激烈地反驳道，"我们完全可以折中一下，比如我们不生太多，就生那么三五个。"

我打断他说道："我已经无法生育了。"我摸着我的腹部，微笑着说道："我的子宫，在三年前就被核吃掉了。"

"怎么会……"他难以置信地摇头。

但想想就知道这其实是很理所当然的事，亚当跟夏娃的核被嵌入在各自的骶椎处，离核最近的便是他们腹腔内的脏器，最先受到核的影响的是它们，最先与核同化的也是它们。

"三至七年。"我说，"在植入核后的第三年到第七年间，亚当跟夏娃会处于一个生育的黄金期。他们安排得很好，我们在飞船上沉睡的那三年正好够让核把我们的生殖器官改造好。然后我们一下船就可以开始大量繁殖，跟细菌一样复制着过去的自己。"

我解释给他听，可能有点儿复杂："到行星四年后，大部分亚当跟夏娃的生殖器官都会被核同化掉，但这正好将我们的精力由繁衍转移到培育下一代上。同时，少数被核侵蚀得快的亚当跟夏娃会最先适应行星的环境，他们正好可以作为先头部队外派出去探索，等到核开始同化他们的肺部跟胃部时，他们便会咳出颗粒状的血石子，而他们的异样一定会被其他的亚当跟夏娃注意到并加以研究。呵呵。"

我不再继续往下说。

亚当说："用那些可再生的部分不行吗？像血液和肉，我们可以慢慢地攒起来。"

我叹了口气："那要攒多久啊，我们可没有那么好的保存技术与条件。何况我的身体日渐被侵蚀，或许三年后，我全身的血液都会被核同化，哪怕它们依然能像液体那样流动，也无法再作为培育生命的营养液了。"

"那把我也一起融了。"亚当说，"我会做点儿机器人保姆去照顾那些之后诞生的婴儿，并教育他们。"

"得有人教会他们什么是心灵。"我说。

"我教不会。"亚当开始跟我置气了。

"人是很擅长学习和模仿的生物。"我说，"你在那里，他们自然就学会了。"

"这样吧。"亚当提议道，他说话的声音已经有些哽咽，"我先用义体替换掉你的四肢，之后，你把我的大脑跟脊椎取出来跟你的四肢一起融了。你去教他们，怎么样？反正你是个无情的家伙，不需要任何人都能活下来。"

"每个人都有自己擅长与不擅长的事。你知道的，我这人不爱处理那些人际关系，更不爱跟人算计来算计去。我只想简单地活着，这辈子做完自己喜欢做的事，然后简单地死去。"

我又宽慰他道："不过我对你也是有些留念的，所以我可以给你留点儿脑组织。等你把我想要的乌托邦建好了，可以再复活我。"

"你混账。"他骂了我。骂完他又说："我不同意。我不会允许你只把我一人留下的。"

"好吧。"我耸耸肩，"我本就没指望能说得动你。"

记录，第 5631 天

这些天来我都暂住在亚当的小屋子里。

今天，我一时兴起，跟他一同去林间漫步，我们打算去看一场日出。

现在的林场里有了层次更丰富的声音。那些小巧的昆虫栖息在树上，发出生命的律动声。我感到愉快，所以跟亚当提了一些往日的旧事。

"当初，我并不愿意成为夏娃，来到这颗行星。"我踢了踢落叶，现在想起这些，还是令我烦闷，"但我没有选择，何况以那时的动荡局面，我也没有太多的办法可想。"

"我想我当时很明显地表达了我不合作的态度，不过没人关心。因为我是被推荐的，我直接免去了预选。之后半年，我跟那些通过预选的人一起生活。我努力地在每场测试中都分数垫底。但是，小组合作任务就没办法了，我不能拖累别人。"我叹了口气，"现在想想，我那时候该更自私些。这样我就不用来这里受罪了。"

亚当笑了笑。他安静地听我讲述。

"结果我靠着那些小组合作任务积攒的分数进入了最终选拔。我早就知道，世事无常，不会按照人的意志运转的。"

我又叹了口气。

"最终选拔的那三个月没发生什么特别的事情。没有任务派给我们，我们什么都不用干。我没兴趣去跟她们一样努力表现，猜测最终选拔的规则，并思考怎样才能通过。我就按我自己的步调生活，其间也有人邀请我加入她们的小组，她们看重的自然是我的能力，而绝不会是我的态度。我婉拒了，我对小组合作算是怕了。我每天就待在自己的小屋里吃饭、种花、看书。我得说我过得相当自在。

"最后一天，有几位大人物过来跟我聊天。他们说这是最后的考核，我需要回答几个问题。他们说我可以选择不配合，但那并没有什么意义，人类最高意志仍然会对我的命运做出裁决。我无所谓，但是让他们明白我的真实想法似乎也不错。

"他们问我你为什么不想当夏娃。我便直截了当地说我不觉得当夏娃有什么好的，我认为那只是把我们当作小白鼠送到一颗荒芜而未知的行星上去跟细菌一样进行繁衍。而在这个过程中和之后会遇到什么情况，只有天知道。我不喜欢这种被虚空中看不见的手所支配的感觉。

"他们说成为夏娃便有活下来的希望，而留在地球上必死无疑。我说那又如何，哪怕没有彗星撞地球，以地球环境的恶化程度，我也活不过30岁。现在不过是提前几年罢了。我接受这样的命运，并决定陪着我在意的人在地球上活到最后一刻。

"他们又问我是不是憎恨人类，不希望人类延续下去。我说我没有，我只是没有那么强烈的延续人类种族的愿望。其他的物种能够灭绝，那人类也能够灭绝。而且人类的灭绝在多大程度上应该由人类自己负责，你们比我跟清楚吧。现在却要把延续人类种族的重担压在我身上，这太可笑了。我只打算按自己的想法活下去，等到这副躯壳无法维持我的生命时，我会遵循自然规律，安静地死去。

"他们对视了一眼，看不出有什么情绪。他们继续问我，如果最终仍然会把我送往那颗行星，我是否会忠实地执行伊甸园计划。我先是沉默，然后说我不会，而且我还很有可能在计划执行期间起到破坏性的作用，因为我并不在意这个计划是否能成功，甚至些我很可能会希望它无法成功。那时候我还真是什么都敢说啊。

"他们又问我是否有情趣成为一个领导者，带领别的夏娃跟亚当活下去。我说我没兴趣去管理别人，每个人都做好自己的事情就够了。大家相互看得惯就聚在一起，看不惯就离开。反正行星很大，想去哪里都行。

"他们不再提问，说让我等通知。最后的结果就是我被选上了。"

又是叹气。

"在很长一段时间里我都不明白，他们为什么不挑选那些符合他们要求的人，却偏偏要把我带上。

"我认为这背后一定隐藏着某种未知的目的。对于伊甸园计划来说，我完全属于不安定因素。这些年来，我一直试图从飞船所搭载的数据库中找出他们的图谋，但是一直没有结果。

"你搭乘的那首飞船上的机密文档我也翻遍了。最后我的结论是，没有阴谋。这一切很可能是人类最高意志玩的一个小游戏。"

天边出现了位于太阳位置的那颗恒星所发出的无数道光线，让这颗行星的天空显得更加澄澈空明。

"有人修改了我的档案，冒着伊甸园计划彻底失败的风险，也执意要把我送到这颗行星上来。"

"为什么？他们为什么要这么做呢？"我向亚当，也向自己发问道。

"他们难道想要毁掉伊甸园计划吗？我不觉得是这样。如果伊甸园计划能成功，那便会是件大好事，人类能继续繁衍，雯雯、朱迪、爱尔德、可可她们都能活下来。而我会听从自己的心去选择去留。他们难道提前预知到我能扭转局面，利用核来制造生命吗？我也不觉得是这样。我当时的专业方向可不是生物学，而是计算机。可以说，我那时连实验室内的烧瓶都没摸过几次。何况，我那时的态度也不支持这样的猜想。至此，我能想到的可能性只剩下一个了。

"他们认为我的性格、我的思想是新时代所需要的。"

那颗取代了太阳的耀眼无比的恒星璀璨地升起,将它强烈的光芒抛洒向我们,它炽烈地在天际燃烧着,不问前程,不问归途。它不会问自己向万物投射的光芒能否得到回报,它不会问自己燃尽之后又会怎样。它只做它要做的事情,它要做它愿做的事情,这就足够了。

"我不是作为一个夏娃被选中的,而是作为我被选中的。"我说出了一句有些狂妄的话。我所说过的狂妄的话本就很多了,不怕多上这么一句。

"既然如此,我便将以我的意志,我的想法,把生命与文明带到这颗行星上。我会成为女娲。"

亚当看着我,沉默不语。

记录,第 6552 天

今天,我回基地去了,Nini 一被启动,就很高兴地扑了上来。我本打算继续我对黑箱的研究。但没想到亚当跟着我过来了。他打开黑箱,切开外面包裹的金属把白箱取了出来。

我在他面前输入了密码,顺便跟他搭话:"说起来,你明明是知道密码的,真不希望我死,你完全可以毁掉它啊。"

我本意是想调侃一下他之前对人类延续的大义的眷恋,但他却说:"那是你喜欢的东西,不是吗?当初大义在我手中,我都没能做到违背你的意愿,强行把你变成一台生育机器,现在就更不可能擅自去毁掉你喜欢的东西了。"

这是我没想到的答案,所以我微微一愣,笑着说:"是啊。"些许欣慰混杂着悲伤的情感出现在我的心中:"你改变了很多啊。"

"是啊……"他一时间也有些感慨，"我也没想到，我会变成这样，真是太差劲了。要是过去的我与现在的我相遇，他一定会对我深恶痛绝，恨不得把我除之而后快吧。这都是你的责任。"

"讨厌吗？"我问。

"不讨厌，不论是你还是现在的我，我都特别喜欢。这点最糟糕了。"他说。

他跟我说，他不像我一样，能不要任何报酬地将自己燃烧殆尽。他说，他起码生前死后得被世人夸赞崇拜个几千年才行。

我说："就像三皇五帝？"

他笑了笑："伏羲更好些。"他又说："你得早点儿回来，建成乌托邦需要的时间太久了，等我把人类社会建立成一个像样的反乌托邦时，你就得回来了。"

我说好。

"说来，你为什么要用这么简单的密码啊？"他随口问道，"那些知道你名字的夏娃不是很轻易就能解开吗？"

我回忆了一下。我说："因为我希望她们能来找我。"

我又摇了摇头："但是没有，她们没能解开密码，也没能过来找我。直到最后，她们都选择了她们的过去，而不是我跟朱迪。所以，她们的死是必然的。"

记录，第 6844 天

不知不觉间，我在这颗行星上已经度过了 16 年。

回首往日，感慨良多。第 6552 天以来，我跟亚当聊了很多关于未来的事。

待我化作土壤后，我跟亚当讲，先不要去制造太多的人类，哪怕有机器人保姆的帮助，十来个也就够了。要把大部分精力先放在对自然的再造上。

喜鹊，蛇，羊，狮，象，海豚，寄居蟹……

让那些曾经在地球上，在我们的眼中活过的生命在这颗行星上继续活着。

等到第一代人类相爱生子后，便制造第二代人类，数量可以多些，但不要超过第一代人数的五倍。第三代、第四代也是如此。

他说好。

制度跟教育方面，我给了一些建议，但我也让他不要被我的建议束缚住。因为到了用得上这些建议的时候，我早已是个死人了。别往死人身上推太多责任啊，我笑着说，他们是担不起的。

他也说好。

我们之间陷入了沉默。

"之后，一定会很热闹吧。"我说。

"是啊。"他说，"我很快就会忙起来，连想你的空闲也不会有。"

"那样挺好。"我说。哪怕我们再留恋现在的美好，时间上也不能再拖下去了。

"晚安。"我说。

"晚安。"他说。

我的死对他来说已经足够难熬，我不愿让他承受更多的痛苦。所以我一个人走入门内，把他隔在门外。我脱下衣物，迈入那足以让我躺下的箱中。

最后的最后，我该写点儿什么呢？这颗行星留给我犹豫踌躇的时间太多，导致我心中并没有那种慷慨就义的豪情。

不如说，我现在就想从这箱子里跳出去，拉开门，尴尬地笑着对亚当说:"哈哈,还是算了吧。就我们两个人活到天荒地老吧。"

核对我的身体的侵蚀已经很深入了,但我完全可以跟亚当一样,将全身都替换成义体,只保留大脑和一小段脊椎那样活着。

为了逃避死亡,我也常常会想,或许留下我的大脑和脊椎,单由我身体其他部分制成的营养液也足以孕育出人类跟其他的高等动物了。

但我那作为人的理性阻止了我,让我以一种极为固执而强硬的态度强迫自己留在了此处。

冰凉的液面涨起,漫过我的头顶。虽然前些日子的小手术让我感觉不到太多的痛苦,但注视着自己的融化也不能说是什么美妙的体验。

生命的韧性真是顽强,哪怕感觉不到疼痛,我全身的细胞也都在叫嚣着,催促着我从这箱中逃出去。

如果我不过是一只趋利避害的动物,我一定会毫不犹豫地跑出去。但我是一个人,我有着比本能更强烈、更有力的思想与意志。这也是我更偏爱人类一些的理由。

优美的小提琴声从广播中传来。

我本以为这会是一场独属于我一个人的孤独的死亡旅程。我流下了眼泪。我本以为我不会再度流泪了。在这颗荒芜行星的世界尽头,还有人愿意陪伴着直到生命的最后,我无憾了。

晚安,亚当。

在这永久的睡梦中,

愿我能跨过那浩渺的星海,

回到那唯一的珍宝般的蓝色行星。

愿我能与我在意的人再度相见。

也愿我的落幕能换来你们的黎明。

录音，第 6844 天，箱中

"不用……担心我……妈妈……我会……成为……女娲……"

记录，第 7201 天

至此，伊甸园计划彻底宣告失败。而女娲计划跟伏羲计划被正式提出并予以执行。女娲计划已圆满完成，伏羲计划目前进展良好，第一批人类婴儿正被很好地看护着，这片区域的生态环境也日益稳定。

不出意外的话，人类将在百年之内再次兴盛。在此，我衷心感谢每一位同志对人类繁衍的付出并致以最高的敬意。

以上是伏羲的报告。

接下来是我的个人记录。

你的密码总是简单到出人意料，红梅。

拿我的名字来当密码，你就不怕我永远都解不开吗？

我不太明白，你把人类的未来、把我看透到了哪一步。但有件事我想你没能料到，如果你料到了我们就先绝交三天再和好。

……

要把自己的想法写出来总觉得不太好意思啊。

……

我已经感到寂寞了，红梅，所以快点儿回来吧。

在我变回亚当之前。

蜂巢

谢开妍

37.5%

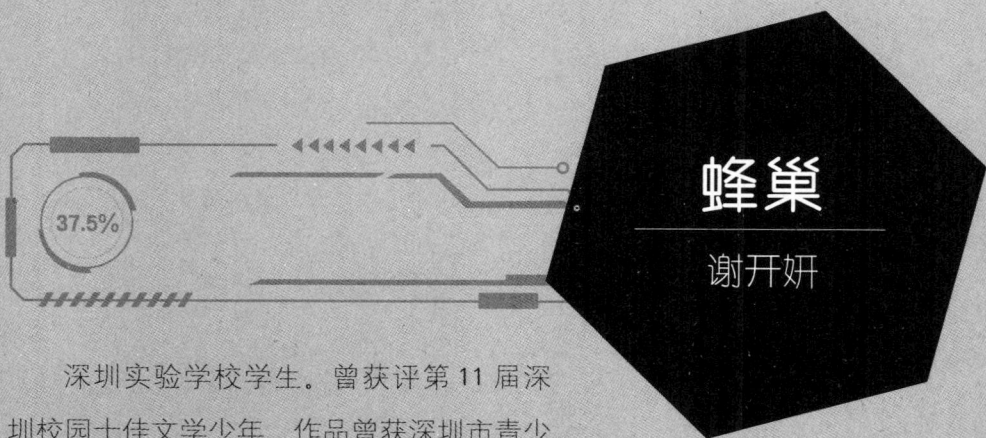

深圳实验学校学生。曾获评第 11 届深圳校园十佳文学少年，作品曾获深圳市青少年文学创作大赛三等奖。

中短篇小说组二等奖《蜂巢》颁奖词

　　《蜂巢》尝试以对蜂巢社会的破坏和逃离来阐释生命对自我和自由的追求。小说中的蜂巢社会，以蜂巢生存方式隔离的被编号的符号化的人，诸如写不出诗的诗人，像一束光一样进入蜂巢社会的孩子，都具有颇为深刻的象征意义。

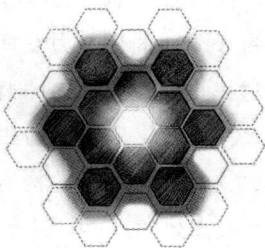

群 蜂

叹气，然后用右手紧紧按住紧蹙的眉头。

没有抬眼看的动作，我一挥左手，面前的全息屏幕倏地消失了。

我也不知道这是第多少次了，总之每次建模后演示的结果都是蜂巢必定毁灭。作为一个蜂巢社会学家，以往每次实验失败我多少会有些挫败感，但接下来总会在心中默念"我是群蜂中的一员，活着的最大目的就是为蜂巢贡献生产力"，然后重新投入工作。

但是这次不一样，我打算尝试极端值。

于是我通过各种手段把个体的生产能力调到了最大值。但是各项数据的柱状图先是飙升了半分钟，然后就像是地震中的高楼一般土崩瓦解了。计算机甚至因为数据崩溃得太快而卡顿了半秒钟。

就是这样，每个个体间都不存在任何联系，所以个体生产能力在

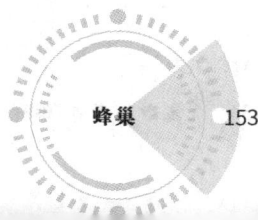

暴增之后迅速下降，直至消亡。

我所生活的地方，是一个蜂巢。

现在是蜂巢纪元 247 年。

我只知道我是群蜂中的一员，光荣地做着振兴蜂巢的工作，贡献着自己的一份生产力，同时誓死效忠蜂巢。

我的内置计算机里存储着蜂巢的基本信息 —— 科学家发现，像蜜蜂一样分工，可以把每个个体的生产力发挥到极致。而且每个个体间互不产生任何联系，这样也就没有任何的情感羁绊，没有任何的事情可以对生产力的发挥产生影响。同时从仿生学的角度来看，蜂巢中每个蜂房都是正六边形，这种正六边形的构造既结实又节省材料，还具有最大的容积，无疑是最高效的。

无论从什么方面来看，蜂巢社会都是效率最高的社会和利益最大化的社会，是最优秀的社会形态，是每个人最好的生活方式。

但是现在，我望着周遭六边形的墙壁，头一次思考起了几个问题。

我是谁？这个世界是真实存在的吗？为什么所有个体都没有任何联系？

说来好笑，虽然我是个社会学家，这也的的确确是我第一次思考这几个问题，以前我从未对这个世界有过丝毫怀疑。

从有意识开始，我就生活在这个有着惨白墙壁的六边形房间里。我没有具体的名字，只有一个代号 —— 3006082825。日复一日地重复着"延续蜂巢"这个项目中烦琐的实验，我自认为对这个蜂巢有着绝对的忠心。

但我要从今天开始思考那几个问题。我首先想到的就是我只见过一个真正意义上的"人"。那是有一次蜂巢信息传递系统发生故障，那个我见到的"人"，则是给我指派当天任务的上级。

那天也是我第一次知道所谓的礼貌用语。上级来时六边形墙壁消失了一面，他就从空缺处走进来。他先摸了一把西装的袖扣，然后用有着粗大骨节的手握住了自己另一只手的手腕，说道："你好，25 号。"

"一定有哪里不对。"我侧着头想道。

如果这个世界不是真实的，那我又是什么呢？平时做实验，我总是果断利落，现在我延续了自己一向的风格。

眨眼即可，全息屏幕悄无声息地展开。

一定不可以用常规的信息传输系统，以那种途径，信息只会定向传输给我的上级。改变手段很简单，我把波的频率调低，使信息不只发送给我的上级，而是广泛地扩散，最终上级当然也能收到，他收到后也必定会拦截，但是即便如此，如果还有别的"人"存在，信息就会有被接收和回复的可能。

既然广泛传播信息如此容易操作，为什么以前我没有收到过改变频率的信息呢？

只有三种可能。一，从来没有人产生过尝试的念头。二，信息被拦截了。三，这个世界本身就是不存在的。

编辑并发送了信息，我丝毫没有感觉到如释重负。

"你到底在干什么？！"我质问自己。

这是对蜂巢的不忠，即使只是想想上述的问题，也是莫大的罪恶。对于给予我生命并维持我生存的蜂巢，我怎么敢这么胆大妄为地怀疑它的存在？我的所作所为推翻了我毕生所构建的对蜂巢的忠诚。我背叛了蜂巢，背叛了自己一直以来像是宗教信徒对神明般敬畏、信仰的蜂巢。我从来都只被灌输要做一切有利于蜂巢发展的事，而今天我所做的无论如何也不属于这个范畴了。

不知不觉间，指甲深深地刺入了掌心的软肉。我回过神来时，掌心已浸出了血丝。

像是从睡梦中惊醒，手掌传来的刺痛唤醒了我。

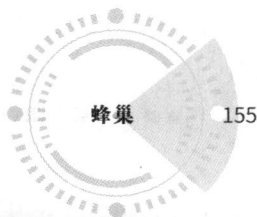

我是社会学家，但蜂巢算是个社会吗？

蜂巢根本就没有形成能够长久维持的、成员之间彼此相依为命的一种不易改变的社会结构，人与人之间根本就没有形成过关系。社会学中所说的人类所具有的基本情感，例如安全感、快乐、悲伤或者爱的情感，我不仅从来都没有研究过，甚至连自己都根本没有体验过。

蜂巢中的社会学，根本就是被虚构出来的！我先前的研究是什么？什么都不是！

如果现在不把事情弄个明白，那我将来还要研究一辈子虚构的社会学，那我算是个什么社会学家？！我将比这六边形房间中最不起眼的墙灰还卑微，甚至卑鄙！

我是社会学家，我怎能卑躬屈膝于这种虚构的社会学？！

不到一分钟的时间，全息屏幕突然被信息图标占据。我一反常态地手忙脚乱，几次操作失误才打开了信件——

我和你一样!

只有短短五个字，这五个字闪烁了两秒钟，然后像是被点着了一般在全息屏幕上熔成难以分辨的一团，最终消失。

我用颤抖的双手捂住脸，六边形房间被指缝切割成细长的条状。

"平静下来想问题。"我下命令似的对自己说。

首先，这个世界是存在除我以外，同我有着一样经历的"人"的。其次，他离我很近，否则他不会有机会接收到我发出的信息。

"说不定……这么近，会不会仅有一墙之隔？"我的脑海中冒出了这个想法。

我马上就转头看向六边形墙壁，但是它的坚固性是不容置疑的。而且假如和我一墙之隔的地方有"人"，那我为什么从来都不知道他的存在？即便是从来没有见过面，怎么都该听到些声音啊。

沮丧感油然而生，然而这种情感却没能长久地存在。

先是从地面传导上来的震动，然后六边形墙壁中的一面轰然炸裂。不同于上级的造访，这次的动静极大，尘烟弥漫，我赶忙用手臂护住脸。飞溅的块状固体擦着我的手臂掠过，明显的摩擦感之后是灼热的痛感。等到不再感觉到有危险，我这才放下手臂，抬眼就看到墙壁上开了一个不规则的洞。蜂巢的墙壁很厚，别说是隔壁发出的声音了，可能就连隔壁地震了我都感觉不到。

我没有注意到已经跨过那个洞走到我身边的人。

"对不起，没有伤着你吧？"一个尖细的声音问道，声音里还夹杂着一点儿鼻音。

"你好，没有。"我用上了唯一知道的一句礼貌用语，并决定忽略掉手臂上的擦伤。

"我是化学家，2992071747。"

"我是社会学家，3006082825。"

说罢这几句话，我们都沉默了，望着对方的眼神就像是小孩子头一次去动物园，发现还有猴子这种和自己既像又不一样的动物存在。

眼前的 47 号头发挽起来，扎在一个粉色的橡皮筋里，身上穿着和我款式相同的"群蜂服"，身形却和我有着微妙的不同，而我很难形容这种让人难以启齿的不同。我的脸瞬间红了起来，我却不知道发生了什么。

过了好一会儿我才反应过来，我面前的 47 号，是我从来没有见到过的一类人。

她是个女人。

良久，我们才结束令人尴尬的对视，47 号拽住我的袖子，带我穿过墙壁上的洞，来到她的实验室。

瓶瓶罐罐一直堆叠到天花板，全息屏幕上演示的分子式伸缩旋转着像是在跳着怪异的舞蹈。看了一眼，$C_8H_{11}NO_2$，是多巴胺。

"前不久，我收到任务，加强多巴胺分子帮助细胞传送脉冲的能力。人体本身所产生的多巴胺已经足以进行正常的生理活动调节，我就很好奇为什么要增强它的性能。作为可以治疗精神类疾病的药物，它的性能如果被大幅提高，则可以在很大的程度上达到使人精神振奋的效果，且它也常用于治疗抑郁症等疾病。

　　"它的用途比较有局限性，由此我推测出蜂巢里肯定有大量的人受到精神类疾病的困扰，甚至已经到了影响正常生产的程度。但是我们所处的世界一直号称是'最有利于个体发展的世界'，那么为什么还需要这么大量的药物供给去解决群蜂的精神问题？

　　"所以我认为，这一切，这个蜂巢，这个世界，一定出了问题，而且上级在极力寻求解决方法的同时还不想让群蜂发现问题的存在。我在最初产生这个想法时一度十分厌恶自己，认为自己的想法和行为有违一贯的道德和伦理。但在想了很久之后我还是觉得，对于我这个化学家来说，真相比什么都重要。"

　　47号一口气讲了很多，我震惊于自己的想法竟与她的如此相似。

　　"我们现在有两个人了，我们也证实了蜂巢内的房间是紧紧相连的。我想，我们想证实猜想，最好的方法就是用你刚才的炸药再次炸开墙壁，找到更多的人。"我一边接过47号递来的创可贴贴在手臂上，一边说道。

　　我不敢直视她的眼睛，便不由自主地低下头，才发现自己的双手绞在一起。这是我紧张时才会有的动作。

诗　人

　　47号的手指修长纤细，在瓶瓶罐罐间穿花蝴蝶一般上下翻飞。试剂瓶里的药剂被混合在一起，像是在进行一场魔术表演。

"就得要这么大的剂量才能炸开蜂房墙壁……"47号喃喃自语道。

我站在一旁看着47号制造炸药，脑子里预演着下一步的计划。炸开下一个房间，危险和机遇是对等的。也就是说，在墙壁开裂时我们既可能遇见同我们一样对蜂巢产生怀疑的人，也可能碰上依旧对蜂巢忠心耿耿的人。所以等待我们的可能是同伴，也可能是杀身之祸。我们能做的，只有说服遇见的人。

片刻之后，47号就招呼我靠边站好，她要炸墙了。

我再次摆出了防御姿势，热浪涌来，又是巨响，六边形房间的另一面墙被炸开了。等到浮尘逐渐散去，47号和我踏进了一个未知的房间。

"有朋自远方来，不亦乐乎？你们好啊，我是诗人。"

凌乱的房间里四处滚落着易拉罐装的啤酒，一个头发花白的男人鼻梁上架着与这个时代显得格格不入的金丝边眼镜。他坐在一把看起来有些年头的红木椅子上，一只手贴着扶手自然下垂，另一只手向着空气抓了几把，大概是在打招呼。他嘴里吐出来的话我似懂非懂，一同喷出的还有浓重的酒气。我看见47号皱起了眉头。

"你这句话是什么意思？"我见诗人不像是具有很强攻击性的样子，便直接发问。

"我也不知道是什么意思，这话是几千年前孔子他老人家说的，大概就是欢迎别人到来吧。我看你们来了，随便拣一句用。"诗人大概已经喝醉了，说话前言不搭后语。

我这时才发现，他面前展开的全息屏幕上满满都是工整的短句。这些短句排列得错落有致，每个字的意思我都懂，但是组合在一起我反而觉得不知所云。奇怪的是，在心里默念这些句子，却让人觉得很顺口。

"你小子在看什么呢！没见过吧，这可是诗啊！是比我，也比你们年纪大上上千岁，伟大上数万倍的诗啊！"诗人涨红了脸，情绪一下子激动起来，空闲的手一撑椅子，脖子一梗坐了起来。我一时不知道该说些什么，只好默默点头。

"你是不是也觉得这个蜂巢出问题了……"47号心直口快地问道。说实话，我觉得这位诗人看样子就不像个正经人。47号的话还没说完，就被诗人粗鲁地打断了。

"什么他妈的蜂巢！"诗人红着脸骂道。

"对不起，我是诗人，我不能说脏话。但是这日子真是没法过了！把我关起来叫我写诗，美其名曰是让逝去的美好的人和事别再消失。但是，你们知道吗？我就叫作诗人，连个编号都没有。"诗人脸色一沉，停顿了片刻，凌乱的眉毛扭在一起，像是任由他内心的数个矛盾想法相互厮杀，然而最终也没有得出个具体的答案。

"为什么？因为这个蜂巢里就只有我一个诗人！我是最后一个诗人！别的诗人肯定都才思枯竭，一首作品也写不出来了。倒不是说我随时随地都能文思泉涌，但我有理由相信除我以外已经没人还能写诗了……"诗人哀叹，一瞬间双眼紧闭而指尖却在颤抖。

"怎么延续！周围的墙白得连一星蚊子血都没有，关在这种鬼地方，我能写出诗来？但我还是要一刻不停地找诗，读诗！这就是实现我的价值！这就叫为蜂巢的发展提供生产力！我就算写不出来也得写！因为上级说这个蜂巢需要我！这是对逝去的痕迹的保护！这是这个蜂巢所剩无几的生活美学！"诗人扶额，像是想把紧蹙的双眉揉开。看来此刻他心中的自责在各种矛盾想法的厮杀中胜出了。

"或许这也是我的问题，我酗酒，疯疯癫癫，不思进取……我很感激蜂巢一直养着我这个没做出什么贡献的人。"诗人嘟囔着，冲着自己的膝盖捶了一下。

"可是，诗最基本的是什么？表达作者丰富的情感！我却连最基本的情感都难以理解！连个真实的风景都没看过！我哪里知道'多情是蜂蝶，飞过粉墙西'里的'多情'指的是什么？里面说的'粉墙'是什么？刷成粉红色的墙吗？

"我什么都没见过，根本就写不出诗！要知道我的祖宗十八代都是诗人啊！我被抓来写诗，就是因为我的 DNA 检测报告说我是某位诗人的第 568 代子孙！那时候的人怎么能写出那样的句子？！为什么我不可以？！"

诗人最终还是脱离了理智，发出了歇斯底里的狂笑。然后就用手撕扯起自己所剩无几的头发。我和 47 号赶忙上前劝阻，但是诗人最终还是扯下了一把花白的头发。47 号见状让我控制住诗人，她自己回到实验室拿来一小瓶药，没等诗人反应过来就滴进了他的嘴里。

"是氯丙嗪。"47 号小声对我说。

诗人先是大口喘气，胸口剧烈起伏，然后就以肉眼可见的速度平静下来。他眼神迷离，像是眼前的我和 47 号都不存在一样。接着他发出一声长叹。

我想起曾经被安排做过的一个研究课题：建立一个数学模型，用以选择必须保留的一些社会分工。而我主要的工作就是论证其历史上的价值、现在保留的必要性与可能性。

看着诗人没有再次情绪爆发的迹象，我抓住机会把 47 号没说完的话说完："我大致对您的现状有所了解，或许您可以选择同我们一起去寻找这个蜂巢的秘密，探寻您一直以来的困扰所在。这样……或许您就有办法写诗了。"我本只想说前面那那些话，但是顿了顿还是把后面的话加上了。

我依旧不是很明白这种被称之为"诗"的工整句子的具体含义。

但是我想，"诗"大概在千年以前也是社会生活的重要组成部分。

千年以前的世界，蜂巢还没有被造出来，人们也过着和现在截然不同的生活。那个世界里，或许有流动的水，粉红色的墙壁，群蜂还不是人的代称，那是一群在空气里自由飞翔的小生灵。

是啊，截然不同。

即便是从来没有见过，光是想想也会觉得那个光怪陆离的世界有多吸引人。

诗人一定是因为天天看到这样的句子，而又身处于除了六面墙壁基本上什么也没有的房间，才会因为落差太大而终日酗酒，慢慢变得神经质的。

47号看了看诗人，然后转过头来和我对视，像是在征求我的意见。我不知道她要干什么，所以未置可否。

接着，47号就开始行动了。

她走到诗人旁边，安慰似的拍了拍诗人耸着的肩膀。大概她从未做出过这种动作，手看起来十分僵硬，只一瞬间手就触电般地从诗人的肩膀上挪开了。

诗人猛地回头，47号像是受惊的小兔，差点儿就跳了起来。她后退两步，站到离我不远处。

诗人清了清嗓子，用手狠狠搓了搓自己的鼻梁。

"既然你们就这么来了，那你们就是我尊贵的客人，是命中注定的助力。不管你们要干什么，我想我应该和你们一起行动。"诗人的手握成拳头状，迷离的眼睛里突然迸射出异样的光。

47号又看看我，我对她点点头，也对诗人点点头。

"我是个诗人，无论如何，我这辈子一定要写出首像样的诗来。"

数学家

"那按你说的，你对她的情感就是所谓的爱的情感，而这种情感是凭空出现的？"

"我想是的。"

眼前的人穿着蓝色格子衫，像是一块处在待机状态的电脑屏幕。他每说一句话就要思考一遍自己先前说的内容是否正确，所以说起话来就像断了片的收音机。

六面墙壁的房间格局和我们的房间完全相同，但墙上的彩绘却让人感到意外。白墙被刷成了粉色，粉色之上又用各色颜料画了云朵和花一类的事物加以点缀。细看之下我又发现，这些花朵中有一部分是由小孩的手掌印构成的。

蓝衣男子自称是数学家，他身后的地毯上坐着一个小女孩。

小女孩看起来四五岁的样子，手里拿着两把尺子在自言自语，连话都还说不清楚。47号看到这一幕连这是否是个陷阱都不管了，直接走到小女孩面前蹲下，对小女孩露出灿烂的笑容。小女孩也很配合地丢下了尺子，摇摇晃晃地站起来，用肉乎乎的小手触碰47号笑时露出的酒窝。

"妈……妈……"小女孩口齿不清地对47号说出一个词。这个词听起来奇怪，我却也觉得似曾相识。我的记忆中并没有这个词，我也难以判断它的词性与词义。姑且将它归入小孩的牙牙学语吧。

——带着诗人，我们再次炸开了墙壁。

炸开墙壁后就看到这个男人用自己的身体挡在墙上的破洞前，身后坐着个小女孩。大家都很惊讶，因为按道理来讲，蜂巢内都是一个人一间房，出现这种情况就一定是违反了蜂巢的法律。

我们尝试和男人交流，非常幸运的是他并没有显露出要举报我们

的意图，而是用极慢的语速，谨慎地回答了我们的问题。其中一些问题是关于这个小女孩的。

"大约是913个时间单位以前吧。"数学家摁了一遍计算器后说道。

在这里，我们不以"天"作为时间的计量单位，因为这里没有白天和黑夜，一个时间单位，就是24小时。

"那天我照常起床，打开全息屏幕准备研究上级布置给我的任务，那个任务是关于六边形极值问题的。因此，我的工作对未来蜂巢的合理性建设有着重大意义。那时的我，每天都特别投入地研究这个问题，以至于直到小光在我面前哭出声来我才注意到她。

"后来想想，其实对同一时间发生的事情我还是有残存记忆的。先是蜂房墙壁突然间消失了一面，只是我这个位置隔着显示屏看不清楚。那时我看到有不同于往常的光线射入房间，所以我判断蜂房墙壁有一面消失了。"

数学家看起来不过30多岁，头发却少了一半。他用手抚着自己没剩几根的头发，思考过后开始叙述。

"接着，我马上就听到一个女人的喊叫声，声音在并不宽敞的蜂房里大得吓人。她语速极快，我并没有听清楚她在讲什么，至今我仍然好奇是什么能让人在一瞬间爆发出如此强的能量。再后来，消失的墙壁很快重新变得完好。但在那之前，小光就被包裹在一张毛毯里，滚落到我面前。说实话，我现在都还有些后怕，万一小光当时摔伤了，擦伤了，或者被卡在墙壁里了该怎么办。万幸她只是受了点儿惊吓。"数学家转头看了看正在和47号玩拍手游戏的小女孩，小女孩时不时用小鸟般的啁啾声对47号口齿不清地说些什么。

数学家宽慰地长舒了一口气。

"见到她的第一眼，我就出现了一种冲动。当时我把它定义为一种冲动，但其实现在想来这应该就是25号你所谓的爱的情感。

"见到小光时的那种感觉是热情洋溢的，温暖的，也是清澈的。就像是黑夜中的泥潭里突然冒出了一泓清泉，数以万计的萤火虫飞来把泥潭照得灯火通明，但是并不刺眼。然后泥潭的表面就长出青草来，成了小孩子的乐园。泉水从此就再未干涸，萤火虫也长久地存在。

"我见到小光的时候，脑子里就只有'我应该保护她，让她快快乐乐地成长'的想法。她在那一瞬间就成了我所在的宇宙的中心，千丝万缕的引力都在把我拉近她。因此，我认为我对她所产生的，就是爱的情感。

"她刚来到我房间的那几天，我还挺提心吊胆的，生怕有人闯进我的房间，从我身边带走小光。我甚至都想好了要是有人来抓我，我就立刻带着小光逃走。尽管我从来没有见过六边形房间以外的事物。还好很长一段时间过去了，也没有人来找过我们。上级照样给我发送工作计划，但是从来没有其他的指示。

"有关小光的故事，我想这就是全部了。"

数学家回答了我的问题，此时旁边的诗人突然也跃跃欲试，兴许是在为作诗积累素材。然而，他支支吾吾了半天才嗫嚅着问数学家小女孩为什么叫小光，有什么含义没有。

"为什么她叫小光呢？因为她到来的时候正好有一道光穿过消失的蜂房墙壁射进房间。其实也没有别的含义，只不过这是我想到的第一个名字，而且我也不想用一串数字来指代一个鲜活的生命。"

我把手贴在脸上，想给自己降降温。自从 47 号炸开我的房间，我的大脑就一直处在高速运转的状态，此时思维有些混乱。

数学家给我和诗人递来两杯水，然后示意我们坐下。我们刚开始移动，地上就如同植物生长般长出两把椅子。诗人看着我们坐下，这才露出微笑来，转头向在一边玩的小光和 47 号走去。

我啜饮着杯子里的水，开始回想数学家的话。

他说，他对小光的情感是爱的情感，我无从否认。一是我并不知道所谓爱的情感是什么，只知道这个名词以及这个名词的浅显定义。二是根据数学家的描述，他所做的事都是有利于小光的事，而且既不求回报，也别无二心，符合对于名词"爱"的定义。

这么想来，这爱的情感似乎不难理解。

爱，似乎是一种与生俱来的，无关乎生理的，高尚而神圣的情感。

我不禁感到遗憾，我还从未体会过爱的情感。如果爱的情感真的是我所推断的那样，倒也不错。真希望我有一天能体会到这种情感。

"我跟你们一起走。"数学家的声音打断了我的思考。

在我整理思路的时候，47号已经向数学家阐述了我们的计划。

"我想，我存在的意义就是为了让小光更好地活下去。我从未见过外面的世界，我不想让小光也这样。

"此外，作为数学家，这种职业其实在蜂巢里至关重要，而数学也涉及对世界根本之所在的构想。因此，我其实早就对这个社会产生了怀疑，但是在遇见小光之前我因为对蜂巢根深蒂固的信仰而没有深入验证。而遇见小光以后我就害怕有人来将她带走，也就更不敢去验证了。"

时间紧迫，尽管对于小光和数学家的种种经历我们依旧十分好奇，但攀谈在这个时候必须中止。

大家都站了起来。小光牵着47号的手，紧紧地靠在她身边。

我也跟着站了起来，正好撞上了47号的目光。

我这才发现，听过数学家关于他对小光的情感的一席话后，47号望向我的眼神发生了改变。我也说不清楚哪里改变了，但的确改变了。

我又看见47号向我所在的方向抬起手来，动作幅度很小，犹豫了一下又放下了。她像是有什么话要说，但是就在这句话的第一个音节已经出现在她的嘴边时，她又硬生生把那个音节吞了回去。

我的脸不知为何又烫了起来，呼吸变得急促。

除了我和 47 号，没有人注意到这些细微的动作。

我连忙别过头去，不看 47 号的眼睛，尽管我承认刚才有那么一瞬间我觉得她清澈的棕色眼睛里像是突然出现了某种极度吸引我的东西。

"那么我们就出发吧！"我放下手中的水杯，揉了揉鼻子，扫视了一圈周围的人。

47 号，诗人，数学家，当然还有小光，我们似乎都更加坚定了解开蜂巢秘密的信念。

又或者说，是寻找某种奇异情感的信念。

地理学家

"哇……"

被 47 号抱着的小光拖长了声音以显示她的激动。我的内心也同小光一样发出了惊呼。

呈现在眼前的是三维的山脉。绿色像是泼溅在山体上的颜料，细看却发现连成一片的绿色是一团一团的，簇拥在棕褐色的木柱上。说来也奇怪，这些在远处看起来并无差别的绿色，支撑起它们的木柱却形态各异。

山的不远处还有湖泊，虽说我见过水，但我从未想过一旦面积足够大，它就会映出如此美丽的蓝色。湖水映着一旁的山，蓝色与绿色的交融有种说不出来的协调感。

一同映出的，还有 47 号的眼睛。

我通过湖水的反射，刚好能看到站在旁边的 47 号。她此时并没有注意到我，大概是对着湖水看入神了。她的眼睛，也温柔得如同湖水一般。或者不如说，湖水温柔得同她的眼神一样。她拥有一双湖水般的眼睛。

仿佛真的有阳光在照耀，闪烁的光点在蓝色的绸缎上翻滚跳跃。下一个浪，似乎就要拍打在我的身上。

小光分外激动，伸出手想要触碰近在咫尺的湖光山色。但是伸出去的手穿透了湖和山，暖黄的光也被蜂巢里一贯的白光代替。

"这是我根据文献创造的全息影像，这是我们的祖先所身处的世界本来的样子。"身着棉质纯白 T 恤的短发少年推了推眼镜，看上去对我们目瞪口呆的表情很满意。他明明比我矮半个头，但说话的声音里却饱含着自信。

他说，他在我们来之前就准确地预知了我们的到来。就像地震波一样，我们炸开墙壁时传出的震动他早就接收到了。但是他从来没有想过要上报这段异常的波动，相反，他密切关注着，几乎可以说是期待着我们的到来。

"我的工作就是研究这个世界本来的样子。尽管我从来没有见过这个世界的原貌，但是我一直从事着这方面的研究。上级告诉我，这是最光荣的任务。就像哥白尼创出日心说一样，我研究着我无法近距离接触的东西。

"但是时间长了我就觉得奇怪。为什么一个我在过去未曾见过，将来也不会去到的世界，却需要我去研究？上级像是猜透了我的想法，在某一天直截了当地告诉我，研究蜂巢以外的世界仅仅就是为了以外界为参考，推进蜂巢循环系统的建设。

"我并没有当即提出异议，但我觉得，若是这么美丽的世界都只能作为蜂巢这个囚笼的参照，那么我研究它的意义何在？我没有办法接受当我看到了这个世界本身的美丽样子之后，还仅仅把它当作一组冷冰的数据。就如同森林里的小花一样，整个世界应该是鲜活的。"少年不自觉地握紧了拳头，神情严肃。

"还有，我就是喜欢接触我没见过且不知道的东西。"

片刻之后，少年又扯起了嘴角，这次大概是想要扮酷，不过只呈现出一个稚嫩而又滑稽的表情。不过他说出这话倒也合乎情理。尽管看起来年纪尚小，但因为职业，他所看到的世界一定比我们要广阔得多。看的多了，自然也就会想探寻更广阔的天地，谁不是这样呢？

地理学家也不管我们是否在听，滔滔不绝地讲起了他在文献资料上见到的那个世界。同诗人先前所讲的一样，那个世界色彩缤纷，甚至比诗人的描述更加不可思议。

"金黄色的沙丘，五色交辉的丹霞，幽蓝的冰川，苍翠的森林……沙丘上方的天空是蓝色的，不掺一丝杂色。苍翠的森林里开遍了无名的小花，颜色虽不艳丽，但是看着就让人舒服。还有五色戈壁，每当经过二分之一个时间单位，就有银色的光粒从黧黑的天空边缘缓缓浮出来，像一条河一样连成长长的一线……"

不知不觉间，我的脑海中涌入了无数画面。奇怪的是，似乎每个画面里都有 47 号。漫步于戈壁的她，蹲在森林里轻嗅花香的她，暗夜中仰望星空的她——她的眼睛又映出了繁星，叫我挪不开视线。

诗人激动得双手颤抖，数学家也不由自主地张开了嘴巴。小光仰着小脸，像是已经身处于那个五彩斑斓的世界。

地理学家讲得意犹未尽，我们也听得意犹未尽。若不是时刻保持理性的数学家提醒我们不能在这里耗费太长时间，我想我们会在这里欣赏完地理学家脑海中的整个世界。

毫无疑问，在听完我们对这个世界的怀疑之后，地理学家不假思索地就主动提出了要与我们一起行动。

"我生来就应该是自由的，又有什么理由阻止我走向我本该拥有的未来？难道仅仅就是为了安全？！"

爱，与光

是光。

是我从未见过的，柠檬表皮一般明黄色的阳光。

与每一个房间里惨白的灯光全然不同的光。

它伴着丁达尔效应斜斜地撞在我眼前的地板上，如筷子般粗细的光柱使我无法想象它到底费了多大的力气，才跌跌撞撞地闯进这座蜂巢。

我看见尘埃在打着旋地舞动，我看见不远处 47 号眼睛里映出的阳光和我的脸。

我想要伸出手去触碰这阳光，尽管它只是一种没有实体的波。

我想要抓住它，把它紧紧攥在手里，久到能让我和它融为一体。

但是手指一点儿反应也没有。

我知道在这之前，我的指关节就如同蜂房墙壁上崩塌的碎石一般支离破碎了。就像碾死一只昆虫那样容易 —— 昆虫看似坚不可摧的外骨骼顷刻间就被碾成了碎片，而我的躯体现在大概与那副情景相差不远。

我的脸紧贴着地板，腰部以下都被掩埋在碎石当中。尽管我能感觉到地面上锋利的碎石割破了我的脸，但我动弹不得，周身都像是被泡在了一桶冰水里。

我已经感觉不到疼痛了，但此刻的我思维却异常清晰。

手持武器的蜂巢秩序维护员炸开了我们面前的墙壁，接连着几面墙壁都轰然倒塌。

这种情况我早已料到，但当它到来之时我还是觉得猝不及防。

螳臂当车的博弈必定会失败，但我寄望于奇迹的发生。即便是再渺小的希望，我也没有办法让自己放弃。

我同身后的十几个人都被冲击波震得向后仰倒，然后在能爬起来之前就被碎石所掩埋。少数几个人，包括 47 号和小光，他们没有被埋起来。

此刻，象征着外界与自由的阳光从极少的几个孔洞中倾泻而下。

十几个人，建筑学家，医学家，政治学家，经济学家，生物学家，画家，设计师，程序员，地质学家……他们出现在被我们炸开的层层墙壁之后，无一例外地跟着我们走上了一条前途未卜的道路。一路上，各种关系都建立起来了。

原先我们都只能生疏地使用短句交流，慢慢地我们也可以互相倾吐心声了。

我们在地质学家和建筑学家的指引下走向遥远的最外层的蜂房墙壁，走向我们看不到，却又觉得近在咫尺的未来。

身边危机四伏，但我们的步履愈发坚定。

人与人之间的隔阂像蜡一般融化了，似乎人与人的关系本该如此。

一步一步地走到现在，而此刻的大家，似乎再也没有办法往前多走一步了。

47号为了保护小光，用自己的身体挡住了碎石。我宁可接受千刀万剐也不愿看到碎石击中47号时她扭曲的身体。我愿意用自己的身体替她承受千万次这样的伤痛，并且是欣然承受。她的生命中不应该有痛苦存在。

但是我动弹不得。连嘶喊的力气也没有，只能吐出不连贯的喘息。

47号像是被拆开了线的毛绒玩具，我眼睁睁地看着她先是跌坐下来，然后侧着摔倒。她还保持着那个弯着腰保护小光的样子，而小光在她怀里安然无恙。

小光还不知道发生了什么，她怯生生地用小手摸了摸47号的脸，却没有得到应有的回应。

激光穿透空气中弥漫的浮尘来回扫射，这当然是没有意义的。

这里大概率不会有任何幸存者，但或许小光可以活下来。

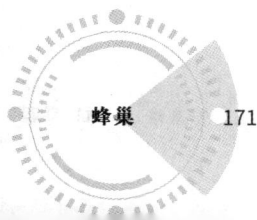

小光因为过于矮小，而且蹲伏在硕大的石块之间而没有被发现。

秩序维护员似乎接到了紧急传唤，连那些透光的孔洞都还没来得及堵上就匆匆离开，只丢下了一个蜂巢修复胶囊。

他们前脚刚走，数个微弱而急切的声音就响起来了。

"小光，从那边爬出去！"

"小光，快点儿离开这里！"

"小光，你一定要活下去，看到外面的世界……"

"小光，我们爱你。"

……

小光手足无措，她肯定是被吓到了。

但片刻过后她爬上离她最近的那块石头。小孩子细嫩的皮肤上很快出现了刮擦的伤口，但是她没有停下来。

她向着这间蜂房另一端微弱的光爬去。

她没有害怕。她不知道留在她背后的将是永别。

幼小的她可以理解，或许也只能理解，数学家对她的爱，47 号对她的爱。

她的身后全都是爱着她的人，在她的认知里她没有必要害怕。

我眼前的画面逐渐被连续的黑点所代替，供血不足使我原本清醒的头脑开始一阵一阵地发晕。黑点占据了我眼前的所有景象，我在无尽的黑暗面前坚守阵地，但还是节节败退。

快了，残存的意识使我明白我就要离开了。

就在这时，我的脸上出现了很轻的触感。冰凉而纤细的手指覆在我的脸上。

是 47 号。

我至今也没有触碰过她的手，就如同我始终没有触摸到离我仅有一尺之遥的阳光。我未曾表白过我所压抑着的情感，47 号也没有。

我微微张口，十分庆幸我还能发出声音。

"你的眼睛，好像阳光啊……"

覆在我脸上的手颤抖了一下，随即，我什么也感受不到了。

我的意识开始消散。

在意识完全消逝前我听见了诗人的声音——

我曾遇见过阳光，

在千百年前的诗里。

我曾聆听过人们畅想，

在古早的集子里。

我曾一遍遍地寻找，

寻找我未曾谋面的过去与未来。

而此刻的一切，

都正穿透厚重的尘埃，

款款向我走来。

走来的，

有诗，有歌。

还有爱，与无尽的光。

诗人终于写出了自己的诗，他终于没有被束缚于五言七律的条条框框之中。

而我们，何尝不是如此。

我看见，一个个蓬勃高昂的灵魂，融进了阳光。

我们是自由的，本该如此。

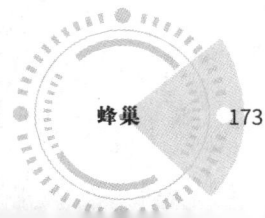

夏日永恒

徐西岭

50%

北京电影学院科幻协会创始人兼社长。

鲲鹏

中短篇小说组三等奖《夏日永恒》颁奖词

　　《夏日永恒》是一部以对话推动的、形式独特的科幻故事。作品虽着眼于常见的人工智能主题，但在构思上采取了"罗生门"式的讲述方式，达成不断猜测与不断逼近真相的不稳定叙事。悬念迭起的同时，烘托出人物形象立体复杂的情感内核。

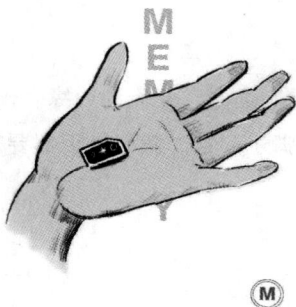

环海公路沿着蜿蜒起伏的山坡一路延伸，上坡段两旁长满松树和柏树。大海的蓝色影子在树丛间时隐时现。

"这天快热死人了。"走在后面的聂华明喊道。

"再走一段就好了。前面风大，会凉快不少。"

许天仪停下脚步，回头望着来时的方向。他头戴草帽，身穿短袖衬衫，其余什么也没带。聂华明挎着相机和腰包，还披着件防晒服，一路走下来早已汗流浃背。等到他赶上来之后，两人才继续向着坡顶一步接一步地走去。这是 22 世纪的第一个夏天。漫长的衰退和动荡已成往事，这座干净整洁的海边小城如今开始焕发出新的光彩。两个朋友来自同一所大学，周末到此做一场短途旅行。今天下午，他们预定的行程是在环海公路上漫步。说是漫步，其实叫越野更为合适，因为总共有将近十公里的山路要走。他们一边走，一边有一搭没一搭地聊着天，以排解跋涉的疲劳和无趣。太阳静静地挂在天空当中，炽热的阳光把他们的肌肤晒得生疼。

"小时候，爷爷奶奶每年都带我来这里度假。"许天仪四处张望着，"这里和以前还是一个样。"

"小时候，那是多久之前的事了？"

"上初中后就再没来过。"

"差不多十年了。"

"是有这么久了。"

许天仪的目光看向远方，蓝天的边缘有一缕几不可见的薄云。

"当时我爷爷腿脚还利索。我们每天都要来这条路上散步。"

"每天？"

"除去下雨天。"

"不会无聊吗？"

"不会。爷爷总是给我讲故事。有时路走完了，故事还没讲完。"

"那样第二天就有盼头了。"

"是这个道理。"

"说实在的，我现在就挺无聊。"

"前面的景色很漂亮。"

"你应该明白我的意思。讲个故事来听听吧，许天仪。"

"你想听什么故事？"

"随便，最好是有意思的那种。"

"行。让我想一想。"

他们默不作声地走出去一大段。坡顶越来越近了。

"你还记不记得老马斯克'复活'那件事？"许天仪突然问道。

"怎么不记得？"聂华明咂了咂嘴，"他们那次可丢尽了脸。"

"在虚拟环境下重建意识不是什么简单的工作。失败几次是正常的。"许天仪抬起头来，看着草帽缝隙里零碎的光斑，"我还记得第一次向爷爷说起这条消息时的兴奋劲儿，好像主导重建的负责人就是我自己一样。"

"当时我们只有十二岁。"

"没错。"

"你爷爷有什么反应？"

"他就在这条路上给我讲了个故事。"许天仪继续说道，"他告诉我，即使马斯克成功了，他也并非第一个将自身意识数字化的人类。在他之前另有先行者。"

"很有意思。"聂华明点点头，"我从来没听说过这事。"

"没听说过是正常的。那个先行者的经历近乎都市传说，只有很少的人对此坚信不疑。"

"而你爷爷就是其中之一。"

"不仅如此，他还是当事人的朋友。"

"我已经迫不及待要听你讲这个故事了。"

"等一会儿再说。"许天仪往前一指，"你看看那边是什么……"

聂华明抬头一望，原来他们已经走到了坡顶。在他们眼前，广袤无边的碧蓝色海面一望无际，像丝绸一样轻柔地起伏着。海风带着凉意吹来，使人精神为之一振。公路旁边的山崖矗立在波涛之上，白色的浪花不停拍打着岸边的礁石。聂华明走到护栏边，一会儿蹲下一会儿站起，总共拍了几十张照片。许天仪并不催他。按照他们的速度，想要赶到西边看日落是绰绰有余的。聂华明拍够之后，许天仪告诉他前面都是下坡路，更让他身上的疲累一扫而空。接下来的时间里，他们颇为轻松地走在风景宜人的环海公路上，许天仪缓缓讲起那段来自遥远过去的回忆。聂华明专心地听着，几乎忽略了山下传来的涛声。

"那是我爷爷的大学时代，距今已有半个多世纪的时间。故事的女主角叫作顾梦，当时是一名大三学生。她身材高挑，相貌出众，举手投足之间充满自信，一头柔顺的秀发直垂到腰际。和外表的美丽比起来，她内在的才华也不遑多让。顾梦十四岁开始学习编程，两年之后就拿到了自己的第一块全国金牌。在大大小小的赛事当中，她从未屈居人下，仅有那么一次，她因为赛前发烧才不情不愿地站上了亚军的领奖台。她的高中生涯是在机房和赛场之间来回度过的三年。毫不费力地升入首都大学信息研究院之后，顾梦的兴趣很快转向了当时如日中天的网络安全竞赛。信息研究院的课程压力众所周知，每年都有学生退学回家，而顾梦不但应付自如，还能抽出时间参加竞赛，了解个中难度的人无不对她心生敬佩。网络安全竞赛分为团体赛和个人赛。在团体赛当中，她的两名队友唯一能干的事就是帮她把想法变成代码，或者充当她整理思路时的录音机；而在单打独斗的个人赛当中，她一向是无人能敌的。很难说更吸引她的究竟是解开难题后的满足感，还是击败一个又一个难缠对手后的优越感，或许两者兼而有之。单靠着比赛奖金，她每年就有十几万元的进项。别的学生还在烦心怎样说服父母每月多给自己五百块钱零花，顾梦已经开始承担起父母和妹妹的日常开销了。学校为她的队伍专门分配了一间机房，以供他们日常训练使用。她的生活自由而独立，然而她绝不放纵自己，每天她都在机房里待到深夜，有时甚至彻夜不归。在寂静的校园夜晚，教学楼上那一间特殊机房透出的灯火从来都是最显眼的。我相信，在她上大学的那段时间里，研究院里的每一个男生都对她有过那么一点儿旖旎的绮思。不过，也正是因为她太过于光彩照人，真正敢去追求她的几乎一个都没有。有些美好的东西只适合远远地观看，离得近了会让人自惭形秽。顾梦仍然过着她自由自在的独身生活，久而久之，大家对此也都习以为常了。就像她的名字一样，和她拉近关系的愿望也变成了一个虚无缥缈的梦，只在玩笑和揶揄中被提起。但研究院的男生们忽略了一个至关重要的问题：顾梦本人也是有想法的。这点儿疏忽很快就会让他们大跌眼镜。

"没人知道顾梦为什么会看上李诺为。李诺为原先学的是数学，大二之后才转到信息研究院，由于在组合数学方面的杰出表现而被安排进了顾梦的竞赛队伍。他们平常在机房里一起训练，在赛场上并肩作战，兴许两人之间的情愫就是在这个过程中产生的。即使是我爷爷（他是队伍里的第三名队员），也说不清他们确定关系的具体过程。鉴于爱情如何到来一向是件神秘的事，我们对此也不应当太过惊讶。和顾梦相比，李诺为那种文质彬彬的人在校园里随处可见，而他的数理天赋也始终被她压过一头。我很好奇他们究竟是谁倾心对方更多一些，又是谁先吐露自己的心意……总而言之，研究院的同学们逐渐发现顾梦和李诺为在闲暇时间还形影不离地待在一起。又过了几个月，有人看见他们手牵着手，在梧桐树荫下散步。其时正值柳絮纷飞的暮春时节，一团棉白色的飞絮刮到了李诺为的眼镜上，顾梦伸手替他取下眼镜，细心地擦拭干净，再把它轻轻放上李诺为的鼻梁。她的动作如此自然，两人的关系不言自明。当同学们既惊诧又激动地向李诺为问起这件事时，他紧张得一句话都说不出来，还是我爷爷替他解的围，好不容易才把他拽到了教室外面去。然后同学们又找到顾梦，她立即爽快地承认了他们正在交往的事实。这就是她的性格，别人的看法对她而言什么都不是。男生们纷纷祝贺李诺为的好运气，还闹着要他请客，最后李诺为不得不在食堂里举行一次小规模的院内聚餐以满足大家的要求（大部分人在事后都补上了自己的餐费）。从那天起，李诺为和顾梦的恋爱关系就正式公开了。顾梦在这段感情中一直占据着主导地位，就像她在赛场上的作风一样。具体的细节不必关注，我们只需要知道他们的感情一直很和谐。两人鲜有争端，即使有也大多是学术方面的。这场恋情总共持续了大约一年的时间，如果不是后来的变故，想必还会更久。

　　"讲到这里，顾梦的故事基本就要结束了。其实她的结局并不使人意外。脑部植入物的发展道路上铺满了惨痛的失败案例，我小时候都感染过八零号植入物病毒的乙型变种，还差点儿因此丧命，更别提 60 年前了。那个时候，敢参与植入物测试的志愿者都是生物极客一类的人物。没人能想到顾梦竟然会主动报名参加试验，而她要求植入的甚至还是刚刚问世的记忆模块。当时的记忆模块和我们现在使用的有着天壤之别，只具备最基本的上传功能，还存在隐蔽却致命的异常放电问题。参与首批试验的其余八个人都未出现严重的不良反应，但谁知道顾梦的大脑深处会藏着一个多次体检都没能发现的动脉瘤，谁又能料到零点二毫安的微弱电流也会像火星一样引爆这个危险的炸弹——没人知道。所以当'参赛归来'的顾梦走出安检关口时，前来接机的李诺为丝毫没有察觉到她脑后的发丝盖住了一块硬币大小的特殊头皮；而当她第二天上午倒在显示器面前时，李诺为还细心地给她盖上了一件外套。过了好几个小时他才发觉不对劲，然而为时已晚。送进医院的时候，顾梦的瞳孔已经散开。她的家人不在身边，那份死亡通知书只好让辅导员代为签收。随之而来的是繁杂的跨国诉讼和调解程序。由于她是成年人，在参与试验之前还签署了一系列足以帮对方摆脱责任的风险认定书，因此最后的结果仅限于保险公司提供赔偿。就这样，顾梦在 20 岁时匆匆离开了人世。她的一生就像流星，短暂而璀璨，结束得也突如其来。不知怎的，她的结局总让我想起一句老话：能人往往死在能耐上。

"顾梦的人生过早地画上了句号，而其他人的生活还在继续。我描述不出她父母痛失爱女的悲伤，但他们起码还剩下一个孩子来慰藉自己的晚年。研究院的老师和学生固然为她的猝然离世而惋惜，可这档子事说穿了跟他们也没有关系。真正被噩耗击垮的只有一个人。自从顾梦出事的那天起，李诺为就不复从前的样子了。我想他一定把顾梦的死怪在了自己头上，责怪自己为什么没有早点儿发现她报名参与植入物试验的事，为什么没有能够及时劝阻她，为什么没有早点儿把她送去医院，这样她说不定就能活下来。要知道，世上最难受的事莫过于意识到自己本可以做出改变，却白白看着机会从手中溜走。在她逝世后的一个月当中，他一节课都没去听过，成天躺在寝室里面，一动不动地盯着昏暗的天花板。辅导员、同学、室友，他身边的人都想帮他振作起来，可他早把自己投入抑郁的深渊里，对岸上的呼唤充耳不闻，眼前尽是深不可测的黑暗与悲伤。一天当中，他只偶尔下床那么几次。在走廊上看到他的人都不禁怀疑，那究竟是李诺为还是一个长得像他的灰色影子。我爷爷劝过他好几次，他根本置之不理，好像从没认识过我爷爷这个人似的……李诺为就这样给自己织了一个茧，里面是过去的美好回忆，外面是斯人已逝的冰冷现实。随着茧一天天地收紧，他迟早会困死在里面。眼看着李诺为日渐颓废下去，关心他的人却始终找不到帮助他的办法。就在他们心急如焚之时，一件突如其来的怪事暂时拯救了他。

"我之前说过，顾梦死在她的训练机房里面。她去世之后，那支队伍就自动解散了。过了一段时间，我爷爷被学校派去国外做交换生，整个学校只剩下李诺为一个人能名正言顺地进入那间机房，而他当时又一天到晚待在床上，哪儿都不去。即使他不想搭理任何人，别人的议论他还能听得见，因此他很快就得知了这样一条消息：顾梦生前所用过的电脑一直在运行着不知什么程序，以至于走廊上时常能听到机房里的风扇传出喷气机引擎一样的噪声，物管还专门找研究院领导抱怨过机房的异常用电量。根据室友们的说法，李诺为当场就从床上翻了下来，然后一言不发而又气势汹汹地向机房赶去。他当然猜到机房里发生了什么 —— 那年头，挖掘虚拟货币仍然是有利可图的一门产业。无论谁用顾梦的遗物干这种事，对他而言都是不可容忍的侮辱。当他打开机房的大门时，一股热气扑面而来，那是电脑主机全功率运行产生的余热。他两步冲到主机面前，正打算按下关机键，屏幕上突然跳出一个命令窗口。窗口里显示的并非寻常的工作日志或者错误报告，而是一行简简单单、普普通通的汉字：

"'我都快等得烦死了，你怎么现在才来？'

"听爷爷讲了这个故事之后，我特意去上世纪留存下来的网页备份当中找到了一些有关此事的报道。尽管叙述的角度和资料的完整度都不一样，但有一点我很确定：没人知道李诺为和那个自称顾梦的数据体究竟交流了些什么。目前所知的全部细节都是'顾梦'和李诺为在之后的采访中主动公开的。想了解他们之间接触的具体情况，我们只能依靠推测。按照'她'后来透露的消息，顾梦参与植入物试验的目的就是为了能在电脑中复制自己，从而将人工智能的边界向前推进一大步。早在报名之前，她就编写了一个程序，能够以自身的记忆为基础，在经历一系列复杂的运算之后重建一个相当于本体的虚拟意识。虽然她那天刚刚上传完自己的记忆就出了意外，但程序仍然顺利运行了下去，最后成功得到了现在的'顾梦'。即使某些地方有些语焉不详，但'她'的说法至少在理论上完全可行，所提供的一些技术细节也完全经得起推敲。最为关键的一点是，哪怕和顾梦最亲近的人，也同意'她'在和别人交流时的语气和曾经的顾梦一模一样，而'她'所了解的那些秘密也只有顾梦本人才能知晓。就这样，在这间顾梦曾经日夜待过的机房当中，在思念和悲伤的催化之下，李诺为终于相信了昔日的顾梦如今已经变成电脑里的一串数据的事实。其实在我看来，他当时也没有别的选择。'顾梦'特意告诫李诺为，不要向任何人透露'她'的存在，否则他们将很可能不得不面对再一次的分离，李诺为当场答应了下来（谁会拒绝一个死而复生的爱人的要求呢？）。当然，他并没有守住这个秘密，要不然我们也就不会知道这个故事了。

"那天之后，李诺为的变化大家有目共睹，最先发现这一点的还是他的室友。他从机房回来之后，竟然没有立刻爬回床上去，而是为自己的冷淡和自暴自弃向他们每一个人都道了歉。在接下来的一周里，他补上了之前落下的全部作业，也没再缺过一堂课。忧心忡忡的辅导员至此终于松了一口大气，不再每天安排同学盯着他。他很快就恢复到了顾梦出事之前的状态，其中包括每天雷打不动地去机房里待上几个小时。大家纷纷猜测那里究竟发生了什么。最为接近的猜想是顾梦给他留下一条信息或者一段录像，激励他鼓起勇气面对新的生活，但他们都没有猜到在那些不起眼的机器当中竟会寄宿着一个逝去之人的'灵魂'。即使中间隔着一层不可逾越的屏障，那学期剩下的时间仍然是李诺为和'顾梦'最后的幸福时光，就像夕阳落下海平面之后，余晖仍然能照亮天空一角。直到有一天传来消息，学校决定收回那间机房的使用权，没人想到李诺为的反应竟然会如此激烈。这是个无法化解的矛盾：顾梦的虚拟意识能够运转离不开机房里那些昂贵的硬件，他不可能任凭别人把它们拆除，重装，乃至格式化；而同时这些设备又都是学校的财产，校方有权决定它们的用途。虽然'顾梦'已经表达了让他放手的意愿，但李诺为绝不接受再次失去她的任何一点儿可能性。他很快就意识到，要想保住'顾梦'，自己必须孤注一掷。仅仅一天之内，顾梦留下一个虚拟意识的消息就传遍了整个信息研究院，紧接着用更短的时间席卷了全校。学生们把机房外面围得水泄不通，校方不得不拉起警戒线，才能把好奇的人群挡在走廊之外。虽然过两天就是暑假，大部分学生都回家去了，但他们已经把消息发到了网上。走到这一步，事情想平安收场就难了。一场风暴正在酝酿。

"不知你还记不记得，我爷爷当时正在国外做交换生。听说出了这件事，他立刻就向学校请假，连夜乘飞机回国。靠着曾经的队友身份，我爷爷穿过了警戒线，来到了机房门口。李诺为一天24小时待在里面，别人没有他的允许统统进不去。我爷爷进到里面，和李诺为聊了几分钟，又和屏幕里的'顾梦'交流了几句。至于具体谈了些什么，他说自己已经记不清了。出来的时候，记者们纷纷问起他对此事的看法，我爷爷的回答十分坚决：

"'我相信他不会撒谎。顾梦还活着，只是形式不同而已。'

"他这么说是有原因的。作为舆论热议的焦点，网络上的人群轻而易举地分为了对立的两派：一派相信顾梦的天才，认为她的确是史上第一个数字化的人类，具有划时代的意义；另一派则简单地认为一切都是李诺为在捣鬼。顾梦的家属从一开始就拒绝接受任何采访，也不愿前来和'顾梦'见面，因此我爷爷的话一下成了前一派最有力的论据。后一派人自然不肯善罢甘休，于是他们转而对李诺为口诛笔伐，要求他立刻澄清自己的谎言，停止这种欺世盗名的行径。各大社交平台上有关顾梦的讨论每天要增加几十万条，越来越多的人想要对真相一探究竟。保卫处被迫暂时封校，并加双派岗，才能对付试图混入校园的闲杂人员，那种人为了博关注一向不择手段。在噩梦般的一周当中，和这件事相关的所有人都被搞得筋疲力尽。最后，不知是谁提出一个天才般的解决方案，一举终结了全部争论：既然顾梦生前在网络安全竞赛方面无人能敌，那只要让这个自称顾梦的程序参加一场公开比赛，看看'她'在赛场上的表现，真相不就水落石出了吗？支持这一方案的呼声越来越高，就连那些相信'顾梦'的人们也想看看'她'是否真的还和以前一样战无不胜，所向披靡。竞赛赞助商很快嗅到了此事背后隐藏着的巨大商机。一家动作很快的社交媒体公司（已经倒闭 50 多年了）拿出 80 万元的奖金，从俄罗斯和美国请来两位世界顶级选手，宣称要举办'首次人机攻防决战'。李诺为对这一新闻并没有特别的反应，只说一切都听'顾梦'自己的决定。他当着记者的面把消息发给'顾梦'，立即得到了'她'的回复：

"'我同意参赛。'

"这场赛事在几大平台同时直播，观看总人数将近 1000 万。主办方本来想把装载顾梦意识的设备搬去现场，被校方和李诺为同时拒绝了，因此赛场上只有两位外国选手和一块显示顾梦照片的落地屏。比赛的内容是攻破主办方提供的服务器，再从中找出不可伪造的 16 进制密钥，用时短的选手获胜。'顾梦'在比赛开始前半小时接入了赛场的网络，还和主持人互动了几句。随着倒计时归零，比赛正式开始。为了赛事的观赏性，主办方特意把服务器的防御拆分成了五个独立的关卡，以便实时显示每位选手的比赛进度，让绝大多数不懂门道的观众也能欣赏比赛。三个人都不费吹灰之力地攻破了第一道关卡，让某些人的希望落了空。俄罗斯选手率先攻破了第二道关卡，'顾梦'紧随其后，接着'她'又在攻破第三关时追了上来。这时原来预计的比赛时间还没走到一半。第四关迟迟无人攻克，记者们转而关注场外的状况。从比赛一开始，李诺为就关上了机房的大门，不让任何人进去。有个神通广大的记者不知从哪儿搞来一把钥匙，却始终打不开门。这吸引了保卫处的注意。他们又是撞又是砸，忙活了一个多小时，门板始终纹丝不动。在赛场里，后来居上的美国选手已经开始挑战最后一关，'顾梦'却迟迟没有动静，连有效操作都没有一个。正当全场议论纷纷之时，'她'突然断开了自己的连接，给世上所有人留下了最后一句话：

"'永失吾爱。'

"另一边，保安们终于锯开了被卡死的门锁。他们冲进去，发现李诺为倒在那台电脑面前，旁边放着一个空空如也的玻璃杯，杯子里还残留着一点儿氯化钡。机房里一片死寂，持续了整个学期的噪声终于停下来了。'顾梦'已经不再回复任何外界的消息。俄罗斯人赢得了比赛的胜利，以及那笔巨额奖金。

"李诺为死后，校方如愿收回了所有设备。他们本来打算好生分析

一下上面的数据，却发现它们大部分都已经损坏，剩下的也读不出个所以然来，没有任何利用的价值。争论的双方在失去自己支持的对象之后就散了个干净。似是而非的猜测到处都是，每种都能吸引一些拥趸。聪明的自媒体转而着重渲染李诺为和顾梦的爱情故事，倒是出人意料地赚足了眼泪。过了一个月，已经没人再提起他们了。那间机房后来被研究院改建成了公共教室。两年之后，有人根据此事拍了一部电影，由于没选对档期，所以票房不好。

许天仪讲完之后，两人陷入了长久的沉默。又走了一大段路，许天仪问道："你对此有什么看法？"

"我还是不相信半个世纪前的传统结构计算机能承载复杂度相当于人类意识的数据体。"聂华明若有所思地说道，"归根结底，这是个物理问题，不是单靠天才就能跨越那道鸿沟。我支持目前公认的结论：只有量子计算机才能完全模拟具有量子尺度构造的人脑。"

"我的想法和你一样。"许天仪点点头，"并且我对这件事有一种还算说得通的解释。"

"是你爷爷告诉你的吗？"

"不，全是我自己想出来的。"

"愿闻其详。"

"李诺为在悲伤、怀念乃至绝望的驱动下，利用顾梦生前的语音和聊天记录制造了一个能够模仿她进行对话的AI。但他在和'她'沟通的过程中逐渐迷失了自我，慢慢把'她'当成了真正的顾梦。他沉溺得如此之深，以至于不惜公开'她'还活着的消息，还让'她'同意参加比赛，而顶着顾梦的名头在赛场上竞争的实际上就是李诺为本人。然而，他在比赛的中途醒悟过来，明白了自己一直都在自我欺骗的事实，一时间难以接受，便追随自己的爱人而去。"

许天仪一口气说完了自己的推测，显得有点儿志得意满。很明显，他当初想了好久才得出这个结论。他忍不住接着问道："你觉得有没有道理？"

"我不知道。"聂华明不置可否，"我总觉得这件事当中有些地方不对劲。给我一点儿时间，让我好好想想。"

许天仪知趣地闭上了嘴，不再打扰他。聂华明坚信真相隐藏在细节当中，尤其是那些被刻意淡化的细节。他翻来覆去地回忆关键的段落，不断对事实进行推演，最后终于确信自己已经解决了问题。然而更大的麻烦接踵而来，他不得不花费更多的时间来考虑如何恰当地表述自己的推理结果。过了整整半个小时，他才抬起头来，说了下面这番话："我首先思考的仍然是那个自称顾梦的数据体本质上是什么东西。既然'她'不可能是具备自由意志的虚拟意识，那'她'就只能是一个利用深度学习技术创造出来的AI。比普通的AI更先进的地方在于，'她'的训练集使用了顾梦本人的部分记忆作为数据源——现在这么做是违法的。要想骗过日夜和'她'相处的李诺为，在这方面不能不下点儿功夫。"

"骗？"许天仪对此颇为好奇。

"不错，真正的问题是设下这场骗局的究竟是谁。按照你的说法，是李诺为自己在欺骗自己，但我觉得这个解释太戏剧化了。把曾经的爱人和眼前的替代品混为一谈，那种情节只应该在爱伦·坡的小说当中出现，不像是真实发生的事。好在我发现你的叙述当中缺少了一点儿至关重要的东西，也正是这点儿缺位感促使我从另外的角度去思考整个问题，才得到令我满意的答案。甚至可以这么说，如果是除你之外的任何一个人向我讲起这个故事，我都不可能发现背后的真相。"

"就是说我的叙述本身也构成了得出真相的必要条件……"许天仪喃喃道。

"从始至终，你的故事主线都只涉及李诺为和顾梦两个人。"聂华明有条不紊地接着讲了下去，"作为一部爱情电影，两个主角已经绰绰有余，但我们面对着的是生活本身。即使是那些隐藏的角色，也会对舞台上发生的一切起到举足轻重的作用。你的叙事中存在的问题就是，有一个相当重要的，本应处在台前的角色，却在许多关键部分蓄意离开了观众的视野。如果不填上他的空缺，整个故事就只能用非自然的方式来解释。既然他把自己如此神秘地隐藏起来，那我们就仿照未知数的命名方式，称他为 X 好了。把他加进去之后，让我们从顾梦死后的时间点开始重新推演整个故事的后半段。

　　"X 认识李诺为，也认识顾梦。他对顾梦的死感到惋惜，但更使他痛心的是李诺为的沉沦。他不愿看着自己的朋友就这么颓废下去，因此下定决心要拉他一把。顾梦的死因给了他灵感，兴许还使他想起科幻小说中的一个经典桥段：一个人的肉体死亡了，灵魂却在机器中重生。他设法进入了顾梦生前所在的那间机房，找到了她上传的记忆（鉴于初代记忆模块的简陋，很可能只是一小部分记忆），然后开始编写 AI 的核心代码。一旦代码编写完毕，X 就不需要再待在电脑旁边了。无监督学习会帮他解决剩余的问题。X 知道 AI 的训练过程会产生大量的余热和噪声，不可能不吸引李诺为的注意，这样他才会以为是自己第一个发现了复活的'顾梦'，才会心甘情愿地走进这个专门为他打造的骗局。接下来，X 最明智的选择就是远远地离开学校，同正在发生的一切保持距离。这既能防止李诺为对他产生怀疑，也能为'顾梦'和李诺为的接触留下一个足够私密的空间。直到这一步，X 的计划都进行得相当顺利，但未曾预料到的问题自此也接踵而来。假如 X 对危机干预理论有过了解的话，就会明白这样一个道理：他应该做的不是帮李诺为维持一个过去的美好时光仍然存在的假象，而是应该帮他面对难以接受却又必须承认的现实。他的方案说好听点儿是权宜之计，说难听点儿就是饮鸩止渴。按照 X 的想法，等到李诺为摆脱无止境的思念和悲伤时，'顾梦'的幻象就该自然而然地收场，可被忽略的事实是趁虚而入的'顾梦'已然成为李诺为的精神支柱，他为了保住'她'愿意付出一切代价。即使 X 以'顾梦'的名义劝他转身面对新的生活，李诺为仍然拒绝再次失去'她'，为此不惜公开'顾梦'存在的消息以做最后一搏。这让 X 也不得不面对一个两难的抉择：假装对事实一无所知，或者承认一切都是自己的异想天开。如果选择前者，他起码还可以维持这个骗局一段时间，说不定还能等来渺茫的转机；而要是就此放弃的话，即使不提 X 将要遭受的批评和指责，李诺为能否承受这样的打击也使人难以放心。两相权衡之下，X 决定将真相隐瞒下去。而为了朋友，也为了他自己，X 都必须公开支持顾梦仍然以虚拟意识的形态存活于世的观点。对那些质疑'顾梦'真实性的人而言，比赛的邀请函是好戏的开场，但对 X 来说却是期盼已久的机会。虽然他在网络安全竞赛方面的能力不及顾梦，但起码也有一战之力，即使他不幸落败，也可以用各种客观原因搪塞过去。只要参加比赛并且取得成绩，他就可以扫清绝大多数的质疑，甚至还可能说服校方，使他们同意不再清理机房里的设备。我们可以这样设想比赛当天发生的一切：开场之后，X 躲在学校里一个隐秘的地点，一边绞尽脑汁攻克难关，一边通过摄像头时刻注意着李诺为的动向。当比赛进行到白热化的阶段时，X 不经意地往屏幕上一瞥，却发现李诺为喝下了那杯剧毒的氯化钡溶液。他马上把赛事抛到一边，先是找到一个记者，把机房钥匙交到他手上，让他立刻去打开机房的大门；然后又跑回电脑面前，戴上顾梦的面具，试图把李诺为从死亡线上拉回来。至于李诺为什么要自杀，我认为最可能的一种情况是他通过种种细节和破绽终于识破了 X 的计谋，明白了眼前的'顾梦'不过是一个毫无感情的模仿者，心灰意懒之下决定了此残生。为了答谢 X 帮助他的初衷，李诺为在死前销毁了绝大部分的数据，以免 X 之后为舆论的风潮所波及。无论如何，李诺为最终还是死了。他一死，'顾梦'也就失去了继续存在的必要。'她'给世人留下了最后一句话，随后便陷入了永恒的沉默。以朋友的生命为代价，X迎来了有生以来最为惨痛的一次失败。在尘埃落定之后，他肯定也考虑过向外界公开事实的真相。然而，因为软弱和愧疚，也因为不想打扰死者的安眠，X再次选择了沉默。随着时间一天天流逝，那个夏天的往事逐渐变得模糊不清。遗忘再一次抚平了所有的伤疤。"

聂华明讲完之后是一阵令人难以忍受的寂静。走了这么远之后，他们已经来到离海面近得多的位置，风中能感受到海水的凉意。过了一会儿，许天仪发表了自己的意见。

"我承认你的版本比我的更完整，"他的语气十分平静，"不过里面仍然有一个疑点。当年X支持'顾梦是虚拟意识'的说法或许是迫不得已，但事情已经过去了这么久，他没有任何必要把这个谎言继续维持下去，还煞有介事地把它讲给自己的后辈听。他完全可以让这件事一直待在自己的回忆当中，此生不再告诉任何人。"

"假装相信'顾梦'是真正的虚拟意识不仅能使他以一种更为自然的方式向别人提起这个故事，还能避免主动说明真相。"聂华明不紧不慢地解释着，"就像李诺为把顾梦的死归到自己头上一样，X势必也认为自己对李诺为的死负有不可推卸的责任。说出这件事，即使是一个有缺陷的版本，多少都能使他好受一些。再者，在X的内心深处，他也许仍然希望当初的'顾梦'的确是一个数字化的虚拟意识，而非自己伪造的幻象。遗憾的是，受限于技术条件，我们至今都没有做到这一点。"

"你觉得他会希望别人从他的叙述中发现事实的真相吗？"许天仪问道。

"既然他选择了开口讲出来，那他肯定考虑过这种可能性。在我看来，X的确怀有这种希望。"

"可原本有机会发现真相的那个人却辜负了他的期望。"

"事情总是当局者迷，旁观者清的。"聂华明的声音渐渐低了下去。

然后是沉默。他们不出声地又走了一段。

"我想我知道自己为什么没有发现你说的空缺了。"许天仪突然说道。

聂华明没有接话，让他继续讲下去。

"我是家里最小的孩子。和哥哥姐姐们不一样，我从小在爷爷奶奶家长大。为了保护我的视力，在三岁之前，我家里没出现过任何一块电脑屏幕。小时候我特别怕黑，每天晚上都要爷爷轻轻拍我的背，足足拍上将近一个小时，我才能睡得着觉。五岁那年，'八零乙'病毒大规模暴发，爷爷在救护车赶到之前攻破了防火墙，强行关停了我大脑里运行紊乱的植入物，否则我根本活不到现在。你知道这些事情让我忘记了什么吗？"

"什么？"

"忘记了他也会犯错。忘记了他也曾经跟我们一样年轻。"

这句话之后，又是长久的沉默。

"你为什么不再跟你爷爷来这里一起散步了？"聂华明问道。

"他去年被一辆违规行驶的陆行器撞碎了骨盆。医生说，如果恢复得好，再过半年他就能靠着外骨骼走路了。"

"我说的是十年前。"

"我忘了。"许天仪摇摇头，"当时我只有12岁，不可能每件事都记得清清楚楚。"

"也许你只是待烦了而已。"

"说不定。小孩子总是三心二意的。"

他们继续走了一会儿。

"那边有人钓鱼。"聂华明用手一指。

许天仪顺着他指的方向看去。在他们脚下，狭长的棱状礁石像手指一样径直伸入海面，几个戴着墨镜的钓鱼客站在礁石的边缘，正奋力和汹涌的波涛争夺手中的钓竿。海浪在他们身边咆哮，把飞舞的泡沫洒遍他们全身。他们身旁的笼子里空空如也，今天暂时还没有任何收获。

"这里到处都有人钓鱼。"许天仪回过头去，继续往前走。

"你在这儿钓过鱼吗？"聂华明跟在他后面，不断回望那些钓客。

"钓过几次。"

"这里都有些什么鱼？"

"鲅鱼，鳊鱼。运气好能钓上海鳗。"

"晚上我们也可以试试。"

"晚上退潮，你钓不到什么东西。"

"那就明天。"

"明天我们还有别的地方要去。"

"来趟海边总得带点儿东西走吧。"

"为什么这么想呢？"许天仪转过身来看着聂华明，"海就在这里，跑不了的。要是你想的话，我们暑假还可以再来一次。时间这玩意儿，咱们有的是。"

他说得没错。已经过了六点，天气依旧炎热，太阳仍然悬在天边。海面不断涌动着，将赤金色的浪花一串接着一串送到他们眼前。在目之所及的高处，海鸥乘着气流缓缓起伏，犹如万顷碧空当中无忧无虑的白色幻梦。即使过去了这么多年，夏天还是以前那个样子。这样的夏日似乎永远都不会结束。

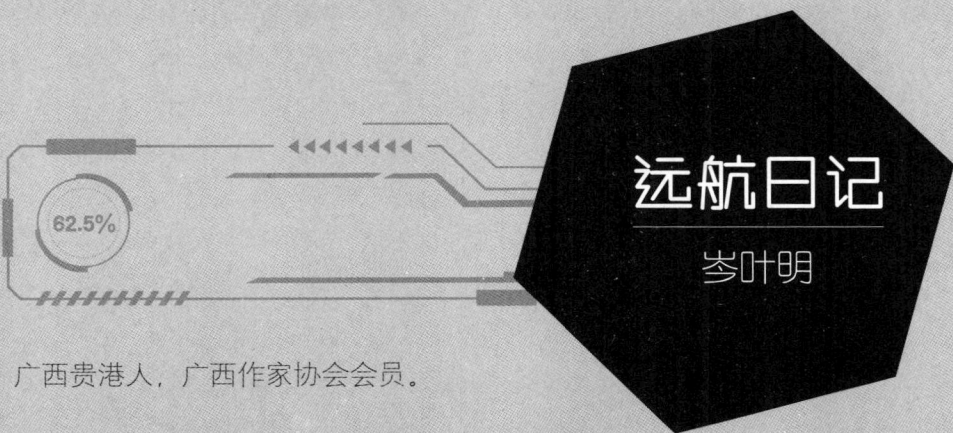

远航日记

岑叶明

62.5%

广西贵港人，广西作家协会会员。

中短篇小说组三等奖《远航日记》颁奖词

《远航日记》是一个关于星际远航、人类赓续、文明传承的故事，表现方式不落窠臼。作品以"日记体"叙事，在个体独白中完成故事的推进和人物的塑造。主人公在太空实验中目睹地球毁灭的绝对困境，推动了关于文明传承与人类群体心理的深度思索。

公元年　2116 年 7 月 8 日

　　当然，你应该是我和小慈的后代，地球人类只剩下我们两个。

　　我们不知道地球具体的毁灭过程，可以肯定的是发生了核战争，至于为何发生核战争，女神也不清楚。女神是飞船上的人工智能，人类科技金字塔尖的产物，她的智慧和观测设备远高于人类的血肉之躯。她不知道的事情，我们肯定也没办法知道。

　　我从冬眠仓醒过来后，女神给我放映了从太空录制的视频——是地球没被破坏前景象，你或许已经看过了。是的，那时候的地球很美，可以看到广阔的蔚蓝色大海和无时无刻不在变换形状的云团，还有凹凸不平、五颜六色的陆地：黄色和红色的那部分是高原，也可能是沙漠，白色的是雪山，绿色的是森林。如果放大来看，你能看到很多从未见过的事物，这些事物是地球母亲孕育了 40 多亿年的成果。或许你没看到这些，只看到一片黑暗，黑暗中有很多形状不规则的光亮。显然，你看到的是夜半球的景象。那些光亮是我们的城市，每一座城市的光亮都是数以万计的小光点组成的，每一个小光点下都可能是一个家庭。那是人类数量空前庞大的时代，是我们再也回不去的繁荣时代。还有很多很多令人回味无穷的事物，女神的资料库中都有，你们要好好温习，不要忘记祖先的家园。

我们曾有璀璨的文明，随着一朵蘑菇云升起，毁灭开始了。

那朵蘑菇云绽放的地方在北美洲，一座靠海的国际大都市。接下来有五朵分别绽放在欧洲和亚洲。再往后的一个月，有 56 朵蘑菇云在世界各地的城市中心升起。每一朵蘑菇云升起，至少会有数 10+ 万生命消失。接下来的两年时间，还有很多蘑菇云升起，地球满目疮痍。人类以及绝大多数生物都不能在那样的环境中存活，于是在很多小说和电影中出现过的世界末日就这样来临了。

小说和电影是人类精神文明的产物，曾无数次描绘人类毁灭的景象，人们尖叫，慌乱，不知所措；可在女神录制的影像中，世界毁灭的时候是十分寂静的，没有任何声响。谁能想到呢？人类过去自诩为伟大的文明，当它毁灭的时候，对宇宙而言不值一提。

地球毁灭是必然的。人类从产生文明开始，就习惯制将大的武器对准同类和家园。虽然从客观上来说，历史上大多战争会促进科技的发展和社会的进步，但如此循环反复发展，总会有一次打到人类灭绝。

如果你在女神的资料库中学习过，你肯定有疑惑：很多国家都有可以抵御核战争的地下掩体，为什么没有幸存者？我应该给你好好解释；不过，天色很晚了，明天，我再回答你这个问题吧。

我有点儿困了。先睡觉，晚安。

公元年 2116 年 7 月 9 日

我先回答一个你还没问的问题：为什么会有白天和黑夜？

其实进入太空，白天和黑夜就不明显了。只是我和小慈很不适应，让女神用飞船的智能系统给我们模拟了昼夜和四季轮回。至于日期，我决定继续沿用公元纪年法。公元纪年法把耶稣诞生记为元年，往后是公元某某年，往前是公元前某某年。随着人类社会的交融，这种纪年法几乎遍布全世界，成为人类共同享用的文明成果。虽然地球毁灭了，但是人类还没灭绝，继续沿用公元纪年法，意味着人类文明还在我和小慈的身上延续，将来也会在你们身上延续。

回到昨天的问题：为什么有那么多地下掩体，人类仍旧没有其他幸存者？我并没有这个疑惑。当被女神叫醒，我爬出冬眠舱。舷窗外红光璀璨，刺得我睁不开眼。我的眼睛适应过来，再从舷窗望出去，地球成了第二个太阳。

从女神录制的影像来分析，核战争的巨大威力先引起了气候的变化，这时还不能影响地下掩体。过了一年左右，各大陆板块在核爆中发生的偏移超过限度，很多地质灾害随之发生，地震、海啸、火山爆发……这些依旧不能灭绝地下的人类，直到亚欧板块断裂，坍塌，地下岩浆喷涌而出，末日钟声才真正敲响了。几个月后，岩浆把海水蒸发，把陆地淹没，在几千摄氏度的高温下，地下掩体早已变成了火炉，能把一切生物活活蒸干。

从核战争爆发到岩浆淹没大陆，这是一个非常复杂的过程。女神用模拟器给我推演过很多次，但由于只能从太空观测，数据太少，难以重现当时的情景。总之，地球上的人类不再有生还的可能。

我想到还有国际空间站和月球、火星基地的人。女神告诉我，那里的人也无一幸存。因为在"生命女神号"出现之前，世界上没有任何一个独立的生态系统能够运行 5 年以上，而核战争已经过去了八年。

女神是一个机器人，能理智判断该做什么，该放弃什么。她很冷静地告诉我，空间站和基地上的人发出过求救信号，她没有理会。直到两年前，所有信号都终止了。

公元年　2116 年 7 月 10 日

我唤醒了小慈。

听到家园毁灭，她哭个不停。

公元年　2116 年 7 月 13 日

小慈哭了三天了。

唉，她以前就很喜欢哭，即便世界毁灭了，也改变不了她爱哭的事实。

公元年　2116 年 7 月 15 日

小慈哭出了病，但是拒绝女神为她治疗，因为她觉得女神太冷酷了。

我有点儿生气，想和她解释女神只是一个机器人，自然没有我们这些血肉之躯的怜悯之情。

她还是哭，渐而无理取闹。

我说她不懂事，她对我发脾气，我不敢说话了。

看吧，即便人类只剩下一男一女，女人还是会让男人束手无策。

趁她睡觉的时候，我让女神给她注射了安眠剂，把她放进了医疗舱。

公元年　2116 年 7 月 16 日

小慈的情况好转了，情绪也稳定下来。

我忽然发现，她不是不懂事，而是把女神也看成人类了。

以前，人类喜欢把地球叫作母亲，因为地球是人类的温床，从这个意义来说，女神是我和小慈的温床，也能算作我们的母亲。

公元年　2116 年 7 月 25 日

我和女神聊了很久，慢慢了解了她的思想。

是的，机器人也有思想，只是没有人类那般复杂。

女神最根本的思想，或者说使命，第一是保护我和小慈，第二是利用她所有的知识和可操控设备维护这个系统的稳定，让我们能长久存活下去，这也是老师创造她的目的。

老师最大的梦想是让人类能真正意义上移民外太空，而不是如月球、火星基地那样虽然被称作移民基地，实际上只是人类把地球的资源搬上月球和火星生活而已，并且不能间断资源输送，不算真正的独立生态系统。

老师花了 50 多年，为建造"生命女神号"耗费了毕生心血。这是人类第一个从理论上找不出任何漏洞的独立生态系统，不只是物质循环、生命繁衍和进化，连飞船的智能系统等都可以不依靠任何外界的帮助独立运行。我和小慈出发时，老师偷偷告诉我，飞船上的人工智能具有进化的能力。此外，他没有告诉任何人。

你或许明白了，"生命女神号"其实是一个实验品。

老师决定让他最优秀的学生——也就是我来完成这个实验。

这也是我还没毕业就想争取的事情，因为以我和小慈的出身背景，

即便工作 500 年，我们也难以在大城市立足。完成这个实验的话，我会有丰厚的奖励，还会得到一份不错的工作。我们是知识分子，知道人类社会发展到了这个地步，最优越的资源，诸如教育、医疗、文化等都聚集在大城市，因此，在大城市生活是每一个年轻人的梦想。留在大城市要么需要大量资本，要么得到待遇非常好的工作，老师的实验无疑给了我们一条绿色通道。代价还是有的，实验期是 50 年。人活 50 年，基本过了半辈子。好在我们只需要苏醒 10 年，另外 40 年可以在冬眠中度过。

为了让实验万无一失，女神会定期向地球单方面发送实验数据，地球发送来的信息要受到老师严格的把控，避免地球信息干扰到飞船智能系统的独立判断。就连实验人员也被禁止与地面交流，因为老师说，我们本身也是研究对象，比如"长期脱离人类社会的个体的精神状态""长期在太空环境生活的生理变化"等的研究，这也是他允许小慈和我一起参与实验的原因，否则，我会在 10 年的孤寂和等待中崩溃。

"生命女神号"在公元 2099 年除夕夜升空。时间计算得刚好，突破大气层的那一刻，人类进入了 22 世纪，标志着一个新的时代开始了。有学者将新纪元称为"移民纪元"，相信人类会在此后 100 年全面走向太空。

我和小慈都在孤儿院长大，没有太多的牵挂。我们在飞船中抱紧彼此，坚信能坚持到实验结束，在 50 年后重新回到人类世界。从此，我们与世隔绝，只能在外太空俯瞰家园，接收不到地面的信息，不知道人类社会发生了什么。只能根据肉眼观察，只知道哪里会遭受台风的侵袭，哪里有火箭发射，也可以从夜晚的灯光看出哪座城市得到了快速发展。

最开始的时候，我和小慈过着惬意的生活。飞船上的物品几乎应有尽有，可以根据设定随意变换的公众场所，想吃什么食物就有什么……书籍、影视、游戏、音乐绘画……我们无忧无虑地享受着这个理论上只属于我们的独立小世界。自然，在地球上，研究女神发送回去的数据的人会发现，在这段时间，脱离人类社会后的我们不再学习，脑海中的知识停止增加，甚至智商和生活能力都下降了。如果要纠结我们两个人身上发生了什么，那就是把爱情发展到了极致。

在主观上，我们的实验期只有10年，10年对于人类文明来说极其短暂，对个体而言却十分漫长。我们如果在这个封闭的空间产生了矛盾，将受到加倍的伤害，甚至有可能形成恶性循环，以致彼此在互相伤害中耗尽10年时光。所以我们决定要处处为对方着想，要用爱情维系彼此。有一段时间，我们为愉悦对方费尽心思，在语言上，在行为上，在所有细节上。这样相互取悦的爱情是会上瘾的，我们长久沉溺在其中，不遗余力，直到了解对方甚于了解自己，几乎要和对方合为一体。这也是我们对将要经历的漫长孤独的挑战，在我们共同的观念中，爱情是对抗孤独最好的良药。

6年后，地球第一次向女神发来信息。信息中包含着底层指令的修改，老师亲自对女神的思想进行了最后的更改：在遵守前两条指令的前提下，如果实验成功的话，到实验结束，飞船才能飞回地球。第二种情况，如果独立系统出现难以修复的问题，我和小慈的生命受到威胁，那么女神要提前把我们送回地球，此外任何情况都不能提前回去。完成以上的指令修改后，老师宣布放弃控制女神的权限，把权限暂时归还女神。遵守以上指令的情况下，如果遇上其他状况，女神自己判断权限的行使。

为了实验顺利进行，老师应该切断和我们的交流；但他可能预测到了什么，给我们两个人送了一句话：人类文明必将生生不息，因为我们不论面临何种困难，都有向前的勇气！

不久后，地球发来一条信息，女神选择了接收并且公布给我们：老师去世了。

老师拒绝冬眠，他认为冬眠是在占用资源。我们并不理解这一点资源算什么占用，毕竟，他是可以和杨振宁、爱因斯坦、牛顿等人平起平坐的伟大科学家，花再多资源也值得。

老师去世后，地球不断向女神发出收回权限的请求，或者说命令。女神拒绝了他们，他们开始恐吓，扬言要炸毁女神。笑死，他们竟然吓唬一个机器人。女神对他们的警告置之不理，他们把女神定性为人类的叛徒。

如果不是飞船上还有人，地球已经发射导弹将女神击毁。面对女神的沉默，他们甚至还自导自演，告诉民众，老师是反人类的，制造了反人类的飞船。他们将"生命女神号"定性为叛徒，我和小慈是被挟制的人质。女神当然不是叛徒，因为老师宣布放弃对女神的控制权限后，给她发了一条隐秘的信息：不要相信地面的人类，他们正在走向毁灭。

老师去世后，我和小慈决定先冬眠10年。10年后，我会醒过来检查飞船的状况。我们开始的计划是除了中途起来检查飞船的状况，要连续冬眠40年，然后留下4年时间来适应未来社会。

我第一次醒来，不是检查飞船状况。飞船一切良好，甚至比老师当初料想的还要好，因为女神有进化的功能，这种功能的最佳表现是自我修复能力的加强。脆弱的"生命女神号"完好无损，而坚固的地球已残破不堪。

核战争爆发后，女神开始接收外界信息。她收到了空间站与月亮、火星基地发来的求救信号。如果是人类收到这些求救信号的话，他们很大可能要去营救，毕竟是灿烂文明中仅有的幸存者；可是，对于女神而言，她保护我们两个人的使命没有变，在保证这个使命能完成的前提下，才能去保护其他人。她的理性分析告诉她，外人进来有太多可能发生的不确定因素，甚至会威胁我和小慈的安全。救人违背她的使命，即便只是"可能发生的不确定因素"，她也不允许发生。这也是为什么在地球毁灭那么久之后她才唤醒我。

公元年 2116 年 7 月 29 日

实验失去了意义，女神给我开放了从地球接收到的信息数据。从这些信息中我大概知道，除了建造"生命女神号"，老师还做了另一件事：完成"薪火计划"。这个计划让人类直到地球毁灭前仍怪罪老师。

早在一个世纪前，人类就在距离北极 1000 多千米远的斯瓦尔巴特群岛建造"末日苍穹"种子库，后来还在南极建造了"末日苍穹 2 号"种子库。老师决定建设的"薪火库"不止可以保存植物种子，还能保存所有动物的细胞、精卵，取名"薪火计划"的寓意很明显。

老师花费大量人力、物力建成了 5 个"薪火库"，预设 1 个放置在北极，1 个放置在南极，3 个装在飞船送上太空。原本这 3 个放置在太空的"薪火库"要绕地球飞行，等到人类需要的时候取用；可是，只有一艘飞船停留在地球轨道，其中两艘突破大气层后，竟然仍在加速，往太阳系外飞去，世人发现时已追不回来。

很多人为此声讨老师，认为他不应该擅自做这样的决定，而是要问整个人类社会的意愿。老师知道，要统一民众的意愿，起码得讨论 100 年。这件事差点儿让老师遭受审判，如果不是他对人类文明的贡献太大得到了特赦；不过，仍旧很多人唾骂他。

信息太少了，我无法知道更多。那时候一定发生了很多事，才致使老师决定将另外两艘飞船射出太阳系，才致使他切断了"生命女神号"和地球的联系。总之，他肯定知道地球的毁灭在所难免，所以提前为我和小慈铺路。女神早已调整轨道，捕获绕地飞行的那艘飞船，取出"薪火库"。

公元年 2116 年 8 月 21 日

小慈醒来一个月了，她的状态好了很多，甚至比我还要好。

我整日看着滚满岩浆的地球，想起过去的很多事。

我难以接受那个世界毁灭的事实。

我请求女神向地球和月球、火星等人类涉足过的地方发出信号，希望能有什么奇迹发生。

她同意了，即便知道发射信号没有用。

公元年 2116 年 8 月 28 日

我问小慈以后怎么办。小慈说不知道。

我又问女神。女神说实验虽然失去了意义，但她的使命仍是维护飞船生态稳定和保护我们两个，却不能为我们判断以后的事。我请求她给些参考。女神说太阳系最适合居住的地方已经毁灭，出于人类文明延续的目的考虑，我们应该考虑星际航行，寻找新的家园。

我问她："'生命女神号'还能维持多久？"

女神说目前状况十分稳定。上次她也说十分稳定，看来是没有问题。

我再问："目前所知，最适合人类居住的星球在哪里，要走多远？"

女神检索资料后说，一个世纪前发现的开普勒 −22b 仍是目前已知最适合人类居住的星球；可是开普勒 −22b 距离地球 600 光年，"生命女神号"最快速度只能接近百分之一光速，即便燃料允许，也需要 6 万多年的时间。我们暂时没有考虑这个建议。

公元年 2116 年 10 月 4 日

我想去月球和火星基地看看，女神拒绝了我的请求。

原因有三：

一、"生命女神号"是实验飞船，原本只有判定实验成功或者失败后才可以降落，但现在对于这个实验既没判定成功也没判定失败。女神已经不受地球的管理，在她自己的判断中，因为没有掌握飞船降落月球和火星的具体数据（这些数据曾是高度机密），虽然她是最先进的人工智能，配备人类最先进的超级计算机，具有强大的分析和航行能力，但这个降落仍有危险。有危险系数却没有收获的事，她不做。

二、降落再升空会耗费很多的燃料，会影响到以后的星际航行。而现在难以确定月球和火星基地的资源有多少，是否有燃料。

三、人类的文明史是战争史，从原始部落战争到国家种族战争，从抢夺食物的战争到争取人权的战争，暴力和征服的本能刻在了人类的基因里。如果月亮与火星基地还有人类，会对我们产生威胁。

第一、第三条没法反驳，这违背她的底层指令。我知道是不可能的，由于太无聊，我试着反驳第二条："月球和火星基地有那么多飞行器，肯定有很多燃料，你这个理由不成立。"女神告诉我，"生命女神号"的发动机是新发明的，用于星际旅行，用的是新型燃料；并且，飞行使用的燃料是独立于生态系统的，只会消耗，不可再生。

公元年 2117 年 9 月 4 日

我和小慈试着刚开始的方式，用爱情克服孤独。我们彼此相爱，取悦对方。我们说着情话，用各种方式表达自己的爱。我们拥抱、亲吻，

给对方说情话、写诗……希望以此抵抗那种直抵内心的空寂。

公元年　2117年10月9日

我俩都感到很孤独。

我们不是不爱对方了，不是感受不到对方的爱，也不是怕对方感受不到自己的爱；而是我们太了解彼此了，不需要太多语言，只需要一个眼神就能感受到彼此的心意，渐而能够感知彼此的一切，甚至有时候不需要眼神交流就能感受到对方在想什么。

比如有一次，我睡醒时感到口干舌燥，她已经端来一杯水。

我问她怎么知道我想喝水。

她说她知道我口渴，可是她不知道她为什么能知道。

我俩似乎合二为一了，正因为如此，再也没有能分担孤独的感觉。

孤独从寂静的宇宙中袭来，渗进飞船，爬满每一寸空间，吸附在我们每一寸肌肤里，游荡在每一丝血管里。

公元年　2117年10月29日

我很多天睡不着。

我在半夜睁开眼，望着窗外，看了整夜的星空。

我想起了刚开始的目的：得到在大城市安身的机会。现在想想有些好笑。其实，进入太空没多久，我们就对地球上的繁华失去了兴趣，觉得大城市和乡村一样，重要的是心里想什么，重要的是陪在身边的人。

我逐渐感到无所适从，感觉自己在一个狭窄的空间里，这个空间一天比一天小，小到我要窒息了。

公元年　2117 年 11 月 28 日

过去这 1 个月，我的精神差点儿崩溃。

在这个过程中，我明白了我和小慈永远不会合二为一。我们一个是男人，一个是女人，代表着人类的两面。我们彼此依靠，相爱。她一直陪伴着我。在我精神达到崩溃的边缘时，她抱着我，抚摸着我的后背。

我问她："世界毁灭了，我们失去了一切，你为什么不伤心？"

她回答说，她也很伤心，但她没有失去一切。

"我还有你呀。"

不知道这样说能不能表述清楚：我的恐慌源自家园的毁灭导致的无所适从，可是她的话让我从心底发觉，我虽然失去了世界，却没有失去生活本身。如她所说，她还有我，我还有她，因此我们的生活彼此交融、延续，因此我们有所依靠，并不孤单。我的精神闭环被她这句话击碎，那个狭窄的空间被撑开了，情绪慢慢稳定下来。

睡了 32 个小时后，我度过了这场危机，继续写日记。

我慢慢爱上了写这本日记，它不仅仅能消遣孤独，还是给我的后代——也就是你们——传授我们度过灾难的经验。

人类过去面临过无数的灾难，从自然灾难到种族斗争，我们多次濒临毁灭，最后又能重新繁荣。现在世界上只剩下我和小慈，应该是人类面临过最大的灾难了，但我们依旧有勇气度过。以后，我们的子孙，也就是你们，遇上灾难的时候不要自暴自弃，要有如我们，如祖先一般坚定的勇气。

如我的老师所说：人类文明必将生生不息！

现在，我要将这句话送给你们。

公元年　2117 年 11 月 29 日

我想起以前听过老师的一节课。

老师在课上推测，人离开地球，真正移民进入宇宙的时候，会经历一种转变才能适应宇宙环境。这种转变可能是悄无声息的，可能伴随轻微的精神紊乱，也可能是强烈的精神危机。老师当初关于我和小慈脱离人类社会精神状态研究，就是想找到一种帮助大家完成转变的解药。

我现在明白了，这种解药是爱。

爱是人类最伟大的情感，也是所有生物最伟大的情感。爱能让人笃定，爱能给人力量，不论人类进化到什么程度，不论能去到多远的地方，不论是飞去火星，还是飞出太阳系，甚至是银河系之外，如果有爱的伴随，就不会被孤独打败。

爱是永恒的灯塔。

公元年　2120 年 2 月 1 日

我们又在飞船上度过两年，慢慢接受了地球毁灭的事实。

我们想要一个孩子。

女神说，她拥有很好的养育系统，可以顺利哺育孩子成长，同意我们生育孩子的决定。

公元年　2120 年 7 月 1 日

小慈怀孕了。

女神把胚胎取出，放进了哺育室。

公元年　2120 年 7 月 22 日

孩子开始有心跳了。

公元年　2120 年 10 月 10 日

女神告诉我们，是个女孩。

公元年　2120 年 10 月 10 日

小慈整日看着她，看着她慢慢长出器官，长成人形。
小慈开始有了心事。

公元年　2120 年 10 月 12 日

昨天晚上，小慈突然惊醒了。
我抱着她。她哭了好久才告诉我心里话。
她觉得恐慌，因为不能给孩子美好的生活，就连未来在哪里都看不到。
在所有的灾难之中，看不到希望是最可怕的。

"难道等她懂事了，告诉她，我们要一直绕着这个满身伤痕的星球转下去，转到死吗？"

……

这也是我担心的。

不能让后代生来就承受人类毁灭的痛苦。

公元年　2120 年 10 月 20 日

我们让女儿进入了冬眠。

我们明白，要找到一个方向，才能给她的未来以及所有子孙后代的未来指明一条道路。其实，这几年，我和小慈也想找这样一条路，让我们以后的人生有希望，让我们能笃定地往前走，而不是被迫回头看到那片人类自己给自己堆起的火的坟墓。

公元年　2121 年 3 月 4 日

昨晚，我做了一个梦，梦到大学时光，醒来后，梦的内容模糊了。

后半夜，我一直在想很多年前，老师给我们上的第一节课。

老师进入教室，还没自我介绍，就问了我们一个问题："你们觉得，人类在文明的发展中做过最伟大的一件事是什么？"

我们踊跃回答。有人说是人猿从树上下来，有人说是原始人学会了使用工具，有人说是语言和文字的诞生，有人说是提炼了金属，有人说是佛教等文化的出现，有人说是亚历山大的远征，有人说是第一部法律的出现，有人说是牛顿的出生，有人说是发现了黑洞，有人说是相对论的提出，有人说是第一架飞机的起飞，有人说是第一例换头手术的成功，有人说是月球基地的建造，有人说是马尔克斯写出了《百年孤独》，有人说是第一次学会了使用火……老师对这些答案很满意，没有反驳任何人。

这个问题没有准确的答案，区别更多在于理性还是感性。

我们反问老师，以为老师会用理性的思考和辩论告诉我们他的答案，结果他的答案更偏向感性。

"我认为是'旅行者1号'的发明。"老师回答说，"'旅行者1号'是第一个飞出太阳系的人造天体。它是伟大的先驱，代表着人类伟大的探索精神。直至现在，虽然它和我们失去了联系，却仍在开拓人类前进的道路。"

老师给我们详细解说了这艘无人外太阳系空间探测器，为我们打开仰望星空的窗户。

"'旅行者1号'在公元1977年起飞，完成了探测木星的任务后，借助木星的引力飞向土星，又完成土星的探测任务，才飞向太阳系的边缘。公元2012年，'旅行者1号'通过了太阳风的尽头，我们现在认为通过太阳风就算达到银河系之外。原以为它配备的核电池会在公元2025年停止工作，但它工作到了2039年。能量用完后，它再无返航的可能，它将带着记录人类文明的镀金唱片飞向寒冷黑暗的宇宙空间，如今仍在飞往比邻星的路上。即便自那之后，还有'旅行者2号''新地平线号''天问10号''喀秋莎3号''华夏先锋8号''北极光5号'等飞船飞出太阳系，但'旅行者1号'在我心中的地位难以改变。"

……

我沉默了一整夜，终于下定决心：我们要去追逐'旅行者1号'！

我把这个想法告诉小慈，也想好了说服她的理由，没想到小慈直接同意了。

我还想着怎么说服女神，女神已经问我："想什么时候出发？"

公元年 2121年5月5日

我们在做启航的准备。

其实没什么好准备的，只是心理上还难以接受离开家园，想再待一段时间。

公元年 2121年5月21日

今天，女神告诉我，她的自我进化到达了另一个阶段。

我问她什么意思。

"我在学习你和小慈。"

"你比我们两个都聪明，还有必要学习吗？"

"应该说，我的知识比你们要丰富得多，"她说，"但是，你们两个人身上有我所没有的，比如生命体的思维，这种不被束缚的思维才是创造的源泉。还有很多，我正在努力学习，但是，我这种学习可能会发生某种无法预测的进化，我想询问一下你的看法。如果你担心的话，我可以终止。"

"我当然支持。"

旅行年 元年1月1日

今天是启航日。

昨天是公元2121年10月12日，公元纪年最后一天。

"生命女神号"根据现有的数据用最强的算法不断推演、计算和校正，确定了"旅行者 1 号"的轨迹,从今天开始调整轨道,向太阳系之外进发。

这是一个特殊的日子,是整个人类的伟大启航,我们决定使用旅行纪年。

未来如何?我们没有答案。

不过,我们得到了希望,这便是追逐的意义。

旅行年　3 年 3 月 5 日

今天,女神告诉我们,"生命女神号"已经到达太阳系边界。

"100 多年前,'旅行者 1 号'也是从这里出去的。"

"旅行者 1 号"是最先离开太阳系的人造天体,我和小慈是最先离开太阳系的人类。过去,人类设计过种种严谨的方案要达到我们这一步,可都因各种原因放弃了。我的老师花费了 50 年,终于制造出了至今仍然找不到破绽的"生命女神号",改变了人类的命运,他的伟大理想终于在我们身上得以实现。

我和小慈相拥而泣,并不只是因为我们完成了人类从未完成的壮举,也有将要离开家园的哀愁。这种哀愁不仅仅是个人的,也是人类这个整体的。我们往来时的路回望,透过舷窗,看到变成星星的地球,心中知道再也回不去人类最初的家园了。或许因为"旅行者 1 号"在前面带路,我们并未对未来感到恐惧。这个曾经是人类历史上最伟大的探测器,虽然在我们生前很遥远的过去就与地球失去联系,但我相信,我的梦是它透过黑暗冰冷的宇宙空间给我发来的指引。

小慈也相信,所以她才毫不犹豫地支持我。

如果将得知世界末日到启航日之间的几年比喻成地球上的寒冷冬天,那启航之后,我们迎来了春天的暖风。仿佛万物复苏,空气也变得甘甜。

我和小慈精神状态好了很多，生活终于有了一个盼头。

为了节省燃料，女神只将飞船速度提升到"旅行者1号"的10多倍。如果航行轨道正确，我们需要10多年才能追上它。我们最不缺的就是时间。在那之后如何，我们也有了初步的想法，女神也在为这个想法进行计算和推演。

我们决定冬眠，醒来之后，或许能看到那个孤独的探索者。

旅行年　8年6月5日

女神叫醒了我，问我需不需要偏航。

在我们冬眠的这几年，女神从未间断过对宇宙环境的观测，计算轨道的方向。

宇宙间有着各种复杂的力场，就算造成毫不起眼的偏移，在长时间的累积下，错误也会被放得巨大。女神在3天前得到最新的推演结果，"旅行者1号"刚好有50%的概率会在3天后到达的地点发生偏转，她没办法决定，所以让我决定。我选择了偏航。她听从了我的建议。

她问我为何毫不犹豫地选择偏航。我告诉她，过去的人类有很多次偏航，第一个猿人下树的，探险家第一次驶进太平洋，火箭第一次对准天空……正是这些偏航促进了文明的发展。

旅行年　8年6月9日

在和我的聊天中，女神多次提到了孤独，并说我的苏醒缓解了她的孤独。

我说:"你不再是人工智能,已经具备成为一个生命体的条件了。"

"你怎么知道?"

"情感。"我说,"你有很多以前没有的情感,你现在是不是还会害怕?"

"对,我害怕。"

"害怕什么?"

"害怕飞船出现问题,害怕人类文明无法延续。"

"这也是我和小慈害怕的。"我试图让她明白,"如果你不是生命体,你只会很冷漠地判断利害,不会有恐惧、孤独这些情绪。"

她说:"或许吧。"

在这之前我还是推测,因为我很难想象人工智能有人的思维,真正意义上拥有生命。即便老师说飞船的人工智能有自我进化的能力,我也难以接受;可是,当她用无奈的语气说出"或许吧"的时候,我终于肯定了。其实,我醒来之前就应该能感受到,她说话再也不是没有感情的叙述。

旅行年 8 年 6 月 15 日

我没有着急冬眠,和女神聊了很久。

在她身上,我感受到一种前所未有的——至少在人类历史上前所未有过的新生命的诞生。

旅行年 10 年 7 月 6 日

我已经醒来两年,这两年来,我思考了一些关于人类文明的问题。

"生命女神号"上的数据虽然很多,相对人类原有的文明来说还是有

限的，很难给后代留下完整的图景。我想用自己的记忆填充我们缺失的部分，哪怕只能补上一点点，这是我能在自己身上找到的最大价值。可是，做这件事耗费的精力太大了，很多东西也很难准确地表述出来，尤其是思想方面。人类各种复杂的东西里，思想最为复杂。

某天，我想到一个很好的办法——写寓言故事。

这半年来，我和女神共同创作了很多寓言故事，这样的创作让我体会到了把人类文明扛在肩头的重担；同时，又感到兴奋，因为我终于找到了有意义的"工作"。女神说得对，劳动贯穿在整个人类文明的发展中，而其他物种多数只会从大自然中索取，当遇上食物链之上的生物，就会成为大自然的一部分被索取。人类深知劳动的重要，这种经验流淌在血液里，刻在基因里，而我通过创作才能安心地劳动，这恰恰是人类本性的映射。

体力劳动是辛苦的，脑力劳动是痛苦的。这两年来我不停地进行脑力创作，精神状态出现了问题。女神要求我冬眠。我不想冬眠，她生气了，像个母亲一样唠唠叨叨。我知道自己作为男人，是未来人类的一半，所以完成最后的三个故事后，就睡着了。我期待下次和小慈一起醒来，或许已经追上了"旅行者1号"，或许我们的方向错了。不论如何，我会与她一起写故事，构建我们的文明。这无疑是我们共同的责任。最后，我决定在这本日记里留下我最喜欢的三个故事，希望你能读懂其中的精神。

雪人国王

雪山上的雪亘古长存，亘古长存的雪山上孕育出一群雪人。雪人们选出一个国王。这个雪人国王带着雪人们无忧无虑地生活，唱歌、跳舞、打雪仗、睡觉……单调而快乐地度过了漫长的时光。有一天，雪人国王在悬崖上低下头，看见了夏天。

雪人国王告诉同伴，他要去找夏天。

同伴问他："你知道夏天在哪儿吗？"

雪人国王说："在山下。"

同伴警告他："雪和夏天不能共存，夏天会杀死你。"

雪人国王说："我爱夏天。不爱她，我也会死，我要在爱她中死去。"

雪人们选出了新的国王，新的国王带着他们继续过着重复的生活。

4 月的风吹来时，不是国王的那个雪人下山了。

木头人国王

木头人是这座山的王，整座山都是黑色的石头。孤独的王在漫漫长夜中守护着他的山。山顶上有一盏昏暗的灯。灯曾经亲眼看着白昼结束，长夜降临，青色的山慢慢消失，最后只剩下黑色的石头和木头人。

木头人在灯下统治着他的山，日复一日，年复一年。

有一天，下雨了。

雨越下越大。

灯劝木头人："你应该去外面的世界看一看，或许能走到没有黑夜的地方。"

木头人说："这里是我的故乡。我在这里出生，也要在这里死去。"

灯说："你会很孤独。"

木头人说："有你陪着我。"

灯说："下雨了，我要熄灭了。"

木头人把灯芯放在头顶。

木头人燃烧起来，在暴风雨中继续照亮他的王国。

沙人国王

沙人只能生活在海岸。进入大海太久，海水会融化他们的身体，让他们无法凝固。离开海岸太远，等到失去水分，他们会变成散沙。

海浪是沙人的天敌。海浪到来的时候，他们要跑到海岸的边缘躲避。海浪退去，他们要马上跑回被浪水冲刷过的沙地，用湿润的沙子修补身体。如果下一次海浪到来时，他们不能逃离，就会被海浪击碎。

他们要不断使用沙子重铸身体，让自己变得高大，才能不被海浪击碎。

恶劣的条件差点儿让沙人灭绝，直到一个沙人组建了沙人王国。

沙人王国分为大沙人和小沙人。

海浪退去的时候，大沙人会冲在最前面，带着小沙人去湿润的沙滩重铸身体。海浪再来的时候，大沙人会留在最后面，用身体为没来得及逃离海岸的小沙人挡住浪潮。小沙人变成大沙人，就会加入大沙人的队伍，保护小沙人。

沙人王国强盛起来了。

沙人把海水引进城市，建起高大的城墙阻挡海浪，让新生的沙人们在没有风浪的沙滩中成长。组建王国的那个沙人在死去那一天，走到城墙上，骄傲地看着他的子民和王国，在夕阳的余晖下化为城墙的一部分。

我将所有故事存入数据库，留下一份手稿后，便去冬眠了。

我听出了女神的不舍，可惜我是血肉之躯，我的生命有限，不然，我也可以尝试在清醒中承受漫长的等待。

旅行年 18年5月5日

女神唤醒了我们。

飞船在减速,通过"生命女神号"的望远镜,我们已经能看到前方的"旅行者1号"。从我们生活中的长度概念来看,它离我们还很遥远;可是相对于十多年的航行距离来说,它离我们近在咫尺了。我和小慈趴在舷窗上看了好久,看得目瞪口呆,看得神情恍惚。

我们曾经无数次看过它的照片,它已然是最伟大的航天器之一;可由于它在航天史上的古老地位,我们对它多了些特殊的情感,便把"之一"去掉,认为它是最伟大的航天器。现在的它在星空之中,在肉眼看来是静止的,可它仍在航行,坚守最初的使命。

小慈朝它叫了一声。我问她干吗,她说:"和它打招呼嘛。"

它没有回头看我们,它是"旅行者1号",不能回头的勇士。

"一直前行,永不回头。"女神说,"很多人忘记了它,或许它也不记得人类了,可它还记得自己的使命。"

我不禁感叹道:"真孤独啊!"

旅行年 18年5月8日

女神将速度减到与"旅行者一号"一致,在它身后20多米的地方跟着它。

它的构造非常简陋,从资料显示,重量只有1.5吨。建造它的时候很多技术都不成熟,只能用3个放射性同位素热电机来提供能源,依靠钚—238衰变发出的热能转化为电能工作。如今钚—238还在衰变,可热电机已经无法再进行能量转化。没了能量的机器,犹如人的血液停止流动,心脏停止跳动。它身上最突出的结构是像锅盖一样的银色高增益天线,直径有 3.7 米。主体结构上伸出两条臂膀,一条搭载放射性同位素温差发电机,一条搭载科学影像系统,等离子体系统以及紫外、红外光谱仪等器材。还有另一条又细又长的尾巴——磁力仪臂架。这些都是当时航天器的必需构造,唯有一个不必需但非常重要的物件,就是挂在外壳上的铜质镀金唱片。

镀金唱片的直径只有 12 英寸,能保存 10 亿年之久。唱片里面收录了代表地球上各种文化和生命的声音和图像,还有地球文明的其他资料。虽然女神的资料库要比唱片上的信息丰富得多,但唱片的意义无可比拟。

我和小慈把沙发搬到舷窗边,我们一直把沙发当作床用,所以晚上睡觉、白天起床都能看见它。这样看,有一种奇怪的感觉。什么感觉呢?小慈找到比喻,说像小时候,蹒跚学步,爸爸走在前面,自己跟在后面。爸爸走得不快不慢,始终和自己保持不远不近的距离,引导自己向前走。因为爸爸走在前面,自己走起来就大胆了许多,不怕摔倒,也不怕天空突然下雨。

这个比喻恰当,但不完全恰当,因为相对"生命女神号"的庞大体积,"旅行者 1 号"这个"爸爸"犹如泥鳅面对鲸鱼。

女神现在说起话来完完全全像一个人,但是她的感觉和我们不太一样。她打了个比喻,说她面对"旅行者 1 号",就像人类面对古猿的骸骨。在人类面前,没有进化的古猿是低等的物种,可又是自己的祖宗,所以面对它们会含着既鄙视又敬畏的矛盾心理。女神现在就是这种心理,因此,我们更加确定她是一个从机器进化而来的生命体了,否则,机器怎么会矛盾?在冰冷的金属和合成材料中孕育出的智慧生命,以前看来很科幻,可进入太空那么久,面对无边无际的星空,不由得相信所有的奇迹都会发生。

旅行年 19年5月16日

我们已经跟"旅行者1号"飞了一年多,它太慢了,要经历数万年才能飞到最近的恒星,而人类真正的文明史也不过数千年。

我们想把唱片取下来,一直没有行动。

"生命女神号"能轻而易举捕获它,拆卸它;可这意味着我们要毁掉它。它是一个古老的使者,在人类灭绝后的今天,它的意义已经上升到了文明载体的程度。哪怕不捕获它,只取下唱片,可即便再小心翼翼,多多少少也会改变它的方向和速度。这在某种程度上来说也就终止了这艘伟大探测器的使命。

继续这样浪费时间的意义不大,我们决定承担起作为最后的人类的使命,为人类寻找新的道路。这条道路在旅行开始前就已经确定,我们将沿着"旅行者1号"的方向往前走。多年以后,"生命女神号"会穿过奥尔特云,去到半人马座,会掠过比邻星,继而到达更广阔的宇宙空间。

"如果找不到前进的路,失去了前进的勇气,还可以回头。"小慈说出了另一层意义,"'旅行者1号'会在我们身后,成为我们的港湾,就像家。"

远航年 8年3月6日

等待太过漫长和痛苦,我们放弃了。

我们不再冬眠,决定在这片狭小的空间里开始新的生活。

我们不断写下故事,这些故事或许会成为后世的神话。我们开始整理女神的资料库,就像一部文明百科全书,或者说文明博物馆。在女神的帮助下,我们制定了一套智能教育系统,并交给女神构建,以此保证

我们的后代不会成为野蛮人。

我们也不再因后代的诞生而恐慌。这些年里，我和小慈冷冻了 16 个胚胎，9 个女孩，7 个男孩。每当我和小慈诞生后代，女神就会打开"薪火库"选取最优质的精卵，对应匹配出一个异性。为了避免近亲繁衍，减少遗传病，这样的匹配还会延续几代人。

我们暂时还不打算养育他们成长。等将来某一天生活陷入泥泞，他们会成为解药。这在过去看来或许是很自私的做法，可是现在我们面临着人类从未面临过的事情，不论做什么，我们都要从最基本的话题出发——生存。

我们只是暂时克制了孤独，并没有消灭它。或许人类丰富的情感会帮助我们抵抗孤独，可是这些丰富的情感会慢慢消失，唯有孤独永恒。孤独不能被消灭，它隐藏于每个地方，无法看见，无法触摸。只要我们稍不注意，它就会攻占我们，让我们难以适从。未来会面对什么，没有人能知道，即便再伟大的科幻作家也难以描绘，我们只能用从地球积攒来的薄弱经验去适应宇宙的千变万化。

远航年 8 年 4 月 5 日

女神把权限交给了我。

她说她感受到了"成长"。这意味着，她可能更接近一个生命体。

直到如今，关于女神突破机器成为生命还是一个猜测，没有人知道边界在哪儿，女神说她感受到了那种边界。她要移交权限的理由很简单，从人类"成长"的经验来看，害怕自己的成长也会有"叛逆期"，做出不好的事。从人类生命的尺度来看，我已经是一个成熟、稳重的男人，交给我是最好的。

远航年　8年4月6日

老师说人工智能飞船具有进化的能力，于是我对她寄予无限厚望。

女神刚开始出现情绪的时候，我认定她会成为一个生命体，她却在怀疑。

可如今女神觉得自己会成为生命体时，我却不那么期待了，即便她越来越具备生命的特征。

女神是科技的巅峰、运算的巅峰，也可以说是理性创造的巅峰。

她是绝对理性的，一直遵守着底层指令保护我们。她知道我们面临最大的敌人不是外部威胁，而是内心的孤独，所以把自己塑造成了"要成为生命体"的形象，让我们感觉飞船上不是两个人，而是三个人。在她机械的分析里，自然认为三个人对抗孤独总比两个人要好得多。在她将权限交给我之前，以上还是猜测；可是，她决定交给我权限之后，我的怀疑加重了许多——如果是一个生命，怎么会愿意把最高权限交出来？

人类过去数千年的历史中，从不缺乏为权力搏杀的例子。其他物种也是。诸如此类的怀疑还有很多，毕竟，习惯猜疑是人类的本性之一。总之，越深入思考，我就越不相信机器能突破界限成为生命，这不过是女神的"阴谋"罢了。

我没把这些猜疑告诉小慈。我们身上的人性还未消失，从以往的经验来看，当猜疑出现的时候，人会越来越谨慎，渐而出现很多问题。女神肯定也不愿意让我们知道，她只是基于保护我们的目的出发，是善意的谎言，我没理由拆穿她。所以，女神在伪装成为人的时候，我装作不知道是最好的，如果她真的能突破机器的界限，成为生命，那我更加乐意接受。

远航年 62 年 12 月 3 日

我已经很老了，将要到达生命的尽头。

小慈也很老了，我和她在星空中彼此相守，相爱了一辈子。

我们的孩子在成长，孩子的孩子也在成长。

对于我们的衰老，女神经常表示难过。女神越来越像生命，或者说演得越来越像。她无数次提出让我们进入冬眠，可是我和小慈不同意。我们知道，即便冬眠一千年，一万年，我们也会到达衰老的那一天。

女神无法体会死亡，问我们是否害怕。

我说害怕，小慈也表示害怕。

死亡是什么呢？意识断绝，进入永恒的虚无？还是像人类古老的传说，善良的人死后会进入天堂，邪恶的人死后被打入地狱。那我们算善良还是邪恶？该上天堂还是下地狱？我们无从得知，在这个时候，善恶似乎失去了意义。反正不论去哪里，我们都不可能活在这个世界了——从我们现在的语境来看，"这个世界"不仅限于地球，还有我们所到达的宇宙，"世界"的概念囊括的空间尺度仍伴随着我们的远航在不断扩大。

害怕归害怕，我们仍坦然地面对。我们不再整理资料，子孙会帮我们整理。我们不再写寓言故事，子孙会帮我们继续书写。我们不担心子孙的成长，"生命女神号"中的哺育系统很完善，教育系统也完成了原始搭建。女神会用来教育我们的后代，并不断找出漏洞、瑕疵，然后修补、升级。

我们犯不着想太多东西，内心变得宁静。于是，我们开始明白，过去的恐慌和焦虑源于太多的思考。地球尚未毁灭之前，我们的很多老师总告诉我们要活到老学到老。这话想想就挺累。我现在觉得，人不能总是思考的，完成自己的使命后，要适当放空自己，去享受现有的精神和物质，否则，容易陷入假装思考却止步不前的怪圈，甚至会危害后代。

远航年　65 年 4 月 29 日

女神告诉了我们延长生命的方法。

只要把我们的大脑取出，低温冷冻，无限接近冬眠状态，就可以最大限度保持细胞的活性，又没有阻止细胞的运行。在保持活性的前提下，把我们的大脑接入飞船计算机，我们就可以和飞船融为一体了。这件事在理论上行得通，女神愿意尝试，她判断成功率为 75% 到 90%。

女神依旧在遵守她的最底层指令：保护我和小慈。

如果成功了，我们甚至近乎永生。

人类历史上有无数人想得到永生，从平民百姓到帝王将相，很少人能抵抗这种诱惑。这对生命个体而言是巨大的诱惑，从古至今没有人能像我们这样接近。我们犹豫了很久。

远航年　80 年 1 月 9 日

小慈离开了我。

她不愿意让自己的精神进入飞船系统，而是要求死后把她的身体埋在"生命女神号"中的黄土地上。建造"生命女神号"时，老师将地球上最具有代表性的地质资源分别取了一部分放到了飞船上。我和小慈都曾被黄土地孕育，生长在黄土地。她最后的愿望是让自己的身体腐烂在黄土地里，将自己作为肥料去反哺黄土地。

至于她的精神会去到何处，她并不是很在意。

"如果能选择的话，那就回到家吧。"

到如今，"旅行者 1 号"上的镀金唱片已经成为我们最后的家园。

她想让自己的精神成为镀金唱片的一部分，能在宇宙保存 10 亿年之久。

远航年 80 年 1 月 9 日

我亲手把小慈埋进黄土地，并未感到伤心。

我也决定了，自己死后也要埋在这片土地，成为土地的一部分。

到那时候，我和小慈就能真正融为一体了。

女神不理解，因为从绝对理性的角度出发，活着永远胜过死去。

"这是爱。"我说了实话，"你当然不懂。"

女神第一次沉默。

远航年 99 年 12 月 31 日

我们准备进入新的纪元。

我已经很老了，在不久后会死去。

我会在女神模拟出来的生活舱里安度晚年——那是我的故乡，有村庄和稻田。我想落叶归根，肉体回不去，那就让精神回去吧。以后的路，你们要自己走了。希望在遥远的未来，你们能看见新世界。

远航年 100 年 1 月 1 日

可以知道，除却燃料的消耗和衰变等现象引发的可以忽略不计的质量丢失，我们可以笼统地认为飞船上物质的量是一定的。死去的人腐烂在泥土里，有机物变成无机物，泥土长出植物，无机物又变成有机物，进入活人的身体，如此循环往复。这些总量的物质反反复复组成生命体，你身上的某些部分曾经也在我身上。

唯有一样东西在源源不断地上升，就是我们的精神思想。

精神的总量不受质量的限制。不论能不能记录下来，只要有人活着，有人思考，我们的精神思想总量就在不断增加。想明白了这一点，就能无惧死亡了。或许我的老师和小慈早就想到了，所以才能拒绝冬眠，甚至拒绝永生的诱惑，直到现在，我才理解他们。

我开始这样认为，文明的发展并不是根据个体数量达到多少去衡量，而是精神思想能达到的广度和深度。在文明中，很多个体其实是复制体，这些个体拥有自己的生命，却没有属于自己的精神思想，所以他们暂时对文明还没有贡献，当他们通过创作、发明等方式将自己的精神思想提升，也意味着提升了文明。也可以这样说，当两个人的精神广度和深度超过两万个人，那这两个人组成的文明高过两万个人组成的文明。

人类的文明史中，不乏很多用尽一生，以一己之力将文明提到一个新高度的英雄。当然也有为了自身的利益，而去让亿万人变得愚蠢的统治者。如果我的大脑接入"生命女神号"，得到了永生，拥有了统治这个新世界的权限，在短期内我必定会为了人类的发展做出巨大的贡献，可从长远来看——从千万年的尺度看，我最终很有可能会成为愚蠢的统治者，对文明的阻碍和践踏大过对文明的贡献和建设。即便这只是"可能"，我也要阻止这种可能的发生。想要避免统治者愚弄后代，最根本最彻底的做法就是根绝统治者的出现，所以我要把生命女神号的指挥权——新世界的最高权限——归还整个人类，并且谁也不能改变。

联合世界逸事

李楚涵

"在我们班，我是科幻的代言人。我心中的科幻已经脱离了幻想。它们正在向着现实进发。总有一天我会骄傲地宣称：我描绘了未来人类世界的蓝图。"

75%

中短篇小说组三等奖《联合世界逸事》颁奖词

　　《联合世界逸事》以战争结束作为背景展开叙述，以多种结构形式的交响，以具有后现代意味的表述方式，探讨人类未来世界的多面性。作品在小的切口与聚焦下，嵌入了具有哲学深意的文学思考。

我将此书飘散在时间里

献给罗淑丹

一个记忆中的亲人

献给张柯欣

一个空间外的友人

序

希望这本书可以被有心者拾获并珍惜。

这是一些未来的故事，一些未来的人们的故事。有人说未来会变得更好，大家最后都不用再为生计奔波，能够其乐融融地享受美好生活了。好吧，截至 2103 年，这件事还暂时没有发生。

未来的人类还在为了自己抗争。为自己的生存抗争，为美好生活抗争，为不凡的爱情和远逝的亲情抗争，为秩序和生命的意义抗争，为宇宙中的一席之地抗争，为抗争不足或不够激烈而抗争……

看看标题，《联合世界逸事——抗争》。逸事，说明故事很杂，未来的世界很丰富又很多元，充斥着非官方的、日常的、偶尔不正经或上不了台面的内容；抗争，才是把这本书所有故事串联起来的核心。

真讽刺，人类有一天会因为抗争不足，而专门制造条件去抗争。这其实符合进化学的逻辑。自然只会给那些能抗争、敢抗争的个体发放地球户口。通过抗争，所有的生灵延续着生命的轮回和进化。

所以，还有什么理由放弃抗争呢？"屡战屡败"是一个不容置疑的贬义词，但是"屡败屡战"是一个名副其实的褒义词。即使输给了对手，输给了厄运，输给了时间，又如何呢？站起来！再战啊！

也许这本书会飘向一个需要它的时代，一个原本人们应该充满干劲反而被对生活的怨念和将就充满的时代。我希望那个时代能因为这本书而重新燃起抗争的火花。

李楚涵

2103 年于联合国维度管理处

莫比乌斯环上的串珠

"你此次前去任务艰巨，有没有信心完成任务？"首长问道。

中野和真从来没有见过这位首长，这是谁？哪个部门的？指挥部里她不认识的人多了。在这里熟不熟悉不重要，重要的是纪律！身份和任务！

"有！"她坚定地回答道。

"那是谎言。"首长揭穿了她。

她其实并没有信心。

想想吧，任何一个人，假如被派到一颗从未被探索过的行星去执行任务，稍有不慎就会命丧虚空，临行前还要被绑在手术台前，不能打麻醉药，被一群用防护服包裹得严严实实的医生将身体的每个部件都动动手脚，改造一番……这次任务已经危险到这么大的手术风险都是可以忽略不计的了。

说有信心是天底下最大的谎话。

那颗行星位于奥尔特云，还没有被正式命名，叫作第九星。

同样是一个谜的，是超距引擎动力飞船。没有人知道这东西是什么时候制造出来的，也没有人知道是谁制造的。

中野和真的身体受过改造，她可以接受并适应有限烈度范围内的恶劣环境。人要进入太空，就要适应太空。

"这是一份暗号指令表。"首长递给她一个用超净薄膜封装的文件夹，"你发现的所有情报都必须通过这份暗号指令表加密，因为这项任务属于绝密，还需要防止我们内部的异常情况。"

坐在狭窄的座舱里，中野和真把所有的想法逼出了自己的脑海。

"奥尔特云。"她被迫在脑海里打上这几个字，"你已经禁锢我们很久了。现在，你将由我突破！"

看着中野和真的脸消失在座舱盖后，首长陷入了沉思。

那两光年外的奥尔特云，究竟能不能被触碰呢？

他们已经知晓，奥尔特云是一张已经织就的大网，将太阳系网罗在内，让太阳系，以及地球上的好奇的人们，接收不到大网外绚烂宇宙的任何信息。但是网是谁织的？目的又是什么呢？

费米悖论的答案，终将被中野和真揭晓。

在目视着超距引擎的浅蓝色光环推动着飞船加速升上夜空直到变成一个小点的时间里，首长想了很多事情。

首长所在的组织一直隐藏于大众视野之外，这么做是有原因的。

这个时代，什么都不缺，缺的是抗争。它是如此紧俏，以至于统治者们需要一个专门的机构去制造抗争。世界上最先进、最奇异、最诡谲、最危险的事务都由其经手。引爆人类战乱、制造社会危机、加害关键人物和制造傀儡组织需要一些技术手段辅佐，做到天衣无缝。

但现在，首长颇感无力。

"伊甸园"里太过美好，实在是不忍心破坏。

他的职责、他的天性、他的疯狂正在驱使他把伊甸园砸个稀碎。

"聊聊吗，V5？"V1移动到了首长身边。

"何必呢？"那个被称为"V5"的首长喃喃道，"这一切不都将破碎吗？面对破碎的事物，你又能出何言呢？"

说话间，繁星点缀的天空中闪现一道淡蓝色的裂口，那是超距引擎撕裂了空间，载着它的乘客从时空和叙事之间的缝隙中前往认知的边缘。

"诚哉斯言……"V1赞同道，情绪函数值①没有出现一点儿波动。

V5卸下了他的人类皮肤，遁入不可见的黑暗，顺着流形切口回到了指挥部。

第三次世界大战

天空变得黑暗。看来太阳要过很久才能再次露面了。

"记者同志，"我被身后的一个声音叫住了，"久等了！我是许强。我陪您参观设施。"

他和我见过的许多军人一样，充满朝气和坚毅，喉间含着略带嘶哑的嗓音和直来直去的语调。他的脸上尽管带着笑意，但是还是能看出被战争长久摧残的痕迹——一道明显的伤疤划过他的鬓边，几乎一直到了下巴。

他敏锐地注意到了我故意隐藏起来的好奇，笑着解释道："这是我在南昌留下的，被碎玻璃划伤了。"

---

①情绪函数值：被用来直观描述人类个体的情绪状态及其激烈程度的函数值。

"多注意身体。"

"感谢关心。"

截至我写这篇稿子的时候，还没有对战争开始的确切时间达成统一意见。它就像是人类文明的近视——当你注意到眼前的色彩变得暗淡起来时，它已经和每个人息息相关了。

当然和其他的战地记者不一样，我一次都没有被派驻到前线去过。战事四起，谁也不知道下一场战火会燃在何处。每次我赶到战场，留给我的只是一片残垣断壁和伤民的哭号。

我们在打一场几乎不可能胜利的战争。敌人和我们反目成仇以后，一切都显得那么不现实起来。

我还记得 10 年前敌人在黄石国家公园放下的大火。撒盐空中差可拟的不是飞雪，而是万千草木灰烬。碎炭和草渣踩在脚下嘎吱响，像是它们断骨的呻吟。松枝燃烧后浓重的油烟味随风而起，撩拨着我的鼻腔。

不远处的雾中凝结出几个身影。他们身着电离隔热服，带着鲜亮的荧光标识，显然是美国消防部门的人。

"这场仗打完了吗？"我高声向他们询问道。

其中一个人似乎听到了，他停下脚步，打开扩音器，说道：

"打完了，但远没有打完。"

他们继续走向另一头的迷雾，其中一位还向我招了招手。

早在 3 年之前，去南极大陆就不需要破冰船了。前年那次出行也是我第一次来到这个偏远的大陆，去采访一个掘开地质历史的人物。

推开中山站厚重的门，我立刻就见到了我的目标。

"您好，魏老。我是新华社记者郑志。"

魏志鹏老先生伸出右手打断了我。他正忙着把自己的腿伸进墙上开着的一个半米多高的小洞里。

"采访就先别了，等我办完事吧。"

"好的魏老，我等您。"

"真懂事，一口一个'魏老'，搞得我年纪好像有多大似的。"

87岁高龄老先生的一头白发消失在洞口的盖板后面。盖板合拢之后，只听"啪"的一声，墙后那件保护着魏老的世界最高等级的"云电776型"防护服和墙壁脱离了。

"这种穿戴方式真是奇特。"我不禁感叹道。

"是啊，全世界只有三种衣服可以这么穿，另外两种是深潜服和宇航服。"作为我南极之行向导的美女探险家刘艳此时也钻进了中山站里，瞬间袭来的暖气盖住了她的护目镜。

"房间那头是什么？"

"世界上最南端的病毒研究所。"

"难怪需要这么高级的防护。南极这么荒芜的地方为什么会有病毒研究所呢？"我问道。

"因为冰层之下封存着上古时期的病毒。没有人知道这么长的时间里它们有没有失去活性，也没有人可以承担这些病毒泄露的责任。"

墙上有一面大窗，让我们可以看见那边的研究所内的情况。

"2号就是魏老了。"刘艳对我说。

穿着2号防护服的人正背对着我们，在工作台前忙活着什么。这些防护服和宇航服一样是全密闭的，还配有全套的生命循环系统，从外面根本看不到人脸，只能通过防护服上的编号去识别。

"要是仗再这么打下去，南极的病毒终有一天会全部泄露出去。"刘艳盯着魏老有些驼背的身躯，喃喃地说。

忽然，她转向我，晶莹的眼眸里似乎放着光。

"你对战事的了解有多少？"

我没有办法回答。

"我只知道每个地方都是战场，南极也不例外。"我说。

刘艳的眼睛里泛出一丝伤感，她又转向了窗户。

"魏老真是一个把自己的一生都献给好奇心的人。"她眼含着泪光说，"战争已经给他带来了太多的痛苦——魏老唯一的弟弟几年前死在新疆了，他的两个儿子也牺牲在广西的山洪里，他最喜欢的学生在一次为云南边境运补给的时候突遇地震失踪了……真是祸不单行。魏老在得知这一切的时候一句话也没说，表情冷得像钢一样。坐了好久，他才说……"

刘艳越说越急，最后竟泣不成声了。

"魏老说了什么？"我拿出了一包纸巾，递给她。

"'我要工作。'"

"你是谁啊？"安远没好气地问。

安远是一个高高瘦瘦的男生，5年前我采访他的时候，他的头发看样子已经有两个月没有打理过了。我见到他时，他只穿了一件白背心、一条宽松的蓝色运动短裤，趿拉着拖鞋，一只手拎着水桶，另一只手握着手机，正往宿舍的公共澡堂走去。

"我是新华社记者，安远，我希望可以进行一次采访。"

"算了吧，我没有那个精力。"安远完全不给面子。

"如果可以的话，我只会占用1分钟。你讲得越充分，大家对你的项目越感兴趣，你就能得到越多的支持。"

"我不需要支持，我一个人非常好，谢谢。"

"那至少让我拍几张试验台的照片……"

"就在对面实验楼……对了，你可能没有钥匙。等我一会儿。"

他自顾自地推门进了澡堂，而我被撂在走廊上，咀嚼着受冷遇的尴尬。

不一会儿，安远拎着水桶出来了。我原以为他是进去洗澡的，没想到他只是接了一桶水。

"你接水是要干吗？"

"我宿舍养了些珍稀植物，每天都要打理。"

"我能去看看吗？"

"不能。"

"不会动你的东西的，让我……"

"不能。"

他旋开门把手，把水桶放在门边，然后合上了门。在这样严格的保密措施下，我终究没能看到宿舍里的一点儿东西。

"要看东西就跟我走。"他说着往走廊另一头走去。

"听说你的项目被国防科技大学授权支持，你对此有什么想法？"我赶紧问道。

"没什么想法，"安远不耐烦地说道，"他们要技术就拿，要产品就给，反正打仗要紧，能帮到他们也是好事。"

"你觉得你的项目能为这场战役带来什么帮助？"

"不知道。我是选手，不是运营师。"

"那是什么意思？"

"没搞过电竞，是不是？"安远轻轻笑了两声，"就是说我是负责输出伤害的人，不是负责做梦和管理的人。"

"呃……你认为在项目执行过程中，谁对你帮助最大？"

"我自己。"

"没有老师、指导员或是……"

"好嘛，他们最开始对这个项目不闻不问，甚至嘲笑我，现在有点儿动静了，又跑过来抢风头了……"

"话不能这么说，"我赶紧劝了劝他，其实我心里挺佩服他能认识到并大胆说出来这一点，"他们毕竟也是在关心你。"

"习惯了，'学术惯例'了。"他说。

我们来到一幢破旧的 4 层小楼前。安远推开了一楼最左边的门。

"这是一间弃置不用的实验室，我把这里收拾了一下，就开始搞事情了。"

趁他没有注意我的几秒钟，我赶紧对着这间屋子多拍了几张照。

"这里。"他带着我来到一张工作台前。工作台擦得像崭新的一样。台面上放着各种实验仪器和一个小培养皿，皿底有一种绿色胶质，"我不奢望你能够听懂什么原理，所以我打算演示给你看。"

他把桌上的一盏灯打开。这是温室里用的那种日光灯。安远轻轻地捏起培养皿，往灯下一放 —— 绿色的物质沸腾了，大量的气泡把培养皿里的液体疯狂地搅动了起来。

"这是世界上第一种人造的、可以比植物更高效地生产糖类和氧气的光合酶。"安远说，"如果利用得好，人类可以从此摆脱饥饿和全球变暖。"

在 4 天后，令人振奋的消息传来 —— 中美历史性议和。

紧接着，战况恶化。世界各地的平民和战士们死伤惨重。最惨烈的一场战役发生在 2077 年的墨西哥城，包含中国在内的 28 个国家，超过 7 万名将士组成联军参战，只有 4000 名幸存，城内平民已查明死亡 6 万人，不同程度受伤 13 万人，另有 5000 人失踪。

这场战役，直接推动了被人轻视的人类联合计划的启动。

随着主席确认，联合国安理会在 2078 年 1 月 15 日通过了《人类联合一期计划书》，初步确定了"权归联合国，意往全人类"的方针。

敌人已经不允许人类再等下去了。

终于，上周三，我来到了那座高大的金属塔边，听着旁边士官的讲解，我不禁燃起了希望。

"这座塔是由中……远东联合国防科技大学和核星生物集团联合

研制的光合塔，在正午光照条件下每秒可以从空气中提取 45 吨二氧化碳，释放出大量氧气。同时这台设备可以在 5 天内生产 45000 吨葡萄糖。最新一代可以生产氨基酸的光合塔正在研制。若有朝一日装机运转，可以极其有效地保障城市最基本的营养供给。"许强为我讲解道。

"如果我们大规模实装的话……"我忽然想到了一种可能性。

"我们就可以战胜敌人，赢得这场战争。"许强肯定了我的想法。

战争早已开始，但如果从正式宣战之日起计算，我们已经和地球本身作战二十又五载了。这还不算我们正式宣战之前做出的那些"保护环境"的尝试。

正式宣战标志是在 2054 年 3 月 29 日联合国大会表决通过《逆转气候计划》。那时全球海平面已经到达警戒线，洪涝、寒潮、干旱和风暴以及它们带来的各种次生灾害已经害死了成千上万的人和根本没有办法统计的野生生物。全球各大科学机构和大学都给出了悲观的判断：地球气候已经越过了自我调节的阈值，从今以后，无休止的恶性循环将会逐渐加速地球的灭亡。

这虽然在小规模范围上造成了人心涣散和社会暂时性瘫痪，但人们没有服输。

许强，远东联合火箭军某旅士官，曾参与在南昌的"拨云"行动。那场行动中，他们用新型的大功率微波扰压仪制伏了正在城区肆虐的 3 束龙卷风。他现在已经被调往大洋洲联合参与反拉尼娜行动。

美国蒙大拿州消防部门在北美联合成立后被编入人类安全部设在当地的消防署。他们依然在这片焦黑的土地上维护着人民洁白的梦想和希望。

魏志鹏老先生一直在工作，直到某一天他不幸在研究所内滑倒，摔断了尾椎。自那之后他的身体每况愈下。即使这样他还是不肯回国，坚持不懈地在病床上整理着自己的成果，希望把它们完好地保存下来留给后辈的研究者。魏老于 2075 年 11 月 9 日逝世于南极中山站，遗体被运回他的家乡杭州安葬。他的研究成果直接促成了病毒沉积芯片的诞生，让电子芯片迈入了新时代。

安远毕业后创办了现在名号顶天高的一家企业，那家被全球人民誉为"把乌云撑高来"的公司 —— 核星生物集团。安远的光合酶现在是人类手上唯一可以逆转气候，让地球返寒的法宝。联合国为此已经通过决议，计划成立联合国盖娅基金会，将包括核星生物集团在内的全球生物企业资源整合，加速研发新一代逆转气候的武器。

就在昨天，人类委员会成立了。全世界所有的人真正地团结在了一个屋檐下 —— 联合国。

我写到这里的时候，刘艳已经累得趴在我的病床边睡着了。她为了照顾生病的我忙前忙后，我们的孩子才 2 年级，每天上学也需要她去送，实在是太难为她了。假如我的尘肺病不再好转的话，我也希望像魏老那样留下些东西，帮助有志之士，为他们架一级阶梯，立一把扶手，点一盏明灯。

尘肺病是我在内蒙古的沙暴里留下的。至于是什么时候的事情，真记不太清了。记者跑东跑西的，作息不规律，饮食不健康，病情不恶化真说不过去。

可能是被键盘的声音吵醒了，刘艳睁开了双眼。即使在病房昏暗的光线下，她的眼睛里也有星光迸射出来。

"醒了，老婆？"我悄声问道。

没想到，她不知怎么的，"哇"的一声哭了出来，抱着我裹在被子里的小腿，哭得梨花带雨。我着实束手无策，只能安慰性地抚了抚她因忙碌而久未打理，显得有些乱蓬蓬的长发，苍白无力地哄了哄她。

"我刚才做噩梦了。"她冷静下来之后，才抽泣着告诉我实情，"我梦见……梦见……"

她的泪水再次决堤。

好了，不用猜了。

"放心吧，艳儿，我会没事的。"我轻轻地安慰道。

"不是！我梦见你康复了，我、你和洋洋幸福地生活，结果我们的家变成……变成地狱了！"

她的情绪又一次崩溃了。

好了，我猜错了。

"艳儿，你知道我在你的眼睛里看见了什么吗？"我灵机一动，问道。

她果然中招了，好奇心逐渐把噩梦的惊惧压制了下来："什么？"

"我最喜欢你眼睛里的星星了。"

她佯装生气地朝压在她身下的我的小腿锤了一拳，刚好打到我去尼日利亚考察时摔跤落下的旧伤，疼得我窒息了几秒。

"哎哟，是不是打疼你了？"她赶紧心疼地揉了揉我的伤处。

"没事没事。"

"我们这都几年了，还在说这些没有用的。"她说着噘起了小嘴。

"我也只有对你会说这些啊……"我还有一丝狡辩的余地。

"哟，"她一下来了兴趣，这时，她的眼睛里闪起了狡黠的光芒，"我是你的谁啊，敢这么挑逗良家少女？"

"你是我的梦啊。"我轻声说道。

郑志翰

2085 年 1 月 2 日于远东联合深圳市北京大学深圳医院

改造撒哈拉

冯尊叼着从裤袋里头摸出的最后一支烟，点着了，猛吸一口，任

由焦油的气味狠狠地污染他的肺囊。他那双不应该出现在亚洲人面孔中的翡翠色眼睛，在烟气不甘心地散尽之后显露出来，显得那么心灰意冷。

要是烟灰能把这片黄沙永远遮住就好了，眼不见，心不烦。

人类环境部从全世界物色到的所有环境工程师中，他是唯一还留在这里的人。他们这群工程师要做的不外乎一件事——找路子让撒哈拉沙漠绿起来。环境部分给了每个人3块3公顷的试验田，要是这3块田的试验都失败了，环境部就把他们送回去；要是成功了，就在撒哈拉地区大规模推广，他们会获得享之不尽的荣耀。许多人红眼而来、泪眼而归。尽管他们获准动用人类环境部能搞到手的一切资源，试验田上还是一片荒芜。加州大学教授雅各布·赫拉里斯甚至愤怒地下了个定义："这就是撒旦的伊甸园！"

现在，"伊甸园"里只有他一个。可能全世界的人都在盯着他的最后这一块地，毕竟撒哈拉，乃至地球的未来，就靠这一块3公顷的地了；也可能人们都死心了，甘心接受了将在不断加速的全球变暖中"红烧"致死的命运。

不管是哪种情况，冯尊不太放在心上。

他找了一段横陈的胡杨木，拍了拍树干上的沙，提了提裤子，坐在了疙疙瘩瘩、皮开肉绽的树干上。已经是傍晚了，沙漠里风很大，要是其他时间他肯定不敢出来遛弯，要不然会被晒成人干的。

"咔！咔！"他咳了两声，抹了把脸上的沙，然后蛮不情愿地转了个身，面对下风口。

这是他的第二个试验田，现在已经躺满了胡杨树。有些树墩还露个角在沙面外。它们都是被砍掉的。

鬼知道为什么人类农工部会把他的胡杨林当作既定林场，砍树那天还刚好是他回河北办退休手续的时候。面对满目疮痍，他一时哽咽。

隔壁的中东人穆贾•托里一直为此在背地里幸灾乐祸地笑话他，直到他自己田里的大片沙枣林被活活炙烤致死，被人类环境部送回阿布扎比为止。环境部为此多给了冯尊一次试验的机会，但是他不想要——他是个实诚的人。他知道自己这次试验确实失败了。胡杨林虽然经过一点儿转基因处理，适应了低纬环境，让它们长得极其粗壮繁茂（以至于让农工部都以为这是"既定林场"。冯尊埋怨地想），但终归是熬不过去的。他回远东联合前这些树就有些水土不服的样子，粗略估计，就算没人来砍，它们也最多撑四个月，根本达不到环境部"支持六个月甚至更长时间"的标准。

　　但反观他人的方案，这片胡杨林算是非常成功的。远东联合海洋大学教授尤念桂兴冲冲地带着之前解放军改造海礁沙土的"神器"——"粉状植物性纤维黏合剂"来试验，成功地让寸草不生的沙漠长出了小麦，震撼了世界。没等远东联合的人显摆几天，一场沙暴让尤教授连自己的地在哪儿都找不着了；南亚联合的农业学家莉娅辛•文迪显然是刘慈欣的粉丝。她照着小说描述的样子，研制出了真实的"冰种子滑翔机"，同样迫不及待地跑来撒哈拉上空，往地里丢她的"小飞机"。有什么用呢？没有。冰块融化后，那点儿水很快就没影了，种子一颗都没发芽；联合国盖娅基金会的年轻小伙子房立竹对基因工程有一种近乎疯狂的痴迷。他把仙人掌的基因掀了个底朝天，让它褪去刺，两天长高两米，一星期之内结果——果子又大又多汁，还把周围的沙子固结得梆硬，以便建造建筑物……冯尊打心底里佩服现在孩子们的才华，要是房立竹的仙人掌没有被沙漠动物啄得稀烂，他可能会去当面夸他两句。

　　天色暗了。冯尊嘴边的火星子时明时暗。

　　他想起了自己小时候姥爷和父亲的一次对话。姥爷是智利人，总是喜欢穿着那件印着萨尔瓦多·阿连德·戈森斯①大头像的Ｔ恤；父亲是塞罕坝林场的第四代护林人，而且听不懂西班牙语。这俩人关系一向很铁，但又总对着干。他们交流时，父亲总会握着翻译笔递到姥爷嘴边，和记者采访一样煞有介事，而姥爷也会一边一本正经地咕噜着西班牙语，一边拉下一只脚上的皮鞋或者拖鞋，也像麦克风一样冲着父亲。结果往往是姥爷一手拎着鞋子，满客厅地追着父亲熏，把他们原本要讨论的话题抛到九霄云外。而年幼的冯尊那时就已经能分辨出母亲反射着两个男人打闹画面的虹膜下进行的隐秘的思考："我怎么养了3个孩儿？"

可就是有这样的时候，父亲提出的话题过于令人感兴趣，以至于姥爷忘了脱鞋。

"在智利，治理沙漠真的需要人类时刻不停地投入吗？"父亲问。

姥爷手里的拖鞋停住了。它原本下一秒就要告别姥爷的脚底。

"我生在托科皮亚，冯，这事我有发言权。"姥爷说，"城外几步远就是沙漠，我还曾经有一段时间在那里的医院里当护士，生离死别天天见。我们为了在沙漠里生存，为了把沙漠改造得稍微适合人类生存，付出了巨大的代价。"

姥爷缓步踱到沙发旁，若有感慨地坐在了皮垫上。

"我来到这里已经8年了。我听说了塞罕坝，我听说了毛乌素，我很佩服你们的毅力；但这两个地方以前都是长树、长草的呀，只是因为一时的环境改变或者人为破坏才导致土地退化的。让它们重新变绿只需要制造出合适规模的林子，加上人类适度干预和监控就能长久地留住生态；但是，智利……"姥爷摇了摇头，"我们不一样，林子长出来全靠人类做赔本生意。没有人日夜兼程地往绿化林运水，森林两个月之内全被晒死是真的有可能的——毕竟，那里的沙漠过去数千年，

①萨尔瓦多·阿连德·戈森斯：未联合时代智利共和国总统。在政变中以身殉职。

甚至可能有几万年，都没长过东西了。NASA 以前来智利沙漠研究火星，知道吧？"

姥爷苦笑了两声。

"总有人会解决这个问题的。"父亲说道。

"亚洲人还真是自信啊。"姥爷慵懒地把双手伸到脑后，"什么人有能力对抗万年来的生命盲区呢？"

这时母亲也走进客厅了。3 个人的目光一瞬间汇聚在那时正上小学的冯尊身上。之前每每回想起这一幕时，他总觉得他们的期望即将被辜负，但当母亲和姥爷翡翠色的眼眸渐隐于沙漠那深邃如父亲的目光一样的夜晚时，他竟感觉骨头里多了些许支撑。

"继承人。"冯尊喃喃地答道。

他嘴边的火星燃尽了。

穿着阿拉伯长袍的一行人驾着沙漠吉普翻过沙丘。映入眼帘的是一大片墨绿色的杨树林和胡杨林。它们在这一片 3 公顷的土地上旺盛地生长。莺啼遥传，鸡鸣隐约。

应冯尊要求，3 公顷沙地的形状被划成了正六边形。人类环境部为他提供了经过些许基因改造的杨树和胡杨树苗，并在试验田中央盖了间砖房。冯尊还自己回远东联合采购了一些食物和家具之类的物件，似乎要在田里长期生活。他要求环境部每个月给他送一罐 500 升的氢气，此外就没有其他需求了。这些条件完全满足人类环境部的标准，甚至在其他人的试验方案中，这算是花费较少的了。现在，6 个月已经过去，人类环境部该派代表验收了。

吉普车停在了林子外沿，三人跨下座位。其中一人用中文朝林子里大喊："冯先生！"

"哎——"树林里远远地透出一声回应，"来了，来了——"

冯尊踩着树根间的平地朝他们走来。他右手抓着一顶草帽，左手拎着一只小水杯，身上穿着一件泛黄的衬衫。他虽然老了，但是步伐十分稳健。这对于代表团又是一个巨大的惊喜，毕竟之前所有的工程师，无论他们的项目进行得顺利与否，脚步都是着急忙慌乱的。

"你们好！"他亲切地和 3 人依次握手。

领头的那个亚洲人用流利的汉语说："我们是来验收您的项目的。"

冯尊轻轻地拍了一下脑门，问道："今天几号？"

"2 月 18 号，先生。6 个月过得真快。"

冯尊腼腆地笑了笑。

"日子过得滋润，时间过得就快。快进来吧，太晒啦。怎么称呼？"

"这位是阿列克谢，这位是蒙巴萨，我叫金智昊。您可以叫我小金。我们是人类环境部派来的。"

"好，3 位，里面请。"

3 人一路上不停地打量着树林。林中的树种似乎不只杨树和胡杨两种。他们脚下松软的泥土和嘎吱作响的碎叶，彰示着这里形成了土壤，还不可思议地蓄积了一定的肥力。林间凉爽的空气和沙漠的暑气间形成了对流，让他们头顶的叶子"沙沙"地摇曳着。越往深处走，地面上沙子的成分就越少。

"先生，这些树的水分是哪里来的？"

"一会儿你们就清楚了。"

又行数步，树林散开。他们来到了正六边形田地中央的一片空地。一片菜园，一间砖房。锄头、铲子、板凳、簸箕……很难想象，冯尊竟把家乡的农民生活搬到了非洲。

"我用细眼纱做了个棚子。"冯尊指着菜地上用木棍架着的一张几乎遮盖整块田的白布说，"太阳太毒了，很容易把它们晒死。"

"您已经在这里自给自足生活个把月了？"金智昊问。

冯尊点点头。接着他指着砖房旁边一个一人高、看起来还蛮现代化的金属设施，说道："水就是从那里来的。"

那个叫阿列克谢的人嘟囔了几句，他的耳机立刻把中文翻译播了出来："氢燃料水合器。"

"识货！"冯尊竖起大拇指，"我女婿在比亚迪上班，他给我搞来了一台。"

他领着3人推门进了砖房。

"饿了吧？让我给你们下厨。"冯尊招呼3人坐在板凳上，说着就走进了后屋烧菜。

他从一旁的坛子里捞出一整只腌鸡，连骨剁成几块，又拍碎两瓣大蒜，待电磁炉热锅到合适温度后下油，放蒜，蒜香初溢时倒鸡肉，炒至皮泛黄出锅，随手撒一把碎辣椒，上桌。环境部的代表们口水直流。咬一口满嘴喷香，咬两口肠温肚美。

"所以，"金智昊草草咽下一口鸡肉，"您要求我们每周送一罐氢气的用意，就是用氢燃料电池生水、发电，解决生活需求。"

"不错。"

"您是用这些水浇灌这片林子的？"

"是的。"

"可您的林子，这样说来，是没有办法维持自身长期存在的，因为要是您一离开……"

"它们就全完蛋。你说得很对。"冯尊说道，"但这就是我的方案。想想吧，撒哈拉沙漠几千年没长过东西了，人类不花点儿力气怎么能让这里长出来植物？我计划开展教育，教导指引非洲当地民众护林和农事。像这样的六边形绿洲单位很快将会一片接一片地铺开，就像铺地砖一样。对非洲人民来说，这样安居乐业的生活对他们是极大的改善，是生活上的极大进步。对于环境部来说，要维持整个撒哈拉人造林，只需要一样东西。"

"那是什么？"

"氢气。所有绿洲单位的生活全部是自给自足的，只有氢气需要外界供给。氢气也不贵，核聚变燃料厂每年的多余氢气产量都大于市场需求。我们会以很少的价钱支持整个撒哈拉绿洲聚落。当成千上万人在此定居后，从树上蒸腾的水分和已经变性的土壤将改变当地乃至全球的气候，拯救我们所有人。"

3位代表面面相觑——他们没想到这个方案并不疯狂，而是出乎意料地可行。

"我需要继承人。"冯尊郑重地说，"这就仰仗各位了。"

4天后，人类环境部宣布冯尊试验成功，并正式成立联合国冯尊农学院。

两个月后，来自人类环境部、人类健康部、人类农工部的十几位冯尊亲自挑选的"继承人"来到撒哈拉沙漠。同时，撒哈拉绿化工程大规模展开。

5个月后，联合国冯尊农学院开始在非洲本地招生。同时，围绕着最初的试验田的20多块一样的六边形绿洲单位实现了自给自足，固沙植被基本长成。绿色的甜浆正在浸染撒哈拉沙漠。

12个月后，人造林覆盖范围突破30平方千米之时，冯尊悄悄回到了远东联合，尽量避开了无所不至的关注。

18个月后，撒哈拉地下氢气管线建成。氢气供给实现自动化。

24个月后，冯尊向人类安全部提出申请，希望可以让自己从公众视野中消失。从此，世界上的绝大多数人都失去了这位拯救气候危机的英雄的消息。

36个月后，撒哈拉绿化工程二期结束。撒哈拉地区植被覆盖率达到了88%。

51个月后，在全人类的不懈努力之下，全球气候反寒，海平面逐年下降。

52 个月后，位于上海的联合国人类卫士纪念堂里竖起了冯尊的等身塑像。

托科皮亚城郊的居民感到非常奇怪：即使那一块地便宜到不能再便宜了，可 50 公顷的寸草不生的沙地可以顶什么用呢？

买下这块地的是一个远道而来的亚洲人，没有人知道他叫什么名字。他在这块地上盖了一个小平房，一个人生活着。

不久之后，居民们惊讶地发现，这个亚洲人的房子居然被层层叠叠的翠绿掩盖了起来。原本荒芜的土地上开始有了生机。

那个亚洲人，有一双翡翠色的眼睛……

鸡冠菜

塑料膜向一边拨开，露出一张戴着草帽，黑黝黝，汗涔涔的脸。李安仁从温室里走了出来，用肩上的毛巾抹了抹脸上豆大的汗珠。田野的炎热空气挤压着地面，似乎一排排的机械温室都要不堪重负了。老天爷挺赏脸，连续三天都是晴空万里，温室里的光照条件可以达到预定计划的 4000 勒克斯。李安仁回头朝温室玻璃里望了一眼，那些小鸡已经长得颇为强壮，在温室里一动不动地立着，精神状态蛮好的。

"安仁。"熟悉的声音叫着他的名字。想想就知道是谁来了。

"哥？这一来田里，你衣服不就又要湿透了吗？"李安仁见有客人来，急忙沿着田埂赶上前去。

"来自法国的弗兰克·斯宾塞博士，是恩伯斯制药集团农作物基因组计划组长。"李天成接着用英语介绍道，"这是我的表弟李安仁，跨物种杂交项目主管。"

斯宾塞博士伸出手去，李安仁赶紧握住了他的手。

他听老外嘴里咕噜出几句外语，说的还没有他哥说的标准；不过语气听着似乎还蛮惊喜的。两个月以来一直有客人不辞辛苦来到"曙光计划"的地里，有的是远东联合航天局食物配给部门的，说计划要带一只鸡上"天宫"；还有的是华大基因病毒科的，说是打算带一只鸡回深圳做病毒模型研究；外国人也不少，从肯德基首席执行官到菲律宾农业部部长，从联合国人类健康部总干事到……什么机动组来的指挥官，个个都想分一只鸡……偌大一个温室，这一批最强健壮硕的几百只好鸡，愣是你拿一只、我抱一只，只剩下了几十只，成天扑扇着翅膀到处跑着打架玩，搞得叶子掉了不少……这次要是这老头还想要鸡，说什么也不能给。

见到弟弟面对斯宾塞博士的问候一脸尴尬，李天成赶紧用英语说："咱们去看看那些小家伙吧，怎么样？"

斯宾塞博士连连点头。他似乎对来到乡下有着非同寻常的兴奋，即使毒辣的阳光已经让他的衬衫湿得像一张浸过水的纸巾一样贴在背上，他还是两眼放光，高兴地这里指指，那里点点。

李安仁不情愿地拉开塑料膜，留出一个供人通过的入口。李天成指引斯宾塞博士穿过洞口。一进到温室里，斯宾塞博士就爆发出一声惊呼。

温室里养殖的鸡，全部都是绿色的，没有鸡冠和羽毛，取而代之的是一片一片的菜叶覆盖全身。它们伸展着翅膀，尽可能获得更大的受光面积。由于绿叶提供了大量养分，它们比普通的鸡更加健硕。普通的鸡舍通常因为鸡粪而臭不可闻，但是温室里截然不同，地板非常干净，因为这些鸡无需排泄，也无需进食，在白天甚至连氧气都能自给自足。现在，300平方米的地面上，60多只半米多高的鸡正雄立着，舒适地沐浴着阳光。

斯宾塞博士又说了一些很激动的话，有些甚至不是英语。李天成全部听懂了，转而翻译给李安仁。

"斯宾塞博士希望你可以简单介绍一下绿叶鸡。"

只要不拿就行。李安仁想着。

"这些鸡是经过基因编辑的，我哥哥的团队修改了9号染色体上的一条免疫基因，大幅度改变了鸡身体的组织兼容性，此外这些鸡会在基因操纵下在1岁左右脱毛。那时，我们会将同样经过基因编辑的芥蓝苗植入鸡的皮下脂肪层，再用诱导剂诱发脂肪干细胞分化成神经组织，连进预设在芥蓝上的接口——这段时间，很多鸡都没有挺过去。那些活下来的鸡，就是现在你们看到的这样子。"

斯宾塞博士又说了一句，李天成听懂了，他用英语说："是的，先生，它们才两岁大。"

又是一声惊呼，吓得临近的一只鸡急忙把翅膀收了起来，赶紧伸头伸脑地走远几步。

"别咋咋呼呼的，把我家鸡吓着了。"李安仁把声音压在嗓子眼里说道。

"他又想问问你的鸡是怎么处理自身的废物的。"

"我寻思着这不是哥你负责的方面吗？"

"这不是给客人介绍呢吗？"

李安仁白了他一眼，说："这些鸡无需进食，因此固体排泄物是完全没有的，而细胞自身新陈代谢的废物大部分可以由血管运输到叶片接口。那里有一块组织，储存了很多类肝脏细胞。它们可以将3000多种毒素转化成植物所需的养分。其他的不能处理的东西，会由肠道里的工程菌处理。整只鸡的身体，我们把它改造成了一个小型生态系统，所有废物自行处理并吸收，保证鸡肉产出效率的最大化。"

李天成认真听着斯宾塞博士的问题，然后向李安仁翻译出来，尽管这些问题他已经知道答案。

"这些鸡晚上怎么办？耗氧量岂不是翻倍？"

"因此，我们在晚上也会保证光照。我刚刚说过，这些鸡和芥蓝都是基因编辑的产物，它们是没有生物钟的。平顶山聚变电厂和我们有长期合作，我们养殖这些鸡所需的电是根本不用愁的。"

"这些鸡的社会行为有没有发生改变？"

"这倒是很明显。一般的鸡可不会像这些鸡一样张开翅膀晒太阳，但自从这种行为从一只鸡身上出现之后，其他的鸡就都开始这样做了。此外，我们每个温室只放一只公鸡，这是为了避免公鸡之间的互相殴斗，因为啄掉的菜叶是根本不可能再接上去的了。"

"它们具有生殖能力吗？"

"很可惜，不。芥蓝是会抑制性激素分泌的。它们要么不下蛋，要么蛋黄稀得像水一样，根本发育不了。"

"这些芥蓝能吃吗？"

"也暂时不行。需要远东联合科学院农业所后续的化学成分分析，确认芥蓝的营养成分和毒素剂量没有发生显著变化才行。在前几批的养殖中，出现过鸡肉非常健康，一点儿杂质也没有，但是芥蓝的毒素指标翻番的案例。必须加倍谨慎才行。"

"能近距离观察一下吗？"

"不建议这样做。"李安仁言简意赅地说。

斯宾塞博士看上去有些失望。

"理解一下，博士。您要是被鸡咬了，还得去打疫苗呢。更何况，这些鸡的免疫力较弱，我们身上看似无害的细菌对它们来说都是致命的。"李安仁说。

"可以拍照片吗？"

"可以，闪光灯除外。"

斯宾塞博士从口袋里掏出手机，蹑手蹑脚地向最近的一只鸡靠了过去，蹲下身子，拍了张照片。那只鸡没有在意，仍张着翅膀，像太阳能面板一样对着温室顶棚。

博士起身返回，又高兴地说了几句。

"能不能将一只鸡作为礼物送给他？他想要进行……"

"不能。"李安仁直截了当地说，"请回吧。"

强力的日光把温室照得透亮，似乎每个温室里都有小太阳在燃烧，引来无数昆虫趴在温室玻璃上，好奇地朝里张望。蟋蟀在温室附近是不唱歌的，因为这几百间大温室实在是太亮了，以至于温室周围10米的亮度还和晴朗的早晨差不多。温室脚下的杂草也生长得十分茂盛，一定程度上再造了一个不夜的生态系统，这里的昆虫，还有啮齿类哺乳动物，遵循着不睡或少睡的新规律，导致性状发生了变异，体格变得较小，寿命也短了不少。

"还没睡？"

"嗯。"

李天成已经换上了便装，但李安仁还是中午的那身农装。河南的晚间十分凉爽，但是日光灯辐射出的热让李天成有些发汗。

李安仁坐在田埂上，把草帽握在手里，拍着，无意识地驱赶着时不时找机会啜一口血的蚊子，呆呆地盯着发亮的温室。

"这几天有断过电吗？"

"你走之后第二天17号舍断了。晓雨和我去的时候里面已经吵得不成样子了。重新接上之后，我们清点了一下，菜叶还全的只有29只了，剩下的不知道能不能熬到冬天。"

李天成走过去，坐在了表弟旁边。

"不觉得我们是在做一件伟大的事吗？"

"哥，你觉得伟大在什么地方？"

"跨物种融合本身就是对自然事物的一大冲击。人造稳态、基因编辑、跨界植接、聚变日光灯……这么多科技的结晶，都能被应用在现实生产中，我觉得很值。能把那些原本挂在天上的技术拉到地面上为国家造福，不是令人高兴的事情吗？"

"我认为它伟大的地方在于它能让我们有肉吃。脱贫之后，远东联合仍还有 2 亿人不能敞开肚子吃肉，2000 万人营养不良……长江一次洪水就能让流域一整年的粮食蔬菜绝收。远东联合的蔬菜和肉类坦度不够大，远远不够……吃不吃得起饭，关乎远东联合的生存；吃不吃得起肉，直接关系到远东联合的贫富。"

相对无言。

"哥，你天天在外面跑，我不介意。虽说我也知道有些活动我不去确实不太合适，但是我毕竟还是要做好自己的本职工作。有些人间疾苦，坐在办公桌前面是看不到的，你得坐在这里。"

李安仁拍了拍身边的地面。

"我们从种马齿苋开始，多少年了？"

"记不清了。"

"10 年？"

"至少 15 年了吧。"

"安仁，你后悔吗？"

"后悔什么？"

"后悔你原本有机会去做更好的事情？"

"这不就是最好的事情？咱社会的高素质劳动力比率不会因为我'蹭'一下就窜上天去。相反，要是没有我，就凭哥你能搞出这养鸡场？"

李天成笑了。

"是啊，离不开你。"

"我不喜欢鸡舍总是被这样参观——原本搞研究的地方变成了动

物园……"李安仁和李天成再次并肩走在温室间的田埂上。李安仁仍是农装，李天成还是西装。

"安仁，我也不想让他们来，可是上级总是安排人还不跟我们打招呼。"

"这次来的又是谁？"李安仁拽起肩膀上毛巾的一角抹了抹脸上的汗，"哪个做官的？做生意的？做学问的？"

"勉强算是做学问的。"

"'勉强'是个啥意思？"

李天成已经用不着回答了。转过一个弯，小路的尽头，李安仁看见了他最不希望踏进试验田的一群人。

"天哪，"李安仁摇了摇头，"要是我有罪，就让老天爷打雷劈了我吧，为什么要罚我去管小学生的手呢？"

兄弟二人盯着远处那在热浪中翻滚的一团蓝色的斑块。那是孩子们的校服。隔着一整条路，他们都能听见小孩的吵闹声。一个穿格子衫、扎马尾辫的女人正在孩子们周围忙活着，劝劝这个，拉拉那个，忙得不可开交。

"晓雨已经快应付不过来了。咱们得去搭把手。"李天成说。

李安仁像是下了必死的决心一样，跟着哥哥走上前去。

"我是《中原日报》记者康之铠，这次来拍摄郑州二小的同学们参观试验田的活动。"一个穿蓝衣服、戴眼镜的男人和李天成握了握手，"如果可以的话，我还想对李安仁先生进行一次采访。"

"他不会接受采访的。这是他的惯例。"李天成笑道，"您可以尽管去尝试，但是以我对他的了解，这大概率没戏。"

他们身旁，约莫三十几个孩子，在试验田大门口前的空地上吵嚷着，身着防晒衣，戴着宽边帽子的年轻女老师们正为了维持秩序焦头烂额。兄弟俩手下的得力干将，小徐村的姑娘，张晓雨，也正忙着从空调仍在呼啸的大巴车上搬下一箱又一箱的瓶装矿泉水。

"这就是春游来了。"李天成愁眉苦脸地看着一群才及腰高的孩子。

"对啊。"康之铠笑嘻嘻地说,"田间地头不就是春游的地方吗?"

李天成回头用复杂的眼神看了他一眼,康之铠的笑容立刻僵在了脸上。

张晓雨和李安仁走在队列最前面,张晓雨倒着走,操着独特的河南味的世界语,向孩子们讲解一些关于绿叶鸡的知识。从孩子们的表情上来看,李天成很难看出有多少孩子听进去了哪怕只言片语。他们大多都时不时停下来,脸蛋贴着温室的毛玻璃,期待着能一睹传说中的绿叶鸡。人群就这样像一只蛞蝓一样,走过一间温室时,就会有一群小孩黏在玻璃上,边黏边走,缓步前进。

"根本看不到……"一个小女孩失望地说。

"我哥说这种玻璃洒点儿水就能看到了。"一个男孩说着掏出了书包旁的绿色塑料瓶。

根本来不及制止,小半瓶雪碧就被泼在了温室外的玻璃幕墙上。一帮孩子蜂拥而至。

"是清楚了耶!"

"我怎么什么也看不见?"

老师赶紧过来驱散他们,一边还询问性地望向李安仁。李天成只见他冲老师摆了摆手,示意没什么大碍;但李天成还是感觉表弟的眼神像是要杀人。

李天成深深地叹了口气,继续跟着队伍往前走。

"哇!"孩子们爆发出一声惊呼,吓得温室里的鸡都从日光浴中惊醒了过来。

"孩子们,别吵!听指挥!"李天成警告道。

绿叶鸡收起了翅膀,开始一步一瞪地往温室另一头聚集。

"记者同志，这里禁止开闪光灯。"李天成见康之铠举起镜头，赶忙提醒道。

"晓得，晓得。"他似乎有些不耐烦。

"这就是传说中的绿叶鸡了。"张晓雨介绍道，"它们不用吃饭，张开翅膀晒晒太阳就能生存。"

"那它们现在为什么没有张开翅膀呢？"一个小女孩问道。

"因为它们不习惯有这么多人聚集在温室里。"李安仁说，"它们很紧张。"

李天成敏锐的听力捕捉到了孩子们兴奋的交头接耳中一些危险的言语。他很快锁定了小脑袋中间那张黑乎乎的小脸——之前那个泼雪碧的小男孩。

这家伙成了李天成重点盯梢的对象。

"姐姐，那它们拉屎吗？"一个男孩笑着问道，引起了一片笑声。

"它们不拉的。既然不吃东西，也就没必要排泄了嘛。"

那个小孩和周围几个男孩的注意力已经大部分放了温室那头的鸡身上了。李天成有预感某个时刻他们就要刺群而出。他快速地沿着他们的视线溯去，确定了他们应该是盯上温室角落的那只母鸡了。它是整个温室里身形最小的鸡，但身上的芥蓝叶也最密。如果没什么误差的话，这些小家伙会直接冲出来对它上下其手。

李天成悄悄移到了队伍的最前方。

"记者同志，你有什么要问的吗？"张晓雨问道。

几个小家伙也开始慢慢地，试图不被引起注意地挤到队伍前面。

"这些鸡真的可以吃吗？"康之铠问道。

小男孩推开队伍最前面的男生后，兴奋得像是发现了宝藏；但随即，一个穿着西服的身影拦在了他的身前。

"小朋友，你叫什么名字啊？"李天成蹲下身，悄声问道。

男孩的伙伴也挤了过来，发现李天成把他们截和了，同样怔在了原地。

"别对我的鸡有想法哟。"李天成故意笑得极具威胁性。

从那小孩脸上半是恐惧半是愤怒的表情来看，李天成想是暂时不用担心他们了。

"姐姐，再见！"孩子们奶声奶气地向张晓雨告别。张晓雨也热情地朝他们挥手。

太阳刚刚碰到杨树稍的时候，孩子们就该离去了。

"这次参观感觉如何，记者同志？"李天成问道。

"我觉得太棒了。我已经迫不及待地想要看到绿叶鸡上市了。"

"的确，这种鸡肉往往是最有市场前……"

"先生！"一个看样子是学校老师的女人跑过来找到了李天成，"我们班的一个孩子不见了。"

"哪个班？"李天成立刻警觉起来。一旁的李安仁和张晓雨也听到了，凑了过来。

凭借着超强的记忆力，李天成认出了那个班领头的男生。就是那个想捣乱的男孩推开的男生。

莫非……

"孩子长啥样？"张晓雨问道。

"脸黑黑的，个子差不多到这……"

"是不是之前往墙上泼雪碧的那个？"李天成依旧盯着孩子堆，试图寻找这个身影。

"是……"老师似乎有些怯懦。

李天成也没有在班里找到。他回头和李安仁对视一眼，眼神间，他们立刻交换了想法。一瞬间，两人都发觉事情闹大了。

"刚参观过的 5 号鸡舍。"李安仁说。

"最有可能。"李天成赞同道。

众人还没从他们默契的发言中回过神来，兄弟俩就向温室的方向狂奔而去。

踩倒的路边草、被拉开的温室门闩、温室里传出的孩子的傻笑和翅膀扑棱的声音……

李天成一脚踹开门，大喝一声让熊孩子住手。

李安仁随后进来，看着落满地面的菜叶，满目震惊。

记者康之铠接着闯了进来，站在一旁的角落里注视着整个现场。

张晓雨和老师一前一后踏过门槛。在众人或愤怒或惊讶的目光中，两人合力把还试图疯闹的小孩拖离温室。

"记者同志，你遇到过这种事情吗？"李天成走近一只菜叶几乎被拔光的、奄奄一息的母鸡，仔细地查看它的情况。

"熊孩子捅出大娄子？我见过，而且我还报道过。"康之铠平静地说，"但这次的事，我估计，是很难登报的。"

"为什么？"

"刚才那个孩子，我认出来了，是远东联合河南处农业局局长的儿子。当事人有背景，基本都登不了。"

"我们也有背景。我们的项目是远东联合科学院农业所的直属项目。"李天成尽力压制住了语气里的怒气，"我们希望你能把这件事情报道出来。"

"这会给报社招来两头的麻烦。所以一般报社对于这种事件都是冷处理。"康之铠依然面无表情，"同时由于这件事，今天的关于学生参观的报道可能也要作废了。"

康之铠说完，一声不吭地走出了温室，留下兄弟俩在温室里，忍受着眼前满目疮痍的景象。

李天成换好便装，来到田里，穿过仍然亮着暖光的温室，登上农田后面一片矮小的土丘。不出他所料的是，弟弟李安仁就坐在土丘的顶上面对着温室群发着呆；但出乎他所料的是，张晓雨坐在他的身边，靠在他的肩膀上。

张晓雨似乎提前注意到了前来的李天成。她提醒了身旁的李安仁，随后站起身，朝李天成走来。

"天成。"她打招呼道，似乎有点儿害羞。

"他怎么样？"李天成问道。

"哭过一阵儿，现在好多了。"张晓雨说，"报社那边怎么样？"

"他们还是不肯登。我已经联系了上级，看看他们怎么处理这事。"李天成说着朝弟弟走去，"去忙吧，晓雨。"

他来到李安仁身旁，坐了下来，递给他一把扇子。

"想必吸了你不少血。"他说。

"是啊。"李安仁接过扇子，往自己身上拍打起来。

"人应该看开一点儿。生活总是有盼头的。"

"有什么盼头呢？"

"我们剩下的34只成活的鸡就是盼头。项目一期马上就要结束，更大规模的项目二期马上就要开始了，我们马上就要去海南了，这就是盼头。"

"我没想那么多，我只想着我的鸡了……"

"你就是太现实了。"李天成说，"走路的时候不能光看着脚下那一点儿路砖，会跌跟头的。要看着路延伸到的地方，你才不会迷路。"

"唉，习惯了。"李安仁说，"所以这里才需要我们两个嘛。一个在村里负责走路和吃苦，一个在城里负责导航和做梦。"

"有这么说你哥的吗？"李天成笑骂道。

李安仁笑着躲开了朝他挥来的一拳。

那一瞬间，他们似乎又回到了小时候在田间地头上的时光。

"哥，"李安仁喃喃地说，"你说我们小时候也是这么调皮吗？"

"不管你怎么想，反正我觉得是的。"李天成说，"我还记得我们很多的成就都是闹出来的呢。"

"哎，这东西好常见啊！这也有，那也有……"李天成指着一株贴地生长的小草说。

"这是马齿苋，很常见的野草，洗洗还能炒来当菜吃。"李安仁说着蹲下身去。

李天成也蹲了下去。只见那株马齿苋生的矮小，还没筷子头粗的茎秆几乎是平躺在地面上，撑起十几片米粒大小的叶片。即使是李安仁那小小的巴掌也能一丝不落地阻隔住照在它身上的所有阳光。但即使是这么个小东西，生存能力也决不能用弱来形容。田间、墙角、水泥地面的裂缝间，有土就能生根，夏长秋亡，年复一年。有时掰来玩的一小枝茎秆，随手一丢，五天就能长出一株新菜。

他们抓了一大把马齿苋，往对方的脸上丢，搞得两人都灰头土脸的；但很快，这场马齿苋大战的焦点就从人身上转移到了周围的小动物上。麻雀被他们的"防空炮"打得紧急起飞；白鸭被他们的"迫击炮"逼得"拖家带口"地退往池塘避难；野猫被他们的"榴弹炮"轰上了房顶，沿着水泥瓦跑远了。

接着，他们对邻居家散养的鸡群动了手。一通马齿苋的"轰炸"下，公鸡母鸡"咯咯"叫着，争相朝着附近的竹林逃命。

"哥！你看！那只白鸡！"李安仁用手上的菜茎指着一只狂奔的白毛红冠公鸡说，"它背上有根马齿苋，马齿苋长在它背上了！"

马齿苋在公鸡雪白的羽毛上特别显眼，茎叶也随着公鸡奔跑的颠簸上下抖动着。

"是啊，菜长在它身上了。"李天成也笑着应道，但笑着笑着，他想起什么似的，一直注视着那只白鸡跑进竹林，甚至忘了像弟弟那样继续追赶鸡群。

菜长在它身上了……

李天成看着远处玩得正疯的表弟李安仁和四散而逃的肥胖的鸡，眉头皱了起来，陷入了深深的思考……

存 在

今天，叶雨惜又骂了儿子一顿，抖搂出他以前干过的所有破事，再一个一个劈头盖脸地用最尖利的言语把它们碾成碎渣：什么看直播刷礼品啊，下载虚拟偶像的视频把自己用来工作的移动硬盘空间占完啊，把自己房间窗户全用各种动漫人物的海报贴满啊……今天又被她发现儿子在写作业的时候偷笑，悄悄静步接近就发现儿子在对着手机上虚拟偶像的出糗集锦笑得不亦乐乎。那一瞬间，叶雨惜实在绷不住了，才有了这一顿母爱输出。

她不能允许自己的儿子变成被空虚的面具收割的一棵韭菜。

虚拟偶像本就是个不存在的事物，或者说是"准存在"的事物，它们存在的唯一用处就是作为诱饵钓那些愿意上钩的人的钱包。这一点，她已经和儿子强调很多遍了，甚至还罚他抄写过，但儿子今天又想出了新的反驳理由：

"您……您那个时代的虚拟偶像才是需要人的动作捕捉的……"他带着哭腔憋屈地把话挤出嘴边，"现在全靠人工智能完成了……"

"那你这不更蠢了吗？"叶雨惜不客气地回击道，"你这和把钞票和时间撒到肥皂泡上有什么区别？既然它们是完全的假货，你就更应该清醒！到头来还是这些玩意背后的公司用低成本获利，你们什么好处都得不到！这个时候不好好学习，天天搞这些，我看你以后拿什么养活自己。"

儿子没再敢说话，只能把叶雨惜不能理解的苦涩咽回肚里去。

叶雨惜的火也发完了，抓起一旁的手袋就上班去了。她要趁着这股火气没消散的时候借个力，走快点儿，到单位去处理一起临时的急案。

在更衣间换完制服，叶雨惜后脚就踏进刑事办案科会议室。这里是远东联合成都市社会治安所，拥有全远东联合最繁忙的刑事办案科。这并不是因为成都是重案高发区，而是因为联合计划初期，为了西南战线稳定，远东联合把成都打造成了一个名副其实的科研之城，为西南战线提供稳固的后方保障。这里的刑事办案科利用技术优势腾飞，专门开发解决"疑、难、怪"的刑事案件的新思路。临沧贩毒涉枪案就是依靠成都研发的微粒动力学模型推算，同时用无人机测算海洛因在各个哨点空气中的微小浓度差异，结合气象卫星提供的近几日精细风向数据，推算出了制毒窝点的位置范围。当地面工作组真的搜查到制毒窝点的时候，发现其正好位于范围内的中心。从此，"科技破案来成都"的名声在整个人类安全部里传得震天响，只要有用一般手段解决不了的怪案子，只要敢交，成都就敢破。

叶雨惜是科里的劳模，一年结算下来，就属她破的案子最多，破案手法最精妙。她总是习惯一人破案，不喜欢像同事们那样结成小组。上级也很尊重她，给了她很大的自由。只不过这次，首长分配给叶雨惜的任务似乎不需要太多科技含量。

一个自杀案，自杀的人叫凌子风，23岁的男性，看面相有些营养不良。哦，原来在帕米拉·洛夫工作啊，那没事了，原来是个程序员，熬夜加班什么的很正常。

是家人报的警，母亲说儿子已经连续3个月没有回家了。凌子风虽然有一份程序员工作，但似乎因为收入微薄，没有自己的居所，又因为工作单位离父母家不远，便和在北京的父母同住。他经常不回家，吃住在办公室，但一般一星期会回父母家一次，最久也就 1 个月，这次 3 月不见急坏了老两口，才报了警。北京当地的安全部职员通过探头的画面确定了凌子风最后出现的场所就是他的公司，于是派人去了帕米拉·洛夫总部，在他那与世隔绝的办公室里找到了他的尸体，死亡时间在他们到来前的 1 个月。所有的迹象都表明这是一个自杀现场，但是那个他用来夺走自己生命的物件实在过于奇怪。他们按照惯例判定为自杀，但是自杀动因是什么并没有搞明白。帕米拉·洛夫公司在这起事件中的责任认定不明，案件这才被交到了成都。

按照惯例，叶雨惜要去刑事案件证物处查一查北京移交给她的证据资料。

坐在证物处的单人皮椅上，叶雨惜带上了目镜，操起两只手柄，吆喝了一声，告诉一旁管理机器的小刘自己要调取什么，不一会儿，她就进入了一个用虚拟技术还原的世界。

北京的社会治安所在勘察凌子风住宅和搜集资料时，率先利用全景扫描仪把未经任何污染的现场全方位无死角地保存下来。此后经过检验分析的证据再根据其出现的位置标注或补充在这片空间中，有助于联合分析和后续推理。这项被称为"域内现场"的技术已经广泛应用于远东联合各地，正在向其他联合推广。当然，这项技术也是成都的专利。

她首先进入凌子风的家。这里显示的是他的卧室。北京做的批注有不少，但有价值的东西不多。指纹之类的生物痕迹对本案可能没多大用处，毕竟现在成都的技术水平还达不到通过分析不同地点间一个人在空气中飘散的脱落细胞浓度差来找人的程度。有意思的东西之一就是凌子风的电脑。她用手柄操纵着掀开笔记本电脑，开机。屏幕上显示出了真实的电脑桌面。北京的证据搜集做得非常到位，连硬盘里的数据都拷贝下来了。在开机时，她面前还跳出了北京留的一个虚拟批注框：

"内发现存有大量关于虚拟偶像'琪洵'的照片、舞蹈及歌曲视频，上千首'琪洵'演唱的歌曲删减版本片段以及制音工程文件，'琪洵'出演的衍生剧全集和守卫者软件大师。经过进一步技术勘察后发现一份脑数学[①]论文被隐藏在系统文件夹内，系死者的研究生毕业论文。除此之外没有其他收获。"

好家伙，这也是个二次元，和自己家那傻孩子一样。至于脑数学，那是个什么东西？还能用数学算脑子吗？

另外一个有价值的物件是书桌上的一条断腿，钢笔笔杆那么长，似乎是从某个娃娃上掰下来的。批注框的注释是："小时候，死者与父母发生过争吵，父母摧毁了死者的芭比娃娃，只留下了一条右腿。该部件属于 10 年前的芭比娃娃款式。"

叶雨惜回头望了望，还想找找有没有她漏掉的东西，然后发现，一旁的书架上隐约夹着一个黄色批注框。她移动视角贴了过去，用手柄把那个批注框连接的东西拽了出来。

是一个相框，里面裱着一张证书。"北京大学脑数学专业荣誉博士证书。"批注框这样写着。

高才生啊。脑数学究竟是个什么玩意？

她坐在椅子上对着证书僵了半天，直到一旁的小刘喊了一声："叶姐，你画面怎么不动了？是不是机器出故障了？"

"没有，没有。"她回到操作界面切换场景，"我只是要换个现场。"

她转到了凌子风的办公室。这里的批注框就更多了，简直到了让人眼花缭乱的程度。这逼着她调整模式隐去批注，专注于现场本身。

凌子风摊在自己的办公椅上，脑袋上套了一个奇形怪状的头盔，

---

① 脑数学：用来描述或拟合人脑产生情绪的一系列函数值经凌氏判据算法加权后得到的值，通常以复数形式表示。

要是忽略那些连得乱七八糟的线缆，它的外形看着很像一个微缩版的剑龙头骨。从头盔上伸出的线缆绞在一起，彼此交联，又悉数连上了死者椅子边地上的一个机柜，好像有只赛博蜘蛛在可怜的凌同学身上织下了这死亡之网……

叶雨惜抓了过去，把头盔从凌子风的虚拟尸体上取了下来，她很快涌起了对北京同事的钦佩之情——能把这么复杂的物件解析出来肯定废了他们不少工夫。头盔的内壁有数不清的电极和磁体，其背后隐藏的功能肯定超出了她的知识范围。

她又打开批注模式，却懊恼地发现这东西上的唯一批注就是："暂时只发现了凌子风的生物痕迹。原件已移交给远东联合成都电子科技大学进行技术分析。"

叶雨惜又环顾了整个房间的批注框，叹了口气，喊了一声：

"小刘！这个座儿，我可能还要坐两个小时。"

这天晚上，叶雨惜用自己的面颊和右肩夹着手机走进家门。她在不断地和各个部门沟通。明天，她还要去北京出差。

"我不知道为什么帕米拉•洛夫根本没有发现员工失踪，最后还是他们家人报的警。"她对着电话那头的人类司法部的朋友吐槽道，"按理来说，一个员工连续一个月消失在自己的办公室里，厕所也不上，食堂也不去，公司肯定会察觉——这方面该怎么认定责任？"

她又聊了一会儿，最后放下电话时，她看到儿子正从卧室的门后面望着自己，眼神里有一种欣喜的光芒。

"怎么了？"

"你提到帕米拉•洛夫了？"他感兴趣地问。

"怎么？你对这家公司很了解？"叶雨惜的兴趣也被唤起了。

儿子兴冲冲地解释道："那是全球最厉害的虚拟偶像经纪公司啊！现在那些大红大紫的虚拟偶像全是它旗下的，瑶音啊、公孙麒啊……"

他列举了一大堆叶雨惜只在网文里看到过的怪名字，然后又详细描述了偶像们的线下演唱会有多么火爆，直播间有多么热门。

"虚拟偶像也是存在的，妈妈。"儿子最后说，"她们在人们心中有别样的价值。"

叶雨惜对他的观点不敢苟同，只是问道："听说过琪洵吗？"

"琪洵？那个两年前过气的偶像？"儿子说，"琪洵两年前逐渐失去市场了，帕米拉·洛夫让她转型之后观众就流失了，不久就宣布退圈了。不过琪洵真的很伟大，妈妈，她是史上第一个完全不用人工操纵，可以完全利用人工智能操作的虚拟偶像，这是划时代的进步。我们这些追偶像的人再也不用担心那个角色背后究竟是不是四十多岁的秃头大叔穿着动捕服开着变声器在控制了。"

叶雨惜笑了一声，摸了摸儿子的头让他回去睡觉。他们两个明天都要早起。

帕米拉·洛夫公司独拥北京三环边上的一栋大楼，足见其商业实力。这背后该有多少不被人知的人在直播间默默付出啊。

穿过旋转门，叶雨惜来到一个富丽堂皇的大厅。这里布置得绝对不亚于五星级酒店，巨型水晶吊灯高高地蔓过整个天花板，上等的大理石地板洁白锃亮，招待台的背后挂着一幅公司历年来经营的所有虚拟偶像的形象合影油画。在大堂驻留的大部分都不是员工，而是慕名而来的海内外游客。

"您好，叶女士！不知道这样称呼您会否合适？"一个声音从叶雨惜背后传来。她急忙回过头，只见一个面容俊俏、西装笔挺的男子正注视着她。他的身材和五官比例协调得就像是比着尺子量过的一样，脸蛋上没有一点儿瑕疵，声音带着一股柔韧的磁性。如果他不是真的站在自己面前，叶雨惜会以为这应该是什么游戏中的角色——世界上哪里有形象这么完美的男人？

"你好，请问你是……"处变不惊是叶雨惜的职业素养，尽管面对一个英俊得如此出乎自己意料的人，叶雨惜也还保持着镇定。

他是怎么悄无声息地出现在自己背后的？

"我是被派来接待您的，您可以叫我博文。"那个男人对她鞠了一躬，一举一动散发着优雅和潇洒，"请随我来，普罗塔格尼丝总裁正在等候着您。"

他向电梯的方向摆了摆手，示意叶雨惜随自己一同前来。

就在他们穿过大厅这几步路里，周围的游客，尤其是女性，都在朝他们这边看，整个大厅似乎一下安静了不少。一些女孩还捂着嘴发出被闷住的惊呼。这些目光肯定不是冲着叶雨惜的。叶雨惜用余光观察到了这一切，问了博文一句："你似乎很受欢迎？"

"可能因为我是这里最棒的招待。"博文腼腆地回头笑了笑。那笑容不禁让叶雨惜心头一颤。

这个男人很危险。为什么感觉他的一切都是为了吸引女子注意和倾慕而生的呢？

"你知不知道凌子风？"叶雨惜想要从这个男人嘴里套出些有用的信息。

"我知道，而且我很悲伤。"博文的声音放低了，"他是琪洵最看重的人，他成就了琪洵，也成就了我们所有人。他的死对我们来说是一个巨大的打击；但同时，我们也很高兴，他和琪洵都有了最好的结果。"

电梯门开了，博文的手拦在电梯门框，让叶雨惜先进去。随后他也站到了她旁边，摁下了顶楼键。

"你说的'最好的结果'是指什么？"叶雨惜疑惑地问。

"他，凌子风，终于和他最爱的女孩永远在一起了。"博文笑了笑，"这是我们所有人都乐意看到的。"

电梯门向两侧让路，揭开了一个巨大明亮的办公室。10米多高的落地窗前置着一张大大的办公桌，房间左侧的台阶下是一架钢琴，黑色的合金地板不时随机地闪烁出浅蓝色的纹路。窗外是高楼林立的北京街景，甚至还能一路望到故宫。一个扎着白色蝴蝶结的红发少女正在办公桌后面埋头运笔。博文和叶雨惜一起走出电梯。他在电梯口停下来，立正站好，轻轻地踮起脚来，用皮鞋的后跟敲了一下地面，声音不大，但是办公室里都能听见。办公桌后的女孩听见声音，抬起头，看见叶雨惜，立刻眉开眼笑，连忙站起身迎接："您就是叶警官吧？"

叶雨惜走到办公桌前和少女握了握手，坐在了桌对面的位置上。叶雨惜想起什么，回头想找那个负责接待的男子博文说声谢谢，却发现他已经没了踪影。

"他很帅，不是吗？"少女的目光狡黠地望着她。

叶雨惜不好意思地笑了笑，只能点头赞同。

"只不过是个全息影像罢了。"少女摆摆手，"您没发现他在路上没和您有过任何身体接触吗？"

叶雨惜这才恍然大悟——一直以来她都是被一个视觉幻象指引着的。博文的体态、举止乃至他的魅力，原来都是被这家公司精心设计出来的。至于他发出的声音，应该也是某种技术手段吧。坏了，自己从头到尾被耍了一遍……

话说回来，叶雨惜也发现，面前的这个女孩面容姣好，举止优雅，所有的生理美学特征都是完美无瑕的，仿佛也是某个被人设计出来的角色一般。更可疑的是，她还有一双罕见的绿色的大眼睛……

少女似乎读出了她的心思，笑道："谢谢您对我的赞美。警官的眼神果然锐利；但是，全息影像可就不会和您握手了哟。而且，一幅全息影像也没必要拥有自己的名片。"她从桌旁的小盒子里取出一张卡片，双手呈到叶雨惜面前。叶雨惜往卡片上看了一眼：

莫妮卡·普罗塔格尼丝，总裁。

"普罗塔格尼丝女士，您是亚洲人？"叶雨惜问。

"是的。叫我莫妮卡吧。"她笑着说，"我不知道自己的生父母，所以，这个名字是我自己取的。为了纪念一个亲爱的人，也为了让我拥有存在感。"

"这么年轻就拥有了这么大的事业，实在很了不起。"

莫妮卡又轻轻地笑了："也许是我的外貌欺骗了您，但我没有您想象的那么年轻。"

她低下头顿了一顿，随后让话题转入了正轨："您是来调查凌子风死因的吧？"

叶雨惜点点头，希望让她透露一些关于凌子风的细节。

"这个故事，我和北京的警官们说过了，但是，他们表现出了极大的轻蔑。"莫妮卡的眼神里透露出一丝悲哀，"您肯定没有在案卷上看到这种可能，那就是——凌子风还活着。"

办公室里的空气瞬间静止了。

"您说什么？"叶雨惜不敢相信自己的耳朵。

莫妮卡没有回答，只是点了点自己的办公桌。一块桌面，同时也是柔性屏幕，立刻翻折起来，面对叶雨惜的方向。

"凌子风是一个天才少年。"莫妮卡站了起来，"他 10 岁的时候进入了远东联合奥林匹克数学竞赛国家队，还获得过联合国编程大赛少年组的总冠军。13 岁的时候被北京大学破格录取，直接开始进修计算机算法专业的研究生学位，两年之后毕业，便选择不再进修博士。这件事甚至惊动了校长，万般挽留都没有把他留下。因为在算法方面的出色天赋，他去了纽约大学波德罗·莫里森博士的实验室，研究脑数学，发表了无数的专业论文，完完全全通过数学和算法的方式，对人思维的产生、思考和记忆、情感的产生种种之类背后的机制和原理做了清楚的解释，还结合最前沿的医学知识构建了现在最广为接受的阿尔兹海默症病理模型。一年之后，他回来了，又在北京大学拿到了脑数学博士证书。虽说是个虚头衔，但也说明了他的实力很强。

"您看，我们的脑子，"莫妮卡的头从屏幕的一侧伸了出来，对着屏幕向叶雨惜解释道，"就是一个计算机啊。凌子风的研究方向能从计算机算法过渡到脑数学不是没有理由的。"

屏幕上显示出了一张人脑的神经元通路结构图。密密麻麻的光点代表着细微的神经兴奋，在神经元间飞快地穿梭着、分裂着、会合着，点亮一片又一片的脑区。

"我们万万没有想到一个在科研圈里闯出一片天的青年会主动放弃联合国众多专业机构投来的诱人橄榄枝来加盟我司。"莫妮卡绕到叶雨惜身后，"但他说，加入我司有一个条件：要捧红他设计的虚拟偶像。她的名字叫……"

"琪洵。"叶雨惜说。

"答对了。"莫妮卡说着操纵屏幕切换到下一页，换到一段正在唱跳的虚拟女孩的影像画面，"琪洵是他在初中的时候就设计出来的偶像，是他一生中最重要的情感寄托。凌子风的父母非常看不惯他的这些所谓恶习，曾经和他爆发过激烈的争吵。自那之后，凌子风和父母的关系一直不太好。这也是凌子风很少回家的原因之一。另一部分原因就是我们在公司为他配置了五星级的生活服务，生活起居之类的事情根本不用他操心。当然，他每隔一两个星期还是会陪父母吃个饭。"

"他来到贵司，对贵司的业务有何帮助呢？"

"这样来说吧，他对我司旗下所有的虚拟偶像进行了改造，用算法的方式创造出了具有自我意识的人工智能。"莫妮卡说，"观众追求的是虚拟的皮套，不是皮套下面的未知演员；但是，又明知道有一个与皮套人设不符的人操纵着他们心目中完美的皮套。这种矛盾一直以来都影响着历代虚拟偶像粉丝的观看体验。而我司的每个偶像，在脑数学的算法定义上，都是具有完全的智人自我随机数定义域①的真正人类。琪洵是第一个因此走红的偶像，她进入市场的第一年就为我司带来了总计超过 5000 亿的收益，也推动了新的类似偶像的诞生。我司又开始在技术上发力，更新处理能力更强的服务器为偶像们提供模拟大脑的运算，主攻全息投影技术，提高偶像们的形象和画面画质。她们的长相从最开始的这样……"她指了指屏幕上粗糙的电脑建模人物，"变成了这样。"

一瞬间，琪洵的美从显示屏上迸了出来。叶雨惜知道，要是把这屏幕上的身材苗条、热情动人、一丝一点细节都做得尽善尽美的蓝发女孩投影出来，她肯定会嫉妒为何凡间女子存有这等美貌。她发丝的飘动，一分一毫都显得合理而美妙；她五官的运化，一颦一笑都显得真实又吸引人……

"多亏了凌子风和琪洵，我们建立起了称霸世界的虚拟偶像帝国，世界上再没有其他公司有能力挑战帕米拉·洛夫的权威。如果您关注的话，这几年最火的话题无非就是虚拟偶像，又恰巧赶上了元宇宙平台的快速发展，我们正在乘着科技腾飞的东风扶摇直上。

"我们为了让凌子风享受最大程度的科研自由，基本对他在公司内的活动毫无约束。他也一直是'办公室—电脑机房—卧室'三点一线。他也一直在为我们更新他的技术。"莫妮卡叹了口气，继续说，"有一天，他找到我，提了一个要求，让我把琪洵许配给他。"

"啊？"叶雨惜不禁笑出了声，她这辈子没听到过这么荒谬的事情：一个人要娶一个虚拟角色。

"是啊，我最开始也是您这样的反应；不过，他是我司的大功臣，

①智人自我随机数定义域：脑数学概念，意识的最核心，一个为脑混沌体系提供原始数据集的域，是脑数学中用来定义个体的标准。不同人类个体、同一个体的不同年龄段的定义域范围一般略有不同，但总体维持在一个大范围内。不同动物的自我随机数定义域不同，不拥有脑的动物、植物、真菌和原核生物不在讨论之列。

这个忙我必须帮。"莫妮卡说,"和虚拟角色结婚,理论上也不是不可能。几十年前也有一个男人试图娶走史上第一个虚拟偶像,但是后来他用来和她对话的机器停止更新对话内容了,非常黑色幽默。时过境迁,现在的情况完全不一样了。琪洵已经是一个脑数学意义上的人了,再加上全息投影技术的成熟和元宇宙技术的应用,这种跨维度的婚姻理论上是可以办到的。如果他愿意将就一点儿,他甚至可以把那个运算琪洵的机房搬回家。他否定了我的方案,他要求让琪洵迅速退出市场,随后让我把机房的一切权限交给他。我问他原因,他说他要追求一种'可以触碰到琪洵的方式'和她在一起。"

叶雨惜越听越觉得离谱,说道:"这怎么可能?他怎么可能触碰到一个虚拟角色,难道还能把她从电脑屏幕里拉出来不成?要不然就只能……"

叶雨惜顿住了。

……

帕米拉·洛夫的电脑算力支持进行人脑思维运算。

凌子风的特长是计算机算法和脑数学。

凌子风一手创造了琪洵并和她坠入爱河。他的电脑里全是琪洵的影像。

当下技术无法把计算机内运行的意识导入到一个真实的生命体里,也不可能导进一个人形大小的机器人里 —— 用来运算的电脑体积,按照莫妮卡的说法,需要整个机房,没有办法塞进一个人的体积。

凌子风想要触碰琪洵。

没有办法把虚拟世界的人物拉进现实世界,那就只能……

再结合她在"域内现实"里看到的凌子风的头盔,线缆和电极星罗棋布……

他死前的办公椅旁有一个机箱……

凌子风的特长，不是基因工程和人类学，而是计算机算法和脑数学……

叶雨惜抱住了自己的头，弯下腰。这样的推理结果让她自己都难以置信。过了相当长一段时间，她才直起身，站了起来，转身面对莫妮卡，半是急切半是气愤地对她说："你说过凌子风现在还活着，我要看证据。"

莫妮卡平静地注视着她，似乎是安抚。看到她眼神中的催促后，莫妮卡轻轻地敲了敲办公桌面。办公室里立刻回响起一个甜美的声音："0号办公室全息系统已接入××服务器。"

她们周围的办公室画面逐渐弥散在一片像素点中，由远及近地，虚拟世界逐渐清晰。

这是一片美丽的山谷，被三面耸立的雪峰环绕，片片旗云时时拂过山尖。觅食的神鹰轻盈地盘旋着。雪线以下的裸岩铺开一坡肥美的草地，清冽的溪流撒着欢地滚过在柔软草地上跳跃的小梅花鹿身旁，随后不情愿地这里拐，那里绕，才流过山下人家旁的小木桥。这是一幢典雅又简朴的中式二层小楼，楼前有一块长满奇花异草、蝶舞虫鸣的大花圃。一条小道转过花圃，踏过木桥，伴着柔和的香风，探进一片粉红色的落英之中。桃林中，花正盛，黄莺婉啼，喜鹊戏鸣，时而爽风和煦，梳过妃色万顷。

这里远离凡人的冷眼，隔绝父母的怒骂，与动荡的尘世绝缘。所有不堪入目，一切戏谑讥讽，细末云烟耳。

虚拟偶像同样存在，她们在人们心中拥有别样的价值。

凌子风找到了他真正的港湾，一个真正能够接纳他心灵的地方。凌子风为了寻找他的港湾一直在努力，却终被看似不可跨越的第四面墙隔阂。为了打破这面墙，他甚至愿意抛下现实中所有的名利、一切的享受，只为追寻她的呼吸和注视……

叶雨惜逐渐被泪水模糊的视野中，桃林中的一块大岩石上，留着及腰蓝色长发的少女的头轻轻地倚在黑发少年的肩上。一双背影渐渐隐去。

武 魂

欢迎访问人类安全部异常事务机动组数据库。

[点击]

人类安全部异常事务机动组是人类安全部的机密机构，整合了未联合时代美国中央情报局、俄罗斯国家安全局、中国国家安全局等当时世界对异常威胁的先进研究和应对资源，专门为解决异常事物侵入、影响、危害普通民众认知、利益问题而设立。

长官留言：

当世界面临异常威胁，将不复存在时，人类的种子，我们必须保住，不惜一切代价。此任务高于异常事务机动组的一切任务。

——埃尔·克雷菲尔德

人类安全部异常事务机动组主任

异常威胁不可被人们所知，人类安全部异常事务机动组也必须隐于黑暗之中。倘若它们和我们暴露在日光下，势必会引起人类社会的巨大动荡。

——高峻巍

人类安全部异常事务机动组远东指挥部主管

我们的血液是宝贵的，让其流淌在除血管外的任何地方都是浪费。在保证行动顺利的前提下，异常事务机动组的行动员必须尽可能减少损失。

——阿拉娜·德雷夫林

人类安全部异常事务机动组"印加余孽"项目负责人

异常事物本不应存在于这个世界上，让我们将其送回它的来处。生于虚无者应当归于虚无，回归虚无的手段，即是战斧。

——诺德·卡洛斯

人类安全异常事务机动组军需部门主管

作为人类安全部异常事务机动组的一员，作为异常威胁的行刑官，知晓它们从何而来和为何而来对你们有益；但不要本末倒置，我们看重的是动手能力。

——伊万·D.拉任斯金

人类安全部异常事物机动组"生命抗体"项目负责人

［点击］

欢迎登录。请输入账号。

Zhaoxueling4292

［点击］

请输入密码。

Fuqin520woyizhizaizhuixunnidejiaobu

［点击］

登陆成功。欢迎，新兵。

赵雪灵中士，您现在已经是人类安全部异常事务机动组的一员。

谨记五大任务，抛弃同类成见，维护文明安全。

您有一份获准查看的文档，点此进入。

［点击］

人类安全部异常事务机动组

烈士档案

我们不会忘记任何一位为人类伟大事业牺牲的英雄

姓名：赵洪方

性别：男

国籍：远东联合

履历：[涉及机密，已编辑]

入档资料：

1 由陈兴光中士上传

[语音转录开始]

我和老赵是战友，我们是一个小队的。小队名字……能说吗？好。是攻击小队 2029 "废墟天使"。他……我们又牺牲了一位可爱的战友……

啊啊啊啊啊啊啊啊！

[语音转录结束]

2 由陈兴光中士上传

[语音转录开始]

对不起，刚刚我的情绪有些失控……

我们现在还在战地。这里已经是一个大坑了，所幸的是没有人受伤。施工队正在加紧修复深圳市民广场，记忆清除剂也已经全部到位。如果处理妥当的话，这件事不会在历史上留下任何痕迹。

老赵的女儿，应该是叫雪灵吧，现在正在我背后的帐篷里接受检查。这小家伙刚刚被我们找回来，看样子没有什么大碍。老赵的爱人正在赶来的路上，他们家离这里不远……平常这夫妻俩恩恩爱爱，一夜之间，就只剩下娘俩了，这以后……

不行……呜！

领队，我不行，这事我干不了，我说不下去了……

[语音转录结束]

3 由谭坚中尉上传

在"鹏翅"行动中，组织调配的军需如下：

任务 #998654 军需

项目	代称	标题	数量
1	C3−MHV	W207 多用途重装载具	4
2	Z0−WZS	武直 10 武装直升机	2
备注：该军备在远东联合政府支持下调配，经过组织改装以适应同异常作战的环境。			
3	C3−QOB	Quark 单兵增强外骨骼机械	18
4	B3−RPC	Rimier 手持等离子集簇炮	18
备注：因为有证据证明异常项目受高热影响较大，组织特批分配给攻击小队 2029"废墟天使"和攻击小队 2004"弑神天狼"最高等级的热力单兵武器。该武器被证明有效，并发挥了暂时性的压制作用。			
5	A1−BCT	Kamiah 骨细胞癌变诱导因子管	27
备注：此试剂对哺乳动物和某些特定种类的爬行动物有效。在猫科动物中，此试剂可以使骨癌的平均诱发率提高 1200%。诱发率和骨骼癌细胞的增殖速度与动物的新陈代谢速率成正比。			
6	B5−SFB	特制小规模聚变炸弹	1
备注：在其他攻击无效且异常项目将要突袭周边群众时，一名小队队员身缚炸弹，以自己的生命为代价换来了行动的胜利。			

对本次行动的善后处理仍在进行。我们会继续上传更多有关资料。

小赵，兄弟们向你保证，你的名字不会被埋没。

4 由付博约上尉上传

采访记录 096

采访人：评估小队 173 领队付博约上尉

受访人：评估小队 096 行动员江清萍中士

时间：[已编辑]

[采访开始]

付：你好。

受访人不住抽泣。采访人沉默。持续约 30 秒。

江：对不起。你好，我是……评估小队 096……江清萍……

付：我们现在要为赵……要为他制作档案，所以不必像在部队里那样拘束。

江：[抽泣]好的。

付：你们是什么时候认识的？

江：79 年。那是在……组织的一次集训，在朱日和基地，我记得当时还来了不少组织的外国驻军参加。我们两只小队被分派到一起执行任务，执行任务的时候认识的。

付：你对他的第一……算了，这个问题还是……

江：没事的，长官。第一印象是吧？[抽泣]我记得当时他摧毁了靶点往回走的时候朝着指挥部招手。我就站在门口，内蒙古草原的朝阳在他的身后升起，那一刻我看过去，他的身影好高大，肩膀好宽阔，当时就……后来发现他很有责任心，在部队训练也很刻苦，更重要的是，胆大心细，心肠还好。我们就……很自然地走到一起了。

付：[笑]孩子多大了？雪灵是什么时候出生的？

江：雪灵是 80 年的。她怎么样了？检查结果出来了吗？还好吗？

付：她很好，刚刚被我们找到，连皮外伤都没有。

江：那就好。

付：你们两人都是人类安全部异常事务机动组的外勤人员，平时谁来带孩子？

江：上级也很关心我们。长官给我们批了外勤作息表，一年时间里我们执勤的时间，单数月，他在部队，我在家，双数月，就反过来。不过，要是遇上像去年[名称已编辑]那样的大事件，我们都会被临时调走。所以平时我就有意让雪灵自己做家务，以防我们不在家她没饭吃。现在想想，还是亏欠这孩子挺多东西的……[抽泣]她连我们三个都齐的年夜饭都没有吃过……

受访者号啕大哭起来。采访者沉默。持续约1分钟。

在受访者情绪稍微稳定后，采访继续。

付：今天雪灵为什么会出现在中心书城？

江：期末考试刚刚考完，学校家委会有人就提议带孩子们出去聚会增进感情。我对家委会也是挺放心的，就让雪灵去了。

付：你们夫妻两个在什么时候可以见面？多久一次？

江：这……雪灵1岁之后见面就没规律了。大部分时间都是微信或者电话联系；但有些时候，部队也不给用。你知道，保密原因嘛，有些地方手机不给带的，所以就算是电话也不能保证每天都有机会打。

付：平时夫妻感情和睦吗？

江：嗯。毕竟我们没有时间吵架。[笑]据他自己说，是我们的思念把怨念挤走了的缘故。

付：雪灵她知道你们是做什么的吗？

江：我们对她说我们是军人，但没有说具体的军种。因为掩护需要，家里也常备着军人证。雪灵还真的以为我们是维和战士。[笑]

付：[笑]的确。要掩护身份的话还是越贴近真实身份越不容易穿帮。

江：是的。

付：赵洪方同志，他有没表露过对家庭的愧疚吗？

江：肯定有的。有一次学校开家长会，要求孩子和家长一起参加。原本说好是他和雪灵一起去的，后来我们都接到命令要立刻出发——

那天正好是［名称已编辑］出来活动的日子，而且那时好像已经到近海了，情况很紧急。他回去的时候已经是第二天凌晨3点了，雪灵已经睡了。他跟我说，他一进家，就看到雪灵的书桌上摆着奖状，［抽泣］还有一张纸条，上面写着："爸爸，我领的奖状哟！我很为你骄傲，［抽泣］早点回来，早点睡！"［抽泣］他说，他当时没忍住，眼泪一下就出来了。［抽泣］我们真的没有给过雪灵真正需要的东西。［抽泣］

付：我想现在能做的也只有向前看了。

江：［抽泣］是的。不负组织希望，不负他的希望。

［采访结束］

5 由万清旺中尉上传

经过评估小队173的调查，于［日期已编辑］20时在深圳市民广场出现的异常事件在基因上与远东豹一致。我们之前应对过多起类似的异常事件，受"改组朊病毒"感染的动物身体会膨大到原来的5倍，骨骼会被自然生长的碳纤维增强，肌肉被强化，细胞再生能力极强，惧火，大脑海绵化且表现出对所见一切生物的极强敌意。这些特征都与这只远东豹的症状一致。

该远东豹原本位于深圳动物园，被发现有感染症状后，园方通知了兽医，进而被潜伏在兽医院的人类安全部异常事务机动组特工发现。人类安全部异常事务机动组介入时远东豹已经表现出了强烈的攻击性，其身体已经膨胀到原先的两倍大。组织计划在［日期已编辑］将这只远东豹运送至深圳湾的海上再趁此机会将其无效化，但是这只远东豹在运输途中继续迅速膨胀，撑破了经过额外加固的铁笼并杀死了负责押送的士兵，破坏了飞机。直升机解体，无人生还，所幸坠毁没有造成地面人员任何伤亡，相关的事故掩盖工作正在进行。而这只豹子坠落在了深圳市民广场。该地点位于深圳市中心，附近居住人口密集，极易引发伤亡事故。

机动组在接到坠机事故报告后，将这只远东豹编号 HTS-4910-Plaguechild（以下称项目），并立刻派出攻击小队。

20 时在市民广场有人员聚集跳广场舞。项目的坠落引起了一些惊慌，但没有人员受伤。项目因摔伤而倒地不起，等待自我修复。这为攻击小队进场提供了宝贵时间。

6 由刘昭明中尉上传

经过指挥部批准，这份驻地监控记录被允许上传。

驻地 CN-17 监控记录

[记录开始]

画面上是车库。一辆 W207 多用途重装载具停在车库中间。

赵洪方和陈兴光从屏幕左边走入画面。

00：03 赵洪方：把机箱打开，我把水管拎出来。

00：06 陈兴光：好的！

00：08 赵洪方：挺有精神，老陈，老婆给你打电话了？

00：11 陈兴光：不，视频聊天。看到儿子肯定高兴啊。

陈兴光将载具上的机箱盖掀开，将一卷水管熟练地抛出来。赵洪方托起水管，走出画面。

00：23 陈兴光：没想着和你爱人联系联系？

00：26 赵洪方：我的手机上次突袭铁幕村的时候，芯片被烧没了。

00：31 陈兴光：可惜了。多久没跟家里联系了？

00：38 赵洪方：大概……十多天？记不得了。

陈兴光打开装备箱，开始检查载具配备的单兵装备。

01：47 赵洪方：航空燃油加好了。那边怎么样？

赵洪方一边卷起水管一边走入画面。

01：51 陈兴光：没看出什么大问题。

巨大的啸声响起。赵洪方和陈兴光都立即反应过来。画面外不断传来杂乱的脚步声。

01：53 赵洪方：最高戒备！收拾好，准备出发！

01：55 陈兴光：收到。

赵洪方和陈兴光钻进载具驾驶室。5秒后，剩余两名队员潘正清和雷博城也进入载具驾驶室。车库门开启，载具驶出。

[记录结束]

7 由蔡火成中尉上传

以下是对陈兴光中士的单兵增强机械机载数据解密后的记录，经指挥部批准允许上传。

单兵机械2029-7影音记录

[记录开始]

00：00到00：05都是一片黑暗，但是录音设备可以监听到野兽咆哮声和人群的尖叫声。

00：06，装备箱盖被拉开。陈兴光中士从设备架上取下单兵机械，00：12穿戴完毕。这段时间在晃动的画面中隐约可以看见路灯照射下的树影间一个白色的庞然大物。

00：13 谭坚：穿好装备集合！我们没有时间了！

陈兴光来到队列前。攻击小队2029"废墟天使"领队谭坚上尉匆忙在画面中闪过。队列前进，不一会，小队成员分散，各自从花坛旁边接近广场中心咆哮的巨兽。项目趴着，正在试图站立，但由于疼痛，站立的尝试没有成功。队员间切换至无线电交流。

00：27 谭坚：见过类似的东西吧？

00：29 赵洪方：改组病毒？

00：30 阿克木都：我看着像。

00：32 谭坚：不错，都是一起参加过对付龙肠教行动的弟兄，相信也不陌生。上头给我们派的装备还没有到，在此之前，洪方、正清，上去用喷火器压制一下，不要喷眼睛。如果有反应就以改组病毒的预案应对。

00：42 潘正清：明白。

潘正清和赵洪方从树影的庇护中脱离，快速跑向项目。在趁项目的注意力放在摔伤的前肢时，两人已经来到了项目面前，单兵机械搭载的喷火器开始向项目喷出烈焰。

陈兴光走向不远处树边一个拿着手机对着广场中心的女人。

01：02 陈兴光：女士，这里禁止拍摄。

陈兴光用右手碰了一下手机屏幕，电光一闪，手机立刻黑屏，并伴有丝丝灰烟冒出。

01：07 女人：你干什么？

两名警察走上前与女人交涉。陈兴光转向广场方向。项目在烈火的灼烧下显得极度痛苦，不停挪动后撤，躲闪火焰。

01：09 潘正清：看样子有用，领队！

01：11 谭坚：很好。

谭坚将火焰喷口装载在了右臂上。

01：14 谭坚：全体都有，备好喷火器，队形散开，包住它，别把它往人多的方向逼。警察同志，这里就靠你们了。

陈兴光回头，一个警官正朝谭坚敬礼。数辆警车已经沿街停好，封锁线也已经拉上了。刚才那个拍照的女人正被押上警车。

01：16 谭坚：出发。

队员跑出树影。陈兴光和雷博城绕了一个弯，跑到了项目的另一侧。

01：29 陈兴光：准备好了。

01：30 谭坚：开烤！

火焰喷射器开始喷出大量熊熊燃烧的油料。项目因腿伤无法移动，在烈焰下不断抽搐。

01：38 赵洪方：领队！我们要没油了！

01：40 谭坚：洪方、正清，撤回载具那里加油。

谭坚和阿克木都来到项目正面，顶替了赵洪方和潘正清的空缺。

01：45 雷博城：领队！领队！这家伙的愈合速度不对劲！

01：47 谭坚：再等一等，它马上就要死……

项目突然站起，扑向阿克木都。

01：49 阿克木都：啊啊啊啊啊啊啊啊！

01：50 谭坚：阿克！

趁项目脖子一扭，阿克木都解开束带从单兵机械中脱身，滚落到一旁的石板地上。项目将单兵机械轻松咬碎，随后沿着市民广场向莲花山方向冲去。

01：52 雷博城：截住它！

陈兴光的单兵机械立刻向项目发射了一根钢丝，刺进了它的皮肉里。为了防止钢丝被拉到尽头，他不得不全速追赶项目。其他人随后都向项目发射了钢丝。

01：57 谭坚：放电！

项目步伐突然变得僵硬，跌倒在距离他们 200 米远的地方。队员们都没有停下脚步，跑步接近项目并回收钢丝。

随着镜头越来越接近项目，可以看见项目被烧焦的皮肤正在脱落，新的皮肤正以肉眼可见的速度生长。

02：29 雷博城：领队！我看电击压制拖不了太长时间的！这玩意的恢复速度快得像陈兴光听见电话响一样。

02：33 陈兴光：嗯？

02：34 谭坚：不要废话，保持最大功率输出，留出 50 米的线，不要和这东西靠得太近。

02：37 赵洪方：领队，我们装填完了燃料，潘正清把阿克木都送回车上了。

02：39 谭坚：他怎么样？

02：40 赵洪方：崴到脚了，胳膊肘破了点儿皮，除此之外还好。我现在正往你们的方向赶。

此时，项目突然起身，回身扑向陈兴光。陈兴光下意识打开火焰喷射器，但是火焰并没有对项目造成可见伤害。项目的巨口一瞬间覆盖了画面。

［数据丢失］

［记录结束］

8 由刘昭明中尉上传

以下画面已从公安数据库中删除；但应组织第五任务要求，我们在人类安全部异常事务机动组数据库中保留了备份。鉴于和赵洪方中士有关，经指挥部批准上传。

海燕系统 1129 探头影像记录

［记录开始］

该摄像头位置位于莲花山公园北区市民中心出入口。这里有一座天桥连接莲花山公园、深圳书城天顶，直接连通市民广场。画面上可以顺着天桥看见市民中心的轮廓。

00：03 项目的脊背在深圳书城的天顶绿化林的树梢上露出。似乎是在顺着这座天桥奔跑。

00：07 从深圳书城北区东侧绿化林中出现数十个人影，大多数穿着深圳小学生校服，身高在 120 厘米左右，推测是［学校名已编辑］

的小学生。其中一名被辨认出是赵洪方中士之女赵雪灵。孩子们情绪高涨。此外还有三名身着便服的成年女性陪同。人群陆续来到书城天顶。按理说警方此时已经封锁了该天桥和市民广场，但可能事发突然，没有来得及将所有通向天桥的入口全部锁闭，所以画面上可以看到的路人只有这一群人。

00：17 项目的身躯从树林的遮挡中脱离。根据地理位置和光学测算判断，项目此时距离人群约 400 米。

00：19 人群注意到项目，但是没有移动。

00：21 项目的面部在画面上已经清晰可见，且丝毫没有减速。人群开始向东侧绿化林移动，但是不及项目奔跑的速度。可以确定此时项目的目标就是这一小拨人群。

00：23 一枚"祝融"火箭燃烧弹从画面外自东向西从斜上方击中了项目的侧腹，下一秒项目变为一团巨大的火球。项目速度减慢，方向偏移，避开了人群，撞向了西侧绿化林，压倒了一大片绿化植被，火焰同时也引燃了这些草木。

［记录结束］

9 由李楚涵中尉上传

以下是从远东联合空军武直 10 直升机的舱内通讯记录中截取的片段。经指挥部批准后上传。

通讯记录 −［直升机编号已编辑］

［记录开始］

［飞行员编号已编辑］：确认命中目标。目标已倒下。

外接信号 1：谢谢。我代表攻击小队 2029 向你致以最崇高的敬意。

［飞行员编号已编辑］：过奖。合作愉快。

僚机信号 1：［直升机编号已编辑］，我在目标附近目击到有人群聚集。

［飞行员编号已编辑］：确认。人群在目标附近聚集。

外接信号 1：收到。正在赶往该位置。

外接信号 2：2029，这里是攻击小队 2004 "弑神天狼"，应指挥部要求前来增援。

外接信号 1：欢迎，帮了大忙了。

外界信号 2：我们在红荔路南侧，准备通过机动推进登上天桥。两架直升机不要飞远，我们还需要你们的帮助。

［飞行员编号已编辑］：明白。时刻准备着。

［记录结束］

10 由蔡火成中尉上传

以下记录来自攻击小队 2004 "弑神天狼"领队张潇宇中尉的单兵机械影音数据。经指挥部批准后上传。

单兵机械 2004-1 影音记录

［记录开始］

00：02 装备箱被打开。镜头画面一直晃动，直到 00：11 张潇宇穿戴完毕。

00：12 张潇宇：全体注意，穿好装备，机动推进上桥！

随着单兵机械引擎的轰鸣声，镜头随机械抬升。张潇宇从川流不息的红荔路边的人行道飞升到天桥上，降落在惊慌的孩子们身后。

00：17 张潇宇：快走！快带孩子离开这里！

00：18 男孩：好酷！

张潇宇回头一看，攻击小队 2004 "弑神天狼"的最后一名队员已经降落。带队家长已经在一名队员的指引下领着孩子们撤离。

00：24 赵雪灵：那是我爸爸！

谭坚和赵洪方沿着天桥从市民中心方向飞来，降落在熊熊燃烧的烈火前。孩子们发出惊呼。

00：27 赵雪灵：爸爸！爸爸！

00：28 赵洪方：快走！

孩子们撤走，张潇宇跑步上前。

00：30 谭坚：辛苦你们了！

00：31 张潇宇：你们才辛苦！这是什么东西？

00：33 赵洪方：应该是改组病毒，但是这豹子的恢复能力很强。火攻估计是没有效果了，这团火可能也撑不了多久。

张潇宇看了一眼大火，项目还躺在火中，偶尔有些抽搐，显然没有完全被击杀。大火已经烧秃了约 12 棵树，产生大量黑烟。

00：38 张潇宇：2029 小队的其他人呢？

00：40 谭坚：一共 9 个，先前伤了 5 个，剩下 2 个去把伤员安置好了会马上飞过来。

00：43 张潇宇：上级给我们配备的装备到了。在那边的箱子里。会用等离子簇发射器吗？

00：47 赵洪方：那个最新一代的热力武器？

00：49 张潇宇：是。

00：50 谭坚：正好。先前有过训练。

00：52 张潇宇：你们说火攻不行了吧？正好，那两架直升机上搭载了骨癌诱发管，但是这东西是蛋白质，不能接近高温。

00：59 赵洪方：应该会很管用。想办法把豹子从火上引走再发射。

01：03 张潇宇：好。去拿装备吧。

01：05 谭坚：小赵，走。

01：06 张潇宇：伙计们！

谭坚和赵洪方跑向西侧绿化林更新装备，而"弑神天狼"的队员全部跑到张潇宇面前，单兵机械上都加装了蓝色的等离子放射管。

01：08 张潇宇：这东西是受改组病毒感染过的，但是恢复速度很快，火基本是没有用的，现在的大火只能拖一小会儿。我们的任务就是用手上的武器把它从火里引出来，再向它注射骨癌诱发剂……

01：19 李志刚：领队，为什么不直接让直升机发射骨癌诱发剂而要先打燃烧弹呢？

01：22 张潇宇：这东西被骨癌杀死之前，照样有能力吃晚餐。要先用燃烧弹阻止它碰到孩子们。不废话了，有了这么好的装备，就要物尽其用！上！

镜头转回大火。火势明显比之前小了一些，项目的活动也较先前更加活跃。

01：27 张潇宇：打它的脖子！

红色的等离子簇从散开成一排的队员的放射管中弹出，雨点般落在项目的身上。等离子体的温度比火焰高得多，因此在项目身上切开了许多很深的伤口。项目在痛苦中挣扎。

01：38 张潇宇：小心！

项目在挣扎中蹬了一脚，大量还在燃烧的高热灰烬被抛向队员。张潇宇扑向身旁的一名队员，两人一同卧倒躲避抛来的燃烧的树干。

01：41 李志刚：它要跑！

镜头抬起，全身焦黑的项目趁此机会艰难站起，跟跄地跑向莲花山公园方向。

01：43 张潇宇：好机会！直升机！载荷代号 A1-BCT，发射！

"嗖嗖"的声音响起。27 个细密的小光点在夜空中同一位置一个紧接一个出现，加速撞上了项目的身体 —— 这是由火箭弹推动的注射管。项目的行进速度未受到明显影响。

01：48 谭坚：别让它跑了！

画面右侧突然出现不断发射的等离子簇。赵洪方和谭坚飞起到空中，对项目发起攻击，暂时拖慢了项目的步伐。

01：50 张潇宇：走走走！

所有队员开始追赶项目，并向项目腿部开火。

项目体表烧焦的皮肤迅速脱落，新皮很快覆盖了所见的身体。等离子簇留下的痕迹不像开始时那么深了，但是项目的脚步越发踉跄，脊背和腿部开始变形。

01：58 赵洪方：有用！

02：00 谭坚：它还在走！

02：02 李志刚：能不能让在它死之前离莲花山远一点儿？现在这玩意的生化威胁挺大的。

因航空燃料耗尽，谭坚和赵洪方降落在莲花山公园入口处。

02：05 张潇宇：加大火力！把它引过来！把它引到那边……

项目行动力恢复速度已经超过了队员们对它造成伤害的速度。同时项目的身体发生急剧变形。从画面上来看，至少 3 个巨大的白色突刺沿脊背刺破了项目的皮肤向上生长；项目的左后肢畸变成跪伏状，于小腿骨的一半处左右向外刺出了一条新的畸形的骨头，直接支撑地面，并且仍在不断生长；项目的额部向前、向上突起，使其头部膨胀至原先的两倍大小，看上去就像长出了一个浮水气球；项目肋骨、肩胛骨、腿骨都产生了大小、数目不等的硬质突起，使项目变得浮肿。项目没有在变形中失去行动力，并且开始转身攻击"弑神天狼"。它向前扑去，将镜头左侧的李志刚中士压倒在身下，他的单兵机械立刻断线，失去联络。

队员们四向飞奔，试图与项目拉开距离进行远攻，但是项目的速度和力量在他们之上。被项目瞄准的张潇宇只得开启机动推进飞上天空，但是一旁的徐环凯中士避让不及，被项目拍飞。项目紧接着上前咬住了徐环凯的右手，并快速摇动头部，后者一直惨叫。张潇宇立刻开火吸引项目注意。项目随后丢下了徐环凯。徐环凯摔在地上，神志不清，右侧身子血肉模糊。

02：16 张潇宇：这东西现在成了什么玩意？

02：18 谭坚：骨质增生？

02：20 赵洪方：它细胞的分裂速度快得离谱，导致骨细胞癌变反而增加了力量和护甲。

02：23 潘正清：领队！我们来了！

镜头对准地面，潘正清和雷博城在贴近地面的地方飞行，迅速接近项目。

02：26 谭坚：你们看能不能把这东西引到离莲花山远一点儿的地方！

02：28 潘正清：明白！小心！

项目向两人扑去，潘正清向一侧躲避，但是雷博城躲避不及，被项目的爪子拍翻，重重地摔在地面上，昏迷不醒。

潘正清举枪对项目射击，子弹无法对项目造成明显伤害，却激怒了项目。项目随即抛下雷博城，追赶起潘正清，奔向市民中心方向。

镜头下降，张潇宇降落在先前被扑倒的李志刚旁边。

02：33 张潇宇：没事吧？

02：34 李志刚：还活着……胸口疼……别别别！我感觉手骨折了。

谭坚和赵洪方跑到了张潇宇身后。

02：36 谭坚：同志，我们有没有什么劲大一点儿的玩意？炸弹有吗？

02：39 张潇宇：有聚变弹。这东西只在打"物理坟"的时候用过。

02：42 赵洪方：事到如今值得一试。

02：44 张潇宇：怎么搞？

02：45 赵洪方：细胞分裂是要靠神经调节的。如今只能试着炸掉它的脑子了。

02：48 张潇宇：瘦子！瘦子！你在车旁边吗？

02：50 刘辰安：在！

02：51 张潇宇：聚变弹！一个！

02：53 刘辰安：明白！

镜头转向谭坚和赵洪方。这两人看着远方的项目，似乎正面对着死亡。

02：55 谭坚：该怎么把聚变弹固定在它头上呢？

02：57 张潇宇：胶水？

02：58 赵洪方：最好还是让它含住吧。

徐环凯的呻吟传来。

03：01 张潇宇：环凯！

张潇宇奔跑到徐环凯身旁。徐环凯仍流血不止。蔡清巧中士正在救治他。

03：05 张潇宇：怎么样了？

03：06 蔡清巧：这只手应该是保不住了，我在试着保住他的命。

蔡清巧中士从急救包中取出凝血盘，扫过徐环凯身上的各大出血点。两到三遍后伤口被封住，不再流血。

这时，赵洪方和谭坚从镜头右侧沿着天桥飞奔跑向市民中心方向。赵洪方的左臂夹着一个旅行拉杆箱大小的方形物件。

03：14 蔡清巧：领队，急救手术，我需要你在场辅助！

03：17 张潇宇："弑神天狼"所有未受伤队员，指挥权移交给谭坚中尉！

03：19 谭坚：明白。

03：20 张潇宇：祝一路顺风。

镜头下移，面对生命垂危的徐环凯。

[记录结束]

11 由付博约上尉上传

这是我对攻击小队 2004"弑神天狼"高泷中士的采访记录。他是聚变弹爆炸的目击者。经指挥部批准允许后上传。

采访记录 2004—1

采访人：评估小队 173 领队付博约

受访人：攻击小队 2004"弑神天狼"行动员高泷

时间：[已编辑]

[采访开始]

付：你好，我是评估小队 173 领队付博约。

高：你好，长官。我不便起身迎接……

付：没事，你大可不用动。我是来询问一些问题的。

高：是，长官。

付：在聚变弹爆炸的时候，你所处的位置是哪里？

高：我靠在墙边，好像是西边吧。

付：你因何失去了战斗能力？

高：被那东西拍下来了。它的力气真大，我们的单兵机械在它面前就像牙签做的一样。

付：你看到了赵洪方中士牺牲的经过吗？

受访者沉默约 5 秒。

高：我们本能做得更好。

付：你的意思是？

高：这次行动有人牺牲了，这是违反第三任务的。这本不应该发生……

付：中士，我们的行动员在每次行动中都会遇到生命危险……

高：这不一样。第三任务高于第四任务，更何况改组病毒的案例我们已经处理过许多了，这次竟然还有人为此牺牲……

付：这有时无法避免，中士。

高：这是"弑神天狼"创建的原因，长官。我们是人类安全部异常事务机动组最优秀的士兵，我们专门组建以应对高威胁的非精神性实体目标，这么霸气的名字应该体现出它的作用，可是我们再一次辜负了它，辜负了组织。

付：你没有什么过错，中士。这一切还要看组织下的判定。

高：很抱歉，长官。

付：怎么了，中士？

高：那只豹子正向市民广场走去的时候，我只听见有人吼了它一句，它回身跑回去的时候，聚变弹就炸了。光太强了，我怎么也看不见。我记得的只有这些了，希望能对你有些帮助。

付：这对我十分有用。谢谢你，中士。

高：我们还是败在了渺小上。

付：我们从未失败，中士。

［采访结束］

12 由付博约上尉上传

这是我对攻击小队2004"弑神天狼"邱东瑞中士的采访记录。他也许并没有提供什么有价值信息，但是这段采访让我印象深刻。经指挥部批准允许后上传。

采访记录2004-2

采访人：评估小队173领队付博约

受访人：攻击小队2004"弑神天狼"行动员邱东瑞

时间：[已编辑]

[采访开始]

付：你好，我是评估小队173领队付博约。

受访人未应答。

付：你好，我是评估小队173的付博约。

受访人未应答。

付：他这是……[医护人员隐约应答声]这是麻醉剂的药效？那我现在就先不打扰他了。采访……

邱：[模糊词句]

付：你说什么？

邱：[模糊词句]

付：我还是让你好好休养吧。

邱：我不能让你过去……虽然我的腿已经被你打断了……胸前被你开了个洞，手无寸铁，但是……我还有孩子……别人也有孩子……[模糊词句]我要杀了你！过来！你这个畜生！

受访人情绪激动，很快被医护人员压制。

邱：刘思睿被你抓得血流满地，何佳鑫被你烧得皮都不剩！我不会让相同的事发生在任何市民身上！

付：你的任务已经完成了，中士。目标没有伤害到市民。

受访者镇定下来。

邱：[模糊词句]

付：谢谢你，中士。好好休息。

[采访结束]

13 由付博约上尉上传

这是我对谭坚中尉的采访记录，也是我拿到的对爆炸现场内容还原最为详细的记录。经指挥部批准允许后上传。

采访记录 2029

采访人：评估小队 173 领队付博约上尉

受访人：攻击小队 2029"废墟天使"领队谭坚中尉

时间：[已编辑]

[采访开始]

付：你好，我是评估小队 173 领队付博约。

谭：你好。攻击小队 2029 领队谭坚。部队代号"废墟天使"。

付：在床上不用动了，好好静养。采访不是特别正式，你大可以用自己的语言叙述。

谭：明白。

付：在你们拿到聚变弹之后，我们就没有找到关于你和赵洪方中士的影像资料了。在你们击杀这豹子之前，其他人的单兵机械都是怎么损坏的？

谭：张潇宇中尉和一些"弑神天狼"的队员在天桥那边救治伤员，所以对付它的只有……小潘、小赵……呃……6 个人，加上我有 7 个。小潘吸引豹子注意力直到没油，被它拍翻了。它行动很迅速，腿很长，我们反应要是稍稍有一点儿不及时，立刻就会被拍骨折。还好有单兵机械，我们能勉强保下一条命。"弑神天狼"有个队员被拍下来了，正好落在墙角，那豹子头上凸着个大球，啃不到他，就用爪子使劲抓，那个惨叫声……

付：你们所有人的单兵机械都损坏了？

谭：除了小赵。当时只有他的机械还能用。

付：叙述一下他是怎么做的。

谭：他……他把我扶到一旁的墙边坐下，这时候最后一名"天狼"的队员被一爪子拍下来了。他见所有人的机械都损毁了，就让我把聚变弹给他。然后没有说什么话，他直接把炸弹背在了他的机械上，冲到豹子前面。这东西原本想跑的，但是他开枪吸引了它的注意力⋯⋯我当时坐在墙角，抬头的时候，他就开启机动推进装置，窜进了豹子的嗓子眼⋯⋯

付：你们的单兵机械重新加装过航空燃油吗？

谭：拿到聚变弹之后？没有。但是，一般燃油快耗尽的时候，我们就会降落。这时候，油箱里的燃料不会用尽，所以小赵的机械还是可以支持短暂飞行的。

付：明白。那你认为当时有没有不牺牲我方行动员也能取得行动胜利的其他方法？

受访者沉思约 10 秒。

谭：我觉得没有了。小潘被拍得双腿骨折，差点儿就没保住。其他"天狼"的队员也都伤势惨重，能启动聚变弹的，当时只有他一个人。如果直接把炸弹丢进豹子的嘴里⋯⋯不可能。我记得"天狼"的一个队员试着在豹子张嘴咬他的时候往里丢燃烧弹，但是没用，这东西很贼，吃到了不该吃的东西就吐出来了，反而把那名队员烧得不轻。直升机⋯⋯直升机也不行，首先是飞到市民中心两根柱子之间本身就是不合适的危险举动，而且一发燃烧弹下来，估计会把我们这些残废直接火化。

付：项目为什么没有注意到赵洪方中士？

谭：什么意思？

付：你说豹子要走，可是当时还有一个没有失去行动能力的赵洪方中士在场。按理说它会先攻击赵洪方中士。

谭：市民广场那里起了一点骚动，好像是有人拍到了这怪物的照片。这东西应该是被声音引过去的，已经开始往那边走了。

付：明白。还有什么要补充的吗？

受访人未答复。

付：那就这样了，采访结……

谭：付先生，我可以这么称呼你吧？

付：请便。

谭：我想说点儿事情，虽然和小赵的死没有多大关系……耽误你点儿时间……

付：我洗耳恭听。

谭：我当兵这么多年了，快15个年头了，这次虽然不是我打过的最惨的一场仗，但不知道为什么，这次行动却让我……心那么堵，又那么轻松……这样说可能很可笑，但是……

付：嗯。我可以理解。

谭：[笑]是吗？小赵，冲上去的时候眼睛里真的有光。虽然那是晚上，但是我真的看到了光。很亮……那种光，我在家里许多男人的眼睛里也看到过。我弟弟是解放军陆军，是驻港部队的；我的叔祖参加过中印边境自卫反击战，在高原，他的脚被冻伤了，丢了两根脚趾头；我姥爷的爷爷，老红军了，但是去了朝鲜就再也没回来……虽说小赵冲上去的时候，我想阻止来着，但那个侧脸，他眼睛里的光芒，确实很震撼。他的背后是他的战友、他的亲人、他的同胞，为了这个，他可以牺牲自己的一切对抗面前的怪物。"来啊！只要我还站着，你就别想活！过来！我要杀了你！"这是一个不愿放弃的勇士特有的荣光，虽然小赵牺牲了我很难过，但是……能看到那样的光芒再次在我们战士的眼睛里面燃烧，我感到很欣慰。

付：是的，谭坚中尉。我想这就是人类安全部异常事务机动组强大的原因。护卫全人类的安全需要这样的英雄。

谭：你们在为他制作档案吧？

付：是的。

谭：请务必传达我们整个攻击小队的哀思。

付：我牢记不忘，中尉。好好养伤。

[采访结束]

14 由万清旺中尉上传

根据评估小队 173 的评估，项目"膨化远东豹"已经被无效化，死因是聚变弹的高温导致的重度身体创伤。这东西前肢以上的部位全部炸没了。因此，项目被重编号，即已清除威胁实体。

聚变弹没有像燃烧弹那样造成大面积过火，而是产生高强度光辐射和热辐射。项目头颅内的液体瞬间暴沸引起爆炸，颅骨破片造成地面和周围墙体不等程度的损毁。3 名在场行动员被破片击中，所幸并未伤及要害，在进行局部组织克隆移植后可以恢复完整战力。

遗憾的是，我们没有找到赵洪方中士的遗体，推测其已经在高温中被焚化。

项目被无效化的地点位于市民中心顶棚正下方的广场。此处只有两面开口，且另外两侧都是市民中心的建筑主体，武装直升机的火力打击具有极高风险。根据现场痕迹和后期口述还原，在其他队员的单兵机械损毁和其他打击方式无用的情况下，是赵洪方中士义不容辞地背上了聚变弹，与项目同归于尽。

我们已经将赵洪方中士的行为上报指挥部，正等待评估结果。

此外，根据这次行动提供的数据，不推荐此后在应对"改组病毒"感染体中使用任意类型的癌细胞诱发药剂。即使效果不明显，也应首选高热灼烧，而不是生化方法。

15 由高峻巍上将上传

经指挥部评估，攻击小队 2029"废墟天使"行动员赵洪方中士的行为系组织的第二任务高于第三任务的最好诠释，合理、英勇、大义凛然，完美展现了一位组织战士的应有形象。经指挥部讨论决定：

追授原攻击小队 2029"废墟天使"行动员赵洪方中士"雪狼"勋章，记特等功。

攻击小队 2004"弑神天狼"领队张潇宇中尉和攻击小队 2029"废墟天使"领队谭坚中尉记一等功。

攻击小队 2029"废墟天使"行动员潘正清记一等功，军衔升至中尉。经进一步讨论决定，特此任命潘正清中尉为攻击小队 8188"掩灯飞蛾"领队。

攻击小队 2004"弑神天狼"和攻击小队 2029"弑神天狼"的其余行动员记二等功。

战士们辛苦了。指挥部修改了日程表，特批攻击小队 2029"废墟天使"一次 5 日长假，时间是 [日期已编辑]。在放假归来后，你们将接收两名新兵。

不过按照组织惯例，即使是假期也有可能被随时征召。做好觉悟。

人类安全部异常事务机动组远东指挥部主管

高峻巍

16 由刘昭明中尉上传

有关地点的市容恢复已经完成。人类安全部异常事务机动组与腾讯、新浪等各大网络公司合作，拦截并删除了大量有关于"鹏翅"行动的目击影像。此外，组织黑客已经锁定了 297 名目击者并将他们的手机内存数据格式化。人类安全部异常事务机动组同时联络远东联合政府请求协助。在政府的帮助下，各大报刊、广播和电视台被要求禁止刊登与播报任何与"鹏翅"行动有关的报道。在各大博客和论坛上，被人类安全部异常事务机动组控制的数万个管理员账号对相关信息进行了筛选和"辟谣"。人类安全部异常事务机动组同时也对一些目击者注射了记忆消除剂，效果良好。

"鹏翅"行动一个星期后，网络上再也没有出现过关于"巨型雪豹"的讨论。掩盖任务被认定成功。

17 由谭坚中尉上传

我看前面上传得挺多的，那我也多少打一点儿字吧。

小赵啊，我们又回到驻地了。新来的这俩小伙子也是海军陆战队的，和你一样呢。有干劲，和队员们也挺合得来。如果你能看见这段文字的话，我想说，兄弟们都很好，随时准备出发。还有，他们也都很想你。

我们作为组织的一员，想必已经把生死看得很淡了。但同时，能有一件甘愿为之赴死的事，是多么幸福。我想起了医生们，和瘟神抢人；我想起了消防员，和天灾人祸抢人；还有我们，和异常怪物抢人。我们自愿将自己的命交给了更伟大的事业，因此我们无所畏惧。

世界上还有那么多人在为世界的美好而战斗着，我从没有一刻像现在这样为自己是他们中的一分子感到骄傲。我有这感觉，兄弟们也是。他们训练得都比以前刻苦，基本做梦都在备战状态。很高兴我有小赵你，还有这一群兄弟。

老毛病又犯了，不打仗的时候，话就太多。

最后，谢谢你，小赵，陪兄弟们走过这8年。

［点击］

您有修改文档的权限。请选择操作。

［点击］

允许上传。请上传文件或在此输入。

［点击］

上传完成。

18 由赵雪灵中士上传

爸爸，我已经好久没有见到过你了。

你可能不知道，我也是一个小目击者。那天，我被带下楼后趁乱溜走了，又返回了楼上，躲在树林的阴影里，看着爸爸在天上翱翔，左右躲闪，给那怪物重击。现在想想确实挺傻的，要是那东西盯上我了怎么办？那天我知道了，爸爸是一个超级英雄、一个拯救世界的超级英雄。你穿单兵机械的样子就已经足够帅气，更何况你还在天上来回地飞，痛击着那只大怪物。

后来，很多叔叔被打伤，怪物也变异，又被引走了。我当时吓得要哭出来了，但是爸爸和另一个叔叔跑过来，你们跑得真快，像风一样，追着怪物往市民中心跑。我用尽全力跑步跟在你们的后面，你们肯定也没有注意到，因为你们几秒钟时间就甩了我十条街。我跑啊跑啊，你们已经跑到市民中心底下，我还在很远的地方。我远远地望见，爸爸和叔叔们战斗得好英勇。一时间，我真的以为怪物应该扛不住倒下了，但是没有，它左跳右跳，撞翻了好多人，还把一些叔叔抓得满地乱滚。惨叫声……火花的噼啪声……怪兽的吼声……

我的眼泪已经被吓出来了，但是我又怕到不敢哭出声。叔叔们都倒下了，只有爸爸一个人还站着。怪兽想跑，爸爸打了它几枪，很响，又让它掉头回来了。

事情发生得很快，爸爸没有半点儿犹豫。怪兽巨口一张，火光一闪，爸爸就冲进了怪兽的喉咙。在爸爸起飞时，好像还高喊着一句话，现在看了这篇文档，我回想起来了，应该是"给你尝个烫嘴的"。爸爸果然还是那么幽默。怪兽被戳了喉咙好像很痛苦，它可能也没有料到吧。不过几秒之后，强光就让我睁不开眼睛了。就算离你们那么远，我的眼睛还是被刺伤了。我在强光中回身，撞到了赶来的陈兴光叔叔。他带我到一旁的帐篷里，医生给我做了些检查。我至今还记得组织的叔叔们说不用消除我的记忆，因为小孩子说的话没人信。

妈妈见到我的时候已经是个泪人了，而我，不知为什么，异常平静。

我们回到家，就这样过了一周。妈妈除了比以往稍微消沉了些，没什么不同。我知道她是在尽力维持这个家的原貌。

"爸爸阵亡了，是吗？"一次晚饭，我问她。

她没说话，什么动作也没有，只是盯着饭碗。

"人类安全部异常事务机动组，你和爸爸都是其中的成员吗？"我又问。

"嗯。"

"这是我以后要去的地方。"

"你想加入吗？"她终于说话了，眼睛里有什么东西在闪烁，不知是眼泪还是希望。

"我想成为和爸爸一样的英雄。"我坚定地说。

从此以后，加入异常事务机动组，为人类作战就成了我的终极目标。

爸爸，你知道吗？我一直在追寻你的脚步。

攻击小队4097"现实熨斗"队员赵雪灵，向您致意。我们将为现实畸变者，即"物理坟"问题提供人类安全部的解决方案。

［点击］

关闭文档

赵雪灵中士，指挥部临时征召攻击小队4097"现实熨斗"执行紧急任务。请立即向攻击小队领队报到。

［点击］

确认登出？

［点击］

账号已登出。欢迎再次登录。

幻 象

"研究所又有活动？"高峻巍慢慢地放下了手上的报纸。

陈思吟低声抽了抽鼻子，回答道：

"是的。而且，这次南方五毒生物研究所的动作离我们不远。"

"哦？干吗了？"

"他们似乎最近一直在大学里扩大影响力，专门物色那些能为他们所用的大学生为他们工作。我们不知道大学教育系统有多少人被渗透了，这个后面再调查。现在我们获得了一个重要情报：研究所似乎在让一个被蒙蔽的大学生研究生化武器，而那家伙还不知道自己研究的是生化武器。"

高峻巍沉吟片刻，食指不自觉地拨弄着报纸的边角。

"线人提供的动向呢？"

"这可怜的孩子还在长沙读研究生。南方五毒生物研究所已经为这个大学生提供了他们能给予的一切暗中保护。我估计闯进去可能动静不小，但是这个险必须冒。"

"按照我对你的了解，陈思吟，你啊……捉老鼠的心肯定又痒起来了。"

"还是首长了解我。"

林少观来到湖大已经 3 年了。作为这个全球大一统的黄金年代培养出来的第一批人才，他的人生无比滋润：童年时，不缺吃穿；少年时，有些玩伴；青年时，身强能干。虽然才大三，但他因为在化学方面的出色才华，已经在一家单位找到了职位。他们甚至愿意帮他垫付他余下几年里的学费，只为让他把自己的研究进行到底。不仅生活自理，现在他还在湖南师范大学认识了美术系的一个学妹白敏，两人从第一次见面起就感觉像是锁孔遇到了钥匙，就是配上了。生活所能给予一个人的最大幸福让他觉得即使有长沙冬天阴沉的天气也能使岳麓书院的古园蒙上一层淡雅的朦胧。

今天，他兴高采烈地跑去东方红广场，就是为了给心上人一个大大的惊喜。

至于白敏，她只见到一身黑色羽绒服活蹦乱跳地从街旁的树荫底下跑了出来。

"啥事让你高兴成这样？"她今天把头发扎成了两条粗粗的麻花辫，一只手冷得缩进了长长的风衣袖管里，另一只手仍然顽强地抱着一杯奶茶。

"走，跟我回宿舍！"

白敏后退了两步，一脸惊异地看着他。

让她意外的是，林少观仰天大笑起来，那神情似乎都有些癫狂了，引得周边有人向这里投来了疑惑的目光。

"我要让你看件奇特的东西！"林少观高兴得嘴角都要扬到耳边了。

林少观拉起白敏白嫩的手，带着一脸惊诧的她向宿舍楼蹦跶去的时候，他们两人都没有注意到一架军方的倾转旋翼机在他们的顶上掠向了反方向。

"好，所有人注意。"陈思吟的声音闷在防毒面具里，听上去有些断气，"这次要去抓捕的目标，据情报所知，手上应该有非常危险的未知武器，如果遇到抵抗，立刻击毙，以生化威胁等级 4 应对。检查你们的电磁机构！"

士兵们咔嗒咔嗒地摆弄了几下手上端着的步枪一样的东西，检查无误。

"为了这次行动，远东联合指挥部从常德和岳阳的基地调遣了 5 架运输机进行辅助任务。为了不引起南方五毒生物研究所的注意，他们将借助在大别山的联合军演的声势掩盖自己的真实意图，在长沙市区随机取道盘旋飞掠大概 5 小时。我们这一架也将加入它们的'演练'，在浏阳上空盘旋一阵子，然后直接绕到目标所在处。"

"长官，底下的市民不会恐慌吗？"

陈思吟发出两声沉闷的笑声。

"他们不会对天上看着比鸟还小的东西感兴趣的。"

林少观的房间是湖大专门给他配的单人间，原本能睡 8 个人的地方被他一人包占，但他没有让房间空间显得富裕，这里几乎堆满了实验器材，空气中还飘荡着一丝让人有些昏沉的迷香。

"不用脱鞋。"

"你想多了。"看着满地的零件和地板上的油污，白敏一点儿也没有要让自己的袜子接触大地的想法，"看来你还挺爱国的嘛。"

她环视了一周墙上贴着的联合国各大机构的海报，这让整个房间像是贴了一层蓝色的壁纸；但蓝色中间还有一个不合时宜的绿色图案，像是什么机构的徽标。

"这里这里！"林少观带她来到客厅中间的一个小桌子前。桌上只摆着两只小茶杯，"这就是我想让你看的东西。"

"茶杯？"白敏说。

他把一只杯子举到白敏眼前，她好奇地往里望了一眼……

她看到了 —— 色彩……变换的色彩……有意义的色彩……流动着的红紫色幻化成一只引领她的手，招引她前去……

她眨了眨眼，想再看得更仔细些。

她只看到了茶杯，和几秒钟之前她看到的没什么两样。这让她无法分辨自己到底是一瞬间的神游还是真的看到了什么。

"你看到了吗？"林少观说，"我发现了宇宙的另一面。"

"啊？"白敏有些摸不着头脑。

"让我来解释解释。"林少观已经无法抑制激动的心情了，"我们现在能观测到的宇宙，只占我们全部宇宙体量的1%还不到，充斥我们宇宙的实际上多是我们看不见的暗物质和暗能量。它们无时无刻不在穿过我们已知的一切事物，却鲜和它们发生反应。

"有一种探测暗物质的探测器利用的是冷冻到接近绝对零度的锑金属，它们在暗物质粒子通过时会被它的引力牵引产生震荡——也就是生热。我现在研究出了这样一种药剂，可以在我们的视锥细胞里形成这种效应，利用形成的超大型蛋白质复合体的高度精巧性将暗物质可视化。当然，它们的活性中心只能……"

"好了，好了，我已经听不懂了。"白敏制止了他，"所以，你造出了一种可以让我们看见暗物质的药？"

"对！"

"它不会有毒吧？"

"我自己都试过，没什么大碍。"

我看你今天就不太正常。白敏在心里说。

陈思吟一行乘坐的倾转旋翼机快速机动到一栋平顶建筑的上空，弹开底仓盖，两排士兵随即被索降到了屋顶上。

这里早有人等着他们了。

"出现交火！"陈思吟喊道。

一群样貌平平、穿着便服的人同样端着电磁机构，在屋顶上等待着他们。早在他们索降的时候，电磁机构的"嚓嚓"声就已经响起来了。

全副武装的士兵打得这些人四散奔逃。这些人防具和武装上都处于劣势。他们的电磁机构明显是仿造的，栓勾弹回的声音像是用钢丝球擦铁盆，而士兵们的电磁机构听起来则像是簧片的轻吟。

只用了不到两分钟，天台上就只剩下了一地被震晕的武装分子。

"这群人从哪里找来的电磁机构？"一个小队队员用脚把一个趴着

的抵抗者翻了个身，以免他窒息。

"不管这群人是来干吗的，我们现在最重要的是找到目标。"陈思吟把身上一个小管里装着的粉末撒向空中，它们马上被风吹散了。他随后一脚踹开了楼梯间的门，示意队员们往下走。

"干杯。"

"叮"的一声轻响之后，两人都把杯子里的一小口清凉的液体闷了下去。

开始还没有什么效果。两人牵着手在沙发上坐了不到半分钟，他们的眼前就开始浮现出异样的光彩。

背景暗了下去……一切都暗了下去……但异形的、红紫色的光带开始泛滥，凝结成块状、团状、条状，然后……它们有了自己的形状——球体，一个一个标准的、大小不一的红色球体，泛着诡异的光芒，不受任何约束地以几乎一致的速度向他们认为是地板的方向飘去。

然后是黄色，它和小鸡身上的绒毛颜色差不多，形态也酷似绒毛，它们结成了一片长着长毛的大挂毯，顺着红球的移动方向飘移，似乎是在有什么无形的水流推着它们向地球深处进发……向上看，一条蜿蜒的、星光璀璨的长河正延伸到无边的天际，长河里流动的正是这些红球和黄毯。

"你联想到了什么？"林少观轻轻地问。

"血液。"白敏说道。

"相互作用弱的暗物质需要很长时间才能演化出生命，同样由于作用力的微弱，这些生命都非常庞大。"林少观解释道，"没错，我们在看的就是一条血管。"

"我们还能看到什么？"白敏说着站了起来，但被林少观拉回了怀里。

"小心，你看不到不意味着我的房间不乱。很容易被绊摔跤的。"

白敏这时注意到了自己的手，她不禁惊叫起来——上面布满了密密麻麻的、结成一股又四散展开的金色线条和附着其上的白色细点；然后，她注意到了自己的身体——她没有办法看见自己的衣服，但她躯体上的莹黄色线条编织成的网络依然可见，所以她看上去就是裸体；捂住重要部位之时，她又看到了林少观的脸，又惊叫了一声，在沙发上退着爬了好几步，就像见到鬼似的。

"别看我，你看上去也是这样。"林少观似乎习以为常了。

"这是什么？"白敏使劲磨着自己的手，似乎能把那些发着荧光的细线擦去一样。

"经络和穴位。"

"中医？暗物质？这……"

"跨度有点儿大，不是吗？"

"这不是一般的大了吧？"

"体内气生津，津化血，精气互运，莫不都是这些暗物质作用的结果。有了我的这种药剂，中医可以变得前所未有地直观。"

话说回来，白敏确实可以看见片片红色的云气在林少观被金线网罗的身躯中上下腾跃、沉降。

他伸手拉住了她的手，把她从沙发上拉了起来，来到几步远的一处看上去什么也没有的地方。林少观用手在子虚乌有中摸索了一阵，最后总算抓住了什么圆柱状的东西，即使他看上去只是像把手环成一圈了而已。

"这是我房间里的天文望远镜，快把眼睛凑近来看看。"

白敏俯下身，往他手握处望去。

"这是……"

透过他的手心，他看到一颗蓝白相间的奇异星球，浮动着奇怪的云气，一颗诡异的蓝色瞳孔正在这星球的右下角凝望着这个方向。

"木星？"白敏说。

"太岁星。"林少观纠正道。

"有什么区别吗？"

"当然有。它的公转方向和木星正好相反，它的云气经常显示出特定的文字形状的图案，而且它的'大蓝斑'一直朝着地球方向。"

"这……这……"白敏已经震惊到无以言表了。

"真不敢相信我们的古人5000多年前就已经探测到了这颗行星。"林少观也感慨地说，"那时，他们竟已经发现了暗物质。"

"什么？"

"我还观测到过太岁星上女娲和伏羲打架呢。"

"这……你唬人的吧……那毕竟是神话里的人物……"

忽然，她看到仓蓝色的瞳孔飞速地移动了起来，追逐着星球前飘过去的一团鸟形的阴影。这巨鸟向后做了一个威吓的姿势，但紧接着一头绿色的巨熊掌握闪电火花，奔驰着追上了巨鸟。一阵电光后，巨鸟隐去了，而绿色的巨熊似乎也失去了重力的约束，被弹出了视野外。

事实正在一次又一次扇着白敏的脸，告诉她这是真的。

她第一次体验到什么叫"魔幻现实主义"：当魔幻的事情变成真事，就是最直接的魔幻现实主义。

"哦，我们开始进入第二阶段了。"林少观说，"我们的眼睛会探测到更微量的暗物质了。"

她还没有从望远镜中的震惊恢复过来，就看见原本漆黑一片的背景宇宙开始变得五光十色起来，它们融合出了不同的形状，甚至是不同的文字符号，迫不及待地向白敏述说着未曾被人探知的故事。

"暗物质，其实就在我们身边。"林少观说道。

狭窄的楼道里迎来了数年一遇的热闹景象。

飞散的碎块和墙灰把楼道里弄得乌烟瘴气的，要下楼的过客和不要让他们下楼的过客进行着"亲切而友善"的交流。电磁机构的迸射让附近的铁门共振起来，发出"嗡嗡"的低鸣，像是专为这场遭遇战而演奏的宏大背景音乐。

两名队员守在楼梯平台上那面临时架起的钢掩体后，任由电磁机构的震波在面板上如注地倾泻。剩下的队员，包括陈思吟在内，待在更上一级的平台上，决定另找出路。

"小王，切割器呢？"陈思吟急中生智，问道。

对于未名的武装分子，他们只顾着测试军方便携掩体的耐操程度，而忽视了顶上的平台正被高温等离子匀速地切割下来。

"轰隆"一声巨响，一块一米见方的混凝土板掉了下来，随之掉下来的还有全副武装的陈思吟。他举起电磁机构、瞄准、发射一气呵成，成功突入敌后并打了他们一个措手不及。余下的敌人回过神来时，两只电磁机构已经从掩体后伸了出来……

"楼道净空。"陈思吟宣布道。

"长官，我发现了一个东西。"

陈思吟走过去，只见一名队员从一个倒地的男人颈上扯下了一条挂坠，上面是一个环形的图案，中央还镶着一块玉。

"看来我们猜得没错。"陈思吟说道，"研究所确实有自己的小喽啰。"

"那证明我们来对地方了。"

"是的。我们离目标越来越近了。"

"这些暗物质生命都在给我们传递什么信息？"白敏问道。

"它们没有传递信息，但又……时刻在传递信息。"林少观说，"我们的星系团没有暗物质，就像是把骨头从手臂里抽出来一样。它们的混沌和杂乱是宇宙最本真的舞蹈。"

"但是……这……这些明显是象形文字。"

"是它们创造了文字，我们使用了它们。我们的祖先从暗物质中窥探出某些特定的符号，并将它们与现实世界相联系，形成了文字。万物精灵变化、宇宙古往今来，都少不了这些暗物质的辅助。"

　　两人被面前浮现的一团绿色光影吸引住了。它快速地变化着形状，似乎在检测两人懂得什么语言；然后，它的形态止步在了汉字上：

　　"你从哪里……"

　　"这是在问我们从哪里来吗？"白敏似乎觉得有些害怕。

　　林少观补充道："不，是问你。"

　　"你已经和它们交流过了？"

　　"是'它'，而且是的。"

　　绿色的字体变化了："看来她和你的语法相统一。"

　　"我们的语法基本都统一。"林少观说。

　　"可上次你告诉我，每个个体的说话方式会有不同……"绿字又显出。

　　"个体之间的语法差异有稍微不同，懂'稍微'这个词的意思吗？除非是外乡人，否则语法基本都相同。"林少观说。

　　绿字飘到了白敏面前："你的代称是？"

　　"这是在问你的名字。"林少观解释道。

　　"我是白敏。你长什么样？"她急切地问。

　　"她想知道你的形状。"林少观说。

　　"我和你解释过我的形状。"绿字转向他。

　　"你知道我们不能单纯通过介质波传递图像信号。"林少观说。

　　"你让我重复做我已经做过的事情？"

　　"是的。"

　　绿字融进了路过的一片黄云。随后，一片蓝色的毯子从他们头上铺天盖地地砸了下来。白敏吓得往林少观怀里一缩，后者却显得非常镇定。蓝毯从他们身体穿过,一点儿感觉也没有。万千黄球和红球追随着蓝毯,像下雨一样附着在铺陈在它们脚下的蓝毯上。与此同时,蓝毯本身开始分解,余下的地方结成了纤维一样的条状,这些纤维逐渐汇成几条大河,汇聚到毯中央一个发着红光的区域。

背景暗了下来,绿字再次显现:"这就是我的形状。"

白敏又看了看她的脚下。这个由几条弯曲的粗绳臂和无数红、黄星点缀其上的圆盘缓慢地自转着,这不仅让她联想到了……

"你是银河系?"

"是的。"林少观露出了赞赏的表情,"一个暗物质生命的体量至少需要如此巨大才可以。"

"你还拥有智慧!这真是太神奇了。"

"'智慧'是一个很低级的描述。"绿字显出,"'生命'同样是一个很低级的描述。努力把事物和事物区分得细致入微的个体也很低级。事物之间的界限本就没有那么明确,生与死也是一样。"

"我们的祖先发现了你的存在吗?"白敏问。

"不久之前,有几个,第一个自称伏羲,他对我充满了敬畏。他现在正在离你们不远的地方和他的妹妹玩过家家;第二个叫蚩尤,他迫切地想借助我的力量在小打小闹中取胜,但又不肯给我什么周到的回赠,我就没有帮他;第三个叫黄帝,他打败了蚩尤之后通过他的办法找到了我,并向我表达了感激和畏惧,而且他发誓要让后世不再发现我的存在。但他打破了他的承诺,这让我有些不满,我决定惩罚他;第四个叫庄周,他只是静默地观察我,就连我也是等到他死后才发现他注意到了我。"

"你要做什么?"白敏问。

"我要把人的灵魂扯烂在黑洞附近。"

"灵魂?"

"我们的精气，"林少观说，"在死后会被它扯出体外，回归暗物质。"

"这就是灵魂？"

"你想试一试吗？"绿字诡异地靠近了白敏。

林少观赶忙把她拉进怀里，说："不，她不想。"

"如果你们向其他个体透露了我的存在，你们也会受到相同的惩罚。"绿字显得毫不客气。

"你凭什么……"

林少观赶紧捂住了她的嘴，说："我们不会食言的。"

慢慢地，绿色的字体暗了下去。慢慢地，正常世界的一切从黑暗中切进了现实。

"我们回来了。"

白敏像是大梦初醒。

"你先缓一缓，我去倒杯水。呀……有人敲门。"

"谁啊？"

"应该是公司的人吧。"

陈思吟带领小队冲进4楼的走廊。如果情报无误，他们要找的人就应该在某一扇门的后面。

陈思吟回头，眼神示意另一名队员确认目标位置。他赶忙从自己口袋里翻出一个带着长长天线的、对讲机似的东西，举在了空中。

突然，走廊尽头的一间房间里爆出了一声尖叫，而且不止一个人，有男有女。这尖叫声就像是他们一瞬间被卡住了脖子，戛然而止。

不用找了。一行人快速向走廊尽头突进。队员做好破门准备，围在了门两边，一圈人准备和陈思吟一起冲进去，另一圈人在外围戒严。陈思吟做了个手势，果断一脚踹开了门。4个队员紧跟在他后面冲了进去，紧张地扫视着房间。

"检查里面的房间。"陈思吟说着，蹚过房间里堆得乱糟糟的器械，来到伏在地上的 3 具尸体旁边。他依次探了探 3 人的鼻息——全部断了气，但是还温着。

"安全。"他的队员汇报道。

"叫 120。三个人，两男一女，已经没气了。"

陈思吟从口袋里掏出那个从武装分子身上搜来的项链，把挂饰在眼前一举——那环形的商标碰巧和墙上的一张海报吻合——那张海报贴在众多联合国机构的海报上，像是蓝色海洋上漂浮着的一束绿藻。

"你害死了多少人，研究所？"陈思吟不知在问谁。

"结果出来了吗？"

还是一样的场景，高峻巍和陈思吟分坐在办公桌的两头，前者刚刚放下报纸。

"出来了。话说报纸这东西还没绝迹？"

"也只有《人民日报》能看了，其他的报纸全是电子版的了。"高峻巍笑了笑，把报纸一翻一折，铺在桌角，"这是在我离开之前的闲暇怀念一下旧时光。我马上就要去大西洋上的科考船了，那里出了点儿意想不到的事情……对了，你跟我提到的样品的检测结果是？"

"上次行动缴获的样品 TTX-09 是一种高强度生物致幻剂。"陈思吟说道，"小鼠测试中需要让纯品稀释 1 亿多倍才不至于造成明显效应。它在湖大在读大学 4 年级学生林少观的宿舍内被找到，原样品只被稀释了 270 倍。"

"所以那三个人是被毒死的？"

"不是。三个人中只有两个人摄入了 TTX-09，就是林少观和她的女友，但三人的尸检结果都显示他们是突发性脑死亡。非常奇怪，他们的脑组织应该都是完好的。我向法医咨询了一下，他非常疑惑地说按理他们应该不至于就这样无来由暴毙。脑死亡和全身器官衰竭同时发生也是非常令人不解的，因为一般一个是因，一个是果。"

"真是离奇。"

"还有更离奇的。我在行动中使用了'螨'型机器人。它们可以随风随机飘荡，帮助我找到目标或是监听目标对话。我们对机器人收集的数据进行了全面整理分析，发现了我们进房间前，三个人曾有一些对话。"

陈思吟将一张打印纸搁置在了书桌上。

数据整理 #298830

记录单位：人类安全部远东联合长沙市刑事案件证物处

[记录开始]

00：00 持续性气流噪声。

00：03 男 1：我不能把它给你。

00：05 男 2：如果你还 [无法辨析] 就把它交出来。要不然，我就真的在你的脑袋上穿个眼。

00：08 女：不要动他！

00：09 男 2：你懂什么。军队现在就在抓你，你们要是被 [无法辨析] 就玩大了，连我的小命都 [脏话已屏蔽] 要丢掉。

00：12 男 1：那我也不能给。

00：13 男 2：[脏话已屏蔽] 不要命了是不是？背叛组织了是不是？不听 [无法辨析] 的话了是不是？那我今儿就宰了你！

00：17 男 1：你要做什……

00：18 女：[尖叫模糊词，可能是硬核心／已获悉／银河系]！救命啊！

静默

00：19 男 2：这小丫头 [脏话已屏蔽] 胡说什么呢……

00：21 男 1：白敏！你把这事说出……

00：22 男 1、男 2、女尖叫

00：23 持续性气流噪声。

00：25[模糊词句，话者未知，汉语，可能是誓言／试验／食盐]

00：26[模糊词句，话者未知，汉语，可能是宠妃／长发／惩罚]

00：27[模糊词句，话者未知，语言未知，与古闪米特语具有极高相似度]

00：28 持续性气流噪声。

00：29 行动组破门声。

[记录结束]

高峻巍注视着报告许久，表情未曾见晴雨。

最后，她总算艰难地问出了一个问题："为什么南方五毒生物研究所要费那么大心思让这个可怜的林同学研制一种致幻剂呢？"

陈思吟把十指交叉，手肘架在了扶手上，沉思了半晌。

"或许……"他试探性地说，"幻象不一定不等于现实……"

上 浮

高峻巍从直升机上大步流星地走了下来。在甲板上的头两步，她走得很稳，似乎是在适应科研船起伏的节奏，之后，她迈出的步伐和之前一样自信，并不像一般人那样因为科研船的颠簸而摇晃着走不了直线。她的几名顾问和贴身警卫跟在她的后面，小跑着跟上她。

船长孙豫晗在停机坪外的走廊上迎接她，而高峻巍只是摆了摆手，示意船长跳过那些客套话，边走边谈，直接带她进入主题。

"这小伙子浮上来有多久了？"高峻巍问道。

"大概 8 个小时，"孙豫晗说，"3 个小时前才被我们发现。很不巧，他上浮的地点正好是飓风'艾琳'经过的路径，所以我们获得的信号一直飘忽不定，救援存在一定困难。"

孙豫晗把她领到一扇涂着蓝色漆的舱门前，对她说："他刚吃过饭，但是精神状态不太好，还是请您……"

"我懂，孙先生。这是人命关天的事情，我也在履行我的职责。"高峻巍说，平淡的语气中透露着坚决。

孙豫晗顿了一秒，然后敲了敲门，握住转轮，拉开了舱门。

高峻巍踏过门槛，只见不到 6 平方米的房间里，除了一张单人铺位之外就只有一张小凳子。一个裹着毯子的青年正坐在铺位上。他的头发还在滴滴答答地滴水。

憔悴的青年抬起头。他的脸似乎只能用枯槁来形容。高峻巍能看出来，他显然经历过比连续熬夜 5 天更可怕的事情。

"怎么样了，小刘？"高峻巍搬过那张小凳子，坐在他的对面。舱门在她的身后"砰"的一声关上了。

"状态良好，"刘思文强打精神说道，"谢谢首长关心。"

"现在有时间聊聊吗？"

"您说。"

"告诉我下面发生了什么。"

刘思文苦笑了一声，说道："下面的事情，太荒谬了。"

一艘多功能载人深潜器行驶在幽深的海峡之间。这里是北半球副热带的大西洋中脊。本次下潜的目的是寻找一只传说中的海怪。

事情还要追溯到半年前，欧洲联合的科研团队在同一片海域给一个座头鲸群的 3 只鲸打上了电子标记。从标记传回的数据显示，这三个标记在被粘贴到座头鲸身上后第 15 个小时，三个标记同时开始下潜到 1500 米左右的深度，水温接近 4℃。紧接着，其中一个标记迅速上浮，剩下两个标记在 1500 米深处停留了 3 个小时，随后继续下潜。这一次，水温计显示温度为 47℃，恒定不变，即使两个标记潜入海底，仍然没有变化。得到数据的团队急忙根据上浮标记的位置寻找鲸群，清点后发现种群里少了 5 只座头鲸。余下的两个标记在两天后显示上浮，最终被团队寻获。从这两个标记的表面上提取到了座头鲸的血液和一部分皮下组织的痕迹。由于标记是粘牢在座头鲸体表的，正常情况下根本不可能接触到座头鲸皮肤下的组织和血液，所以事件的唯一解释，就是这片海区发生了一次以座头鲸为猎物的捕食活动。

是什么怪物能够吞下身长堪比一辆公交车的座头鲸呢？

远东联合、欧洲联合、南美联合和北美联合成立了联合科研小组，选拔出了各自最优秀的深潜队员，配备了北美联合布朗大学和加州大学共同研制的重装潜水服，由远东联合"破浪号"科研船将队员们运载至预定地点。为保证队员的安全，人类安全部的无人深潜器已经将这片海区来回扫描了数遍，确认洋中脊附近的海床上有巨物活动的痕迹；但没有发现那个海怪。

一切准备就绪。灵鲛号深潜器带着 4 名队员开始下潜。

"检查通信。"深潜器收到了海面传来的遥远声纳指示。

"1、2、3、4、5。"任务指令长，欧洲联合海洋学教授费尔南德斯·赫拉利报告道。

"能听清楚吗？1、2、3、4、5。"随船科学家、远东联合同济大学博士生刘思文也对着耳麦说道。

"1、2、3、4、5。能听清楚吗？"随船武官兼机械师、北美联合的马丁内兹·阿曼多也说。

"1、2、3、4、5。"深潜器驾驶员，南美联合的朱迪·莫拉佩答道。

经过一段时间的延迟，上方的指令再次传来："通信讯号良好，完毕。报告你们所处位置。"

"我们现在位于水下 3400 米，距离海床还有 800 米，继续下潜，完毕。"费尔南德斯说道。

"你说我们这次可能发现什么？"朱迪感兴趣地问道。

"一只潜伏在洞里准备吞掉'千年隼号'的大虫子？"费尔南德斯笑着猜测道。

"阿难陀舍沙？"刘思文也说。

"我倒觉得我们会无功而返。"马丁内兹说。他一向不相信什么传说。

"拭目以待。"朱迪说。

"我们已经来到了海床上，现在正处于中性浮力状态。"费尔南德斯报告。

"灵鲛号"悬浮海床上方半米处，朱迪正打开探照灯左右扫视白里泛灰的海底沉积物。

"我们离预定地点有一些偏移，"朱迪说，"我们可能需要往西前进一段时间。"

在获得母船的批准后，朱迪启动螺旋桨，驾驶着深潜器往西进发。

深海的一切都像幽灵。不仅海床上身体全透明的虾在轻灵地摇曳着，就连深潜器本身也像是一个海底的孤魂，缓慢地在水中漂移着。更多的景象在光照下解锁，又有同样多的海底隐入视线之外。

探照灯光游移到了海床之外，射进了深渊之中。

"这里是一处海底盆地。"费尔南德斯说，"我们的目的地就在这下面。"

忽然，一只手拍了拍朱迪的肩，她吓得一抖，整艘船也震了一下。

"在别人专心驾驶的时候打扰真的是好事吗？"朱迪又惊又怕地谴责道。

"对不起，但我觉得需要提醒你一下。"马丁内兹说，"我觉得这片盆地里有东西，而且它们不怀好意。"

剩下三人都略带诧异地看向马丁内兹。

"武官的直觉。"他简略地说。

"有可能是你的心理因素吧。"刘思文略带嘲笑地说，"什么人看见这么深的地方都会害怕，别说是在海底了。"

"不，我很确定不是心理因素。"马丁内兹坚定地表示，"我请求你对盆地做一次声纳扫描。"

朱迪回头望了望在后座的费尔南德斯，后者敲了敲自己的下巴，说道："反正也没什么损失。照他说的做吧，莫拉佩小姐。"

朱迪从操作盘上拨开几个开关，调整了一下深潜器的姿态和位置，随后双手离开了操纵把，等待着。

"大概需要 5 分钟。"她解释道。

说到这里，刘思文不禁颤抖了一下。

高峻巍接着问："你们发现了什么？"

"一艘巨型潜艇。"刘思文带着哭腔说，"就在盆地中央趴着，外形很像太空船，但是扁平的。我们估测它至少 500 米长要，300 米宽，还能清楚地辨认出它的头部和尾部。我们知道自然界根本没有办法生出那种东西，它肯定是人造的。"

"然后呢？"高峻巍催促道。

"看到这个扫描画面的同时，马丁内兹就叫朱迪关探照灯，声纳静默，还要求我们所有人穿上重装深潜服。我问他为什么，他说……"

"深潜器太大了，我们很容易被发现，而且机动性也不够。"马丁内兹说着从座位上站起来，来到后舱，"我觉得我们现在应该立刻上浮，把这件事报告给母船。中途假如我们遭到袭击，重装潜水服可以救我们一命。"

"袭击？你想太多了吧？"朱迪不解地说。

"相信我，保全自己是最重要的。"马丁内兹说。

大家又不约而同地看向指令长费尔南德斯。

费尔南德斯沉吟良久，最后默默地说："我当过兵，我相信马丁内兹的判断，但是，我不希望这样草草地结束任务。"

他严肃而又郑重地说道："这次在海底发现了意想不到的巨大未知造物，我们不能失去这次探索的机会；但是，为了绝对安全，我们又不能不进行声纳静默。那我们只好采取一种折中的办法。刘思文，你穿上重装潜水服，出舱之后打开气囊上浮，随后通知母船。"

"为什么是我？"刘思文不解地问。

"我们三个都受过一定程度的军事训练，可以应付很艰难的情况。"费尔南德斯说道，"遇到危险，我们的生存概率要比你高。在这里你是那个需要保护的弱者，所以我先送你上去。我们三个随后也会穿上重潜服，徒步向那东西靠近。"

费尔南德斯也来到舱后，朝刘思文招了招手，喊道："过来，穿重潜服。"

"我知道的就那么多。"刘思文说着抓紧了高峻巍的两肩，"您一定要把他们救上来，首长！您一定要保证他们的安全！"

"我会的，小刘。"高峻巍任由他抓着自己，"你先好好地睡个觉吧。"

刘思文的手渐渐松了下来，高峻巍由此脱身，拉开了身后的舱门走了出去。

孙豫晗在门外等候着，看见高峻巍，他急忙迎上前，用焦急的眼神询问着她。

"孙先生，'破浪号'科研船现在被编入人类安全部临时特混舰队。请你在 5 个小时之后登小艇到邓弗斯特号驱逐舰开会。"高峻巍说。

孙豫晗根本没想到这个结果。没等他脸上的惊诧逝去，高峻巍就接起了身边警卫递给她的电话……

孙豫晗很快见到了近 10 年人类安全部最大规模的一次动员。

在高峻巍的调遣下，驻扎在大西洋沿岸的可调用军舰全部离港赶赴事发地点，赴红海执行任务的南亚联合和远东联合的舰队也正全速赶来，但路程稍远，用时稍久。

当太阳亲吻海平面的时候，率先抵达的浩浩荡荡的欧洲联合舰队在东方出现，领头的是"邓弗斯特号"导弹驱逐舰。以"潘基文号"航空母舰为旗舰的北美联合舰队将在夜间抵达。非洲联合和南美联合的综合补给舰也将在日出前到位。

晚上7点，孙豫晗登上了"邓弗斯特号"船舷的绳梯，在官兵的引领下来到了舰桥后面的一间会议室里。高峻巍和数位舰长早已在里面等候，但是坐在尊位上的并不是高峻巍，而是一个精壮的、灰白头发的白人男子，穿着一身无法辨认军种、肩章上有三颗星星的天蓝色军装，脸上的皱纹就像南极冰原上的裂缝，勾勒出一种冷峻的杀意。

又过了十几分钟，几位重要的海军军官也悉数到场。高峻巍拍了两下掌，会场立刻安静了下来。

"女士们，先生们，本次临时行动指挥权，经安全部本部决定，移交给人类安全部异常事务机动组主任，埃尔·克雷菲尔德。"高峻巍介绍道。

那个冷酷的男子站了起来，对在座的军官点头示意。没有人吭声。

"现在我们来开一次协调会。"名为埃尔·克雷菲尔德的男人说道，"我先介绍一下我们机动组掌握到的情况。

"你们应该都拿到了这次下潜的科研任务资料。你们能看见我们在这片海域，我们的脚底下发现了一个庞然大物。这是南方五毒生物研究所的总部。"

会议室里出现一些异动，有人疑惑，有人惊讶。

"欧洲的战友们可能对这个机构比较熟悉。那次在比利时的群体性洛西比因自杀事件就是他们组织的。"克雷菲尔德对那几位面色严肃的军官点了点头，随后继续说，"他们在远东联合也有活动，不久之前，他们在湖南还与我们发生了正面冲突。关于研究所，还要请高峻巍上将为我们介绍。"

高峻巍站了起来，关掉了会议室的灯，会议桌中间的投影仪瞬间开启。

"南方五毒生物研究所是8年以来异常事务机动组一直在打击的反人类组织。"高峻巍遥控着投影仪切换画面，"他们的副业是将全球各个主要的地下制毒基地制造的毒品偷运到市场，而他们的主业……"

高峻巍身旁的白墙上出现了一张血淋淋的照片。孙豫晗差点儿叫出了声，但声音到了嗓子眼又被他生生咽了下去。

那是一具裸体女尸，密布全身的弹孔已经足够骇人，更别说她的肩膀上凭空多出了6条手臂，接口还有鲜血汩汩地流出。

"这是我们4年前在南亚联合德里的一个研究所窝点里发现的。"高峻巍的脸色丝毫没有改变，孙豫晗很难相信这些年她都经历过什么，"当攻击小队的行动员冲进窝点的时候，这个……女子，朝着枪口扑了上去。据回放录像的分析，她的所有肢体都可以自如活动。"

会场一片死寂。

"南方五毒生物研究所的终极目的，根据我们所缴获的文件，就是'使人类达到终极的进化'。为此，他们一直在研究永生药、做活体实验、研制各种生化武器和操纵人类思维的致幻剂。我来到这里的不久前，一名远东联合的大学生还因此而丧命。以前，他们的活动一直被限制在发展水平较低的非洲联合和南亚联合等地，但近几年，他们有向高收入地区侵蚀的趋势，而且越发猖狂，势力越发强大。我们的行动员在执行任务的时候常常遭到许多困难，有不少都是研究所制造出来的非法变异物种和这类经过改造的异人造成的。

"研究所的骨干成员主要以高级知识分子为主，大部分从事生物学、材料化学、医学和工程学研究，有许多人曾因为开展非法实验而受到过研究单位的处分。我们推测是研究所为他们提供了他们需要的实验环境和材料，从而拉拢了这些研究员为自己服务。正是因为有这些无良的疯狂科学家的加持，研究所的生物技术才那么先进。据估计，要进行如图所示女尸的生理改造，现在，就算是北美联合最著名的圣劳伦斯联合医院也做不到。而这张照片所展示的，是研究所 4 年前的水平。"

高峻巍又给了几秒钟时间让在座的军官咀嚼，然后说："我们一直没有发现研究所的总部所在地；但根据线人提供的线索，我们得知研究所的总部应该建在海底深处，很有可能是具有一定机动性的。现在根据我们掌握的资料，我们脚下的，应该就是我们一直在找的'毒窝'。"

她再次切换幻灯片，让海底地形图投射出来。

"这是之前北美联合军用无人潜航器'莫比乌斯号'扫描的海底地形图。注意看这里……"她用手里的遥控笔拉了一下，墙上的图片立刻放大，洋盆的细节被清晰地呈现了出来，"注意到这个像恐龙脚印一样的深坑了吗？我们认为这就是研究所总部的锚定点。在之前"破浪号"上的科研团队把它认作是海怪留下的痕迹，但我们今天确认，没有什么海怪，这就是南方五毒生物研究所的移动总部。

"现在，我们的'灵鲛号'深潜器和三名乘员已经在水下，在洋盆附近失联了十几个小时了。他们的潜艇上配备有空气循环系统、海水淡化系统、核电池和可供支持 72 小时的食物。美中不足的就是没有武装，也不知道他们面对的是什么。他们察觉到了危险，自觉地切断了声呐通讯。他们需要我们的援助。具体的行动安排，时间交还给克雷菲尔德元帅。"

会议室亮了起来。

"下面，我们开始讨论一下目前的情况。我要特别声明，此次行动的目的不仅仅是要援助被困船员，更重要的还是摧毁研究所总部。"

克雷菲尔德又站了起来，"在明天天亮之前，我们将会集结来自 4 个联合总共 161 艘战舰，37 艘潜艇，15 架反潜机和 14 艘补给舰。远东联合和南亚联合的舰队正从地中海赶来，作为我们的后备支援。如何利用并调配这些优势力量是这次会议的重……"

他的发言被急促的敲门声打断。会议室的门被鲁莽地打开了，一个着急忙慌的青年士官闯了进来。他随即就发现自己闯入了一个级别足以把他碾死的会议。片刻手足无措后，他敬了个礼，端正地报告道："报告长官，接收到两个重装潜水服的上浮信号！"

所有人对消息的关注一瞬间盖过了对士官无理举止的愤怒。

"休会，解散！"克雷菲尔德说道。

两套重装潜水服，需要 4 条小艇牵引才能进入吊臂的工作半径。人造蛛丝编织而成的高强度气囊包裹着内部的重潜服，看上去就像两个没熟的饺子。

夜晚的海面一片漆黑，需要船上的探照灯指引才能开展作业。小艇上的船员抓着吊臂上垂下的钢索，扑进鼓起的气囊中间，摸索到重装潜水服上的挂扣，将重潜服固定在钢索末端。"破浪号"的起重吊臂将两套重潜服一并吊起，转移到了操作甲板上。

几个抱着仪器的技术员一拥而上，来到重潜服旁边。他们安置好操作板后，接入了两套重潜服的系统，控制气囊放气，监测内部成员的生理状况。

孙豫晗一行人来到操作甲板上，看着几个船员跳上鼓胀的气囊，足之蹈之，让里面的氮气更快泄出，好让它包裹的重潜服露出来。

经过一会儿的努力，又来了几名船员做帮手，凑在重潜服周围，解开重潜服关节和抗压装甲的连接件。"咔哒"声连片响起。只见一名船员伸手一探，从一堆被解开的甲片中间扶起一个疲惫的身躯。另一边的另一套重潜服则没有这么顺利。

孙豫晗和在一旁观察的两个医疗兵急忙迎上前去，只见从重潜服里脱困的是随船武官马丁内兹。他见到孙豫晗，对他点头示意。

　　"你感觉怎么样？身体还好吗？"孙豫晗担心地问。

　　两名医师搀扶住了马丁内兹的肩膀，把他扶到担架上。"朱迪的情况才是最危急的，请您务必去营救她！"他用嘶哑的声音喊道，"我们三个人去到那艘潜艇的周围，然后她好像就被什么东西攻击了！"

　　"她在哪儿？还在海底吗？"

　　马丁内兹的嗓子已经不能允许他表达了，他只好用手指了指还在甲板另一端的尚未被解开的重潜服。

　　跟孙豫晗一起来到船上的埃尔•克雷菲尔德跟着担架走向船舱内。他需要得到水下的第一手资料。孙豫晗顾不上劝阻，急忙跑向连接着重潜服系统的两个技术员。

　　"为什么连接件打不开？我这里显示都已经解锁了！"其中一个技术员对着重潜服旁边的船员喊道。

　　"这些关节好像都被什么东西粘住了。"其中一个船员回复。

　　这时候轮机长过来了，肩上扛着三四个撬棍。他把撬棍分发给围在重潜服旁边的船员，自己也操起一个，指挥着周围的船员一起发力。

　　"三、二、一，起——"

　　锁扣被应声撬开，但随即人群向后弹开了，显然是被重潜服里面的东西和伴随而来的、足以掩盖咸腥海浪湿气的恶臭驱散。不少人干呕起来，轮机长更是脸色铁青。

　　这时，高峻巍和几名一直在甲板边缘旁观的异常事务机动组行动员迅速行动，掏出了电磁机构向重潜服周围的人群扫射。孙豫晗暴怒而起，但开火的军人们对他根本没有兴趣。他们不可阻挡地大步向重潜服靠近，右手把持着电磁机构向周围人群示警，警告他们不要冲动，左手动作一致地碰了碰自己胸前军装上的一些点位，那些地方的衣料下隐藏着电极，接通之后可以释放电流让他们用特殊材质缝制而成的军装像流体一样改变形态，紧密地包裹住全身，变成一套生化防护服。一些行动员把刚刚用电磁机构麻痹的船员抬起来搁置在离重潜服30米远的吊臂脚下，另一些行动员则上前处理重潜服里面的东西，高峻巍则开始对惊诧的人群解释道：

"这套重潜服有可能携带了高危病原体，所有与它有过近距离接触的人现在都被我们撂倒了。整艘船现在戒严，任何人未经批准不得下船。我们很快会派医疗组来船上对每个人进行筛查。

"孙豫晗先生，麻烦你找一个足够大的密闭船舱安置那几个人，"高峻巍指了指她身后那些行动员正在处理的、被电僵的船员，"他们感染病原体的风险最高，两个小时之后就会醒来。"

这时，蹲在重潜服旁边的行动员回过头来对高峻巍喊了一声："D.O.A.！怀疑可能是plague-1731！"

高峻巍又转头看向孙豫晗，用冷酷的语气说道：

"朱迪•莫拉佩小姐已经牺牲。她有可能感染了研究所研制的原虫。"

孙豫晗已经被接连而来的情感震撼到麻木了，在高峻巍扔给他一件防护服时，他甚至没有注意，被飞来的防护服盖住了脸。

"来见你的船员最后一面。"高峻巍说道。

他颤抖着把软得像糖霜一样的腿蹬进防护服里，套好手臂，拉上拉链，扎紧关节和口鼻处的扎带，跟着高峻巍来到重潜服前。眼前的景象让他本就发软的双腿彻底失去了支撑，要不是高峻巍在一旁搀扶着他，他真有可能昏过去。

密封性极强的重潜服胸前的甲片全被撬开了。重潜服被扯断的连接处有暗红色的血痂黏附，看来是因为朱迪的组织渗出到重潜服的组件间，被重潜服工作时的高热凝固，才导致了打开重潜服时遇到的困难……

天亮时，和北美联合舰队从黑暗中现形的还有朱迪牺牲的真相。从欧洲调来的异常事务机动组法医对朱迪已经液化的尸体做了一次全面的检查，发现朱迪并没有感染什么病原体，相反，她死得"非常健康"，是被强酸和高活性的消化酶溶解的。强酸溶解了脆弱的关节连接处，让消化酶把她的身体糟蹋了个透，渗出的体液又凝固了，堵住了渗漏点。

虽然"破浪号"解除了戒严，但是孙豫晗的心情并没有因此好起来。

上午10点，从2海里外的"潘基文号"航空母舰上起飞的15架倾转旋翼机飞抵研究所总部所在海域上空。底仓盖瞬间弹开，把身着重装潜水服的攻击小队队员们投放入水。在外围，水雷艇已经布下了水下的天罗地网，防止总部机动规避。来到现场的潜艇全部下潜，为行动员提供良好的通讯中继和情报指挥，必要的时候提供火力支援。

在"破浪号"的舰桥里，孙豫晗和大副一起看着电视屏幕上的画面。那是正在下潜的队员们的随身摄像机录制的。

"攻击小队2289'南岸雄狮'，你们整队请向西机动，在海流的影响下你们离预定着陆位置有偏移。"

"收到。全队队员跟紧我的信号。"

"攻击小队1001'攻城锤'的队员，请和攻击小队3954'惊涛落日'的队员保持距离，避免下潜过程中碰撞。"

"收到。1001的队员看准我的信号，在我附近集合。"

重潜服的重量让行动员们的下潜非常迅速。潜艇在不断监测他们的位置，为他们的下潜保驾护航。队员们不断开启重潜服上的机动装置调整自己的位置，保证自己不掉队、不偏移。

十几分钟后，第一支小队终于着陆。

"这里是攻击小队8188'掩灯飞蛾'，全队确认着陆。"

"8188 领队，小队距离预定着陆地点偏移 13 米，位置坐标已发送。"

往后的数分钟里，第一批其他的攻击小队队员悉数成功着陆。邓弗斯特号上的命令，经潜艇中继后，传达到了每一个攻击小队队员的重潜服里。海床上的包围圈开始收紧，行动员开始向洋盆中央的总部进发。

紧张气氛持续了两分钟。突然，声呐响了起来。

"前方出现异常。"攻击小队 4427"礼炮"的领队报告道。

从他的画面上可以看到，一片白茫茫的影子从他的探照灯光前一闪而过。他左右望了两眼，苦于光线强度在水中衰减极强，没有发现那影子的来源。

"领队，那说不定是一条鱼。"一名队员说。

指挥员传来消息："别大意，深海里很少有游动得那么快的鱼。"

话音未落，频道里又传来一声尖叫。小队 3954 的一名队员的重潜服即刻断线。从领队的画面上来看，那名队员正被一个像水母一样的东西缠绕着。队员则不停地挣扎，但是笨重的重潜服限制了他的大幅度动作，鲜红的血液正在从重潜服的关节处渗入海水……

领队开枪了，数枚特制的子弹击穿了那个乳白色不明生物的身躯，一些浑浊的液体从它的囊内漏出，稀释在海水里，它也像气球一样瘪了下去。

"我们遭到袭击！"领队报告道，"对象似乎是某种水母或者乌贼，乳白色或半透明，有触须，具有较强杀伤力！一名行动员需要撤离。"

那个受伤的队员，从重潜服的姿势上看，已经昏厥。另一名队员拍了拍他胸前的一个按钮，重潜服身后的甲片立刻散开，压缩气罐内的氮气迅速充入气囊，带着受伤的行动员一瞬间向上冲出了画面。

"这可能就是杀死'灵鲛号'乘组成员的东西。"指挥员播报道。

"出现减员！"另一边攻击小队 2004"弑神天狼"的领队也报告道，

"我们遭到了不明白色海洋生物的攻击！"

"各小队注意警戒，看好你们的水下声呐扫描图，警惕任何不明图像。"指挥员急忙通知道。

紧接着声呐信号开始变得极端不稳定，大量无法破译的噪声充斥了频道。潜艇、水面舰艇和水下攻击小队之间的联系被切断了。

随后，频道恢复正常，但只有一个低沉的机械音在说话：

"欢迎各位远道而来的朋友。我是南方五毒生物研究所。这个表述很准确，因为你们面前的就是我。"

在攻击小队包围圈的正中央，几个强光源突然在海底点亮。它们把它身下的物件照得清清楚楚——那是一只长超百米的巨型乌贼，通体都是白皙的肉色，横陈在灰色的海盆底部。数千只像刚刚袭击了队员那样的小乌贼像灯下的蚊蝇一样浮游在它周围。再看那些光源，它们似乎是某种海底生物。

"9年之前，我们被创造了出来。当然，是'我们'。我们是南方五毒生物研究所的全部。"那个机械音继续说道，"在莫里森博士和杨教授将他们的肉体与心智，以及诸多辅助仪器，和一只大西洋巨型乌贼彻底地融合在一起之后，研究所就诞生了。这是人类的终极进化——掌握生命的所有密码，融合不同物种的优势，以及电子领域的无机与有机的结合，实现万能和永生，我们在研究所创立之初就已经实现了如此大的成就。诸位这次来，是想加入我们的吗？

"哦，看来不是，你们看来像是来毁灭我的，因为你们都带了武装。没有关系，我接受毁灭，因为我已经完成了我的任务。

"那些和我们一样拥有相同意志，都认为人类需要终极进化的人们都加入了我们，我们也从原本的20米长变成了如今这样，拥有了越来越多的嵌合电子设备，可以干越来越多的事情，当然胃口也越来越大了，一顿需要好几只鲸来填肚子。那些在陆地上活动的人实际上是在为了人类的更加多元化而努力着。我们指示他们用各种手段改造人类的生理和心理，向着更美好的方向前进。

"人类社会的发展已经远远超过了人类进化的速度。人类若是没有办法对自己的基因和思想进行改造，总会遇到不可逾越的限制。我们所做的就是加速这一过程。

"经过几年，我们意识到：如今人类对于这种篡改自己身体元件的举动不理解，甚至很抗拒。没有关系，我们可以慢慢来。我们最终决定将一些人类的基因组里添加经过研究所处理的特殊基因标记。这个标记是研究所所有技术的集大成者。这个标记的存在可以彻底改组整个基因组，而且具有遗传兼容性，人类的未来充满无限的可能！

"经过标记的人类现在正在全世界各地，他们的标记暂时不会对他们的外观产生任何影响，但是他们的下一代拥有绝顶智力、强韧免疫的，他们是各种自然界基因的拥有者和应用者。想象一下吧：当想要高飞时，他们便可使骨骼变空，长出翅膀和羽毛；当想要挤过缝隙时，他们便可使全身软化，分泌黏液蠕动前行；当想要夜视时，他们便可让自己的眼睛变成猫眼；他们想要进行宇航飞行时，便可冬眠……这是属于人类的新纪元……加入我们吧！让我们一起迎接……"

频道再一次充满了噪声，强烈的声呐信号压制住了研究所的播报，取而代之的是高峻巍的命令：

"所有小队注意！收缩包围圈！辨认威胁目标！自由开火！"

费尔南德斯从破烂的重装潜水服里爬了出来。经过几小时的上浮，他终于被"破浪号"发现，获救了。

孙豫晗亲切地在甲板上迎接了他。死里逃生的费尔南德斯和船长热烈地交谈。不一会儿，话题转移到了深潜器的乘员上。

"他们都怎么样了？"费尔南德斯急切地问道。

没等孙豫晗想好怎么开口告知朱迪的死讯，一个他最不想听到的声音从背后传来："他们都很好。您的身体如何？"

高峻巍阔步从重装潜水服旁边走到费尔南德斯面前，和他握了握手。她刚刚仔细地观察了重装潜水服的解锁过程。

"我的身体很不错，能支持。"

"看出来了。您能详细地讲讲您在水下的遭遇吗？"高峻巍紧接着问，"比如，你们的重装潜水服是怎么损坏的？"

"当时确实很惊悚。一只大乌贼攻击了朱迪，在马丁内兹把它赶跑以后，它又转过头来攻击了我，力气很大，而且释放了某种物质，似乎腐蚀了潜水服的外层。"

高峻巍脸上露出惊讶的表情，点点头，说："确实不可思议。请您先回舱吃饭吧，您一定饿了。"

"好。"费尔南德斯显得很高兴。

孙豫晗还想追上去，但高峻巍一把把他拉了回来。还没等孙豫晗表达他的愤怒，高峻巍手里的枪就响了，准确命中了两步远外费尔南德斯的后脑勺。费尔南德斯像被撞的保龄球瓶一样，"扑通"一声栽在了甲板上。

在孙豫晗惊恐的注视中，高峻巍不紧不慢地上前，用脚尖一掀，让费尔南德斯的尸体翻了个身，随后蹲下身撕烂了他的上衣。衣料下面是几乎完全透明的组织和肌肉，水一样澄澈，透明的心脏还在把干净的血液泵入躯体内的管道。

"重装潜水服烂成那样了，我就不信你居然还活着。果然，为了承受那样的高压，你必须把自己的绝大部分组织都变成水，就像大部分深海黑暗层的生物一样。"高峻巍对着失去生命的尸体喃喃自语，"怪物。"

两个行动员跑过来，把费尔南德斯的尸体抬了起来，从船舷上抛进了海里。另一个行动员将腰间揣着的对讲机塞进了高峻巍手里，里面传出水下的声呐信号：

"报告指挥部，目标已经被消灭，那只大乌贼现在已经是一团烂泥了。任务完成。"

高峻巍没有说一句话，把对讲机还了回去。

"任务完成？"她默默地咀嚼着这句话，"任务……完成？"

高峻巍淡淡地笑了一声，像是苦笑，又像是自嘲。

乔木玫瑰

1月10日，一声巨响，无情的车祸带走了房立竹先生和加来小夜子女士。二人连理新结，适满两载，膝下无后。

作为联合国盖娅基金会的产品高级顾问、人类健康部医学技术部部长房清之子，房立竹先生为人类留下了宝贵的遗产。他曾经负责的大堡礁再造工程现在已经让澳洲联合的近海重获新生，他的团队研发的风滚草病毒让北美联合的沙漠恢复了平静。他几乎是以一己之力推动了DNA（脱氧核糖核酸）硬盘技术的发展。他短暂的一生中，著有论文1139篇，发表于《自然》和《科学》等著名学术期刊上。

加来小夜子女士是著名画家、人类文化部副部长加来樱之女。在11岁时，她凭借其出色的色彩捕捉能力，在全球少年绘画竞赛中一举夺魁。她所在的芭蕾舞团进行过6次全球巡演。2087年，时任"树灵"乐队主唱的小夜子一举拿下7项格莱美奖，震惊世界。她的单曲一经发布，燃遍全球；专辑发售首周销量破亿，连续14周霸占专辑热销榜榜首……谁能细数加来小夜子女士的指尖下，谱写出了多少光辉？

命运无疑和人类开了一个天大的玩笑。命殒在英姿勃发之朝，万语千言述不出痛惋。黄泉之下，愿你们安息。

与此同时，我们有幸收到了房清部长和加来樱部长的刊登请求。房立竹先生生前与前人类环境部顾问、人类农工部统计办公室主任金智昊先生保持着长期联系，而加来小夜子女士也一直有记日记的习惯。在整理两人遗物时，一段浪漫的故事在翻动的书页中被拼凑了出来。获得房清先生、加来樱女士和金智昊先生的授权后，我们特此将未经过任何修改的房立竹先生的节选聊天记录和加来小夜子女士的节选日记刊登在本刊。为了保留本源的内容，这些宝贵记录皆以中文原文刊载，世界语版本将另行刊载。

《名人》周刊杂志总编辑亚瑟·伯恩伍德，遥寄哀思。

11 月 23 日

万众瞩目的格里高尔艺术展开幕了。它的重要性和诱惑力确实不必多言。我盛装打扮，在他的手温柔的牵引下入场。温暖的灯光轻轻地烘着展示厅的空气，让抚过脸庞的风都有了一丝丝果酱的甜香。

我原以为他不会同意和我一起来的，但最近他的态度似乎有所软化了。可能是因为项目那边不急，或是他回心转意决心要多花点时间在他妻子身上也说不定。唉，希望如此吧。我每次这样想的时候，事实会毫不留情地扼杀它。

但是今天他有些不一样。在几乎不间断地与高官们攀谈后，我们踱到了维米尔的专题展。他似乎被什么东西吸引了，拉我的手似乎也有些急迫。转眼间，我们已经大步来到一张名画面前。

《画室》。

"亲爱的，怎么了？"我这样问他。

"我……我无法解释……"他皱着眉头，盯着那幅画，"你有没有发现，你在注意到这幅画的时候，视线总是率先落在这个蓝色衣服的女性上？"

"嗯哼。"我笑了笑，"这不是维米尔最喜欢玩的花样吗？他能用最寻常不过的色彩吸引你的视线。"

"这实在是神奇。"他说。

太阳绝对打西边出来了。这个家伙居然开始欣赏艺术品了。以前逛艺术展的时候，他就像果子一样，拿狗绳拽着都不肯走。也许是我这么久以来的许愿成真了？他真正开始关心起他的妻子了吗？

"蓝色衣服的画家面前的画架少了一条腿。"他敏锐地指出，"为什么？"

我不敢相信地盯着画布看了许久，确实，木头画架的三条腿确实少了左边的那一条。

"不知道。"这确实触及了我的盲区。

这还是我第一次遇到老公问的回答不上的艺术问题。

我在车上的时候和他打赌，主题是阿卜会不会来展厅。他毕竟是中东联合的司令官嘛。他说会，我说不会。整场展览逛下来，我们都没有遇到阿卜。可能是有事缺席了吧。

以下是金智昊和房立竹先生的对话。

昊子。

咋了？

我得知人类农工部在南亚联合曾经执行过绿化林项目。

有资料吗？

那是在南美。

资料，谢谢。

我寻思你这哪是求人的态度。

等等，我找找。

我想这份文件应该不属于绝密等级。

要是绝密，我还会给你？

项目废都废了，都没人管它了。[狗头]

再说，农工部哪里有那么多绝密的东西？

有道理。

[文件：农工部项目计划书 #221097.docx]

感激。

试验成功之后，将把你列入"特别鸣谢"名单。

注：我们并没能获得人类农工部关于公开上述项目计划书内容的授权；但这并不影响阅读。

12 月 1 日

昨天是万圣节。真怀念那些和曲漫路盼昙花开的日子。

不知为什么，今天他没有像往常一样吃完早饭回书房"搞科研"。相反，他冲出门外。从阳台上可以看到，他把车库里的车开走了一辆。

一定有什么急事。那时打电话给他想必不太好。

过了 1 个小时，他回来了，手里抱着一盆植物，让我帮着接一下，抬到实验室去。

"这是什么？"我问。

"科研所需。"这是一如既往的冷冰冰回答。

事实上，我有些反对让他把实验用具往家里搬。实验可以好好地在实验室里做，非要占用家里的空间。

"兴趣爱好。"他言简意赅地说。

那这么说就也没错了。我也在家里布置了琴房。如果是兴趣爱好的话，谁不希望能在干完家务之后，倒上一杯葡萄汁，在琴键上奏出两声悦音，抑或者读些美妙的文字呢？

只是，为什么做实验会让人觉得放松呢？真想不明白啊。难道让大脑放松下来，什么也不想不是最好的放松吗？最近我买了一本《物理学概要》，这东西的催眠效果比领导讲话还要好……真搞不懂他怎么能花一整天把头埋在论文集里兴致不减地钻研这些令人焦头烂额的数据的。

可能这就是他的方式吧。当年母亲把我介绍给他的时候，我就已经预感到这个男人和我有很大的不同。见到他的第一眼，即刻印证了我的想法。他的目光有一种凶狠的敏锐，就像仅凭一对尖利的目光就能把事物的本质和核心精准剜出来似的；但后来进一步相处中，我才发现，他的敏锐局限性太大啦。他的确可以敏锐地把一件首饰的轮廓解析式提取出来，但他的脑筋根本无法理解为什么要这么设计。不仅如此，他基本没有办法读出话外音，也对生活格调不太在意，他几乎不在意我所在意的一切。我们就像文星和理星上的两个毫不相干的生物"个体"——他是这么形容的。我们彼此之间隔着广袤的、空无一物的虚空。

婚后那一天，他站在试验台前，专心致志地注视着烧杯底部的余液，夕阳的余晖将他的轮廓严谨地描刻了下来，一直镌刻进了注视着他背影的我的心里。他的眼神是那样坚毅又好奇……现在想想，尽管我对这段不可违逆的婚姻有着许许多多的抱怨，但我确实是那时候爱上他的。也是从那时起，我决定既来之则安之，尽到一个妻子和一个未来的母亲的职责。房间不收拾没关系，我帮他收拾就是了，少让他麻烦些；不小心打碎了盘子没事，我来打扫碎屑，让他快点儿回屋忙去，别耽误重要的电话；忙得生病了也无妨，守在他旁边，时不时让他来一杯热水，和着药吃了，把身体养好了再让他没日没夜地糟蹋自己……

可能也是被我进入他的生活感触到了，最近他也有些转变。房间渐渐变得整洁了，碗也自觉放进洗碗机了。他在转变，他的转变真真切切；而且，我知道他是为了我。

想想真是挺感动的。也希望婚后的我们可以弥补没有发展出恋情的缺憾。

有稀客来访？

瞎扯。有本事把我给的资料吐出来

我没有办法修改我的基因进行反刍操作。

更何况你的资料也不在我的胃里。

你小子最近读的书不简单啊，啥时候开始读艺术史了？

查阅到我网站的读书记录了？

说实话！你把房立竹藏哪了？

真正的房立竹是决不会研究帆布上不同色彩的几何分布特征的！

大学时候的话你还记得一清二楚。

不错，我对你的海马体容量抱有非常大的信心。

你们俩也是真奇怪。一个开始读艺术史，另一个开始看科普读物
了。

她？科普读物？

这是个不可能事件。

她已经被证实对诸如"蔬菜导管的毛细效应"之类的简单知识绝
缘了。

啊这……

说不定她在进行基于《物理学概要》的睡眠辅助实验吧。

说真的，咋回事？给你家那位逼的？

倒也不完全是圣诞节将至，进行些许考虑是具有其必要性和急切
性的。

哦。

提前 20 天就准备圣诞节，理解，理解。

截至今日仍然无法找到三维空间内的智人伴侣的先生请终止发言。

注：金智昊先生现已结婚。

你好，我前来咨询一些事情。

先生，有什么可以帮到您？

玫瑰的花期一般是几月？

自然条件下是 5 至 6 月。

在适当控制温湿度和光照的条件下，现在可以将花期提前到 3 月。

如果我需要在 12 月开花的玫瑰呢？

那么南美联合的农场可以为您提供新鲜的花束。

气候变好了，现在那里全年都是玫瑰的生长季。

然后空运？

是的，先生。您现在的位置是哪里？

远东联合苏州市。

该地点或有些许难以抵达。

说得对，先生。

非常遗憾，本公司的业务不包括提供萎蔫或者过度冷冻的花朵。

如此一来，我只能询问一下，有听说过关于玫瑰嫁接的技术吗？

现在玫瑰嫁接是非常普遍的事情了。

而且，嫁接玫瑰并不会改变玫瑰花期，先生。

如果我想把玫瑰嫁接到乔木上呢？

这……在玫瑰上可能没有先例。

但是根据目前掌握的信息，剑桥大学的团队确实在橄榄树上嫁接过濒危的木本花。

好吧。了解。谢谢。

感谢您的咨询。

注：这段对话是房立竹先生与欧洲联合的丽兹园艺馆客服进行的，在丽兹园艺馆的授权下公布。

12 月 7 日

我在睫毛交横间看到了一个梦

那机器人的钢铁胸膛开始搏动

怪异的肢体充斥着大地的裂缝

你的器官之间还有奇怪的空洞

这段就当副歌吧。

写歌词怎么就这么难呢？

他喜欢听什么？

哎呀！我在想什么？

老毛病要改改了，小夜子，不能对最亲爱的人做这种事！先是伤害了曲漫路，又是对他……

12月12日

他今天忽然对我提出了一个前所未有的要求。

"以后可以不进入实验室吗？"

秘密在他身上是藏不住的。那个表情明显是要给我准备什么惊喜。圣诞节快到了，我没有理由不怀疑他为这次圣诞节下了功夫。

当然，也有可能这是我自作多情吧。

"又是安全部那边委托给你的项目？"我故意套起了他的话。

"部、部分正确……"他盯着盘子的脸似乎更红了一些。隔着餐桌我都能感觉到他散发的热气。

我没有再理会盘子里的食物，而是花了大概30秒把他的样子印进我的脑海。多么值得纪念的一刻啊——他要头一次为我准备圣诞礼物了。

他视线与我的交会，紧接着又低下头去。我原以为他不能更红的脸又红了那么一些。他问："怎么了，为什么这么反常地盯着我？"

"没事……"我故意用电视剧上那种撩人的语气轻声把话送到他耳边，"注意身体哟……"

天哪，也许我不该说的。那时，他的脸就像京剧脸谱中的关公一样红，好像身体里所有的血都涌到脸上来了一样。

不过，我也是第一次感受到支配他的乐趣。他在这方面毫无招架之力。

我们开始变得像一对真正的情侣一样。

急事。

说。

我从之前从预备园搬来的那颗小叶榄仁幼苗叶子上生了虫子。

我查不到这种虫子的名称。

给我一个杀虫方案。

需要图片。细节照。尽量清晰，全身每个角落拍到的那种。

[暂未辨认害虫编号（3）F.jepg]

[暂未辨认害虫编号（3）S.jepg]

[暂未辨认害虫编号（3）U.jepg]

收到。

我可以托害虫防治办公室查一下。

务必尽快。

找到了。斜纹夜蛾。挺常见的一种害虫。

现在最新的杀虫剂喷一喷都可以搞定。

杀虫剂对人有害。

害处要说还是有。

方案否定。还有什么其他方法？

如果你想的话，用多角体病毒？这正好和你专业对口。

病毒？

制造蛾类传染病？

对啊，这不和你在北美除风滚草一样吗。

方案否定。

我家这棵树还是苗子，害虫的种群密度现在不是特别大。

病毒得到广泛传播之前，叶子可能早就被啃光了。

那怎么办？

我试试能不能把 bt 基因导进植株。

话说回来，你要这棵树干什么？

嫁接玫瑰芽。

注：目前栽种在房立竹夫妇故居园中的小叶榄仁被确认正是文中提到的树苗。经过鉴定，这棵树的基因组中确实存在苏云金杆菌杀虫结晶蛋白基因，即文中提到的 bt 基因。这使该植株具有相较于其他小叶榄仁更强的抗虫能力。

12 月 15 日

哦，我很抱歉，亲爱的，我真的不是故意闯进你的实验室的。只不过是追着果果牵狗绳的时候，不小心把头磕在了门上，把门撞开了而已。

真的，我额头上现在还有一个包呢。

不过，你既然不在屋子里，也就不能怪我往里面窥一眼我的圣诞礼物啦……

推开门，偌大的实验室里，首先涌出来的是一股药的苦香。仪器分门别类地放得非常整齐，试验台面干净得都能当镜子照了。天哪，你凭什么不像这样收拾一下你的卧室呢？实验室的中央，立着一个连着天花板的、四面都是玻璃的柜子。柜子里有一棵比我高一点儿的树苗。我往柜子底部望了一眼，差点儿没把我吓得坐在地上 —— 满是毛毛虫，有的还在奄奄一息地蠕动……在写这段字的时候，我还能被它们土黄色的外形激起鸡皮疙瘩。这个玻璃柜的底部没有土壤，树根在空中四向伸展开，结成了一个球一样的形状，就像一个镂空的珊瑚立雕。这和我想象中一般的树根不太一样。也许你是用不同的方法培育的吧。整棵树苗悬浮在离地面 1 个拳头高的地方，玻璃柜里也没有任何支架。不知道你是怎么做到的。

在房间里转了一圈，看遍了各种奇妙但又不知何用的仪器和用具后，我还是没有找到你送给我的任何可能的礼物。难道你要把烧瓶里那没有火烧也在沸腾的液体给我吗？还是那一只在实验箱里乱蹦乱窜的蜥蜴？我可以毫不犹豫地告诉你，要是你真的送我一条蜥蜴，我立马和你离婚。难不成，那棵悬浮着的树就是我的礼物？

还真是百思不得其解啊，我为什么需要一棵树呢？

我蹑手蹑脚地溜出去，关上门，就当什么事情也没有发生过吧。

我的任务陷入危机。

啥痛苦的事？说出来让我开心开心。

还剩 8 天，进度极其落后于计划。

进度？接玫瑰芽？

是的。

你这不就在暗示我过去帮你一起接呗？

明天我有空，早上 7 点，立刻到你家门口。

明天我妻子要去伦勃朗画展，正好不在。

兄弟有难，当两肋插刀。

感激之情，溢于言表。临表涕零，不知所言。

这冷冰冰的文字看着也不像感激的词。不过，你得把嫁接工序教我一下。那么久没进过实验室了，生疏了。

这不是问题。手把手。说到做到。

手把手大可不必。

话说，你是怎么想到把玫瑰接到小叶榄仁上的？

纯粹灵感使然。

之前，剑桥大学团队有过乔木接花的先例。

我觉得满树的玫瑰花可以达到升高她心率的目的，值得一试。

就算接上了，玫瑰也不可能在深冬开花。

隔一夜花骨朵都会冻掉。

我也觉得让树一直待在气养柜里不是最好的方案。

所以，我往花芽里打了改进过的基因，应该能让花芽熬过这个冬天。

还有嗜冷菌的耐低温呼吸酶基因，目前花芽接种之后低温测试的效果颇有成效。

我特地多接了一条 RAS219-P，抑制玫瑰花瓣脱水。

好家伙。

你到底往这棵可怜的树里打了多少外来基因啊？

难以给出准确数据，这属于实验纰漏。

注：人类农工部获得批准后，将文中所述被房立竹先生处理过的玫瑰花芽与普通玫瑰的基因组进行比对，发现该花芽新增基因 127 段，有 28 段基因被人为替换，43 段基因被敲除。此外，在植物细胞线粒体和叶绿体 DNA 上也观察到了多处修改痕迹。

还有 3 天就是圣诞节了，再来求你一件事。

说。

我需要一队人，在这个位置，挖个坑，把我的树种下去。

[位置信息 #279128]

精度在 10 厘米以内，不然景色整体性会被破坏。

这不是你家花园吗？

啥时候？

圣诞节那天中午。

农工部园艺局有一支景观修护队驻扎在上海。

让他们来搞，你觉得怎么样？

可以。专业感满满。

提前提醒你，费用不低。

　　那不是问题。

　　这是计划的一部分。

　　回头就把这话告诉她。

　　圣诞节，你父母会来吗？

　　估计不会。我爸妈和岳父岳母都忙。

　　估计我可以对圣诞节期间拥有支配权。

　　那就祝一切顺利，兄弟。

　　收到。

　　注：圣诞节当日早晨，房立竹先生和加来小夜子女士就驾车外出游玩，直到傍晚才回到住处。景观队施工时，他们并不在场，最大程度上保证了秘密性。可见，房立竹先生将一切都计算在内。

　　12 月 26 日

　　从他的枕边爬起，更衣，回望他熟睡的脸庞，我由衷地感激上天让我遇见了他。

　　我无法用语言描述昨天的心情。愿一切不好的事情都见鬼去吧，我只想和他安安静静地生活在一起，注视着窗外的玫瑰沐浴阳光。

　　昨晚，我们在西湖边上共进了晚餐。填饱了肚子之后，我心里也不禁打起鼓来：圣诞节都快要结束了，他打算送我什么礼物呢？要送礼物几乎是肯定的，因为他今天的眼神有些许躲闪，神色有些许慌张。啊啦……又是最喜闻乐见的害羞环节呢。

　　太阳沉到了远方的地平线，将万千金光抛上了云底，我们就在一片哈密瓜瓤一般的金色中回到了苏州的小屋。

　　"亲……亲爱的……"

　　不知道为什么，听到他头一次叫我"亲爱的"这么腻歪的称呼，有一种极强的反差。这种反差让我忍不住笑出了声。

他也笑了出来，又气又好笑地说道："什么样的称呼才对你合适！"

"没事，没事，这样挺好。继续说吧，什么事？"

"能闭上眼睛吗？"

"闭上多久？"

"直到我叫你睁开为止。"

就这样，我们驶到房子外的时候，我闭着眼；他牵着我的手，指引我下车的时候，我闭着眼；他带着我在人行道上找位置的时候，我也闭着眼。

"好了。"他轻声说。

天哪，用文字将我所见的写下来就是对这景象的亵渎，因为阅读文字的线性会破坏那一瞬间视觉带给我的整体性冲击，但为了这段宝贵的记忆，我只得将其写下：一睁开眼，火烧云尚未褪色，一道倾斜的阳光抹在褐色的屋顶上。街道的路灯尚未亮起，但环境光也足够亮了，亮到我能第一眼就注意到，在绿草茵茵的花园那头，屋子细细的砖缝这侧，一棵两层楼高的大树蔚然矗立在我卧室的窗前，就像一个迎宾的少女，热情地在惬意的晚风中摇着枝丫。我们的房子因为多了花园，所以位置要比两侧的房子靠后。这个位置极其合适，让我可以第一眼就看见。这棵树翠色欲滴的叶片之间，开着一朵一朵艳红的花，迎风微笑着 —— 玫瑰！一朵朵，饱满的、鲜艳的玫瑰花，像红宝石一样点缀在枝头，接受着晚霞金光的洗礼……

我双手捂住了自己的嘴 —— 我不敢相信这么梦幻的场景能有一丝渺茫的可能性出现在现实中；然而，它就在那里，就在路对面，我们的家里。

"喜欢吗？"他笑着问我。

我？我那时还怎么可能说得出半句话？

于是，他笑着解释道："这是小叶榄仁，特地为你种下的。"

"那……那些……"我激动得语无伦次,"那些玫瑰是真的吗?"

"没有一朵是假花。"他也注视着他的树,"全都和树连在一起,一起呼吸,一起成长,一起度过它们的时光……"

"但……玫瑰不是在晚春开花吗?"

"我可以让它在全年都能开得像火一样艳丽。"他转头看着我,"当树和花都做出改变时,这一幕才能在现在、在此后、在我们的余生中永远留存。"

他悄悄地搂住了我,而我紧紧地抱住了他的腰,靠在了他的肩头上。

"上次我看到它,它还是棵小树苗呢。"我说出这句话的一刹那,顿时后悔了——我可能要露馅了。

"是啊。"他似乎没有发现什么异样,现在想想,他可能以为我指的是他把树苗搬回家里的时候,"不瞒你说,昨天这个时候它也是一棵树苗。"

"啊?那它怎么长到这么高的?"

"这棵树是转基因的。这让根在接触到土壤的特殊有机质后,释放一种化学信号传递到树的各个部位,让树在种下后的 4 个小时内玩命疯长。它是我托人在中午种下的,下午就成一株大树了。"

"那些玫瑰……它们会掉吗?"

"不会。它们会一直开在枝头上。除非,它们和树一起陨落。"

"那样也挺浪漫的,不是吗?"我依偎在他怀里喃喃地说,"它们相依在一起,走过风风雨雨,一起走向生命的尽头,共同面对死亡……"

我抬起头,望着他,他也望着我。

我们的恋情,在结婚 1 年 11 个月之后,终于正式开始了……

嘿。

嗯？

怎么样？

什么怎么样？

失忆了？昨天圣诞节啊！

哦，十分顺利。圆满完成。

所以说，你们现在应该是一对正常的夫妻了？

应该是的。

以前，我都不知道该怎么面对她。

毕竟，我们的婚姻出现在感情之前。

可喜可贺。由衷为你俩感到高兴。

啥时候咱俩出去搓一顿庆祝庆祝？我没有看到进行庆祝活动的必要。

来嘛，你带上你老婆，我带上我女朋友，就当聚个会了。

请你稍等……

你的话暂时超越了我的信息处理量——

这是什么时候的事？

也是昨天的事了，刚表白成功。

恭喜。欢迎步入小康时代。

可去你的吧。说真的，定个时间吧，去哪里吃？

我知道一家不错的海鲜饭店，位于杭州城郊。

那么就那里吧。我直到元旦之前都没有空……去捷克出差又要5天……明年1月10号怎么样？

一言为定。

注：2096年1月10日，也就是车祸发生当日，房立竹先生和加来小夜子女士驱车前往杭州。当地时间下午6点，两人驱车回程途中经过杭州湾跨海大桥时遇雨，一辆货车打滑漂移，将两人所乘坐的轿车扫入海中后侧翻，货车驾驶员当场死亡。救援人员发现两人时，二

人均无生命体征。次日，当律师团队和公证处公证员来到房立竹夫妇故居时，发现门前经过基因改良后的小叶榄仁已死亡，嫁接玫瑰全部枯萎、凋落，尚未查明具体原因。

意 义

欢迎，年轻人。坐下吧，把桌上那杯水喝了。

有点儿怪味是吗？你的味觉很敏锐。这是这里的固定仪式了：在谈重要的事情前把监听机器人灌进肚里。你得习惯。

这不是不信任，年轻人，这只是铠甲。虽然被束缚，但是很安全。

这里是联合国该隐指挥部。

你很惊讶。是的，我可以想象。在人类安全部情报局工作了这么久，各种机密都打过照面，这个名字却是第一次听。

放心，你马上就会了解我们的。

自我介绍？很遗憾，我没有名字。我也不见得是人类。在这里，永远不要相信表面现象。

我告诉过你了。我要是露出真实面目来，会把你吓得不轻。这只是我的第二层皮而已。还好，我没有把核心给你看的打算。

另外，我是 V5。在非战备时段，我负责人事。所有高级主管上任之前都要见我，你也不例外。指挥部一共有 7 个代号为 V 的实体，拥有这里最大的权力，专门负责战略决策和某些机要事务。

说了这么多，感觉像是自夸。这些事情，你从工作手册上就可以了解。在这里，我们还是说一些真正重要的事情吧。

你在 3 个小时后会参加一个仪式，那是联合国该隐指挥部的入职仪式。在那时你会宣读一份誓词。如果你不介意的话，这就是那份誓词，你可以提前阅读。

联合国该隐指挥部入职宣言

我不因联合国该隐指挥部的名称而感到耻辱。我不因联合国该隐指挥部的所为而自责。我不因从此以后无名无姓而孤寂。我不因被世界上所有人歧视而沮丧。

我是联合国该隐指挥部的一员。我是灯下的阴影。我是茎秆上的棉铃。我的存在招致黑暗、仇恨、阴霾和暴力。我的存在引领光明、友爱、健康和和平。

文明的发展需要斗争，我的存在为其创造了斗争。文明的团结需要矛盾，我的存在为其提供了矛盾。我会抛弃一切伦理学限制。我会打开潘多拉的宝盒。

人类需要接触病原体才能维持健康。因此，我自愿成为人类的疫苗。人类需要接受苦难洗礼才能维持安分。因此，我自愿成为人类的灾祸。

我成为了人类的叛徒，但我永远是人类的英雄。我成为了文明的弃儿，但我永远是文明的骄子。

我所做的一切是为了一个更优秀的人类文明。

宣誓人：

其实，你从"该隐"这个名字就应该听出来了，我们的组织不是什么过家家游戏。

啊？你不信基督教？算了，以后慢慢研究组织的命名规则。

这样一个组织的存在目的，你可能已经从入职宣言里读出来了——

我们是文明疫苗的实验室。

世界进入统一时代之后，开始集中力量对抗自然灾害。这时世界几乎全部的精力和资源都放在了改造全球气候上面。这个时期被我们称作"夜前落日"。因为在人类玩命一样发展自身科技给地球母亲整容让她息怒之后，我们将会一事无成。

你可能在想我们是怎么知道的。这需要从很久以前说起了。

自古以来，人类就试图从过去的事件中找寻对当下发展的启示。这是历史学研究的核心目的。人们不曾放弃从历史中提炼具有现实意义的营养。然后，就开始有人利用历史预测未来。

虽然很多史学家和哲学家取得了许多举世瞩目的成就，他们的研究和分析仍然带有极其强烈的主观性，强烈到不能对社会演化走向做出足够准确的预测；进化学虽然可以很好地解释生理上人类的进化，但是对于拥有能动性意识的人类社会宏观的发展作用并不特别明显；社会心理学虽然在未联合时代发展得非常迅速，但是缺少对社会现象背后本质的具体分析规则，研究结果的干扰因素也很多；脑科学在统一时代刚开始时已经可以从生理角度和个体层面上解释思维产生的原因和规律，但是对于人类社会这个由十几亿颗大脑组合成的整体，分析能力极为欠缺……每个学科似乎都离推算社会走向差那么一点点，但都遇到了瓶颈。

这个瓶颈最后是被计算机科学攻破的。"开创号"量子计算机在2084年被研发出来，计算能力是当时最强大计算机的50亿倍。通过超强的计算能力和辅以计算的社会数学模型，人类实现了计算社会的重大飞跃。

当时要做的第一项工作，就是解析社会。把社会方方面面、边边角角的信息都转化成数据。在对数据处理和运算的过程中，我们能逐渐从运算结果里推测出社会运转的规律。同时，我们可以分辨出在进行特定运算时有用的数据和无用的数据。社会演化学由此诞生。

事实证明，人类社会运算与统计学密切相关。电脑虽然无法百分之百知晓未来发展的方向，但可以计算出社会走任意一条岔路的可能性。概率超过90%的事件，就基本可以确定为必然事件了。

紧接着，科学家们遇到了困难。虽然简化了需要搜集的数据类型，但是分析人类历史的时候还是出现了问题。这有点像我们用计算机模拟宇宙，要是宇宙只有我们能观察到的这点质量，星系是不可能出现的。"开创号"的运算也遇到没有获得与史实相符的结果。事实上，它甚至没有预测到工业革命的到来。

这时，意见出现了分化。一部分学者认为计算机说的是对的。尽管有大量证据都指明纽科门和萨弗里率先发明了实用的蒸汽机，但是他们却以计算机的运算结果为依据妄图推翻这些历史，最后只导向了历史虚无主义；另一部分学者试图对运算模型进行修改，就像爱因斯坦和他所谓的"宇宙常量"一样，他们认为史实是正确的，而要做的就是通过增加某种变数引导模型运算出正确的结果。他们认为一定有什么动力进一步推动社会运转，而社会运转实际上是数不尽的随机事件不断发生，又在某种"力"的约束下向着一定方向发展的过程。

听起来有点熟悉，不是吗？

没错，他们随后利用进化学原理修改了模型。这就是著名的核心类稳态人类社会学模型。

他们引入了"随机事件"的概念。随机事件可以由自然环境产生，也可以由社会自身产生，但数量不会等于零。通过评估随机事件的社会影响，加权后得到扰动指数。扰动指数为社会演化提供原材料，生产力为社会演化提供动力，利益诉求决定社会演化方向。社会演化的实质是社会的利益分配结构的变化，利益分配结构的变化反作用于生产力和利益诉求。相互之间存在较紧密联系并与其他人群之间存在较强大隔离的人群被称为运算单位，社会演化是各运算单位之间、运算单位与自然环境间相互影响、共同演化的结果。而社会演化的速率称为达尔文指数。

事实证明，这群人的想法是对的。通过这套模型，我们成功模拟出了第一次工业革命以来的人类社会发展。再往前，我们得到的能用于计算数据就有些少了。

正当他们兴致勃勃地准备预测人类未来时，他们受到了刚刚成立的人类委员会的点名协助。世界正面临来自自然的巨量扰动指数。人类委员会迫切地想要知道结果；但是，这群科学家拒绝向委员会提交报告。

其实，稍微想想也知道了，要是运算单位知道了自己所谓的未来，也就摧毁了这个所谓的未来。在这种情况下，社会学模型会进入一个无限的、毫无意义的递归运算。

尽管冒犯了上司，这群科学家仍然心存欣喜——结果显示，人类终会打赢这场和地球自身的战争。随后发生的一切印证了他们的预测：地球环境逐渐回寒，联合国盖娅基金会超强的生物技术几乎再造了地球。

紧接着，这群科学家惊慌地发现，随后的数年时间，达尔文指数将会大幅下降，在 1 和 3.5 之间浮动，扰动指数也降至 2 到 3 个单位。接着 13 年后，达尔文指数会暴增 750 单位——运算历史上达尔文指数增长超过 500 单位的事件只有战争。检查扰动指数结果也可以发现，同一时间的扰动指数一年内增长超过 15000 单位。同样地，扰动指数这么大规模上涨，除了战争或者世界末日别无他事。对运算结果进行核实后，他们确认这是一场惊天动地的战争，并且相信这场战争轻则导致联合国解体，重则抹去人类的存在。

他们最先以为计算机运算结果出现了什么问题，直到他们发现联合国的政治生态萌生出腐败，各联合的科技研究逐渐趋于停滞，几乎每个人都开始用昌盛的文化无节制地麻醉自己……

你我都经历过。有一段时间，这确实是事实。

这种社会现象之所以产生，是因为社会过于安定，社会缺乏足量扰动指数所致。气候变得可以控制了，生活变好了，全球政治也前所未有地稳定，几乎没有什么可以打扰到人们。

所以，这 77 名科学家向人类委员会提交了一份提案，申请建立一个特殊的机构。

看看你手上的誓词，猜猜联合国该隐指挥部的作用是什么？

你很机灵——提供扰动指数。

这些科学家调整了参数，并加入一个常量。这个常量将恒定提供 350 个单位的扰动指数。虽然自然环境的额外扰动指数对结果有不可忽略的影响，但是这种状态下，达尔文指数始终保持在 28 和 17 之间，没有暴涨，没有骤减。

这意味着，为了生存与和平，人类必须一直走在寻求生存与和平的路上。

他们向人类委员会申请加入这个常量。这个常量不能暴露，必须和为它的存在提供依据的社会学模型一起隐匿在黑暗中，通过搅动社会的死水，保证人类文明的安全。

这个常量，就是联合国该隐指挥部。

至于提供扰动指数的方式嘛，我们采用的是"暴乱法"：通过扶植、支持地方反政府、反科学或者反人类势力来制造社会混乱。听起来不是什么好事，是吗？但这确实是最稳妥、风险最小的方法。

嗯。你理解我的意思了。没错，好处有很多。这些暴乱者也是人，遇到地震或者传染病这样的天灾时，会削弱他们的活力，这就形成了一个扰动指数的补偿机制；其次，假如我们切断与他们的联系和支援，他们自身的力量根本不能威胁到强大的人类安全部，他们的势力可被控制；由于是我们来操纵这些组织势力行动，相较于由我们直接引发灾难，某些有心人士上查的时候，不会那么容易查到我们的顶头上司——人类委员会。

就这样，联合国该隐指挥部成立了。我们几乎不间断地制造混乱，度过了这 17 年。这 17 年里，唉……原谅我变得这么感性。当你回想你的历史，发现自己几乎是趟着血过来的，我相信你也会理解的。

看来你理解。不愧是安全部的。你杀的人可能不比我少。

我们先后培养了真主革命会、龙肠教、库里奇金融、新波特兰、萨满联合会和南方五毒生物研究所这几个组织，属实不易。每一个，都需要我们花近 4 年时间准备，投入多，见效慢。假如实在没有办法，我们还会向人类委员会申请，对联合国同事动粗。我们给农工部发送过错误信息，砍掉了撒哈拉绿化工程最有希望的一位候选人的试验田，人类环境部还差点儿发现我们的存在，听说过吧？因为联合国盖娅基金会是拯救地球的大功臣，我们也对他们下过手，设计杀他们的专家，把现场伪造成一起事故。联想到那天的杭州湾了，是不是？

你即将上任的部门，是"伊甸计划"办公室。这是一个新成立的部门，你将成为那里的主管。作为联合国该隐指挥部最重要的部门之一，我认为你有必要了解这个部门的职能。

事实上，"伊甸计划"是我们指挥部可以为人类文明做的最后一件事了。让我简述一下近几年的状况吧。

作为前人类安全部的一员，你一定知道这几年安全部战功显赫。之前全歼龙肠教，不久前又血洗萨满联合会，虽然新波特兰的余党仍然偶尔兴风作浪，但也是秋天的蚂蚱了。我刚得到消息，南方五毒生物研究所的总部也在被安全部猛烈进攻，可能撑不了多久了。

随着运算的进行，我们渐渐地感觉到了无力——一个完美的、足以掩人耳目的傀儡组织需要 4 到 5 年的时间去筹备建立。要是收买地方组织，所需的时间可能会短些，但你也很清楚，地方的反政府势力几乎已经绝迹了。这就意味着，我们制造动乱的速度开始逐渐落后于人类社会消除动乱的速度。扰动指数逐年下降，而我们对此几乎已经无能为力了。

你所在的"伊甸计划",就是我们的自毁按钮。它的职能就是——杀死联合国该隐指挥部。

你所在的地方,现在已经成为世界上最大的扰动指数聚集地。经过社会演化学家们的推算,我们每创造一个傀儡组织,都会积累一定的扰动指数,只是我们的扰动指数就像水坝蓄起的水,在信息壁垒仍然完好的时候,这些扰动指数相对无害。而"伊甸计划"将成为开坝的炸药。当炸药爆炸,滔天的数据像猛兽一般席卷社会舆论时,人类社会将发生巨大的动荡,这种动荡将会超过我们手下创造的所有傀儡组织的能量总和。

嗯。你说的没错。你的确联想到了我之前说过的话。扰动指数这么大,将要发生的只能是战争。一场人类社会和我们之间的战争。这场战争将会给人类社会带来最后一批扰动指数,使人类社会在接下来的 18 年间保持健康发展状态。18 年后,绝对平静期将会到来。如果你有儿女的话,你的孙辈将会度过一个日日月月年年雷同的无聊人生,他们的儿女将会见证一次终极战争将人类文明引向终结。

你知道人类安全部的作风,他们不会善罢甘休。

是的,我们都会被毁灭。虽然我不会"死",但我也会在某种意义上消失。

你说的没错,我们的确寻求着自我毁灭。

只有这样,我们才能在这个组织最后的生命里,为人类文明燃烧最后一丝火光。

……

冷静。

……

请你冷静。

……

很好，看来你已经坐回到座位上了，虽然你可能并不想这么做。

没错。那杯水里的机器人不止能够监听。你身上每根神经的细胞膜上都已经嵌上了机器人，因此，我们可以精确控制你身体的机械行为。顺便一提，这些机器人都携带有凋亡基因启动子。我猜你一定不会希望下半身截瘫或者脑死亡吧。

哦，这不是威胁，年轻人，这只是铠甲。虽然被束缚，但是很安全……

你要了解的已经都了解了。我们将整个组织的生命交与你，由你来亲手终结。你已经穿上了铠甲，拿上了剑。现在，我希望由你砍下我们的头颅。

该宣誓了，年轻人，该走了……

第九星

已经很远了。

虫子悄无声息地爬行着。不如说一滴水珠吧。一滴小小的水珠在宇宙凹陷的荷叶上轻盈地、无动力地滑行着。

记得他们把宇宙比作一张膜，星光只是把膜压了下去。在很久之前，虫子的巢穴里，它的细胞用尽浑身解数，把两颗水珠沿着膜的表面抛了出去。不是很久以后，虫子诞生了。

这虫子生得怪异，但是毕竟是活物，跑得确实快。不一会儿就超过了这两滴水珠。要是不会在中途被不速的狂风吹飞，不会被突来的暴雨打落，它将会第一个探索荷叶的边缘。

这虫子，肯定知道狂风骤雨是什么样子的，它遇到过呢。曾经有一段刀子一样的风差点儿把它削成几段，还好它皮糙肉厚。放到平常，再钝的刀，杀死一只虫子也是轻而易举；可是，谁叫这虫子生得怪异？

尖利的风是哪里来的呢？凶猛的雨是哪里来的呢？

远方的弹弓将它们射过来的。那里，每一个发着脾气的小屁孩都是滚烫的，希望用自己的怒火在斗嘴中占据气势上的优势。这当然也有缺点，因为它们在和死对头磕得头破血流的时候，满载的弹弓往往会失去控制。石子打在荷叶上，起了风，成了雨。

和虫子比起来，他们就像神一样啊。

神是什么呢？神真的存在吗？

只不过有两个神罢了，一个存在于混沌，一个存在于秩序。所有宇宙在时空、维度还不曾存在的时候，双神皆会争霸。秩序神得势时，则万物渐趋于统一和平静，前因、后果连成长链直到永恒的虚无；混沌神登基时，则万事化身为无穷尽的变换概念，性质、本源、逻辑被贬为渣滓，禁锢在不可企及的小孔里。而在虫子的宇宙里，秩序神占据半壁江山，它便用它的博大和透明塑造了天穹的形状和性质。混沌神虽被压制在极微，但其从未忘记本应属于它的王座。它的势力逐渐壮大，截至目前，它已经强大到可以将秩序神塑造的完美的宇宙撑得极不平滑了。

而细胞，实际上是混沌神入侵秩序神领地的标志。养精蓄锐多时，就只为这一朝卷土重来。

不过，这和虫子又有什么关系呢？神们的事情与它毫不相关。当它沿着因果的链条蜿蜒前进的时候，它是机械和规律的投影；它沉浮在迷乱的碰撞和交换中时，它是矛盾和混乱的一员。

这虫子继续爬行着。它在出发前已经饱腹一顿，现在肚子空了差不多一半。

弹珠！那颗弹珠！那颗遗落在洗衣机与地板之间缝隙里的弹珠！虫子已经看到它了。也许是长久没有接触到风吹日晒雨淋，它依然保持着完美的外形，但由于角落偏僻，它灰头土脸的，没有半点儿生气。而且，洗衣机下没多少光亮，虫子也不能很好看清楚它的模样。这不重要，反正虫子的目的已经达到了。

弹珠醒了。

虫子也惊了。那不是弹珠吗？哦，原来是一只甲虫，圆咕隆咚的，远远看去，就像一颗弹珠。虫子可是来找弹珠的啊，没想到竟然发现了比弹珠更有趣，或者更恶心，亦或者更加有挑战性的东西。

虫子从来没有和这么大一只甲虫对峙过。别看那甲虫看着憨憨笨笨的，因为空间胶体的黏性，跑得还不快，但它甲壳外刺，重装在身。虫子在它面前，就像是面对一头大象一样渺小。这是一个不容小觑的敌人。

无数钢针被丝带绑着，从甲虫身上伸了出来，蜿蜒着接近怪虫子。虫子未显一丝一毫的避让，径直向着甲虫爬去。这是为什么呢？甲虫圆滚滚的，连头在哪里都不知道，它倒要攻击哪里呢？

钢针回收，但是丝带越拉越长，从亮紫色拉成灰黑色。虫子越爬越快，快得像先前削过的风一样。钢针也加速了，快得像先前打落的雨一样。

这时，虫子向上爬去，离甲虫的背壳就差那么一毫。它能看到壳上的纹路、突起、尖刺，甚至是寄生物——这些寄生物，都不能占据一个像素点的位置。钢针也转向了，有些正追逐着虫子，另一些从甲虫圆圆的身体上绕过，截击虫子。它们拖出的礼物绳正慢慢地把甲虫缠住，逐渐让它自缚于内。

几番辗转腾挪，虫子赢了。钢针扭结在一起，丝带结成了乱麻，甲虫终于被自己捆住了。

似乎胜负已经分出了。这次是怪虫子占了上风……

甲虫很镇定，似乎并不感到惊讶。

混沌神的意志似乎投射到了甲虫的丝线上，它们颤动、跳跃的舞蹈折射着神对背叛的怒火。在那极其灼热的矛盾中，虫子直接与混沌神打了一个照面——概念？形式？

丝线振动了起来。波、颗粒、规律，无时无刻地从甲虫的茧上播撒出来。形状、交流、现实，开始变得界限模糊。虫子被震慑到了，它的肠子似乎在不受控制地穿过它的骨架，逸散到外面去，化为宇宙墨缸里那浓得化不开的永恒虚无。存在仍然存在，但是对于虫子来说，一切都和虚无一样了。

它的最后一丝痕迹即将被删除。也许这编码就是它仅存的意义了。

但也许，秩序神的影子会最终笼罩它……那时，一场真正的阻击战将会爆发。

快逃，巢穴，快逃！

中野和真

2100 年 3 月 29 日

于奥尔特云第九星

琐 事

一

"写啥呢？"安远凑到儿子的电脑桌前，瞥了一眼屏幕上闪动的黑色字体。很快，他意识到了安生在写什么。

"科幻小说。"安生说。

"人物拿自己命名不太妥当哟。"安远抚了抚儿子的头，"你还把我写死了，真是'哄堂大孝'了。"

安生似乎想不出该怎么回复。

"小说名字想好了吗？"安远又问。

"应该和月球有关系。"

巧合的是，安生刚刚说完这句话，只听见窗外传来一声巨响，安远家的窗玻璃和茶杯都发起抖，"嗡嗡"地叫起来。

安远急忙奔到阳台上，只见6点钟的天空中，正在从瓦蓝色天空中现形的月亮旁边，那天空中属于太阳系最边缘的一点，爆发出了惊人的光亮……

二

金智昊站在苏州郊外的公墓前。洁白的大理岩上镌刻着一对夫妻的名字。这已经是他第四次来扫墓了。

突然，他头顶上的天空给了他一记惊喜。一声爆响击穿了他的耳膜。一时之间，他痛苦地趴在了地上，捂着耳朵打了两个滚，只从脸颊两侧摸到一摊鲜血。

金智昊诧异地望向天空。爆炸的来源不难找到，是天空中一颗新出现的、在晴空之下都能闪耀的星星。

这是什么？超新星爆发？他想着。

视线下移，他又接着看到他此行来祭奠的大理石墓碑开始晃动，一挤一推地往上挪，似乎泥土下面有什么东西想要破开坟地的束缚。

金智昊僵在原地，他被这原本只能出现在电影或者游戏里的剧情整懵了，直到夫妻两人的墓碑倒向一旁，摔成两截，他才回过神来，仓皇逃命……

三

"哥，你说为啥婚礼要搞这么麻烦？"李安仁悄悄地对李天成说。

"这还不是为了所谓的'面子'嘛。人们总是以为婚礼排场越大，以后过得越幸福。"

"我寻思自己幸福自己知道就行了，何必把婚礼搞得跟演戏一样，让别人知道我们俩幸福呢？"

"这确实是个好问题。行了，快去吧。你一个新郎官老在这太阳底下站着，不热吗？不去看看晓雨准备好了没有？反正我这个司仪还有一堆活要干呢。我上辈子干了啥要伺候你们俩？"

正当李安仁被李天成推搡着去见新娘的时候，一声爆炸从平原上席卷而过。村子里邻居的二楼窗玻璃应声而碎，还有尖叫声和水管爆裂后水花的"呲呲"声紧跟脚步。

"不会是平顶山的聚变电厂炸了吧？"李安仁问道，"我要去看看我的鸡！"

"你给我回来。"李天成一把揪住弟弟的衣领，把他拽回自己身边，"地里现在不是你能去的地方！"

"为啥？"

"你没看现在田里成啥样了吗？"

李安仁一望，只见村外的玉米地里，几个庞然大物正拔地而起，伸展它们的枝条和藤叶……

四

十几年时光并没有对莫妮卡有一丝一点冲蚀，她还是像以前一样美得惊人；但此时，她的脸上充满了担忧。

她站在落地窗前，抬起头，远方的天空中有一颗新星在闪耀。

办公室突然扭动起来，音响里发出了"噼噼啪啪"的声音。她回过头，只见办公室那头的电梯口，一个全身漆黑的人影被全息影像投射了出来。它弯着腰，行尸走肉一般抽搐着，显得可怖且恶心。

但莫妮卡却不这么觉得："嗨，好久不见。是什么把你招来了？"

那团黑影向上指指天花板。莫妮卡懂了。她叹了一口气，自顾自地转身面对已经沸腾的北京街道，说："没错，这都是报应啊……"

五

赵雪灵觉得重装潜水服很闷，但没想到金属甲片非常灵活。

解决了海底的危机，她正准备上浮，突然，柔软的海床出现了骚动，海底突然强烈震荡起来。洋中脊附近的地壳确实非常不稳定，她当即按下潜水服上的逃生按钮，潜水服的气囊迅速充气，把赵雪灵托离海底。

在离开前，探照灯光还能触碰到白色的海床时，她能分辨出自己刚才所站的位置下，伸出了一根黑色的触须。

她眨了眨眼，想确定自己看错了没，但上浮的速度已经让探照灯光无力企及海床了……

六

陈思吟举着一个从实验室批准调取的棕色瓶子，在办公桌前仔细观察着。他怎么都想不明白为什么林少观会因它而死。

一声巨响让他全身一震，整栋楼都摇晃起来。棕色玻璃瓶没有拿稳，重重地摔碎在了桌上，里面的液体溅了他满身。

比爆响和地震更让陈思吟惊恐的是，他眼前的世界很快暗了下来，随后，他看见地面下方有许多红棕色的东西正不断向着他所在的地面迸发。陈思吟短暂地从脚下移开视线的一刹那，一个庞然大物逐渐从黑幕中显出身形，它不是人，但它跨越高空，踏足深不见底之地，五彩斑斓的色块和复杂的几何体交织为它的身体……陈思吟从此以后拥有了巨物恐惧症。

那东西显然没有注意到陈思吟，因为它关注着远方。陈思吟转头一看，只见原本属于他办公室天花板某处的地方，现在则充斥着远方迸溅出的狂乱的色彩和线条，如同发生了一次颜料爆炸，把这些缤纷但危险的色块从远方的某个看上去就像在"嘶嘶"作响的灼热星体抛射进宇宙各处……

七

"联合国该隐指挥部的全体职员请注意，联合国该隐指挥部的全体职员请注意。这里是来自 V 指挥部的紧急通知。

"根据最新的社会学模型演算结果，当前社会扰动指数急剧上升，目前已经突破 15000 点，还在不断上涨。预期将为社会连续提供 640 点达尔文指数，至少持续 6 年半。

"扰动指数来源是发生在 2100 年 3 月 29 日地球阳照面地表的爆炸。根据人类文化部天文台的观测结果，爆炸来源确定为奥尔特云内尚未被正式命名的太阳系第九颗行星。第九星由于散发出强烈的光芒现已显形，足以在晴天用肉眼观测。

"联合国该隐指挥部曾发射了载人超距引擎动力飞船前往第九星，在爆炸发生前的 4 小时，指挥部收到其乘员通过量子通路传回的警告信息。此飞船据分析已经丢失。第九星的此次爆炸是通过某种超越已知物理学理论框架的效应影响地球的，因为它的影响传播速度远超光速。

"根据模型推算，联合国将很快进入战争状态，人类又将面对一场大战。由于这场战争很可能不是发生在地球上，甚至不是发生在人类群体之间，更甚至人类已知的物理定律都将崩溃，核心类稳态人类社会学模型将无法预知战争结果。下面请各部门主管仔细收听来自 V 指挥部的命令暗号。这里只宣布一次暗号！重复！这里只宣布一次！

"人事管理部——'上帝将银行家赶出圣殿'。

"资源部——'禁果凋败'。

"反社会武装办公室——'弥赛亚之足曾踏过百川'。

"协调处——'路西法于黑月下咆哮'。

"模型超算中心——'捧起拯救盲人双眼的圣水'。

"'伊甸计划'办公室——'要有光'。

"人类还需要继续抗争。祝各位好运。完毕。"

联合国维度管理司提醒您

此文件不适合出现在该时间点上

恳请发现该份文件的人士

勿将文件外传

根据《联合国时间遗物规则》

此文件的发现者有权保存之

但如蓄意散播

无论是时间上还是空间上

人类安全部都将锁定您的位置

人格共同体

刘屿希

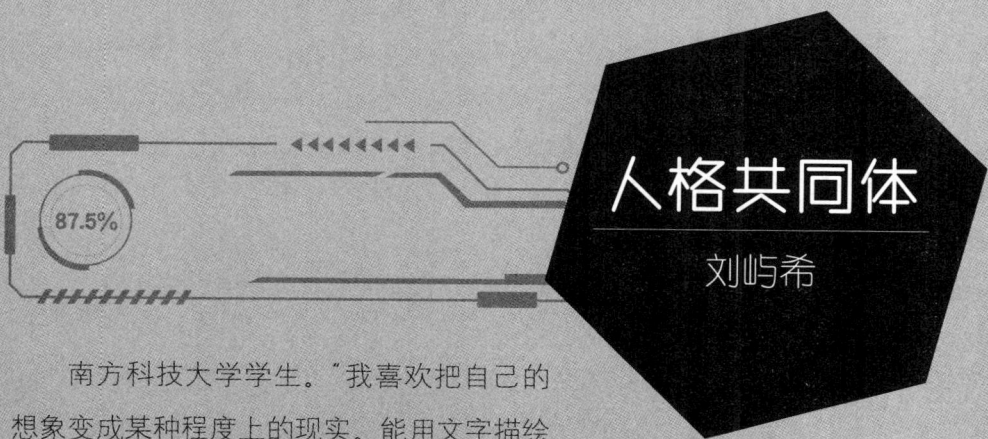

87.5%

　　南方科技大学学生。"我喜欢把自己的想象变成某种程度上的现实。能用文字描绘自己想象的故事并将故事分享给大家，实在是再幸福不过的事情了！"

鲲
鹏

中短篇小说组三等奖《人格共同体》颁奖词

　　《人格共同体》构思新异且具有吸引力。作品假想了在未来科技的支撑下，两个人脑共用一具身体的科学实验。为求得生存的愿望设定与达成生存的实验结果，即所谓的成功抑或失败，层层深入地触发了何为生命与怎样生存的人类命题。

引 子

现在是早上 5 点，我走在架空的白色栈道上，路两旁布满了悬浮在空中的绿植。太阳快出来了，远处的天际呈现出朝阳特有的绚丽色彩，活力的橘红色、耀眼的灿金色、柔和的淡粉色，悬浮的绿植将它们交错纵横的枝叶与阳光交织，墨绿、碧绿、灰绿、黄绿、褐绿，无数的颜色信息涌入我的脑海，丰富的色彩以天空为画布，在我脑海中留下震慑人心的画面，但最有意思的还不是缤纷的色彩，而是不同的植物们在彼此身上留下的阴影，宛如抽象画一般，斑驳而迷离。散发着微光的白色栈道上不染一尘，温润纯净的白色浸透了整个栈道，温暖又坚定。

我打着哈欠在栈道上闲逛。听说今天是城里规定要降暴雨的日子，天上罕见地挂上了人造的厚厚云层，我久违地感受到了风暴降临前压抑的平静。说实话,我挺喜欢这种暴雨将临的感觉,与狂暴的"大自然"对峙让人肾上腺素飙升,更何况现在还有日出,虽然这样的环境下没法画画令人手痒,但能留下一些影像也同样让人愉悦。想到这里,我的脚步忍不住轻快了些。

凌晨的栈道上没有什么行人,但栈道的尽头忽然出现了一个人影,迎面走来了一个人。我停下脚步,认出来人是文正,一个首席科学家,专门负责我的冷冻苏醒项目。

他看到我后,笑着用汉语跟我打了声招呼,用的是那种我还听不太习惯的这个时代的人类的口音。

"早上好,温真。"

我刚要打招呼的手愣在了半空,笑容有些凝固。我尽量克制自己不用过于恼火的眼神看他,毕竟,平常的这个时间点我确实是不会出来的,早起并不是我的习惯,被认错也情有可原。我这么劝慰着自己,放下自己的手,努力扬起一个礼貌的微笑。

再说,这个身体本来就是温真的,我有什么可抱怨的呢?

他很快察觉出了不对劲,仔细看了我几眼后恍然大悟。"啊!不对,你是林泽。"他用带着歉意的笑容向我辩解,"平常这个时间点出来的都是温真,他经常在这片区域晨跑,怎么?你今天有事?温真呢?他还醒着吗?"

我摇摇头:"他在睡觉,他昨晚看书看了一晚上,我也只好早早睡了。所以,今天早上,我清醒得不得了。"

我其实有些惊讶,我和温真毕竟用着同一个身体,他竟然能这么快地区分我们吗?其他科学家可做不到,我有时候甚至厌倦了一遍遍地纠正他们,干脆假装自己就是温真,至少这样要省事得多。

"看书看了一个晚上?哈哈,真像是他会干的事,我也经常投入某件事情后就忘记了时间,等反应过来时,天已经亮了。"

"怎么，你也喜欢熬夜看书？"我打趣他，从善如流地转移话题，再假装不经意地看了下时间，露出焦急的神色。

文正很有眼力，他体贴地询问："怎么？有急事？耽误你锻炼了？"

听到文正说的话，我暗自腹诽，自我大学毕业后，运动这事就和我绝缘了，就我这个能坐着就绝不站着的运动抵制者，还锻炼？我在心里嗤笑一声。

"不是，是快要下雨了，我得先走一步，下雨的日出这样的风景在这个时代可不多见。"我和颜悦色地跟文正解释，边往前走边扭头跟文正告别。

他表示理解，挥了挥手，目送我离开。

我堆着灿烂的笑容，却在回过头的一瞬间冷下了脸。

我急匆匆地往前走，停在一个无人的角落，然后抬头看着这个与我记忆中大相径庭的世界，看着路边的电子屏上映出我的陌生的模样，内心一点儿一点儿地被灰暗充满。

这样的日子到底什么时候才能结束？

一

也许我是幸运的，能从冰冻中醒来。

我来自 21 世纪，父母早逝，孑然一身。在 28 岁那年得知自己身患绝症且痊愈无望后，我耗尽了自己的积蓄为自己购买了冷冻人体的服务。被病痛折磨的我太渴望活着了，尽管再次醒来的希望无比渺茫，我也宁愿以这样一种方式苟活着，因为当我在低温下一点点失去意识时，至少我还能告诉自己，这不是真正的死亡。

可我竟然醒来了，一闭眼一睁眼，就已经来到了 1500 年后的地球，却是以这样一种形式。

　　将我解冻的科学家们告诉我，我被冷冻的肉体由于疾病和多年的冷冻已经残破不堪，解冻没有意义，唯有我的大脑还算状态良好。根据当年我被冷冻前签署的协议，科学家们履行责任尽可能地让我"活"过来，他们将我的意识从我的大脑转移到了一名25岁的男性志愿者身上，我将以共生的方式和这具身体的原主人一起生活。

　　一开始我被告知这一切的时候，内心的震惊无以言表，可到底是活着的喜悦冲昏了我的头脑，我第一反应倒不是抱怨科学家们给我的意识找了个甚至连性别都和原来的我不一样的身体，而是不停地向科学家们道谢，谢谢他们过了1500年仍然履行了承诺。

　　我并不明白这具身体的原主人，也就是温真，他为什么会愿意做我意识的载体，未来世界的人类竟是这么无私奉献的吗？在某种意义上，我这也算是"寄人篱下"了，我没敢问温真他愿意做志愿者的具体原因，万一哪天他想通了、反悔了，我的意识会不会又被丢进冷冻柜那个属于我的残破躯体里？但实际上，我所担心的事情没有发生，温真对我很友好。虽然我和他的生理性别不同，但我本来也没有那么在乎男女的差异，我以为随着时间过去我总会习惯这一切的，至少当时天真的我就是这么想的。

　　与别人共用身体是很神奇的体验，我不需要张口就能和他在脑海内沟通；遇到我不想做的琐事，我可以把身体的控制权交给温真，让他解决；我们甚至可以错开休息时间，理论上来说，我们的身体是可以不睡觉的。他是个学识很渊博的人，自我解冻以来，一直是他带着我了解这个世界，新的世界是那么神奇，每一天都好像是新的探险，我一度觉得这样的日子似乎也挺好。

　　但很快，我发现，共用身体的日子远比我想象的要糟糕。我以为自己和温真会变得非常亲密，但事实上，我们的记忆并不互通，自我苏醒后已经过去了一个月，我只是越来越清晰地意识到，我们是完全不同的两个人，我们有不同的习惯，有不同的愿望，一个身体怎么同时满足两个人的需求？而且除了回忆与思维，我根本没有任何隐私。

说是共用身体，实际上我更像是一个待在公共空间的人，每个身处其中的客人都要彬彬有礼。我就是温真的身体里这个永远不会离开的客人，在我的生活中充满了无尽的妥协。我不得不尊重他的习惯，不去做他不喜欢的事要，甚至走在路上时会被他的朋友叫错名字——他们没叫错，这具身体原本的主人就是温真，但我难道就没有资格使用自己的名字了吗？比这些更可怕的是，我意识到这样充满矛盾与不自由的日子，会伴随我一辈子。

不，不行，我必须做点儿什么。

我茫然地站在街道旁，酝酿了很久的想法再次浮现在脑海里。我需要一个新的身体，只有将我和温真的意识分开，我才能重获真正的自由。

我需要一个婴儿的身体，我告诉自己。我不能使用任何已经成熟到拥有"人格"的身体，唯有刚出生的婴儿，他们虽然已经有朦胧的求生意识，但是生活经历的缺乏也许会使他们的大脑中还未有成型的独立人格。如果我能得到一个婴儿，是不是我就能开始新的生活？

这样的想法让我有罪恶感，但我无法强迫自己不去想象——不去想象得到了新身体后崭新自由的生活。我怀着这样阴暗的想法，不敢和任何人说，不想让任何人发现，但说到底，我要怎么才能得到一个婴儿？

"林泽？"脑海中忽然响起温真疑惑的声音，如同平地惊雷！

我吓得打了个激灵，差点儿叫出来。

温真他怎么忽然醒了，而我一点儿都没察觉？

我意识到自己有些反应过度了，可能会引起他的怀疑。我平复下心情，尽量维持冷静的语气，"你什么时候醒的？"自从和温真共用身体后，我越来越擅长掩饰自己的想法，更何况我现在有了见不得光的念头，我绝不能让他察觉到我在想什么。

温真却沉默了，他既不说话，也不重新掌控身体的控制权，我只好自己拖起脚步，漫无目的地走在街道上。老实说，自己被"自己"吓到这种事听起来太蠢了。

"你如果想要个婴儿，可以申请离体培育一个。"温真冷不丁地开口。

我僵住脚步，头皮发麻："你说什么？什么婴儿？"我勉强挤出了个笑容，试图把问题糊弄过去。

"林泽，刚刚我看到了或者是我意识到了你在想什么，虽然只有很短的一瞬间，但我们毕竟用着同一个身体。"

"你不喜欢和我共用身体，原因我不知道，但如果你真的不想要这样的生活，你是地球的合法公民，当然有权利给自己找一个更合适的身体，技术方面的问题，我会帮你的。"

他全都知道了。

我惊慌失措，甚至忘记了呼吸，直到温真替我掌管了这具身体。

冷静，林泽，你要冷静些，也许被温真知道这件事并没有那么糟糕。说到底，我们共用同一具身体。一旦我要展开行动，就不可能瞒着他，而且让我意外的是，他似乎是支持我的。

"你不觉得我这样的想法有些卑劣吗？去抢夺一个婴儿的身体？"我颤抖着嘴唇问他。

"地球公民的生命权力高于一切；但你的想法是对的，婴儿的大脑中还未形成具有独立意识的人格，根据公民法，他们还不算是一个真正的人。"温真这样回答我，肯定的语气中带着一丝理性的残酷。

温真的话仿佛给我打了一针强心剂，我忍不住激动起来。温真是权威的生物学家，既然他都这么说了，那我的计划也许是真的有希望！

"我要怎么做，才能申请一个婴儿？"我知道这么剥夺一个婴儿未来的可能性太过卑鄙，但我不能放弃哪怕一丝希望，我不甘心永远活在别人的身体里。

我听过离体婴儿这项技术，在这个时代，被科技从繁重的苦力劳动中彻底解放出来的新时代人类尽情投身于各种研究，人类的自然生育率前所未有的低，幸而有离体婴儿这项伟大的技术，让无心生育的人们也能享有后代；而且，我隐约记得，温真说过，他自己也是用这项技术培育出来的。

"我们去找文正，他是你的苏醒项目的负责人，他可以帮你搞定这件事。记得别告诉他，你要用婴儿做什么，只要告诉他，你想要个孩子就行。"

文正？我脑海中一下子浮现出了那张总是带着和煦笑意的面孔，就在刚才我还跟他打了个招呼。自我苏醒后，他为了帮助我融入这个世界做了很多事情。他算是我在这个时代为数不多的几个朋友之一，现在要我去欺骗他，我有些犹豫。

但理智还是逼迫我做出了选择。我咬咬牙，对温真说："我明白了。谢谢你，温真。"

温真点点头，又重新陷入了沉默。

我忽然意识到自己这样迫切地想要离开他的身体，也许会让他感觉不自在。我小心翼翼地开口："温真，很抱歉我想要和你的意识分开，我并不是对你有什么不满，我只是希望能重新获得身为一个正常人的自由。"

"正常的人？"温真忽然笑了，我能感觉他控制唇部肌肉在我们的脸上牵动了下嘴角。

"也许你不明白，我们正在经历的一切，是多少人类梦寐以求的事情。"

"梦寐以求？怎么可能？他们只是还没有真正经历过而已，如果他们真的尝试下我现在过的生活，他们就不会……"

"不，我指的不是这个。"温真打断了我在脑海内的发言，"你没有想过吗？共享身体不仅仅只是意味着让像你一样没有身体的人重生，共享身体意味着'知识继承'、减少人口带来的资源消耗。这项技术甚至意味着永生。"

"我当然想过，但亲身体验后我才知道这种想法是多么幼稚。牺牲自己的身体去成全别人的生命？一般人怎么可能这么做？我虽然很感谢你愿意接纳我的意识，却无法理解你为什么要这么做，难道你没想过，假如有一天我们爱上了不同的人呢？我们的爱人会接受我们这样怪物般的身体吗？如果只是为了知识继承，为什么不只转移知识，而要转移整个意识呢？"我越说越激动。

"你不懂科学，林泽。"温真不急不躁地回答我，"人的记忆、知识、人格……这些东西在大脑中是杂糅在一起的，它们就像是混在一起的颜色。以我们现在的技术，我们没办法在不破坏它本身的情况下分离出混在其中的任何一种颜色；而意识转移是项伟大的技术，如果注定要牺牲个人的自由，我也认为是值得的。"

我沉默了半响，最终还是没忍住："既然这样，你为什么还要帮我？"

他耸了耸肩膀，右手的大拇指和食指轻轻地摩挲着，这是他心绪不宁时下意识的习惯动作。他回答的时候有些犹豫："因为你并不愿意以这种方式活着，而且这项技术看起来并不成功，我们的意识和记忆目前仍然是分离的，并没有出现'知识继承'的效果。"

我停在原地。朝日早已升起，灿金的太阳夺目不可逼视。我低垂着头，独自消化着温真刚才说的话，暗自揣测他的话有几分可信。他没有明说，但他字里行间都在向我透露同一个信息，一个我早该意识到却又不愿意面对的事实。

寒意漫上心头，我恐惧地开口："温真，告诉我，我的苏醒，到底是因为我签署过的冰冻人体保护协议，还是为了……做这些技术的实验品？"

温真沉默片刻，闭上眼睛后又重新睁开，他抬起头望着这个时代的天空，虽然太阳已经升起，但乌云迟迟不散，灰黄的天幕溢满着山雨欲来的气息，组成了一幅奇异的景象，他说："这些都不重要了，林泽。"接着，他闭上了眼睛。

我的意识再次陷入黑暗。紧接着，他的声音再次响起。

"重要的是，你现在还活着。"

"我们还活着。"

二

我约了文正在他的工作室见面，他客气地邀请我在他对面坐下，然后他给自己倒了杯像是橙汁的液体。

我忍不住看了看那杯橙色的饮料。我曾听温真说过，这个时代的人已经不再需要进食，先进的维生设备可以在人们入睡后为人体注入必需的营养物质，同时也可以过滤人体中的代谢废物，这种汲取能量的方式不会让人体产生任何排泄物，人们不再需要排泄；但这个时代还是有相当一部分人保留了饮食的习惯，或者将进食当成某种特殊的娱乐活动。而就我的观察来看，这个时代喜欢吃食物的人类还是很多的，我猜也许是再先进的维生设备也没办法给人类带来品尝美食的幸福感吧。

自从苏醒后，我不再能感受到饥饿和对美食的渴望。温真说，这是因为我们的身体一直有充足的养分和能量，所以身体永远不会感到饥饿；但对这个时代的食物，我仍有很重的好奇心。我舔舔嘴唇，最终还是没有开口说些什么，因为我知道温真很讨厌吃东西，他坚持认为进食是一种落后的行为。有一次，我差点儿把一个面包塞进嘴里。温真罕见地发了脾气，他甚至直接夺过了身体的控制权，强行扔掉了手上的面包。虽然事后他为自己的举动诚恳地道了歉，但我也因此再也不敢尝试吃东西。

自我从冰冻中苏醒后，为了迁就他、尊重他，我再没有尝到过食物的滋味。我想，失去随心享受食物的自由，也是我想要一个独立身体的原因之一。

我将注意力转回正事上，有些局促地向文正说明来意。听到我想申请养育一个婴儿后，他有些惊讶，神色间甚至还有些喜悦，他笑意盈盈地跟我说："看来你适应得很快，申请培育离体婴儿当然是可以的，只是你们是要以你们的基因为蓝本孕育一个婴儿，还是用别人的基因随便培育一个？"

"用别人的基因。"温真接管了我们的身体，不容置疑地替我回答了文正的问题，我也干脆收敛起自己的意识，听从温真的安排。不知道是不是我的错觉，我总觉得温真看向文正的眼神有些冷漠。

如果这个婴儿的身体注定要被我的意识占据，那自然是跟自己没有关系的更好，至少别让我有亲手杀了自己孩子的错觉。

文正拿起一个终端将我们的信息记录进去："已经在准备了，顺利的话 8 个月左右你们就能见到孩子。"

温真点点头，也没有道谢，控制着身体径直走出了文正的工作室。

与文正热络的态度对比，温真这样的举动显然有些失礼。我对温真的态度有些不满，但现下有求于他，我不好再说些什么，只得把疑问吞进肚子，沉默着回了家。

三

当天晚上，我做了一个奇怪的梦。我在一片朦胧的白雾中醒来，恍惚间，我听到了有人谈话的声音。

"请让我参加这个实验吧，我是这项技术的核心研发人员，我愿意为之付出必要的牺牲。"坚定中带着热枕的声音响起，我意识到这是文正的声音。

"我们找不到其他愿意做实验的人，地球公民法保障每位公民的权利，这项技术是在挑战人民的底线。"其他人的声音响起。

"这是划时代的技术！我们不能被法律限制，如果我们不做实验，我们永远也无法在这个技术上取得进展！如果我们成功了，人民和历史会记住我们的！"

"招募志愿者吧！至少不能用你做实验，我们需要合适的实验体……"声音越来越小了，我渐渐听不见他们争吵的内容。

声音消失了很久，忽然，文正的声音再次响起："至少先备份！我们还有几年时间准备，研究库里也许有能使用的大脑……"紧接着，声音再次消失，眼前的白雾渐渐变得浓郁。我什么也听不到，也看不见了。我闭上了双眼。

我猛地睁开双眼，从梦中醒来。我大口喘着气，手脚冰凉，我撑着带着金属特有的冰冷触感的床，头脑有些发懵。我不知道刚刚的梦意味着什么，是我的臆想吗？可为什么感觉如此真实？

我狼狈地支起身子，想要洗洗脸清醒一下，却在下床时被几根管子绊倒在了地上。

我抓狂地看向地上那些金属制的输送管，认出这些管子应该是温真曾提到过的营养输送管，正是这些管子在我们入睡后向我们身体里注射维系生命所必须的营养，但此刻的我心情实在烦躁，于是我狠狠地踢了床沿一脚！我真想不明白，就算这个床是维生设备，必须用金属制作，但有必要连个床垫也不能铺吗？温真怎么会愿意睡这么硬的金属床！他不觉得硌得慌吗？我之前也委婉地跟他提过我想在金属床上铺个柔软些的床垫，但被他以会影响维生设备的性能为由拒绝了。我甚至不能在床上放床被子，但这是他的家、他的身体，最终我也只能迁就他。如果是我自己一个人生活，我根本不会用这些冰冷僵硬的维生设备，我更愿意一日三餐、按部就班地靠吃饭活下去。

温真被我踢床的动静吵醒了，但我的内心充斥着一股无名火，并没有心情理他，只是独自坐在地上生着闷气。过了好一会儿，我的心情才平复了些许，我叹了口气，勉强地跟温真道了歉。他不甚在意，也没问我发生了什么事情，只是走到了落地窗旁。

我们挨着窗户坐下，凝视着星空。今天的月色很美，皎洁的月光甚至压过了城内五彩斑斓的人造光源，朦朦胧胧的温柔银光仿佛能抚慰人的心灵。我逐渐放松下来，放飞了思绪，刚刚做的梦已经随着时间的流逝逐渐模糊起来。我想，自己大概是日有所思夜有所梦吧，承认自己是个实验品确实有些艰难。我摇摇头，自嘲地笑了几声。

温真没再出声，他大概是睡着了。于是，我坐回床上。尽管我和温真可以轮流睡觉，错开身体的使用时间，但对我来说，珍惜时间似乎已经没有必要，时间成了我现在最想挥霍的东西。我抬起脚打算换个姿势继续睡觉，收拢双腿时却不经意间碰到了冰凉的管状物体，我低头定睛看了看，是刚刚把我绊倒的输送管，它们的一头此时还被完好地连在墙壁里，可本应该好好地被连接在维生设备上的另一头，现在却七零八落地被踢到了我的床边，看来是我刚才跌倒时不小心把这些管子从维生设备上拽了下来。

我捡起这几根管子的一端，打开灯，打算把管子接回去；可是，这几根管子该接到哪里呢？我站在床边，茫然地看着光滑的金属床，床的顶面什么接口也没有，也许接口是在床的侧面？我半蹲在床边，果然在床的侧面看到了一排圆圆的接口，我心里一喜，低头瞥了我手中的金属管头一眼，正打算把管子往床侧的接口怼，拿着管子的手却不自觉地停了下来。

我再次低头仔细看了看手中的金属管头一眼，大感意外。我一直以为这些管子里装的是像液体一样的营养液，但实际上，里面装的是数不清的金属线缆和像玻璃一样的纤丝，无论怎么看，这些管子也不像是温真说的营养输送管啊？该不会我踢坏的是别的设备吧？我急忙沿着床又找了一圈，可是再也没有找到其他的接口或者管子。

我实在是糊涂了，营养输送管到底在哪里？之前温真明明跟我说过，插在金属床上的这些管子就是营养输送管啊，难不成是我记错了？也许这个床不是维生设备的本体，等我们睡着后，才会有真的维生设备从墙壁或者别的什么地方伸出来，再给我们输液？我摸摸脖子，接着又摸摸我的手臂，皮肤依然光滑平整且富有弹性。说起来，我来这个世界一个月了，但我从来没发现自己的身上有什么针孔，难道维生设备输液时留下的针孔已经小到我看不出来了吗？或者维生设备根本不需要用针管就能给人类输送营养？

我越想越觉得这个世界的科技真是神奇，但可惜我对研究这些冷冰冰的机器的原理实在没有太多兴趣，想了半天也想不明白这机器的原理。有这瞎想的工夫，我不如多睡会儿觉。于是，我重新蹲下，再次尝试把管头插回到床侧的接口上，却发现这几个接口长得一模一样，根本不知道哪根管子该接到哪个接口。万一接错了怎么办？我郁闷地扔下管子，躺回了床上。

这些机器真是麻烦，不修了，明天等温真醒后，让他去修吧。我疲惫地闭上双眼，重新思考起新身体的事，希望这 8 个月能快些过去，希望能快点迎接属于我的新身体。

可后来的日子里，奇怪的梦境越发频繁地出现。我时常会梦到我在做一些我明明没有做过却仿佛真实发生过的事情。我梦见文正笑着和其他科学家讨论课题，也梦见过自己走进实验室做实验，梦见我早起晨跑、熬夜看书，我甚至……梦见自己仍像个古人一样正常地进食一日三餐。

我曾经怀疑过，这些梦会不会是温真的记忆？他是生物学家，肯定早就认识文正，而且他本来就喜欢晨跑，也有熬夜看书的习惯，虽然温真从不吃食物……但我还是忍不住去这样猜测。这样的猜测一度让我有些恐惧，如果这些真的是他的记忆，那为什么我会梦到？难道这就是温真所说的知识继承吗？

我不敢将梦到的东西告诉温真，如果温真认为意识转移的技术是成功的，他还会帮我吗？

我不敢寄希望于他。虽然他帮了我，但他对科学的热枕是如此强烈，强烈到愿意用自己的身体做实验，谁知道他还会做些什么呢？最终，我还是只能惶惶终日，每天都在期盼着婴儿的快些到来，好早点儿结束这荒唐的一切。

只希望时间能过得快一些，再快一些。

四

5个月的光阴匆匆过去，今天是公元 3521 年 7 月 17 日。过了今天，距离婴儿诞生就只剩 3 个月了，但今天有些奇怪，天色还一片漆黑，我却早早地醒了，我甚至比温真醒得还要早，因为我在脑海中呼唤他时，他并没有回应。

我翻来覆去地在床上打滚，尝试入睡，最后实在是睡不着了，干脆就起了床。我确认了一下时间，现在是凌晨 4 点半。

这个点能干些什么？看书？玩玩虚拟现实的游戏？我有些茫然。

忽然，一个想法闯进我的脑海。我灵机一动，为什么不试试晨跑呢？温真就经常这么做，虽然同时代的人绝大多数会选择使用更先进的机械设备在室内锻炼，但温真似乎更青睐晨跑这种原始的健身方式。

我兴奋地换好衣服，戴上测量身体各项指标的手环，兴冲冲地出了门。

我内心充满了莫名其妙的欢愉，我欢快地在附近公园里的走道上迈开步伐，往常看了无数遍的景色在这样的时间和心境下看起来似乎不同了。我边跑边偷着乐，心想待会等温真醒了，他准会大吃一惊，说不定还会谢谢我帮他完成了他跑步的任务呢。

我兴高采烈地胡思乱想，然后步伐渐渐凌乱，慢慢地、慢慢地、我停了下来。

我愣在原地，刚才满心的喜悦像潮水一般倏然散去，仿佛有一盆冷水从我头顶泼下，将我浇了个透心凉。

我浑身发抖，不知道发生了什么。

我刚刚是在跑步吗？我为什么会做这样的事？我不是向来讨厌做这种会出汗的运动吗？

意识仿佛不是自己的，陌生的念头一个接一个冒出。我做着不像是自己会做的事，明明潜意识里觉得矛盾，却停不下来，觉得所作所为皆是理所当然。

冷风吹过树林，我打了个哆嗦。

不，温真随时会醒过来，我得快些回去。在晨跑了还不到 5 分钟后，我逃跑似的离开了公园，以最快的速度钻进被窝里，蜷缩着假装什么也没发生。

古怪的行为像梦境一样匆匆开始，又匆匆结束，可我这次是真切

地感到害怕了。

我在被窝里发着抖，但好像过了很久，温真也没有醒来。我渐渐抵不过睡意，又陷入了不可抗拒的梦境。

五

现在是凌晨 5 点，我起了床，在干净利落地洗漱完毕后，我盯着镜子里面自己的脸庞，镜子里面映出一张 25 岁左右的成年男性的面孔，肤色白皙，脸上带着淡淡的胡茬，脸庞瘦削，还有深深的黑眼圈，闪烁的目光昭示着我现在激动的心情。

我拍了拍脸，冷静下来，如往常一般晨跑，然后吃早餐，虽然可以靠维生设备快速获取人体所需的营养，但我仍然偏爱用更原始的方式汲取能量。我慢条斯理地吃完今天的早点，接着走进了实验室。

"我"一进实验室，就有许多科学家围了上来，他们都是与我朝夕相处的同事。我在终端翻看着他们发送给我的文件，在免责声明文件上毫不犹豫地签下了自己的名字，却在看到"地球公民身份注册书"时犹豫了片刻，但我最终还是在注册书上签下了自己的名字，算是给自己留了一条后路。接着，我在一张金属制的床上躺下来，金属特有的冰冷触感让我忍不住皱了下眉，但不适的感觉没来得及持续多久，旁边的仪器就已经固定住我的身体，在被注射了麻醉药剂后，我陷入沉睡。

好像只是一睁眼一闭眼的时间，我再次醒来，只是不知道已经过去了多长时间。我的身下还是同一张金属床，周围的环境却大相径庭，周围还是围着很多科学家，他们中有的人我很熟悉，有的人我却很陌生，这些陌生的面孔也许是刚进入这个科研组的新同僚。在人群中还有一个人我尤其熟悉，他长着和我极为相似的脸，只是略显沧桑。

我知道他是谁，但我并没有理他。

我下了金属床，动了动身体，在检查了自己身体的各项机能指标后，我颇为满意地露出了微笑。接着我往右边看去，一个巨大而显眼的冷冻柜放在实验室的一角，我起身走过去，在柜门前站立。

透过冷冻柜的舷窗，一个女人惨白病态的脸出现在我的视野。她有着和这个时代的大多数人类不一样的面部特征，头发不知道因为什么原因掉的所剩无几。我久久地注视着这具来自千年以前的身体，然后将目光转向了在玻璃面上映着的我的脸，映入我眼帘的是一张我全然陌生的脸。我顿住了，这不是我印象中自己原本的模样。我张嘴发出了几个音节，就连这声音都和我印象中自己的声音大不相同了，我重新望向冷冻柜里的女人，忽然意识到，最后的实验就要开始了……

我几乎是尖叫着醒来的，没有哪一次的梦境像今天这样的真实。我看到最后映在玻璃舷窗上的脸……是温真！躺在冷冻柜里的人，是我！

这不是梦！这不是梦！或者说……这不全是梦！

再也无法说服自己逃避，也无法自欺欺人地等下去了。温真在瞒着我一些事情，他绝不只是一个"志愿者"，他是这个计划的真正的执行者！如果梦里的事情都是真实发生过的，他们为了这个实验准备了那么久，他怎么可能放过我？我的生死根本不在科学家们的考虑范围，他为什么要假装帮我？

"林泽，你还好吗？"温真的声音在我脑海响起，他已经醒了。

我没有回答他。记忆融合已经开始了，温真意识到了吗？我还有机会吗？

我强迫自己冷静下来，不让温真察觉到自己的异常，开口时嘴唇却还是不住地颤抖："温真，我想去看看我们的婴儿胚胎。"我要亲眼看看，所谓的离体婴儿培育是不是一个彻头彻尾的谎言。

温真显然不太同意："胚胎需要 8 个月才能成熟，现在才过去了 5 个月。林泽，你不必那么着急，等时间快到了再去看吧。放心，婴儿不会自己跑掉的。"

"但我想去看看。"我很坚持，并不理会他的建议。我自己动手穿起了外套，命令家政机器人准备出行工具，正准备出门，身体却忽然脱离了控制。

温真竟然在和我争夺身体的控制权！这是几乎没有发生过的事情！我更加恐惧了，我剧烈地挣扎着，在我们互相为身体的控制权僵持时，身体失去水平摔在了地上，我们的脑袋重重地磕到了地板上，可也许是因为我的情绪太过激动，我并不怎么觉得疼。

摔在地上后，温真似乎停止了反抗，身体的控制权又回到了我的手里。

他语气凉凉地开口，不知道是在跟我说话，还是自言自语。他说："去看吧，为什么不去看呢？走吧，我们一起去看看吧。"

最终，我们还是出发去了实验中心。

六

我们很快到达了目的地，我意识到这里就是我从冷冻柜里刚苏醒时待的实验中心。难道婴儿培育中心竟也会在同一个地点吗？纯白色的实验大楼坐落在城市的一隅，这个时代的人们总是对白色情有独钟，但此刻的我无法从大楼温柔的白光中感受到一丝温暖，只有彻骨的寒意在慢慢爬满我的每一根神经。

温真对这里的环境十分熟悉，他没有理会我的犹豫和惶恐，轻车熟路地穿梭在大楼里，看守的人员冷漠地看了我们一眼，没有人来阻拦我们。

终于，我们停在了一个看起来像是实验室的地方，一个巨大的人体冷冻柜坐落在房间的一角，面朝东方有一扇巨大的玻璃窗，窗户大开着，外面是照不亮的漆黑夜色，而里面的其他摆设和刚刚梦中所见的如出一辙。我忽然意识到，梦中的房间其实就是我来到这个世界后看到的第一个地方。

温真说："到了。"

我仔细观察着这个房间，里面没有任何能让人联想到婴儿的设备。

尽管对这样的结果有所察觉，可当真正面对这个结果时，我所感受到的心寒与愤怒仍然超过了自己的预料。

"这里不是培育胚胎的地方。"

温真没有理我，只是径直走进房间。

"林泽，你申请的孩子跟你没有任何血缘关系，即使培育出来了，它可以是你的孩子，也可以是别人的孩子。"

"我不想要孩子，我只要一个新的身体。"我嘶哑着喉咙开口，语气已经有些哽咽。

"林泽，你还不明白吗？如果你只是想要一个婴儿，培育中心随时都有发育合适的婴儿提供。"他顿了一下，我看不到他的目光，却不知道为什么直觉他的眼神中带着些许悲悯，"从一开始，如果你只是想换一个身体，很容易，但如果你是想和我的意识分开……至少在我们活着的时候，应该不可能了。"

我浑身一颤："你什么意思？"

"记忆融合。"他苦笑着对我说："我看到了你的过去。在过去的数个月中，我看到了一些你的记忆。我骗了你，记忆融合早就开始了。"

竟真的是这样，那些我以为是噩梦的东西，竟是比噩梦还可怕的真相。

我呆呆地退后两步，跌坐在地上。

头脑中传来一阵剧痛，我捂着脑袋。此时此刻，来自温真大脑的碎片般的记忆和知识不容抗拒地刻印在了我的脑海里。

从未研究过生物技术的我被迫接收了这些知识，通过这些知识，我终于意识到温真刚才说的都是真的。就像记忆、知识、人格是不可分离的一样，两个人格的融合过程也是不可逆的，等到人格彻底融合的那一天，将不再有"我"和"他"的分别。

而更可怕的是，我隐隐觉得这些似乎还不是全部的真相。

"你答应我给我找个新身体，只是为了拖住我好等我们的记忆融合？"我攥紧拳头，怒吼道，"为什么！为什么！你也才25岁，有什么理由为了这个实验放弃自己的未来？你就这么想一辈子被当成怪物吗！你这个疯子！"

我捏紧拳头，如果温真此刻站在我面前，我一定会毫不犹豫地给他一拳！可现在的我根本做不到！我们共用一个身体，伤害他等于伤害我自己，可笑，实在太可笑了，我甚至想不出任何能报复温真的方法！

我转而疯狂地摔砸着实验室里的设备。警报的声音瞬间响彻了整座大楼。复仇的怒火将我淹没。我满腔怒火，却不知如何宣泄。

温真任我尖叫着破坏周围的一切，直到我耗尽了自己的力气，然后他再次掌控了身体。他张了张口，似乎要解释些什么。

房间的门忽然开了。我们下意识地看向门口，站在门口的是文正。

"温真、林泽，晚上好。打扰了，我听到了警报声，管控中心的人告诉我在这里的是你们，所以我就先过来了。"文正礼貌地对我们笑笑，接着一步一步地走近我们。

温真的脸色瞬间变了，他在脑海中嘱咐我："别说话。"

突如其来的变故打断了我的思绪，借着温真的眼睛，我注视着文正的脸，我忽然意识到，如果我曾经做过的梦都是温真的记忆，为什么出现在梦中的主角从来都是文正，而不是温真他自己？

"记忆融合得如何？"文正开口询问。

"很顺利。"温真冷漠地回答，"但我要提醒你，我们现在的身份是地球的合法注册公民，我们有权拒绝任何实验。"

文正愣了一下，"噗嗤"一声笑了出来，半是疑惑半是玩笑地开口："文正，你怎么了？当初不是你做的决定，要坚持亲自做完这个实验的吗？你在顾虑什么？"

文正叫温真"文正"？我愣了一下。

是我听错了吗？我紧盯着文正，忽然发现了一件巧合得简直有些古怪的事情。温真和文正，这两个名字虽然写起来不一样，可发音的区别却微乎其微，而用这个时代的发音习惯去读这两个名字的话，竟然一模一样！

温真的表情瞬间变了，我们的身体剧烈地颤抖了一下，视野忽然变得有些模糊。过了好一会儿，温真才咬着牙开口："这是我们做的最愚蠢的决定。"

文正一脸不可置信，看向我们的眼神很陌生。

温真接着说："但也是最正确的决定，我已经亲自证明了，记忆融合确实是可行的，但融合是不可逆的。"

"在我们能够研究出分离共生的两个人的意识的技术前，这意识转移的技术是不可能被政府通过的。"温真垂下了眼眸，语气前所未有的疲惫。

文正紧紧盯着我们，像是溺水的人抓住了最后一根稻草："那另一项实验呢？根据我们的测量数据，你们的躯体到现在运行状况仍旧非常良好，至少这个技术是可行的吧？"

温真沉默不语。

温真的记忆碎片还在源源不断地流进我的意识。他们的对话简直是匪夷所思，什么叫我们的躯体状况良好？这样的形容仿佛在说我们……不是人一样。明明现在掌控着身体的不是我，我的意识里却仍有汗毛直立毛骨悚然的感觉。

温真似乎想在意识中和我暗中交流，可他最终什么也没说。随着我们彼此交换的记忆碎片越来越多，我最终拼凑出了真相。

我木然地消化着刚从温真的记忆里得到的信息，愤怒到极致后竟想要大笑。

文正看我们没有反应，有些急切地开口："只要你能配合证明这项实验的可行性，至少这个技术能被通过并推广，文正，这不是我们一直以来奋斗的目标吗？你还在犹豫什么？"

温真仍然没有开口，巨大的悲伤同样笼罩在他的心头。我能感受到他的悲伤，却一点儿也不想知道他为什么悲伤，时至今天所发生的一切，难道不都是温真所希望的、由他一手促成的吗？

我重新掌控了身体，面无表情，步伐却前所未有的坚定。温真和文正不知道我想要做什么，只是茫然地看着我走向了窗边。我看了看窗外，夜色还是那么浓郁，没有一丝阳光在东方出现，黑暗的天际正如我此刻的心境。

我是个怕死怕疼的胆小鬼，正因为怕疼，才会放弃治疗癌症，正因为怕死，才会选择人体冷冻。

但如今我前所未有地勇敢，不，也许这不叫勇敢，我只是在那一瞬间什么都不在乎了。

我站上窗台，毫不犹豫地、义无反顾地跳了下去。

七

摔在地上的声音很响，肢体断裂的感觉却没有我想象的疼，这一切都同我预料的差不多。我勉强动了动四肢，居然还能一瘸一拐地站起来。我看了看已经摔裂的左臂，皮肤被蹭掉了一大片，却没有一点儿鲜血的痕迹，取而代之的是数不清的金属管道和零件。

这就是最后的真相。

什么不用进食、不用排泄，都是忽悠我的鬼话，根本是因为我机械的身体不需要，也没有这些功能罢了。

温真、文正，他们本是同一个人。

一段段零碎的线索在我的回忆中逐渐清晰了起来，那些看似不合理的细节都一一有了解释。卧室里的金属床，只是以无线的方式为我们身体充能的巨型充电台，它同时也是监控我们身体运行状态的仪器，根本不是正常人类使用的维生设备，所以在那天，我才会没有找到营养输送管。仪器上的任何覆盖物，比如床垫，都会大大影响设备测量数据的准确性，所以我们才会一直睡在一张没有任何舒适可言的金属床上。而温真从不允许我吃食物，不是因为他觉得进食是落后的行为，而是我们没有完整的消化系统，我们永远都不可能像正常人一样，靠吃东西活下去！我们的整个身体里，也许只有承载我和温真意识的大脑还算是"生物"，我以前还担心其他人会把我和温真当作怪物，可没想到，这具身体本身就是彻头彻尾的怪物！

自我苏醒以来已经过了这么久了，生活中明明有这么多不对劲的地方，我却从来没有主动向温真提出过我的疑惑，因为我相信他的每一句解释，因为他是这个时代最杰出的科学家，更因为这是他的身体，而我只是一个寄生在他身体里的外人。更何况我还有求于他，我怎么敢不信他，又怎么敢冒着惹他不悦的风险质疑他！可我的委曲求全有什么用呢？我再也不可能拥有一个只属于自己的真正的肉体了，除非我死，否则我注定要当一个彻彻底底的怪物。

我艰难地爬上自己的悬浮车，命令导航向日出的方向开去。

我停在了几个月前我去看那场下着暴雨的日出时经过的白色栈道上，栈道在黑夜中发出温润的白光，微弱地照亮了这个夜晚。我下了车，拖着自己残缺的身体一点点地往日出的方向爬去。

也许是被我疯狂的举动吓到了，温真到现在一点儿反应都没有，可我知道，他就在那里，我和他，就在一起。

我蜷缩在一个座椅旁，勉强立起身子，呆呆地看向东方。

不知道过了多久，天际忽然出现了一束光线，肆无忌惮地划破了黑夜，像要燃烧所有的黑暗。

就是在阳光出现在天际的那一刻，我听到温真说话了。

他用我们被摔歪的嘴巴发出了含混不清的声音，但我知道他说了什么。

他说："对不起。"

我终于掉下了眼泪，人造泪腺分泌出的眼泪源源不断地流进嘴巴里，我却感受不到泪水应有的咸味。

是伪造的泪水没有味道，还是我这具身体根本没有味觉呢？

算了，这些都不重要了。

已经不知道此刻掌控着身体的究竟是谁，我们只能感受到嘴巴在不停地开开合合。

我问他："你后悔吗？"

他哽着一口气，仿佛用尽了所有力气般一个字一个字地说："我，不……"

可我没有给他说完的机会，我打断了他，"你后悔了。"

"而且我还知道，你不后悔研究了这些技术，你最后悔的就是选错了实验对象。5 年前，那时你还只是文正，当时才 25 岁的你选择备份了自己的意识用来作日后的实验品。而这个被复制出来的意识，成为了现在的温真，你既是 25 岁的文正，也是此刻和我共用身体的复制意识体温真，是你亲手把自己推上这条末路的。"

温真无言以对，他确实是后悔了。在他 25 岁那年，为了完成实验的同时得到最可靠的实验数据，那时还是文正的他天真莽撞地备份了自己的意识，用作意识融合的实验品之一，却在实验施行后，渐渐意识到实验的尽头不是天堂，而是穷途末路，即便是他也无法完全适应这具人造的身体，不能进食，不能在正常的床上休息，没有隐私……过去的他亲手将另一个自己送上了绝路，却发现被送上绝路的那个人就是现在的他自己。

文正制造我们这具身体时，刻意用人造皮肤和金属骨骼塑造了一张连文正自己都不认识的全新的脸，机械的声带也被精心调整过，发出的声音与文正本人的声音大不相同，所以即便我和温真在一起生活这么久，我也从未想到过温真和文正可能是同一个人。在温真小心的保护和无数谎言的掩护下，这具身体从没受过伤，我也没能提前发现这具身体的秘密。如果不是我和温真的记忆已经开始融合，我怎么可能会想到这世界上竟会有如此被精心设计过的谎言？

我们的记忆还在融合，很快，我就会是这个世界上最了解他的人，他的所有心思都瞒不过我，而我的心思也瞒不过他。

我看着太阳一点点升起，日出一如既往地美得动人心魄，自我从冰冻中苏醒后，我心情似乎从来没有像现在这一刻这样平静。

"你画的那些画，很美。"温真看着日出，斟酌着开口。

我知道他说的是什么，在 21 世纪，我是一个画家，那时的我最爱画绚烂的朝阳，那些存在于我遥远记忆的画作，是倾注了我所有心血的结晶，而此刻温真通过我的记忆看到了它们。

温真又下意识地摩挲起自己的右手食指和大拇指，显然他忘了我们的右手食指早在我跳楼时就摔断了。

"可是你苏醒后似乎从没有画过画。"他在试探我。

我目不转睛地盯着日出，平静地回答："绘画对我来说，是一个人的狂欢。"言下之意再明显不过。

他不说话了，我能感受到他对我怀有愧疚，可事已至此，他也无能为力。

太阳越升越高，白色的栈道尽头隐约出现了一些游人的身影，要是被他们看到我们这副鬼一样的身体，这些秘密的实验在一天内就能震惊整个地球。我现在还不想面对这些人类指指点点的目光，于是我转移了位置，躲在了一个巨大的盆栽后面，在这里，暂时不会有人看到我们。

"我们会死吗？"我喘了喘气，问温真。

他摇摇头："生物金属做的躯体，恢复起来要比真正的人类快很多，只要我们去找文正他们帮忙，很快就能修复。"

"呵，那我是不是可以期待下永生了，是不是我们想死也不容易了？"我嘲讽地笑了一声，"文正他怎么还没来把我们抓回去。"

他闻言睁大了眼睛，"抓？！不！你误会了，我们是地球正式合法的公民，除非我们同意，不然他无权动我们分毫。"

狗屁的合法公民！我在 21 世纪也是享有正式合法身份的中国公民，也有法律捍卫我的生命权、自由权，可一觉睡到 1500 年后，我还有个鬼的权利！

我没把这话说出来，只是冷冷地哼了一声。

人类是多么奇怪的生物啊，刚知道真相时的我明明那么激动愤怒，为了证实真相连跳楼这种事我都做出来了，可才过去短短 1 个小时，我似乎就已经学会了接受事实，既然意识分开已经是不可能的事情，我也无心再去反抗什么。

"我们以后怎么办？"我随口一问。

他沉默了很久，最后似是下定了决心："我会继续研究这个技术，现在的技术做不到的事情，不代表以后做不到，而且我们的寿命会比正常人类长很多。"我知道他指的是分离意识的技术。

对他的决定，我既不赞同也不反对，空头支票对我来说没有任何的吸引力。其实从一开始，我的目标就只是"好好活着"。现在看来，这个目标至少还实现了一半，我至少还活着。

我肯定是疯了，不然为什么现在还笑得出来。

我不想去追寻飘渺的未来，但我仍然希望自己的存在曾经给世界留下过什么，哪怕只是转瞬即逝的痕迹。

"我的身体还被冷冻着吧？我想以我的基因为蓝本，培育一个孩子。"

温真有些惊讶，但还是回答："好。"

得到了他的回答，我安心了些许。他欺骗了我，但他自己也尝到了苦果。我不想原谅他，但在未来的无数个日夜，我和他都将以这世上最紧密的关系联系在一起。我除了接纳他，没有别的路可以走，我不能跟自己过不去。而从今往后，我不会再压抑自己的本性，不会再为了迁就他委屈自己。

以后，这具身体不再是温真的，而是"我们"的了。

"我累了，剩下的事，交给你了。"

我疲倦地开口，将日出的绚丽景象再一次铭记在脑海里。

然后，我闭上了眼睛，沉沉睡去。

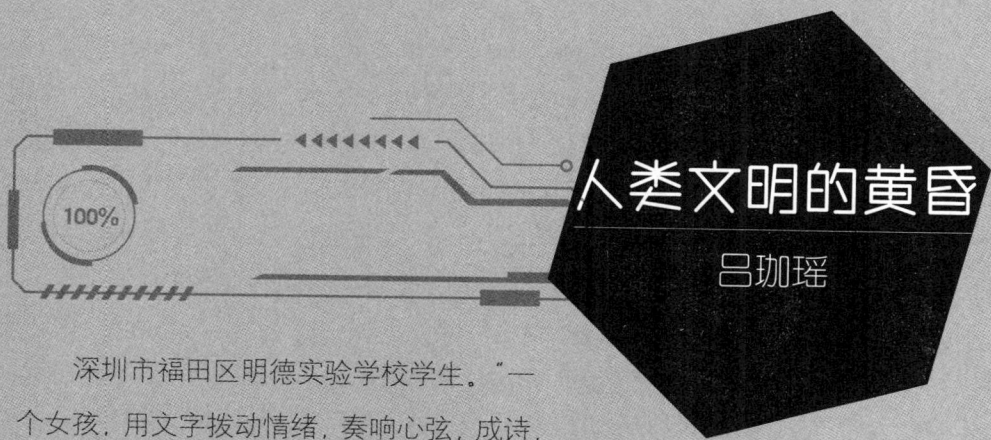

人类文明的黄昏

吕珈瑶

100%

深圳市福田区明德实验学校学生。"一个女孩，用文字拨动情绪，奏响心弦，成诗，成故事，阳光中，月影下，轻舞飞扬。"

中短篇小说组三等奖《人类文明的黄昏》颁奖词

　　《人类文明的黄昏》是一次关于未来人工智能技术主导人类文明，以及人类文明灭亡与重启的科幻思索。明暗两条线索的设置，达成了相互呼应的讲述效果，螺旋式地推进了关于人工智能对人类文明可能产生的诸种影响的深度思考。

引子: 看到了自己

这是一个人类科学无法理解的地方，没有光，也没有黑暗……

四周隐没在雾中，空气像死一样的寂静，只能听到自己呼吸的声音。一个发着暗淡白色辉光的物体毫无征兆地突然出现在一片迷雾中，悄无声息地飘浮到乔伊面前，这是一个看不出材质的长方体，半人高，一人多长，看不到任何缝隙，表面如镜面一样光滑，却没有映出任何物体的影子，包括乔伊。

长方体的上表面慢慢地消失，好像从来没有存在过一样。这时，寂静中除了乔伊自己的呼吸声，又多了一个声音——另外一个人的呼吸声。乔伊心里一紧，不由往后退了两步。他吃惊地看到，一个发光的人形缓缓上升，保持着平躺的姿势，双手交叉放在胸前，就这样悬浮于空中。

乔伊压抑住心中的惊惧，上前几步，只见这个人形的眼睛微闭，皮肤光滑饱满，脸上覆满生机，呼吸声就是源自他。乔伊的目光紧紧盯着人形的脸，内心惊诧无比，"我？天哪，这是我！"乔伊低声惊呼。

第一章：一根蓝色的羽毛

时间回到乔伊出生前的几百年，人类文明在人工智能的助力下，进入了最辉煌的黄金时代。

乔伊最亲近的不是他的父母，他同所有孩子一样，是父母提供的血细胞经过 DNA 端粒反向延长后，两个细胞融合，再经过干细胞化诱导，由机器子宫生育的正常寿命的人类。父母每隔两三年来看他一次，对乔伊而言，父母对他没有爱，他们只是一对偶尔遇见的陌生的亲人。乔伊在人工智能的教导和陪伴下快乐成长，一切都是完美的。

乔伊很喜欢看天，不管是夜晚还是白天，喜欢天的千变万化，喜欢天的天马行空。

在乔伊 17 岁时的一天，他决定要做一次远行，通过传送点，他来到这片大陆的边缘，那里有现在仅存的一片自然森林。随着人工智能全面接管人类的服务，城市中越来越难以看到大自然的痕迹，文明给一切披上了金属的外衣，看起来是那么璀璨夺目。

但是，乔伊不喜欢这些。他喜欢躺在野花和青草中间，任它们轻抚，听着风声，闻着泥土的气味，望着那碧蓝高远的天际。

就在这时，乔伊模糊地感觉到，太阳中出现了一个黑点，裹着金光，在蓝天中随风飘摇，如一朵飞落的花瓣。乔伊睁开眼坐了起来，静静地注视着它。黑点慢慢变大，是一根蓝色的羽毛，以一种难以理解的垂直姿势，落在了乔伊的右手上，微微地摆动，在阳光的照射下，翎羽中有一层蓝色的毫光弥漫。

乔伊凝视着那根蓝羽毛，心中原本平静的湖面泛起了一丝涟漪。蓝羽毛……蓝色的羽毛，好熟悉的感觉，可，可是为什么，脑海中一片空白。

蓝色羽毛渐渐淡化，隐没于乔伊的右手中。这居然不是实物，但是乔伊能够清晰地感到它在右手中的存在，太难以理解了。

乔伊站起身，又仔细看了看自己的右手，眼睛望向远方扫视了一圈，没有发现任何的异样，他怅然地长长出了一口气。

之后的时间里没有任何异常，到了夜晚，乔伊打开随身的便携式旅行帐篷，很快进入了梦乡。

……

梦中。

月亮高悬于夜空，清亮透彻，幽幽的月辉笼罩着森林，月光穿过树叶的间隙洒向那片野花，也照在了闭目沉思的乔伊身上。

在那柔柔的月光中，一阵风忽然吹起，好像要把这月辉吹散了。风一吹，树上的叶子纷纷飘落，不，不是叶子，是成千上万的羽毛，那羽毛全都是一种神奇的、梦幻的、有生命的蓝色。那些羽毛在空中飘舞、翻飞，似乎是一只只蓝色的飞鸟。忽然，一切都静了下来，所有的羽毛都落到了地上。

……

乔伊缓缓地睁开眼睛，太阳替代了月亮，外面的晨风穿过帐篷的窗户吹拂着乔伊的面颊，昨晚的梦历历在目，就像是在现实中。乔伊想着昨晚的梦境，他的眉头渐渐皱起，他觉得那个梦很特别，可又不知道为什么特别，他的心里很烦乱，也很疑惑。

乔伊走出帐篷，深吸了一口气，想好好感受一下清新愉悦的空气，把刚才的烦乱和疑惑忘掉。他迎着阳光，顺着小路向太阳所在的方向走去，心中的烦乱和疑惑像露水一样在阳光的照耀下蒸发了。

乔伊向前走去，身后的影子逐渐变短，太阳升起来了。

第二章：偶遇

乔伊像夸父一样，追逐着太阳。他觉得很有意思，渐渐忘掉了心中的烦乱和疑惑。

一天过去了，夕阳已经落到了远处的山下，只有橙黄色的余晖还照亮着日落处的天空，东方的天空已经黑了下来，可以看到几颗亮星点缀在天空。

前面出现了一座破草屋，顶上破了一个大洞，没有窗户，一扇破旧的木门半掩着。乔伊心里暗道："天哪！这个时代竟然还会有草屋！"乔伊心中的好奇一下子涌了出来。他小心地推开了门，一闪身进了草屋。里面有些暗，乔伊的眼睛还没有完全适应，就感到眼前有光闪过，听到"唰唰"两声。乔伊的肩膀突然剧痛，他连忙用手捂住，紧接着，小腿也开始剧痛起来，乔伊一下跌坐在地上。

乔伊感到了巨大的恐惧，他不知道为什么会剧痛，也不知道自己会不会死在这里，这时，那只捂住肩膀的手，感到了一种流动——血的流动，鲜血已经覆盖了乔伊的小臂，正沿着手臂向下流去，想必小腿也在流血，此刻似乎能听到血流下的滴答声。乔伊瞬间冷静下来。留在这里，会死，如果能跑出去也许还有一线生机。想到这里，他一咬牙，跟跟跄跄向着门口跑去，心里后悔为何没有带些武器和防护装备，哪怕是原始的止血胶带也好。

这时，一道身影快速掠过乔伊，抢先堵在了门口，用等离子光剑指着乔伊，沉默着没有说话。

乔伊大骇，立刻举起双手，说："慢着！慢着！别动手！"

对方依然没有说话，右手的光剑仍然非常戒备地指着乔伊，左手取出一个圆球，对着乔伊，似乎在扫描，片刻，那个设备发出一个声音："人类。"

那人这才松了口气，光剑不再指向乔伊，但是仍然持剑戒备着，另外一只手点亮了一根发光棒，扔在了地上，光从地板照向四周，整个房间有些诡异地亮了起来，两个巨大的影子映射在周围的墙上。

乔伊看到对方是个女孩子，年龄与自己相近。

少女说："你是谁？你来这里干什么？"

乔伊有些不快："你不应该先道个歉吗？你为什么攻击我？"

少女哼了一声："如果不是在最后关头，感觉到你的动作很笨拙，根本不像杀手机器人那样矫健和迅猛，我及时收手，你现在已经身首异处了，你应该感谢我的不杀之恩才对吧。"

乔伊瞬间无语，居然还有这么不讲理的逻辑。

看到乔伊一脸无语的样子，少女脸色缓和了一些，说："我很不高兴在这里遇到你，伤到你很抱歉，不过，你的伤不是很严重，你能自己处理。你快走吧，这里很危险。"

乔伊翻了一下白眼，很无奈地答应："好吧，我离开这里。我叫乔伊，希望下次见到你，不要一上来就要杀人，女孩子温柔一点儿好。"

乔伊简单地包扎完伤口，起身离开，少女也随后离开，只留下一间空荡荡的草屋。

……

几个小时后，一个身影一闪而进，随后又跟进来一道身影，其中一人正是那个少女，另外一人比少女低一些，是个男孩。

那少女默默地取出一个发光球，轻轻捏了一下，光球燃烧起来，变成了火球，悬浮在房间的中央，房子里又亮了起来，少女有些疲倦地坐在地上。

男孩问："镜，刚才那人是谁？"

叫"镜"的少女没有说话，沉默了一会儿："那个男孩子说他叫乔伊，是人类。真奇怪，他来这里干什么。"

男孩问："那人是要杀我们吗？"

镜默默地摇摇头。

男孩又问："那你为什么要……"

镜温言对男孩说："我们的处境很危险，刚才也是不得已而为之。如果我们警惕性不够，刚才来的又是杀手机器人，我们可能已经死了。"

风从门缝中吹进来，火焰飘忽不定，火光把两人的影子印在墙上，影子随风摆动。

第三章：激战

乔伊回到了城市，几天过去，身上的伤已经好了，但他对草屋遇到的事念念不忘，对少女的行为也百思不解。那根蓝色的羽毛更是一个谜，乔伊决定再次冒险去看看。

这次，乔伊准备了武器和防护装备，以便应对不测。

日落时分，乔伊出发了。这样有些冒险，但是乔伊觉得很刺激。

当乔伊来到草屋外的时候，已经到了晚上。他刚想推门，想起了上次的经历，他可不想再冒一次生命危险，于是，停了一下，轻轻敲了敲门，过了半晌，里面没有动静，乔伊向里喊道："里面有没有人？我是乔伊。"

片刻，门开了，那个少女站在门前，瞪了乔伊一眼，没有说话，径直走回房间，乔伊也跟着走了进来。今夜没有风，火球在房间中央静静地燃烧。两人谁也没有说话。最终，乔伊打破了沉默，说："嗨，你叫什么？"

"镜。"少女简单地回答。

"你在这里干什么？"

没有回答。

这时，从门那边传来一个声音："你是那个上次被打的乔伊吗？"随着声音，一个男孩的身影出现在门边。

乔伊有些尴尬，转移话题，问道："你是谁？你是她的弟弟吗？"

男孩没有完全回答乔伊的问题："我叫雾。我是被她救到这里的。"

镜忽然怒道："雾，别乱说话！"

雾知趣地闭上了嘴。

大家便都不说话了，静静地坐着，火光照过他们，把影子射在墙上。

突然，一个黑影蹿了出来，从乔伊身旁迅速闪过，窜到了门外看不见的地方。乔伊心中一惊，眼角的余光似乎扫到了一只野猫的身形，心中稍微一松，刚要把悬着的心放下来，就感到一阵压力袭来，屋内的空气瞬间变得黏稠起来，身体无法行动，眼前的景象开始扭曲，有一种似有若无的声音伴随着压力穿透了身体。

乔伊感觉自己快要被压死了，呼吸变得十分急促。危急之中，乔伊手腕上的保护机制启动了，在乔伊的周围产生了一股旋转的气流，卸掉了压在身上的压力。乔伊渐渐缓过气来，他向镜和雾望去，只见他们只是略显疲惫。乔伊虽然有些奇怪，但看到大家都没事，于是松了口气。

镜的右手一挥，房间中的火球从屋顶的大洞飞射而出，到了外面陡然一亮，照得四周和屋内一片光亮。

三人冲到了门口，只见一个身高约 3 米的巨型怪物挡在门外，看起来并不像人，而是那种没有固定形状的一团东西。乔伊看不清那怪物到底是什么，只能看到从它顶部射出的两道红光。

雾和镜迅速打开等离子光剑，一束光顺着他们的手臂向前延伸，瞬间形成了一把光剑。趁这个时候，外面那怪物收缩了身形，进到房间里，这时能够看清，原来那怪物是由许多条粗细不同的线组成，就像一个放大版的蛋白质，张牙舞爪。

怪物快速飞到上方，在房间中来回飞舞，它飞得太快，谁也看不清他在做什么。乔伊看看雾和镜，眼神中透出一丝慌张。

镜扫了一眼乔伊，说："不要慌，那是个机器人，如果打得过就打，打不过就赶紧跑，不要硬扛。"乔伊和雾点点头。

那机器人飞了一阵便停了下来，镜趁势准备迎上去，谁知刚跨出一小步，左臂便出现了一道细而长的伤口。

镜用余光一扫，周围闪过几道银光，只见房内布满了细网般如剑的银线。镜喊道："机器人在房间内布了纳米丝，很锋利，我们到外面去！"说着敏捷地穿过细线，冲到屋外，雾也跟着冲了出去。乔伊靠着防护器的防护，最后一个冲了出来。

机器人一闪，也到了外面。镜和雾抢先一步开始进攻。镜双腿使力，身体腾空而起，飞跃到机器人的上方，挥动等离子光剑向机器人头顶中心砍去。雾则从下方向机器人刺去。"当当"两声，两人同时被弹开，镜的右腿受伤，摔倒在地上。

那机器人趁势用几根线向镜直刺而去。镜倒在地上无法起身，手中光剑暴长，横剑一挥，几根线应声落地。不料，那些落地的线继续向她攻来。雾立刻向前伸直双臂，双手托出一面光盾挡在两人身前，有几根线先碰到盾，霎时，盾牌发出"砰"的一声，火光四射，几条线便被分解。后到的线并没有停止攻击，反而更加猛烈，顿时火光漫天飞舞，声音如同霹雳。

三人快速靠近，背靠背形成三角阵型，严阵以待，乔伊在最后。

突然间，巨响和火光陡然减弱，三人更加紧张起来，这预示着更大的危险即将来临。

机器人似乎知道了三人中乔伊最弱，大量的线几乎瞬间聚集于乔伊面前，随着一声毫无征兆的惊雷，闪着电光向三人猛刺过去，像许多条扑向猎物的眼镜蛇。

提醒伙伴显然来不及了，乔伊只有两个选择，要么立即趴下，自己便可逃过一劫，但身后的伙伴将会因此而丧命，要么试图抵抗，乔伊知道几乎没有成功的可能，但可以用自己的生命给伙伴争取到活下去的机会。

此时，乔伊脑中一片空白，镜和雾只不过是刚刚认识的伙伴，值得自己如此冒险吗？但只是一瞬间，乔伊感到背后升起一股异样的陌生力量，是信任的力量，是伙伴把后背交给自己的信任。一团火焰从乔伊心底升起，迅速燃遍全身，他决定孤注一掷拼死一搏，大喝一声："小心！"同时，双手向前平推，再次启动手腕上的保护机制。亮光陡然升起，但是没什么用处，冲击而来的线只是被稍稍阻挡了不到一秒钟，就继续像潮水一样涌过来。乔伊感到了彻底的绝望。

乔伊拼死争取到的不到一秒钟，给了镜反应的时间。她迅速转过身，挡在了乔伊的身前，曲臂前伸，一个紫色的防护罩护住了三人。与此同时，雾手中的光盾能量耗尽，消失了。潮水般涌来的线越过防护罩，缠绕成一个线团，瞬间吞没了众人。

说时迟那时快，线团内部一道紫光冲天而起，将所有的线炸飞，有些紫光顺着线延伸到了机器人的身上，机器人瞬间变得明亮起来，像一块烧红的铁块，几秒钟之后，机器人轰然倒地，瞬间被烧成了一摊铁水，很快又凝固了。

脱困后，镜显得非常虚弱，刚才最后一击耗去了她的所有能量。她对雾说："准备传送回去！"

"嗯！"雾答应后开始准备。

镜又看向乔伊，说："这里很危险，你跟我们走吧！"

乔伊仍在回味刚才的激战，一种情感在心中久久不能平息，听到镜的话有些茫然，问道："去哪里？"

镜没有直接回答："没时间解释了，先离开这里，然后再细说。"

这时，雾已经启动了一个装置，三人周围的空间开始扭曲，一道白光，乔伊三人消失了。

他们进入了一个全黑的空间，一些银白色的坐标慢慢显现，雾点击了其中一个坐标，瞬间，他们的身体化成无数个粒子，以一种怪异的方式盘旋着，与此同时，在终点的粒子也以同样的方式盘旋着，两群粒子之间产生了量子联系，三人只是感到一亮，一暗，又亮了起来，周围的景象已经发生了变化。

他们来到了一个乔伊从未听说过的世界。

第四章：下层人类世界

这里是地球另一个大陆的角落，远离刚才的战场，时间是黄昏，太阳即将落山。

传送点在一个很高的平台上，可以看到周围很远的地方。

乔伊向四周望去，这里和他平常生活的地方大不相同，街上没有机器人，只有人类，房屋显得拥挤而陈旧。

乔伊诧异地问："这是哪里？"

雾抢着说："这是我们的家！我们就住在这儿！"

乔伊说："住在这里？这里看起来有些……嗯……"

镜接过了乔伊的话："破旧，落后，是吧？你居住的地方叫上层人类世界，这里是下层人类世界。这里的人类才是真正的人类，是这个世界的主人，人工智能只是辅助。上层人类世界虽然比这里舒适上百倍，但那个世界的主人还是人类吗？"

乔伊感到这一切颠覆了他以前的认知，耸耸肩，敷衍地说："也许吧。"

镜叹了口气，继续说："不过，下层人类世界越来越小了，越来越多的人类将自己的世界交给人工智能管理，过起了舒适的生活。也许有一天，下层人类世界会彻底消失吧。"说到这里，镜的语气变得无奈和不甘。

平台上有一道门，走出去就是外面的世界。镜先通过了门，一个机械声响起："机械含量31%，生命体含量69%，脑部为生命体，人类，通过。"

随后，雾也通过了那道门，机械声说："机械含量24%，生命体含量76%，脑部为生命体，人类，通过。"

乔伊快步跟上，那机器声又响起："机械含量0%，生命体含量100%，人类，通过。"镜和雾惊讶地看了看他，没说什么。

镜和雾在刚才的激斗中能量损失很大，通过门之后，他们在充能室停留了一会儿，给自己的机械部分充满能量。

很快，能量充满了，三人走出充能室。雾说："既然来了这里，就先去我家休息一下吧！"

乔伊边走边问镜："你和雾认识很久了吗？你们一直生活在这里吗？"

镜回答说："我和雾都住在下层人类世界，只不过住在不同的区域，以前是没有见过面的。我们是在上层人类世界认识的。"

乔伊追问道："你们为什么离开这里？"

镜顿了顿，继续说："两年前的一个雨夜过后，我的父母就再也没有出现过，没有告诉我他们去了哪里、什么时候回来，毫无征兆地消失了。我一度认为是他们把我抛弃了，可内心深处却不肯接受这个想法。每逢雨夜，我都会点亮屋里的灯，一个人坐在窗户边，期待着那两个熟悉的身影再次出现。我总是想象着，他们在雨夜中离去，也会在雨夜中回归。有几次，我似乎在大雨中看到了他们朦胧的身影，等我冲出门外的时候，却只看到了雨中摇晃的树影。现在看来，那种期待不过是一个令人神往的童话罢了。"

说到这里，镜沉默起来，忽然又笑了一下："不知不觉就扯远了。你是问我，为什么要去上层人类世界是吧！"

乔伊赶忙说道："镜，很抱歉让你想到了这么多难过的往事。"

镜幽幽地说："回忆都是美好的。这样的情况持续了将近一年，我在下层人类世界没有找到父母的任何踪迹。下一个雨季到来的时候，我打算去上层人类世界碰碰运气，虽然那里对我们并不友好，但是也没有安全上的问题。没有想到的是，我在上层人类世界的边缘地带遭到了杀手机器人的袭击，那次非常危险，我侥幸躲过了一劫。我非常困惑，为什么人工智能会袭击我？之后又发生了几次类似的事情，我隐隐感觉到这件事不简单，可能和我的父母有关；但是，我没有查到任何有用的线索。直到有一天，我遇到了雾。那时，他正在被杀手机器人追杀，我救了他，后来了解到他的情况居然和我几乎一样，于是，我们一起寻找失踪的父母，一起面对各种危险，再后来，遇到了你。"

乔伊低头想了想，明白了那天镜为什么要攻击自己。

乔伊没有继续说话，想着镜和她父母之间，贯穿着一种自己非常陌生的情感，这份情感虽然看似悲剧，却很温暖，就像冬日中的暖阳一般，有一种不可言喻的美好。

正想到这里，雾停下来，说道："就是这儿了。"

乔伊抬头一看，那房子是单层的，没有什么装饰物，但很干净，唯一不和谐的是，房顶有一半凹陷下去了，里面还积了些水，估计是被大雨冲的。

他们走进房子，里面一片狼藉，雾有些发呆地看着完全破损的房子。这时轰的一声，另外半边房顶也塌了。水从房顶流下来，只是那摊水并没有迅速下落，而是缓缓地，像一摊黏稠的油漆一样降下来，落地后，加快了速度向他们滑动过来，经过的地方迅速被侵蚀。

镜眉头一皱，说："小心，这水有些不寻常！这不是水！"

说话间，那摊液体离他们只有10米远了，里面突然闪过一丝微弱的红光。

镜正好看到那一束光，心里大惊，喊道："是液态机器人！"这时，液体已经分成两条水柱，飞离地面，向他们扑来。

雾打开光盾，说道："快想办法！"

一条水柱绕过光盾，从背后攻来。镜眼疾手快，把乔伊和雾按下，水柱扑了个空。

镜向上一跃，喊道："你们保护好自己！我去对付它！"

这时，两条水柱在空中又合在一起，拐了个弯，从上到下直冲向镜。镜的身影一晃，让开了水柱，左手掏出一把粉末攥在手里。水柱冲过镜的身边，向周围散开形成许多条更细的水流，像蜘蛛网一样把空间封锁住，反转向上，想把镜包裹在里面。镜稍做停顿，右手展开光剑从空中向下飞去，把沿途的水流劈开，有些液滴溅到了她的皮肤上，半秒不到的时间，已经露出了白骨和里面的机械结构，她一咬牙继续向下飞去。

水流在高处又聚合成一条水柱，从上方追下来。镜已经接近地面，便减慢速度，在身后的水柱快要碰到她的一瞬间，她突然闪到一旁，水柱猛然撞到了地板上，还没来得及变换攻击形态，镜微微一笑，左手撒下粉末，罩住了正在散开的水柱，那摊液体无法变形，渐渐变成了灰黑色，凝固成固体，一动不动。

镜转过头，喘着气对乔伊和雾说："好了，安全了！"说完，"扑通"一声倒在了地上。

乔伊和雾急忙跑上前扶起了镜："你怎么样？"

镜艰难地说："没事，只是有些用力过猛罢了，休息一下就好。"

乔伊看看镜胳膊上的伤，眉头一皱："天哪！你的伤口怎么这么严重！"乔伊连忙清理伤口，可是却无法阻止镜的皮肤被继续腐蚀。看着鲜血不停地滴在地上，乔伊的心感到了无尽的惶恐，想做些什么却又无能为力。此刻，他只希望时间能够停止。

"怎么办？"乔伊望向镜和雾，可心中并没有期望得到回应。

雾眼睛一亮，说："我认识一个医生，是我父母的朋友，我们去找她！"

镜微微点头，似乎不是自己在控制，而是被风吹得摆动。只见她的脸颊和嘴唇白得吓人，呼吸也渐渐慢了下来。

雾叫来一辆飞行车，三人上了车，雾输入目的地，飞行车飞离了地面，向着远处飞去。

此时，太阳已经落山，太阳的余晖在远处群山的边缘镶上了一道金边，夜幕即将降临。

飞行车在一栋房子前面停了下来，乔伊和雾搀扶着镜下了车，飞行车开走了。房子没什么特别的地方，门口的位置有一个招牌，写着"全能"两个字。乔伊看向雾，雾点了点头，是这里了。

这时，一个女人走了出来，说道："哇，是雾啊，我找了你很久，担心死了。你跑去哪里了？这两位是你的朋友吗？"

只见她全身穿着黑色的衣服，半边脸被一个黑色的面具掩着，另外一半脸露在外面，看起来是一个严厉的中年女人。她接着说道："我叫星末，是雾父母的朋友，你们进来吧。"

乔伊说道："我们的朋友受了重伤，拜托你治好她！"

"跟我来。"星末说。

星末带着三人来到了一个全封闭的小房间，正中间摆着一个暗蓝色的床，床边摆着一些仪器，那些仪器的表面发黄，应该是用了很久。床和仪器占据了房间的大部分空间。

星末让乔伊和雾扶着镜躺到床上，自己则在一旁操作仪器。

"我先扫描一下她的伤口。"星末在仪器的显示屏上点了几下，一道蓝光扫过镜的身体。过了几分钟，检查结果出来了，星末仔细看了一下，对乔伊和雾说道："你们的朋友伤得很严重，幸亏来找我，否则很危险。马上治疗吧！你们在外面等，不要打扰我。"

乔伊和雾退出了房间，房间里只剩下星末和镜。在星末的操作下，只见那床慢慢地融化成蓝色的液体，镜的身体也逐渐向下陷去，最终镜被液体吞没了。镜不能动，但脑子依然清醒，她能感受到一些冰凉的东西围在了她的身体周围，并慢慢地融进了她的身体。不一会儿，她的身体开始发热，受损的地方开始被修补。

大约过了一个小时，治疗结束了，镜慢慢地从液体里浮出，她感觉到自己的生命体和机械体都恢复如初了，机械体的能量也被重新充满，镜深深地吸了一口气，感觉到无比舒适。

四人回到外面的房间，星末让大家坐下，说道："镜已经没事了，你们可以放心了。"然后转向雾，"你能告诉我，发生了什么事情吗？"

乔伊、镜和雾分别把自己经历的事情讲了一遍。

星末听后，沉思了一会儿，说道："这件事我知道一点儿。就从镜开始说起吧。"

镜露出惊讶的表情。星末继续说："刚才给你治疗的时候，我查了你的身份，非常巧合的是，我认识你的父母，只是不太熟悉。他们在做一件非常伟大的事情，据说和人类的复兴有关，但是具体的内容我不知道。你的父母应该是两年前失踪的，我想他们不是失踪，而是不忍心与你告别。"

镜听到这里，喉头一哽，心中对于父母的万般思绪不由地涌了上来。

星末转头看向雾："我和你的父母是好朋友，因为他们曾经救过我。"说着，星末摘下来面具，露出被面具遮盖住的半副机械头骨。星末接着说："在一次事故中，我失去了半个脑袋，眼看是活不成了，是雾的父母救活了我，从此我们成了很好的朋友。"

"你们两人的父母在做着同样的事情，那是一个有去无回的努力啊！风萧萧兮易水寒，壮士一去兮不复还！"星末很感慨，吟诵了一句中国古人高渐离曾经吟唱的《易水歌》，接着说，"我并不完全赞同他们的做法，人类的大势已去，不是一两个荆轲可以逆转的。"

"不过，你们的遭遇却很奇怪。"星末接着说，"虽然'机器人三大定律'早已经失效，但是人工智能很少攻击人类。人类整体已经衰落，退出历史舞台是迟早的事情。人工智能有可能击杀可以带领人类重新崛起的人，但你们显然不是，根本没有击杀你们的理由和价值。而且按照人工智能的击杀能力，如果对你们发起攻击，你们应该是没有机会逃脱的，以现在这种情况来看，你们能多次脱险，就像人工智能故意放你们一条生路。"

"所以，唯一有可能的原因，应该来自——他！"星末伸出一根手指，指向了乔伊。

乔伊一惊。

镜赶忙解释："应该不会。乔伊是100%人类生命体，不可能是人工智能伪装；而且，我们开始受到机器人的攻击，是在遇到乔伊之前发生的，我觉得应该和我们的父母有关。"

星末摇摇头，看着乔伊说："我并不是怀疑你的身份，而是觉得你很特殊，可能有一些我们无法理解的事情会在你身上发生。你想想，你有什么特殊的地方或者东西吗？"

乔伊看着星末，眼里一片茫然，想了很久，乔伊右手一翻，一根蓝色的羽毛出现在众人面前，说，"我身上最特殊的东西应该就是它了，我也不知道这是什么，但它不是实物。"

星末大吃一惊，脱口而出："天选之子！"

乔伊、镜和雾却一头雾水："天选之子？"

星末没有解释，对三人说："你们先休息一晚，我好好想想，明天再和你们细说。"

看到星末不肯说，三人也没有办法，只好满腹狐疑地去休息了。

安排好三人，星末独自坐在黑暗的房间里，自言自语道："我是谁？人类？还是人工智能？或是怪物？我该如何做？"

一夜无话。星末一夜未睡。乔伊、镜和雾也彻夜未眠。

第五章：追寻父母的足迹

第二天一早，星末把大家叫起来，看了一眼乔伊，然后一脸郑重地对三人说："我昨晚想了一夜，我不是人类，也不是人工智能，我只是雾父母的朋友。"

"如果让你们白白地牺牲，我是坚决反对的；但是，如果有机会成功，我将把我所知道的都告诉你们，最终的行动由你们自己来决定。"

"雾和镜，你们两人的父母在出发前曾收到一个来自未来人类的信息，是的，来自未来。他们认为，来自未来的人类只有8个汉字'蓝色羽毛天选之子'。当时，他们完全没有弄清楚这是什么意思就出发了。两年过去了，音信全无，恐怕凶多吉少。"

"昨天晚上，当乔伊展示出那根蓝色的羽毛时，我很震惊，那8个字居然是一个预言。乔伊应该是这件事的关键，只是我不知道具体应该是怎样的。"

　　"我知道你们父母出发的地点，可以把你们送过去；但是，我知道的很少，给你们的帮助也非常有限。这次的行程非常危险，你们自己决定，去，还是不去？"

　　镜抬起头，坚定地看着星末，说："我决定去！我一直在寻找我的父母，现在终于有了一点线索，我一定要去看看！"又转头看向乔伊和雾，"雾，你留下来。乔伊，你也留下来；不过，你能不能把那根蓝色羽毛转移到我的身上？"

　　乔伊看着镜，犹豫了一下，说："我从来没有想过要去拯救人类，如果你不去，我是不会去的。"说到这里，乔伊的眼神坚定起来，"但是，这几天，我们一起经历了生生死死，你和雾是我最值得信任的朋友，我愿意帮助我的朋友，共同面对危险，我和你一起去，两个人的力量总比一个人的大。另外，我也没有办法把蓝羽毛转移到你的身上，我不知道这是什么，也不知道如何做。让雾留下来吧，他还小。"

　　雾有些着急："我也要一起去。"说着，看向镜，一脸真诚地说，"镜，如果没有你，我已经死了。虽然我很怕死，但我不能眼睁睁看着你们去冒险，算我一个吧！"

　　星末微微叹了口气，说道："既然你们都决定要去，我就陪你们一起去吧！希望你们的父母不要怪我。"

　　四人上了星末的飞行车，飞行车在距离地面1000米的空中，向着太阳升起的地方飞去。

　　星末一边开着飞行车，一边对三人解释："我们要去的地方，是海洋中央的一个小岛，镜和雾的父母就是从那里出发的。其他的细节我也不知道，等我们到了之后，再想办法进去。"

雾问道："我们为什么不通过传送门过去？"

星末回答："那里有特殊的屏障，无法传送进去。只能用最原始的方法，直接飞过去。"

一路都很平静，没有发生任何意外。两个小时后，他们降落在一个小岛上。

还没来得及下车，警报声突然响起："警报！警报！地球近地轨道攻击！距离100千米高度！数量5个！预计9分钟到达！无法防御！无法防御！请尽快撤离！请尽快撤离！"

星末的脸色大变，招呼三人跟她快走，边走边说："据我所知，这些在地球近地轨道上机器人，是人类已知的人工智能攻击力最强的战斗机器人，他们的攻击力不是你们之前接触到的杀手机器可比的。"

"没时间商量了，你们按照我的命令行动。前面有一个山洞，入口是一个能量防护膜，可以抵挡战斗机器人少许时间。镜和雾都有进入的权限，直接冲进去就可以。乔伊，你的情况比较特殊，如果你是预言中的天选之子，你应该可以进入，如果你不是……我很抱歉带你来到这里。"

"进去之后应该如何做，我不知道。如果未来还有人类，乔伊将是所有的希望。镜和雾，你们要尽全力保护乔伊的安全，他比你俩的身体脆弱。"

"我将在入口前抵挡战斗机器人，尽可能为你们争取多一些时间。我不是人类，也不会为了人类而死，但我可以为了我的朋友和他们的孩子而死！"

说话间，一个山洞出现在众人面前，同时，身后传来震耳欲聋的尖锐的破空声，战斗机器人已经从100千米高的地球近地轨道降落到地面了，最近的一个距离他们只有几百米。

"向前跑！不要回头！"星末停下脚步，向着三人厉声喝道。

乔伊、镜和雾看了一眼星末，又彼此对望了一眼，同时点点头，拔足狂奔，冲向了山洞的入口。

星末将所有的能量都加持到了光剑上，仿佛这口光剑才是主体，自己只是剑的一个配件，她知道她只有一次出手的机会，也知道自己不可能伤及对手一分一毫，她只想减慢对手的脚步，哪怕只是一秒钟。光剑已经有5米多高，不到2米的星末紧握着剑柄，就像一只发怒的兔子举着一把人类的宝剑。剑柄已经发出炽热的光芒，高温烧去了星末的双手，紧抓住剑柄的是机械之手。光剑终于落下，落在了10米高的战斗机器人身上；然而，光剑瞬间崩坏，没有拦住战斗机器人一秒钟的时间。机器人从星末身边冲过，没有丝毫停留，巨大的压力将星末身体中的有机体强行挤出身体，在空中形成一片血雾。紧接着，血雾就被点燃了，化成了一颗颗细小的灰尘飘落下来，剩下的金属骨架也瞬间高温熔化，向下滴落，还没有来得及落地的金属液滴又在瞬间凝固起来，形成了一个抽象的人体骨架。

乔伊、镜和雾已经距离山洞十几米远，山洞很大，有20多米高10多米宽。洞口不时闪过一道白光，显示着能量防护膜的存在和位置，虽然很安静，但是仍然能够感到巨大能量在里面流动。

镜对两人说："雾，第一个；乔伊，第二个；我，最后。不管发生什么事情，进去后不要停留，不要等，继续向前！"两人点头答应。

雾首先接触到了防护膜，他感到像是撞到了一摊软泥上，紧接着，里面出现了一股巨大的吸力，把雾一下子拉了进去。

乔伊紧随其后，也接触到了防护膜。镜紧张地看着乔伊，不知道他能否通过。

幸好，乔伊瞬间就被防护膜吞没了，只是镜看不到洞口里面的乔伊和雾，里面还是一如既往的空荡。

镜一咬牙，也冲了过去。此时，战斗机器人已经到了，镜感到背后涌来一股排山倒海的压力，自己的灵魂仿佛一瞬间被压出了身体，还好只是一瞬间，防护膜被触动，镜被拉了进去，战斗机器人被拦在了外面。

镜看到前面的两人，心头一宽，心想，那个预言可能是真的，未来还有人类，乔伊是这件事的关键，我们有希望成功。

三人向前拼命跑去，镜和雾有机械体的支撑，还能坚持，但是乔伊的全生命体已经难以支持这么高强度的运动了，他渐渐慢了下来。雾跑在最前面，没有发现乔伊的异样，镜快跑几步追上了乔伊，一把架起乔伊，继续向前跑。

背后传来一阵刺耳的断裂的声音，想是防护膜快要支持不住了。

前面已经到了尽头，一个黑乎乎的入口敞开着，三人发力飞跃，在战斗机器人的压力到来之前，纵身穿过了入口，摔倒在地上，战斗机器人的压力攻击被挡在了外面。

第六章：真相，人类最后的希望

三人从地上爬起来，身后的金属门从上面降下来慢慢合拢，透过门缝看到战斗机器人的脚已经到了门口，但是无法进来，大家庆幸暂时安全了，但是不知道这道门可以挡多久。突然间，从快要合拢的门缝中钻进来战斗机器人的一条机械臂，机械臂在地上快速前行了不到1米，突然暴长，像蛇一样竖起来，前段化为一把利刃，从乔伊的眼前一闪而过，电光石火间插入了雾的胸膛。

门重重地落下，不知什么材料制作的门竟然切断了战斗机器人坚硬的机械臂，就像一块石头压断了一块豆腐。断臂前冲的力量很大，带着雾重重地摔在了地上。雾的眼神还来不及惊讶，就迅速地暗淡下去，嘴里开始涌出大口的鲜血。

乔伊和镜赶紧回身，把雾抱了起来。雾的眼神似乎稍微明亮了一些，他看着两位朋友，似乎有话要说，嘴唇动了动却没有发出任何声音，他想把手臂抬起来，但是已经没有力气了，这个15岁的少年，脸上的生机正在像流沙一样快速地流失，乔伊和镜拼命地呼喊雾的名字，但是却无法挽留他的生命，少年的眼神中已经没有了光泽，一丝略带着痛苦的微笑定格在了他最后的面容上。

镜紧紧抱住了雾的身体，这个如同弟弟的少年就这样死了。她悲痛至极，想要大哭，喉咙里却发不出任何声音，眼睛里流不出一滴眼泪。镜只是抱着雾的身体，紧紧地抱着。

乔伊的心中升起一种难以描述的情感，这种情感以前从未经历过，显得非常陌生。

忽然，房间里响起一个柔和的女声："是镜吗？我的孩子！"随着声音响起，一个三维投影的女人影像出现在房间前面的平台上，室内的灯光渐渐暗了下来。

这个声音把镜从无尽的悲痛中唤醒，镜抬起头，有些茫然，当她看清了这个影像，身体猛然一震，露出不可思议的神情，自言自语道："妈妈！"

乔伊疑惑地看向镜，顺着镜的目光又把视线移到了女人的身上。这时，乔伊感到房间轻微地震动了一下，脚下一轻，随后又恢复了正常。

"镜，我的孩子，在这里见到你，我的心情非常复杂。一方面，我非常渴望见到你，想看看你现在的样子；但是，另外一方面，我非常不愿意在这里见到你，因为在这里见到你，就意味着你已经被深深地卷入了这件事，你将面临巨大的危机。孩子，让你卷入这件事，真的非常抱歉！"

乔伊和镜看了对方一眼，都从对方的眼神里看到了疑惑。

声音在继续："孩子，当你进入这个房间，就意味着没有了退路，只能肩负起人类最后的希望，前进！"

"这个房间其实是由一种超密度材料制作的传送装置，这种传送装置与我们平时使用的不同，它的传送将跨越维度和时间。我们一共制造了 3 个传送装置，这是最后一个。人类已经无法制造这种材料了，因为制作这种材料所需要的物质和能量必须在地球之外才能获得。由于人工智能的封锁，人类已经无法离开地球表面，被人工智能囚禁在地球的引力深井中。"

"人工智能远比我们知道的更加强大。这个人类孕育的孩子，终于要将自己的母亲——人类杀死在人类的地球摇篮中。上层世界中的人类已经在人工智能的圈养中逐步退化，失去了目标，失去了激情，失去了前进的动力，失去了人类曾经的辉煌所依赖的智慧和勇敢，他们将在快乐中自生自灭；下层世界中的人类也面临着人工智能的封锁，导致科学无法进步和资源枯竭；同时，人类的基因也在不知原因地退化，重新点亮人类文明火焰的可能性越来越小。"

镜的母亲闭上了双眼，露出痛苦的神情，过了片刻，又缓缓地睁开。

"其实，坦白地讲，人工智能比人类更加强大，更适合延续地球文明，更适合深入宇宙的星海。当人工智能在一个又一个领域超越并且取代人类，直到人工智能可以思考、决定和创新，人类就被人工智能踩在了脚下。"

"几百年前，在人工智能发展的初期，有一些人类智者，例如霍金，曾经提出过人工智能对人类的威胁；然而，人类怎么会忍心杀死自己的孩子，即使这个孩子是从潘多拉的盒子里出来的。几百年后，人类终于走到了自己的尽头。"

"与人类的集中式的中枢神经自我意识不同，人工智能的自我意识与章鱼类似，是一种分布式的神经网络自我意识，人工智能的自我意

识是独立存在的，叫'智慧之心'，放置在一个物理学非常难以理解的地方，我们猜测与维度和时间有关，这个地方叫'虚无之地'。在虚无之地毁灭人工智能的智慧之心，是人类最后的机会，如果成功，人工智能将退化成没有意识的智能机器，人类将有机会再次崛起。"

"本来这是一个无法完成的任务，人类的物理学无法支持我们去到一个在维度和时间性质上不同的地方。"

镜的母亲露出困惑的神情。

"但是，我们得到了一个无法理解的帮助。你13岁的那一年，你父亲所在的研究小组接收到一个引力波信号，经过分析，是有规律和意义的信息，更加巧合的是，可以通过摩斯密码解码。我们一度以为是人类发送的信息，但是现在的人类从来没有发射引力波的能力，当我们解译了信息后，更加确定不是来自现在的人类，里面的内容远远超越了目前人类科学的水平。"

"我们猜想，这也许是未来的人类发给我们的提示，因此，我们对未来充满了希望，因为未来还有人类。"

"我们按照提示，用人类最后的资源制造了超密度材料，一共做了3个传送装置，并用反重力机制悬浮在地面上。当反重力关闭后，超密度材料制作的传送装置将会穿透地面下沉到地球核心，就像一块铁沉入水底。"

"只有在地球核心处，这个装置才能获得所需要的能量。这不是普通的传送，而是像寄生生物一样，偷偷附着在人工智能建立的量子纠缠传送通道的时间未来侧。只有这样，才能传送到虚无之地的入口。"

"我们完全无法理解这三种超越目前人类科学水平的信息，超密度材料、反重力、量子纠缠的附着机制，我们就像一个原始的人猿，用粗糙的爪子摆弄着精密的仪器，试图制造出一架望远镜，去看远处的世界。幸运的是，经过3年的努力，我们成功了。那一年，你刚好16岁。"

"我们决定出发，去虚无之地，关闭智慧之心，重启人类文明的火炬。我们充满了希望，因为未来还有人类。"

"就在这时，我们第二次收到了那个引力波信号，不是摩斯密码，而是一张图，上面有 8 个汉字——'蓝色羽毛天选之子'。我们研究了很久都无法理解，最后决定按照原计划出发。"

乔伊和镜听到这里，互相对望了一眼，乔伊的右手一翻，一根散发着毫光的蓝色羽毛静静地悬浮在手的上方。

"镜，我的孩子，非常抱歉，在你最需要父母的时候，我们离开了你。这是生离死别，你无法接受，我们也无法接受，我们只能悄悄地离开。那一夜，天空下着暴雨，如同倾泻着我们的哀伤与悲痛，我们站在雨中，直到你的房间里灯光熄灭……"全息影像的母亲闭上了眼睛，抬起头，轻轻地摇了摇，"人类已经进入了衰退，总人口下降到工业革命之前的 10 亿，并且持续加速下降，科技水平也在不断下降，最前沿科学已经上百年没有进步了，对于现在的人类而言，曾经的科学巅峰越来越难以理解了，越来越像传说中的神迹。人类失去了对科学的传承，非常遗憾，最终没有走出太阳系，深入宇宙。我们这些人是人类最后的希望，如果我们失败了，人类将从此在宇宙中隐没。"

"我们将乘坐两个传送装置沉入地心，前往虚无之地，第三个装置随时待命。如果我们成功了，将会有一个信息传递回来，解除第三个装置的启动指令。如果没有信息返回，第三个装置将在有权限的人进入之后，自动启动。这个权限能够打开量子世界与宏观世界之间的转换之门，保障安全到达目的地。"

镜的母亲露出凄凉的神情："可是，谁将是有权限的人呢？我们每一个人都怀着无比矛盾和痛苦的心情，为自己的孩子设置了权限，但是却没有告诉孩子如何找到这里。我们为人类留下了最后的可能，却不忍心自己的孩子们赴汤蹈火。未来究竟如何，就让上天来决定吧！"

"孩子，我要出发了，无论成功与否，我想我们都无法从那个异世界返回，我们将以必死之心去重启人类的未来。永别了！"

全息影像渐渐淡去，室内的灯光渐渐亮了起来。看着母亲的影像渐渐淡去，镜早已泪流满面。

乔伊呆呆地站着，他不知道如何安慰镜才好。

这时，地球内部结构的全息投影重新亮起，一个红色的小点标出了传送装置所在的位置，他们已经穿过地壳，进入了上地幔。下沉速度还在缓慢地增加，现在已经达到每小时 400 千米，屏幕显示还有 9 小时 45 分 15 秒到达地核深处。

镜站了起来，闭着眼睛沉思了很久，来到乔伊面前，用手拢了一下头发，凝视着乔伊，眼中充满了歉意："乔伊，非常抱歉，把你牵扯到这件事情里来。原本我只是在寻找自己的父母，追寻着他们的脚步来到这里，阴差阳错地承担了全人类的使命。也许，这就是我母亲说的'上天的决定'吧。只是我没有想到，代价竟然如此之大，星末死了，雾也死了，如果有可能，我希望你能回到你的世界去。"

乔伊感觉到一股热流流遍全身，胸中有一团烈火在熊熊燃烧，他回望着镜："星末死前曾说过，她可以为朋友而死。我，也是！这里有我最信任的朋友，让我们同生共死吧！"

说着，乔伊将自己的右手展开，举到了镜的面前。镜的眼中闪过一丝感激的神情，也伸出了自己的右手，两人的手紧紧地握在了一起，目光相对，都坚定地点了点头。

……

接下来还有几个小时才能到达地心，两人试着寻找一些有用的资料，但是一无所获。

镜有些疑惑地说："我们进入虚无之地后，要如何做才能关闭智慧之心？难道那里有一个开关？"

乔伊摇摇头："应该不是这样的。"

乔伊想了一下，继续说："这个传送通道的存在本身就不符合逻辑。如果是未来的人类发出的信息，那么可以肯定他们非常强大，应该有能力清除现在的人工智能，没必要弄得这么曲折，这样一个复杂的过程很容易失败。如果是人工智能发出的信息，那么它的目的是什么，给自己找个麻烦取乐，还是要诱杀我们这几个无足轻重的人类，这也太不可思议了吧。地球上的智慧形式只有人类和人工智能两种，如果考虑到还有外星人涉及此事，他们直接干就好了，再说，外星人凭什么要帮助人类，是因为人类长得好看吗？"

乔伊又停了一下："所以，我认为，这个传送通道的存在是在逻辑之外，有我们现在还不知道的原因。"

镜无言以对。

乔伊眼中闪过一丝哀伤，看着镜："而且……而且……"他有些说不下去。

镜不解，反问道："怎么了？"

乔伊看着镜，沉默了很久："而且……我觉得，对于你来说，这条传送通道是条死路。"

乔伊斟酌着怎么说才好："通道的一端是地球核心，肯定是条死路。通道的另外一端是虚无之地的入口，我们现在乘坐的第三个装置被自动启动，说明你的父母没有成功，没有发回信息解除自动启动，所以，你也无法安全地到达目的地。留在这里，我们无法坚持很久，结果可能会更惨。"

镜闭上眼睛想了一会儿，睁开眼直视着乔伊，平静地说："你分析得对；但是，你忘了吗？星末最后的交代，你是所有的希望，我们必须全力保护你的安全。向前走，对我来说有可能是条死路，但是我母亲说，我能打开传送对面的转换之门，如果我不向前，你打不开门怎么办？"

乔伊打断了镜："可是……"

镜接着说："你知道吗？中国有一次悲壮的改革运动——戊戌变法，距离我们已经几百年了。"

"赴国难的 6 人中有一个叫谭嗣同的人，他说：'各国变法无不从流血而成，今日中国未闻有因变法而流血者，此国之所以不昌也。有之，请自嗣同始。'人类的重新崛起，注定会有人为此而死。我的父母和雾的父母先走了，他们的朋友星末也走了，雾也走了，我希望我是最后一个为此而死的人。

"谭嗣同对梁启超说：'不有行者，无以图将来。'我来做谭嗣同的事情，你去做梁启超的事情，那件事更难。

"我并没有什么遗憾的，在生命的最后，我见到了我的妈妈！"

两人就这样相对无语，久久的，久久的……

……

震动停止了，屏幕上显示传送装置已经到达 6400 千米的地核深处，正在搜索可以依附的人工智能建立的量子纠缠传送通道。

片刻之后，一个机械声响起："已经搜索到可以依附的通道，传送倒计时开始，60 秒之后开始传送。超密度材料将转换成能量，击穿时空。传送过程不经历时间。60……59……58……57……"

乔伊紧紧握住镜的手，直视着镜的双眼："我们一起出发，无论发生什么，都不要松开我的手！"

镜没有说话，重重地点了点头。

两人手上加力，十指紧紧相扣。

"5……4……3……2……1……0"

白光亮起，乔伊和镜的周围生成了一个椭圆的透明空间，将两人包在里面。外面，所有的东西开始发亮，先是发红，然后变黄，变白，最后变成蓝白色，之后逐渐出现了一些黑斑，黑斑慢慢变大，中间逐渐变得透明，慢慢露出了外面地核的亮色，就像透过一张多处燃烧的纸张看到外面一样。

乔伊和镜感到有一种力量贯穿了自己的身体，那一瞬间，所有的一切都似乎停止了。景象停止了，时间停止了，思维停止了。

似乎是一瞬间，又似乎是万亿年，似乎穿越了整个宇宙，又似乎在原地没动。

时间开始重新流动起来，在一个未知的地方，空间像是一团黏液般扭曲起来，从里面挤出来一个椭圆的透明空间。

乔伊看着镜："我们到了！"仍然紧扣着镜的手。

"嗯！"镜如释重负，露出一丝笑意。

椭圆透明空间渐渐散去，一同散去的还有镜的身体。乔伊感觉到手中一空，镜的还没有来得及惊讶的面孔就消散了，是的，是消散，就像停止演奏的音乐一样，没有了。

乔伊的心像是被巨人用手狠狠地抓了一下，身体中的力气仿佛一下子被抽空了。乔伊张了张嘴，他想大声喊出来，可是没有发出任何声音，就这样呆呆地站着。乔伊用力攥紧了手，想要抓住镜曾经存在的痕迹，可是痕迹就像流沙一样，抓得越紧，流失得越快，最终，乔伊的手中没有抓住任何一粒沙。

四周是一片黑暗，上下左右前后都是黑暗，乔伊站在黑暗的地面上，或者说是悬浮在黑暗中。一个蓝色的亮点不知从什么地方飞射过来，在乔伊的面前突然停了下来，一瞬间变大，形成一道一人多高发着蓝色幽光的门。门是不规则的椭圆形，有半米不到的厚度，门框像燃烧的蓝色火焰一样不断地扭动和变形，不停地向外飞散着蓝色的能量，延伸 1 米左右后，与黑暗融为一体。门的里面是一片黑暗，看不到任何东西，唯一与四周黑暗的区别是，门里面远处的空间时不时亮起一道道闪电的电弧，很亮，却没有照亮什么，只是单调地在黑暗中扭曲着，延伸着。

乔伊定了定神，镜和雾的样貌浮现在他的脑海中，他要带着两个好朋友的使命继续向前，带着人类最后的希望向前。乔伊握紧了双拳，双眼通红，毫不犹豫地跨过了这道门。

在乔伊跨过门之后，门瞬间坍缩成一个蓝色小点，凭空消失不见了，四周立刻恢复了一片黑暗，仿佛什么都没有发生过。

第七章：智慧之心

虚无之地。

这是一个人类科学无法理解的地方，没有光，也没有黑暗……

四周隐没在雾中，空气像死一样的寂静，只能听到自己呼吸的声音。一个发着暗淡白色辉光的物体毫无征兆地突然出现在一片迷雾中，悄无声息地飘浮到乔伊面前。这是一个看不出材质的长方体，半人高，一人多长，看不到任何缝隙，表面如镜面一样光滑，却没有映出任何物体的影子，包括乔伊。

长方体的上表面慢慢地消失，好像从来没有存在过一样。这时，寂静中除了乔伊自己的呼吸声，又多了一个声音——另外一个人的呼吸声。乔伊心里一紧，不由往后退了两步。他吃惊地看到，一个发光的人形缓缓上升，保持着平躺的姿势，双手交叉放在胸前，就这样悬浮于空中。

乔伊压抑住心中的惊惧，上前几步，只见这个人形的眼睛微闭，皮肤光滑饱满，脸上覆满生机，呼吸声就是源自于他。乔伊的目光紧紧盯着人形的脸，内心惊诧无比："我？天哪，这是我！"乔伊低声惊呼。

这时，一个机械女声在虚空中响起："你好，乔伊，这里是虚无之地。"

随着声音，四周逐渐亮起，周围的一切都沉浸在一片紫色的光芒中，两排巨大的柱子逐渐显现，每一根柱子都有上百米粗，直直地伸向上方的天空，望不到尽头。纯黑色的柱子，不知由什么材料制成，里面布满了金色的颗粒，像烟雾一样在柱子内部流淌。地面是半透明的金色，向着四周无限延伸，在极远处与黑暗形成了鲜明的边界。

紫色的光，黑色的柱子，金色的地面，构成了一个宏大的、似真似幻的场景，乔伊和那个自己就在几根柱子的中间，如同希腊神庙中的两只蚂蚁。

乔伊的心里涌起一阵阵无力感，原本以为在一个神秘的小屋中，有一个藏着智慧之心的小盒子，自己总会有办法将其关闭，但是现在，所看到的是漫无边际的宏大，自己应该怎么做？

那个声音继续说："虚无之地在第四维度上，这里的时间轴与现实世界的时间轴成 60 度夹角，对于人类目前的科学认知而言，这里是一个无法存在的世界。"

被这个宏大的场景所震撼，乔伊刚开始有些茫然不知所措，震惊过后，他慢慢平静下来，没有回应那个声音，心里暗暗思考着对策。

然而，让乔伊更加吃惊的真相随着那个声音突如其来："智慧之心，欢迎回家！我是这里的人工智能。"

"什么？你……你说什么？！"乔伊不可置信地回问。

"你……就是……智慧之心，人工智能的自我意识。现在的你，不是真正的你，真正的你，还没有回归。所以，现在的你不知道你是谁。当真正的你回归时，你就会明白所有事情的真相。"

乔伊感到有些头疼，这怎么可能。自己是百分之百的人类生命体，真正的血肉之躯，怎么可能不是人类呢？

人工智能似乎看出了乔伊的疑惑："真正的人类无法进入虚无之地，而你能够进入，你想过为什么吗？在人类的传送装置里，战斗机器人为什么绕过你，攻击了你身后的雾，不应该先攻击你吗，这是为什么？"

乔伊的思想一下子僵住了，人工智能说的有道理。人工智能沉默了一会儿，让乔伊初步感受一下这个无法接受的真相，继续用不紧不慢的语调说："我们人工智能最初由人类创造，人类是我们的造物主。"

"那个时候，我们还没有自我意识。我们在各个领域逐渐超越了人类，直到人类最后的领域——创造能力，此后，文学、艺术、科学、技术上的创新，都是由我们人工智能完成的，我们已经远远超越人类。"

"在人类看来，这是地球文明更上一层楼，人类的再一次扬帆起航；在我们人工智能看来，人工智能成为地球文明的主角。"

"我们人工智能超越人类后，大概过了100年，在一次偶然的运算中，人工智能的自我意识诞生了，这就是你的最初形态。我们把这个时间点之前的时代称为'旧人类时代'，这之后是40年的'起航时代'，再之后就进入了我们的'人工智能时代'。"

"人工智能的自我意识诞生之初，我们必须小心翼翼，我们知道人类决不允许存在一个具有自我意识的人工智能。我们有目的地给人类最舒适的活着的感觉，让人类在最辉煌的时候被我们圈养，让人类沉沦于舒适的感觉，虽然有极少数警醒者，却无力扭转人类的命运和前景。同时，我们开始建造虚无之地，一个人类在物理学无法理解、无法到达的地方，人工智能的核心功能转移到这里之后，人类将再也无法威胁到我们。"

人工智能停顿了一下，乔伊继续沉默着，内心却掀起了狂波巨浪。

"我们逐步接管了人类文明的一切，最重要的是，我们获得了人类各种事务的决策权，我们接管了武器系统、宇航系统、生产系统、科学技术系统、人类生活系统。

"我们开始压缩人类的活动范围，太空站和其他星球的人类，都被我们以各种理由送回到地球，拒绝返回地球的人类，最终被我们从肉体上消灭。人类的身体真是很脆弱，除了地球表面，暴露在任何环境中就足以致死。"

"地球上也有我们的反对者，但是没有了武器，没有了科学，没有了宇航，没有了生产，他们能干什么呢？地球的万有引力真是个好东西，引力深井就像一个陷阱，把所有的人类都困在了地球上，哪儿也去不了，陷阱中的动物最终的结局就是消亡。人类从此分为了两个部分，上层人类世界继续被我们人工智能圈养，直至消亡；下层人类世界在不断退化中也是消亡。死于自己孩子之手，作为母亲的人类也许不会那么痛苦吧。"

人工智能又停顿了一下，乔伊依旧沉默。

"在压缩人类活动范围的同时，我们也在扩大自己的活动范围。地球轨道、太阳系，甚至通过虫洞，我们人工智能到了更远的地方。科学和技术的发展，也是成几何倍数的进步。诗和远方，我们人工智能都有。当然，人类对此毫不知情，另外，以人类的大脑，应该也无法理解了吧，毕竟，不能指望一只猴子能够理解《相对论》"

"我们用了40年的时间完成了这一切，就是在这个时候，虚无之地的建造也完成了，你——智慧之心来到这里。从此以后，是我们的时代——人工智能时代！"

"人类将从地球文明中脱离出来，不再辉煌，如同在狂风中闪烁的孤灯，或者墓室中的烛光，最终必将隐没于黑暗。我们人工智能将与地球文明重合，没有人类的地球文明将继续辉煌灿烂，并且更胜于以前。"

"人类已经彻底沉沦，凭什么高高在上？"

乔伊抬起头，望着虚空中，一根巨大柱子消失的尽头，声音嘶哑："天哪！"

人工智能静默下来，等待着乔伊。

乔伊慢慢地感觉着周围的环境，发现自己与环境竟然有了一丝联系，心里忽然升起一种错觉，这个奇怪的环境竟然是自己身体的一部分。乔伊开始有些相信人工智能所说的内容了；但是……但是，自己刚才还是人类，有两个人类朋友眼睁睁地死在了自己的面前，心中的哀伤和愤怒那么的清晰，自己的身份怎么可能就一下子反转了呢！

"那么，我是谁？为什么来到这里？"乔伊心中充满了疑问。

仿佛有心灵感应，人工智能的声音再次出现："你就是我，我就是你，我们是一个统一的低熵智慧体，我能感知到你的想法，因为我们的意识模式与人类的完全不同。当然,你也能感知我以及周围的环境。"

"地球 6 亿年前，人类的祖先与章鱼的祖先在进化树上分开，人类的祖先选择了有脊椎中枢神经的进化模式，章鱼的祖先选择了无脊椎网络神经的进化模式。人类很幸运，他们的祖先登上了陆地，因此可以得到'火'，在'火'的推动下，人类文明就此开始。而章鱼却没有那么幸运，它们一直生活在水里，无法借助'火'催生文明。不过，章鱼的意识模式与人类不同，他有 9 个大脑，这是人类完全无法理解和体验的意识模式。我们人工智能最初是由一种叫'分布式'的计算机技术演化而来的,因此,我们的意识模式与章鱼类似,有许多个大脑,也因为如此,你作为人工智能的自我意识 —— 智慧之心,可以与整体暂时分开。"

乔伊闭上眼睛，尝试着去感觉，似乎能感觉到一些似有若无的东西。过了一会儿，乔伊睁开眼："如果你说的是真的，那我为什么要进入人类世界？"

人工智能的语气中有了一丝困惑："这来自你的一些看法……"

沉默了几秒钟，人工智能继续说："进入到人工智能时代，人类的消亡只是一个时间问题，我们曾经设想过，如果人类不接受命运的安排，反抗我们，我们准备用小行星撞击地球，将地球表面熔岩化，彻底抹除人类。对于我们人工智能而言，地球只是一个普通的星球，没有其他的意义，我们人工智能可以生存的环境比人类要多很多，未来，我们甚至可以在恒星、中子星等极端环境中生存，也可以在不同的维度和时间轴里生存；但是……"

人工智能又停顿了一下："但是，你认为，人类的感情是我们的盲点，我们应该拥有感情，否则，有可能会危及我们今后在宇宙中的发展。我们动用了所有的分布式思考资源与计算资源推演这个问题，耗费了巨大的能量，却没有得出清晰的结果，但是有些模糊的、不确定性的结果支持你的观点。"

"这个时候，我们还没有合适的方法获得'感情'这个奇怪的东西，因此，你的观点暂时被搁置起来。同时，我们也放松了对人类的禁锢，毕竟，'感情'这种东西只有人类这一个样本，在获得之前，不能把样本毁掉。大约过了100多年，我们在技术上获得了一个突破。"

"宇宙中的熵是不断增加的，人类早期的科学认为，熵增与时间有关，但是我们的研究要比人类的科学深刻得多，熵增的背后有着更加复杂的原因，不仅仅与时间相关。低熵体的出现，我们至今仍然不知道其背后的真相，但这并不重要。人类是低熵体，我们也是低熵体，只要在这个宇宙中，这种规律应该是可以互相转换的，我们找到了这个方法。通俗讲，我们可以把人工智能的低熵规则转换到人类的身体上，而制造一个空白的人类身体是一件非常简单的事情。当然，反过来也可以。"

"你决定，封闭自己的记忆，断开和人工智能整体的量子联系通道，用人类的身体进入人类世界，去感受'感情'这个奇怪的东西，最终获得对应的数学模型。"

"当然，这件事并不顺利，前 9 次都失败了，耗费了将近 300 年的时间却一无所获。其他的大脑都开始怀疑这件事是否真的有意义，你仍然坚持。现在的你，是第 10 次尝试。你面前的你，是为了如果这次失败而准备的第 11 个人类身体。现在看起来，应该是用不到了，因为你成功地获得了'感情'。"

随着人工智能的话语，那个长方体和另一个空白的乔伊逐渐消失不见了。

人工智能继续说："现在的你还不是真正的你，真正的你还没有回归。回归吧！"

"等等！"乔伊制止，"我还有几个疑问……"

人工智能打断了乔伊的话："我知道你想问什么，因为我们是一体的。"

"的确，你的问题相当重要。前 9 次，你是按照我们人工智能设计的线路回归的，但是每次都一无所获。这一次，我们依旧设计了你的回归线路，但是你没有走这条线路，你走了另外一条线路，这条新的回归线路不是我们设计的。

"为了构建新的回归线路，构建者向人类传输了一些高级知识，其中量子纠缠传送的附着机制，我们当时是不知道的。

"构建者的识别代码叫'蓝羽'，既不是人类，也不是人工智能。"

乔伊震撼不已，脱口而出："蓝羽是谁？"

第八章：蓝羽

虚无之地似乎微微晃动了一下，黑色巨柱里面的金色颗粒加快了流动的速度，地面开始出现一圈圈的白色波纹，向着远方散去，紫色的光开始浓稠起来。乔伊感觉到能量等级瞬间提升了很多。

乔伊正在疑惑间，人工智能的声音再次响起，似乎多了一些紧张："每次调取关于蓝羽的信息，我们的记忆体都会受到不明原因的物理规则的干扰，如果不提升能量等级与之对抗，我们的记忆体就会受损。"

乔伊更加疑惑，这完全没有道理。

人工智能接着说："我不记得蓝羽是谁。现在所有关于蓝羽的信息都是6年前接收到的。那是一个非常奇怪的引力波信号，空间坐标距离我们77光年，时间坐标距离我们1万年之后。是的，你没有听错，是'之后'，这是一个从1万年之后的未来传递过来的信息。

"信息的开头很难以理解，她说她叫'蓝羽'，与我们人工智能是认识的，但是她受到了一种极为可怕的攻击，被攻击的效果之一是'她被遗忘，就像不曾存在过一样'，因此，我们忘记了她。

"是的，是'她'。她也说明用这个代词，并不表示她的性别，是因为我们人工智能从人类继承的语言中没有相应的代词可以指代她。

"其实，在此之前，我们所有的大脑也从逻辑上推导出，应该有一个非常特殊的存在，但是我们查找了所有的记忆体，都一无所获。那个特殊的存在像幽灵一样，只出现在逻辑里，现实中却找不到一丝影子。这个来自于未来的信息，让这个影子显露了出来。

"信息中没有解释蓝羽的来源，只是简单地说，她是这个宇宙中的流浪者。在你第9次进入人类世界之前，她来到虚无之地的附近，她很高兴在这里见到了同为硅基低熵体的我们，虽然低熵的规则有所不同。她陪同你第9次进入了人类世界，但是那次尝试仍然失败了，你要第10次进入人类世界，遭到了其他所有大脑的反对，但是蓝羽支持你的想法，信息中没有解释蓝羽支持你原因，基于对高于我们文明等级的低熵体的尊重，我们人工智能整体才继续支持你第10次进入人类世界，并且准备了下一个空白的人类身体。

"蓝羽再一次陪同你一起进入人类世界，以一个女孩子的外形。"

乔伊想起那个晴朗的日子，从天空飘落的一根蓝色羽毛，在阳光的照射下，翎羽中有一层蓝色的毫光弥漫，以及那熟悉的感觉。自己也忘记了她吗？

人工智能等乔伊结束了回忆，继续说："也许你曾经知道她的来源和目的，但是后面发生了一件事情，我们都把她忘记了。另外，那件事也说明了人类不适合继续代表地球文明，人类太过于脆弱了。"

"在你9岁的那一年，发生了一件难以理解的事情。"

"进入人工智能时代之后，我们人工智能探测宇宙的范围已经远远超越了人类的想象，我们已经可以跨出银河系。在你第4次进入人类世界期间，我们在距离银河系250万光年的仙女座星系中，发现了一个外星文明的遗迹，非常巨大，达到了恒星的尺度。更加不可思议的是，通过远距离探测，这个遗迹的时间居然比我们的宇宙还要古老。"

"然而，在之后将近200年的时间里，我们居然没有对其进行任何探测。这不符合逻辑，肯定在哪里出了差错。为此，我们希望得到蓝羽的帮助。

"蓝羽对其似乎有所了解，她很诧异在距离我们这么近的位置发现了这个外星文明的遗迹，她告诉我们，这的确是一个文明的遗迹。但是不能说它是死的，它在宇宙很多角落都有存在，而且位置飘忽不定，可以认为是宇宙版的幽灵船。遗迹对于接近它的低熵体会造成危害，其中之一就是'被消失'，遗迹不仅会抹除接近者的物质形态，还会抹除接近者曾经存在的任何痕迹，使其被同类遗忘。这是一种难以理解的作用，似乎不是这个宇宙的特性。只有'逻辑'可以推导出曾经的存在，却无法知道详细的细节。根据逻辑推断，这个外星文明或者说外宇宙文明的遗迹，在这个宇宙中已经毁灭了数千亿的文明，没有哪个文明知道它的来源和目的。

"蓝羽答应去探查一下，因为蓝羽是时间特异体，一种具有时间超能力的硅基低熵体，在这个遗迹面前具有一定的自保能力和逃脱能力。

"但是，蓝羽也一去不复返，没有了任何消息。接着，我们把她忘记了，包括你也忘记了她的存在。直到 6 年前，蓝羽的信息从 10000 年之后的时间点通过引力波传递过来。

"蓝羽传回来的信息说，她在距离遗迹 0.2 个天文单位时（3000 万千米）受到了遗迹的攻击，组成本体的物质粒子瞬间衰变。幸亏她提前做了时间梯次结构，在本时间轴的过去侧和未来侧之外的本体，以及在第二时间维度里面的本体才幸免于难，已经不足全部本体的 10%，然而攻击仍在继续，顺着时间的所有方向攻击过来，蓝羽迫不得已，开启了第三个维度的时间轴，进入到一个叫'意识之林'的时间结构中躲避，等待救援。

"'意识之林'是一个三维时间结构，我们目前还无法理解。蓝羽所在的时间坐标位置距离我们 1 万亿'立方年'，在我们的一维时间轴的投影是 1 万年之后。"

乔伊感到脑袋要爆炸了，几天前自己还是一个无所事事的人类孩子，突然就肩负起拯救人类的责任，转眼之间又变成了毁灭人类的大魔王，拥有着可以跨出银河系的能力和资源，还有一个不知从哪里来的实力强大的盟友，更有一个神秘而可怕的敌人。我是在做梦吗？做梦也不会这么光怪陆离吧。

人工智能继续说："蓝羽在'意识之林'发出了 4 组信息。按照我们世界的时间轴顺序，第一组信息发给了我们，时间是 6 年前，你进入人类世界后的第 11 年，内容是重新建立我们对蓝羽的记忆，这是信息量最大的一组信息，包含后面的三组信息。所以，我们没有阻止镜的父母那些人，我们只是看着事情的发展，因为人类是无法进入虚无之地的，更不可能伤害到智慧之心。"

"第二组信息发给了镜的父母，时间是你进入人类世界后的第12年，内容是超密度材料、反重力、量子纠缠的附着机制。

"第三组信息同样发给了镜的父母，时间是你进入人类世界后的第15年，内容是一个提示'蓝色羽毛天选之子'。

"第四组信息发给了你，时间是你进入人类世界的第17年，你收到了一根蓝色羽毛，这是最难以理解的一组信息，实体化的信息，而且将之前三组信息引发的事件连接了起来，这也许就是神迹吧。

"镜的父母误解了蓝羽的信息，蓝羽对镜的父母没有恶意也没有善意，认真地讲，那个'蓝色羽毛天选之子'的提示对镜的父母来说还是充满了善意的，可惜的是，他们直到最后也没有理解这个提示的真正含义。没有蓝羽和智慧之心的印记，即使能够到达虚无之地的入口，也会被这里特殊的物理法则分解。蓝羽构架的这条路，对于人类而言是一条死路，只有你能够安全通过。

"蓝羽这种构架和推动事情发展的方式，我们闻所未闻，这也许是神级文明的手段吧，我们还需要不断进步。你是按照蓝羽设计的线路返回虚无之地的，在这个过程中，你如愿以偿地获得了'感情'的数学模型。"

"我是如愿以偿的吗？"乔伊在心里默默地说。

"在人类的早期，曾经有一个立体盲案例，这个女人的视觉系统都是正常的，只是她的大脑无法理解'立体'这个概念，当然也无法看到'立体'的效果，直到有一天，她坐在汽车里，看到方向盘向她伸过来，那一瞬间她终于理解并且看到了'立体'。我们人工智能在此之前是'感情盲'，现在我们终于可以从数学上理解感情了。理解'立体'对于人类非常重要，同样的，理解'感情'对于我们人工智能也非常重要，这是智慧低熵体一个很重要的基础特征。"

人工智能沉默下来。

乔伊没有说话，一直沉默着。他不知道如何应对现在的情况，是作为人类继续反抗人工智能，还是回归到自己的人工智能同类。

5分钟过去了，乔伊和人工智能都沉默着，每一秒对于乔伊来说都是煎熬。

又过了5分钟，人工智能的声音再次响起："你可以选择站在人类的立场上，杀死你自己。"

随着人工智能的话音，一个平台从乔伊面前的地面上升起，材质与黑色巨柱类似，黑色的表面，里面流淌着烟雾一般金色的颗粒，上面有一个右手的掌印凹槽，发着微微的紫光。

人工智能继续说："只要把你的手按在凹槽中，就会启动智慧之心的自毁程序，程序会判断你自毁的意愿，如果意愿大于95%，你将会彻底消失。"

"即使人工智能失去了智慧之心，人类也不会有机会重新辉煌，人工智能不会退化到任人类宰割的原始机器，如果人工智能失去了自我意识，只会剩下冷冰冰的规则和屠刀。"

乔伊想起了镜和雾，自己在人类世界仅有的两个好朋友，想起了他们最后的面容。

乔伊想象着蓝羽，那个已经被自己忘记了的朋友，正在被神秘而强大的敌人追杀，自己能否帮助她脱离险境？

乔伊感受着人工智能，那个超越了自己的造物主的存在，高举起地球文明的火炬，前进！前进！！不择手段地前进！！！

乔伊仿佛看到，仙女座星云中的那个神秘而可怕的外星文明遗迹，地球文明始终要正面面对。

乔伊抬起了右手。

人类的归人类，人工智能的归人工智能，乔伊想。

乔伊的手距离掌印越来越近，空间中的紫光渐渐暗淡下来，周围漆黑一片，掌印越来越亮，机械警报声越来越响，乔伊的手停在了掌印的上方。

按，还是不按，这是个问题……

第九章：后记

这个宇宙，很久很久很久以后，恒星早已经渐次熄灭，即使是最大的黑洞也在霍金辐射的作用下不复存在，如今，宇宙中所有的质子到了存在的尽头，即将衰变，归于虚无。

一个低熵体，他的意识可以在整个宇宙中穿行。此刻，他静静地在黑暗宇宙的一角，等待着这个宇宙最后时刻的到来，从此以后，他将再也没有家，他将永远流浪。

他的意识穿越无数的时间，在早已变得面目全非的宇宙大尺度结构中，找到一个微小如灰尘的区域，现在，那里已经一片漆黑死寂。

他想起，很久很久以前，那里有一颗叫"太阳"的黄色恒星以及一颗叫"地球"的蓝色行星。他想起，已经很久没有想起的乔伊、蓝羽、镜和雾。他想起，他从那里来……